KB084361

몽매빙휘

몽 매 빙 휘 2

초판 1쇄 찍은 날 ｜ 2014년 07월 16일
초판 1쇄 펴낸 날 ｜ 2014년 07월 23일

지은이 ｜ 허사린
펴낸이 ｜ 서경석

편 집 장 ｜ 권태완
편　　집 ｜ 최고은
디 자 인 ｜ 신현아

펴낸곳 ｜ 도서출판 청어람
등록번호 ｜ 제1081-1-89호
등록일자 ｜ 1999. 5. 31
어람번호 ｜ 제11-0008호

주소 ｜ 경기도 부천시 원미구 부일로 483번길 40 서경B/D 3F (우) 420-822
전화 ｜ 032-656-4452 팩스 ｜ 032-656-4453
http://www.chungeoram.com
E-mail ｜ chungeorambook@daum.net

蒙昧氷徽

허사린 장편 소설

몽매빙휘 下

천상의 꽃으로 피어오르리다

도서출판
청람

목차

2부

07. 은거(隱居)

선비는 조금 들떠 있었다. 속세를 떠나 초야로 향한다는 것이 그를 흥겹게 했다. 맑은 공기는 정신을 또렷하게 해주고 초록은 마음을 평안하게 해주었다. 고요함을 즐기며 자연을 만끽하는 여유가 대체 얼마 만인지 몰랐다.

"하아……."

신나서 산을 오르던 선비는 금세 지쳐서 땅이 꺼져라 한숨을 쉬며 길가의 바위 위에 걸터앉았다. 어려서는 종종 명산을 찾아다니고는 했지만, 황궁에 들어가면서부터는 바깥세상이란 모르고 살았기에 산행이 힘겨웠다. 선비는 사내치고는 선이 가늘었다. 그나마 뼈대가 굵어 어깨가 떡 벌어지고 키가 커서 다행이었다. 기본 체격이 없었다면 딱 비리비리한 샌님 상이었다.

바위에 앉아 쉬며 선비가 품에서 서찰을 꺼냈다. 제대로 알아보기 힘든 구불구불한 선들이 가득했다. 선비는 서찰을 좌로도 돌려보고, 우로도 돌려보며 주변을 둘러봤다.

"아무래도 길을 잃은 듯하군."

선비가 난감한 얼굴로 중얼거렸다.

"허어, 해가 지기 전에 당도해야 할 터인데."

둘레둘레 주변을 살피다가 또 알아보지도 못할 서찰의 요상한 그림을 노려보던 선비가 겨우 자리에서 일어났다. 사실 이리 길을 헤매고 지치게 된 연유는 제대로 산길이 시작되니 흥이 돋아 이곳저곳 구경을 하며 길도 보지 않고 풍경에 취했던 선비의 잘못이었다.

그도 그럴 것이 절경으로 유명한 백은산(白銀山)을 마주하니 그 풍치에 매료되어 길이고 뭐고 신경 쓸 수 있을 리 만무했다. 명승으로 유명한 백은산은 봄에는 홍금산(紅金山), 여름에는 창수산(蒼水山), 가을에는 단화산(丹火山), 겨울에는 백은산으로 계절마다 이름을 달리 불렀다. 겨울의 경치가 가장 유명하여 겨울산일 때의 이름으로 널리 알려진 산이었지만, 초여름의 백은산—홍금산에서 창수산으로 넘어가는 길목의 백은산 역시 시선을 뗄 수 없을 만큼 아름다웠다.

봄날의 흐드러졌던 꽃잎들이 하나둘 떨어져 나무 아래 수북이 쌓여 있고, 가지에는 푸릇한 잎들이 돋아 청록을 빛내고 있었다. 머리 위로는 군데군데 아직도 꽃을 달고 있는 나무들도 보이고, 발 아래로는 지는 봄꽃과 피어나는 여름 꽃이 어지럽게 흩날렸다.

"절경을 즐기자니 길 잃은 걱정이 쫓아오고, 서둘러 길을 찾자니 외면당한 경치가 발을 붙잡는구나."

길을 찾는 선비의 입에서 절로 탄식이 흘러나왔다. 자꾸만 옆으로 새는 눈길을 붙잡으며 선비가 걸음을 재촉했다. 산의 해는 빨리 진다고 들었기에, 어서 길을 찾아야 했다.

"경치는 도망가지 않으니……."

아쉬움에 그런 말로 스스로를 달래며 점점 깊은 산속으로 들어가는 선비는, 자신이 절경 속에 들어온 줄은 모르고 절경을 두고 서둘러야 하는 제 처지를 안타까워했다.

그렇게 얼마나 헤매었을까, 들떠 있던 선비의 눈빛이 점점 초조해졌다. 여유롭게 주변을 둘러보던 시선 역시 앞으로 딱 고정된 것이 매서웠다. 품에 넣어두었던 낙서 같은 그림이 그려진 종잇장은 두 손에 쥐어져 있었다. 그 종이를 쥔 손에 얼마나 힘이 들어갔는지 종이의 양 끝은 형편없이 구겨져 있었다. 이제 경치는 눈에 더 이상 들어오지 않았다. 아니, 눈에 들어올 수가 없었다.

듣던 대로 산중의 해는 순식간에 져버려서, 순간 어스름이 깔리는가 싶더니 눈 깜짝할 새에 사위가 컴컴해졌다. 빽빽이 늘어선 나뭇가지에 휘영청한 달빛도 새어 들어오지 못해, 손안의 지도는 이미 소용이 없었지만 선비는 지푸라기라도 붙잡는 심정으로 지도를 쥐고 있었다.

아직 늦봄이요, 초여름이었기에 저녁은 꽤 쌀쌀했다. 이대로 산중에서 노숙이라도 해야 하는 깃일까, 하는 걱정에 마른침을 삼키던 선비가 오감을 곤두세우고 조심스럽게 걸음을 옮겼다. 적막한 저녁 산에서는 작은 소리도 크게 울렸다. 바스락거리며 풀잎을 스치는 선비의 발걸음이 마치 저자에서 울리는 징소리처럼 요란하게 들렸다. 작은 산짐승들이 돌아다니는 소리조차 지척에서 들려오는 듯 커서, 선비는 세 걸음에 한두 번은 움찔거리며 부디 큰 맹수는 나타나지 않길 빌었다.

"더 이상 움직이지 말고, 자리나 봐야 하려나?"

아무래도 한자리에서 빙글빙글 도는 듯한 기분에 선비가 걸음을 멈췄다. 바스락거리던 선비의 발소리가 멈추니 어쩐지 적막한 느낌에 소름이 돋았다. 이런 시각에, 이런 어둠 속에 있는 것은 처음이라 긴장감에 심장이 두근거렸다. 겨우 품 안에 지도를 구겨 넣고 이제 어둠에 익숙해진 눈으로 어렴풋이 보이는 바위로 다가간 선비는 순간 무슨 소리를 들은 것 같았다.

"누구요?"

긴장하고 있던 탓이었는지 선비의 입에서 큰 소리가 나왔다. 분명 이전까지 들리던 작은 산짐승들의 발소리는 아니었다. 혹시 범이 나타나는 것인가 하는 생각에 등골이 싸했다. 그러나 선비가 그리 큰 소리를 냈음에도 근처에서는 아무런 반응이 없었다.

아마 긴장하고 있던 탓에 바람 소리를 잘못 들은 모양이라 여긴 선비가 새벽의 찬 기운을 피할 방도를 궁리하며 봇짐을 내렸다. 꼼짝없이 노숙을 해야 할 판이었다. 날이 새고 나서 길을 제대로 찾는다면 좋겠지만, 만약 내일도 오늘과 같을 경우엔 잘못하다가는 산에서 길을 잃고 아사할지도 모를 일이었다. 마음에 여유가 없는 탓인지 자꾸만 떠오르는 나쁜 생각을 떨쳐 내려 선비가 고개를 저었다.

"이 산중을 죄 훑다 보면 언젠가는 당도하겠지."

마음을 진정시키려 일부러 목소리를 높여 말하며 고개를 주억거린 선비는 바위 아래에 옹색하게나마 자리를 마련했다.

"꽃잎을 자리 삼아, 별을 이불 삼아 잠을 청하니 이만한 흥취가 어디 있겠는가."

어색한 선비의 웃음소리가 이어졌다. 저를 달래려 한 말이었으나, 내뱉고 보니 이 첩첩산중에 들었을 사람도 없건만 괜히 머쓱해졌다. 선비는 괜한 사설이 더 나올까 봐 입에 힘을 꽉 주고 눈을 감았다. 하루 종일 고단한 탓이었는지 불편한 자리에도 잠이 솔솔 몰려왔다. 그렇게 선비가 막 잠에 빠지려던 참이었다.

"게서 주무시면 내일 해를 못 볼 수도 있습니다."

몽롱해지려던 찰나 정신이 확 들며 선비가 벌떡 일어났다. 분명 사람의 목소리였다.

"거 누구요? 사람…… 이오?"

소리가 들려온 쪽을 향해 말을 던지고 어둠 속을 노려보고 있으니, 무언가 가는 형체가 서 있는 것 같았다. 그 인영이 사박거리는 가벼운 발걸음으로 선비에게 다가왔다.

"겨우 밤이슬이나 피할 정도이긴 하나, 예서 주무시는 것보단 나을 듯한데. 함께 가시겠습니까?"

낮고 울림이 강한 목소리였다. 다가온 이는 나무 그림자에 가려 상체는 보이지 않았으나 꽤나 질이 좋아 보이는 비단 도포를 두르고 있었다. 얇은 비단 도포가 가는 바람에도 하늘대며 휘날렸다.

선비가 슬쩍 몸을 숙이며 그를 살펴보려 하니 사내가 한 발짝 앞으로 내디뎌 그림자에서 빠져나왔다.

사내가 모습을 보이는 순간 선비는 헉 하며 숨을 들이켰다. 그도 그럴 것이 사내의 외양은 평범한 사람이라고 생각하기에는 기이한 구석이 있었다. 호리호리한 장신에 떡 벌어진 어깨와 탄탄한 체격만 봐서는 건장한 장정인데 햇빛을 못 본 듯 하얀 얼굴에 바스러질 듯 가는 머리칼이 새하얗게 빛나고 있었다. 괴인, 흡사 요물과 같은 모습이었다.

그러나 처음에는 긴장했던 선비는 잠시 사내를 응시하더니 곧 표정이 부드럽게 풀렸다.

"이 시각에 산중에서 유객을 뵙게 될 줄은 몰랐습니다. 근방에 거처라도 있으신지요?"

"거처라기엔 민망하고, 밤이슬이나 피할 정도의 작은 동굴을 찾았기에 여쭈었습니다."

"동굴이라면 산중에서 잠시 몸을 맡기기에 훌륭한 장소가 아닙니까. 감사합니다."

선비가 화색을 띠며 고개를 숙여 인사했다. 봇짐을 챙기며 사내를 따라갈 준비를 마친 선비가 활짝 웃어 보였다. 사내는 쉽게 긴장을 풀고 친근하게 다가오는 선비의 모습에 도리어 당황한 모양이었다.

"이리 하룻밤 함께 지새게 된 것도 인연인데, 통성명이라도 하는 것이 어떨지요? 저는 도가의 이서라 합니다. 이번에 승차하게 되어 명산의 기를 받고자 백은산을 찾았는데, 그만 길을 잃어 헤매고 있었습니다."

"아, 저는…… 여라 합니다."

"여?"

성을 밝히지 않고 단순히 '여'라 소개하는 사내에 선비, 도이서가 의아해하다가 곧 그의 외양을 살피며 고개를 끄덕였다. 기이한 외양 탓에 사내는 생에 우여곡절이 많았으리라. 그는 더 묻지 않고 반갑다고 말하며 사내를 따라나섰다.

"도 공께서는 어찌 저를 선뜻 따라오십니까?"

처음의 경계와는 달리 대뜸 뒤따르는 도이서의 모습에 묵묵히 앞서 걸어가던 사내가 조심스럽게 물었다.

"하하, 먼저 함께 가지 않겠느냐고 물으신 건 여 공이 아니십니까?"

"그야 그렇습니다만……."

"솔직히 처음에야 여 공의 외양에 놀라 별의별 생각이 다 들긴 했습니다. 명산이라 영험한 기운이 넘치니 산신이나 요물이나, 뭐 그런 기이한 존재가 아닐까 싶기도 했지요."

화통하게 답하는 도이서의 말에 사내가 움찔했다.

"한데 제가 그런 기운을 좀 봅니다."

"기운이라면?"

"흠. 영력에 대해 아실는지 모르겠습니다만, 제 가문이 영가에서도 이름난 집안이랍니다. 저는 현재 황궁의 영관에 몸을 담고 있습니다. 영력과 정기를 보고 다스리는 일을 하지요."

대대로 영력(靈力)과 정기(精氣)를 다루는 영가(靈家)에서 태어난 도이서는 가문에서도 특히 뛰어난 영력을 지녀 약관을 갓 넘긴 어린 나이에 황궁의 영관 직에 등관되었다. 영관이란 황실을 위해 염하고, 황궁의 영기를 다스리며, 황족의 안녕을 기원하는 관청으로 무엇보다 개인의 영력을 중시하기 때문에 그는 이립이 되기도 전에 영관의 수장 직에 천거되기까지 했다. 그러나 영력을 다스리기 위해 수양하는 그에게 황궁은 시끄럽고 난잡하기만 했다. 중앙의 정치판은 제 잇속만 챙기기에 급급한 대신들이 천지였고, 제 나라를 통치해야 할 황제는 정사는 돌보지도 않고 향락에 물들어 매일 계집을 품에 안고 놀기에 바빴다. 황궁에 내관보다 황제가 모아놓은 기녀들이 더 많다는 말이 있을 정도였다. 향락과 사치, 부패. 그것이 전부였다.

그는 언제나 황궁을 벗어나길 소망했다. 하지만 영가에서 태어나 월등한 영력을 지닌 의무로 이미 날 때부터 점지되어 있던 상영관 직을 극구 사양하던 도이서는 결국 가문과 대신들과의 줄다리기 끝에 그 부관인 하영관 직을 수락하며 대신에 얼마간 영기를 다듬겠다는 핑계로 휴양을 허락받아 백은산을 찾은 것이었다.

그의 설명에 사내가 걸음을 멈추었다. 경직된 사내를 보며 도이서가 별거 아니라는 듯이 웃었다.

"그리 무섭거나 기묘한 일은 아닙니다. 그저 범인들보다 기운을 읽는 능력이 발달했을 뿐이지요. 간혹 요물과 관련된 일을 하기도 합니다만, 뭐. 아무튼 이런 이유로 한눈에 여 공이 그저 외양이 남다른 사람임을 알아본 것입니다. 여 공께는 전혀 그런 기운이 흐르지 않는걸요. 같은 사람끼리 무어 겁날 연유가 있겠습니까? 게다

가 일면부지인 낯선 이의 잠자리까지 염려해 주시는 고마운 분이
시잖습니까."

"……그는 단지 공덕을 쌓기 위함입니다."

"예?"

웃음 띤 목소리로 쾌활하게 말하던 도이서가 조그맣게 중얼거리
는 사내의 말을 못 알아들어 되물었으나 사내는 미묘한 미소만 던
졌다.

"아닙니다. 외양 탓에 오해를 사는 일이 많아 여쭈었는데, 영력
이라……. 신기하군요."

"염려 마십시오. 저 그리 편협한 치 아닙니다. 아, 어디선가 듣
기도 했습니다. 백색증이라, 해를 못 보는 병증이라 들었는데 고생
이 많으셨겠습니다."

색조를 잃은 하얀 피부와 하얀 머리카락, 그리고 옅은 잿빛의 눈
동자. 문헌이나 속설에서 하얀 낯에 붉은 눈이라 묘사되곤 하는 병
증에 대하여 도이서 역시 들어본 바 있었다. 붉은 눈이라니, 전혀
상상도 되지 않았었는데, 역시나 와전된 이야기인 모양이었다. 색
이 없이 태어나는 병증이라니, 지금 눈앞의 사내처럼 옅은 잿빛 눈
이 더욱 그럴싸했다.

얼마 가지 않아 두 사내는 덩굴에 가려진 작은 동굴에 당도하였
다. 동굴은 꽤 깊어 보였으나 안쪽으로 들어갈수록 점점 천장이 낮
아져 깊숙이 들어갈 수는 없었다. 안쪽에는 사내의 것으로 보이는
낡은 봇짐이 놓여 있었다. 도이서는 입구 쪽에 자리를 잡고 누웠
다. 동굴은 적막하여 바람 소리와 어디선가 간헐적으로 들려오는

물방울 소리가 커다랗게 울렸다.

"주무십니까?"

"……아니오."

"실례가 되지 않는다면, 여 공의 이야기를 여쭈어도 되리까?"

"제 이야기요?"

뒤쪽에서 부시럭 소리가 났다. 도이서가 몸을 돌리니 사내가 자세를 바로잡고 앉아 있었다. 그에 도이서 역시 몸을 일으켜 마주 앉아 웃어 보였다.

"무얼 하시는지, 백은산을 찾으신 연유라든지, 그런 소소한 사연 말입니다. 겨우 약관을 넘긴 나이부터 황궁에만 매여 살아 세상 사는 이야기가 참으로 궁금합니다."

"아아."

눈을 빛내는 도이서의 물음에 사내가 몸에서 힘을 빼며 흐리게 웃었다. 노숙하는 나그네에게 동행을 청하던 넉살은 어디 갔는지 그는 시종일관 긴장하고 있었다. 그 긴장이 마치 몸에 밴 습관 같아 안타까울 정도였다.

"뭐…… 딱히 들려 드릴 만한 이야기가 없습니다."

어리는 미소, 입술은 휘어 웃고 있었지만 그의 버들잎 같은 눈매는 어딘가 슬퍼 보였다. 웃음마저 옅은 사내였다. 낮은 목소리로 조근조근 뱉는 말도 금방 공기 중으로 흩어져 버려, 눈앞에 앉아 있지만 곧 어딘가로 사라져 버릴 것만 같은 사내였다.

"오래도록 누군가를 찾고 있습니다."

한마디, 한마디가 신중했다. 그는 말을 마치고 다시 입을 열기까지 꽤 오랜 시간을 들였다.

"오래도록?"

"이제 5년을 채워갑니다."

"허어, 5년씩이나! 대체 누굴 찾고 계십니까?"

"제 생에 가장 소중하고 귀한 임……. 임을 찾고 있습니다."

그 목소리며 표정이 바람을 감싸듯 꽃잎을 훑듯 퍽 보드라웠다. 떠올리는 것만으로도 설레는 행복이 엿보였다.

"임이라시면, 정인?"

"정인……. 저는 감히 임의 정인이 되진 못하였습니다. 하나…… 이리 속절없이 보낼 수 없어, 찾아 헤매고 있습니다."

눈에 어려 있던 슬픔의 연유를 알 것만 같았다. 미소를 머금은 사내의 표정이 어찌나 애달픈지 도이서가 다 딱하여 탄식이 흘렀다.

"제가 괜한 사연을 물었나 봅니다."

"아니, 괜찮습니다. 임의 이야기를 꺼내는 것은 처음이라…… 어쩐지 떨리면서도 기분이 좋습니다."

"참으로 다정하십니다."

정인을 저리도 아끼고 그리는 사내는 처음 보았다. 도이서는 제 마음까지 포근해지는 것을 느끼며 사내가 꼭 정인을 찾았으면 좋겠다고 생각했다.

"반드시 찾으실 겁니다. 찾을 수 있을 겁니다. 여 공의 마음이 그리 극진하니 어느 여인이 숨을 수 있겠습니까? 하늘도 도울 것입니다."

"어쩐지 이번엔 찾을 수 있을 것 같습니다."

"예, 그러실 겁니다. 꼭 찾으실 겁니다."

찾을 수 있을 것 같다는 사내의 말을 도이서는 그저 항상 품는 기대 정도로 생각했다. 하여 그 모습이 더욱 안타까워 재차 격려하고 기원했다. 그러면서도 대체 5년이나 찾아 헤맬 정도의 여인이란 어떤 이일지 관심이 일었다.

"한데 여 공의 정인이란 대체 어떤 분이시기에 그리 오래도록 찾고 계시는지요?"

사내가 지그시 눈을 감으며 깊게 미소 지었다. 연모하는 이를 떠올리는 얼굴이 어찌나 부드럽게 빛나는지 같은 사내임에도 도이서의 심장이 두근거렸다.

"곱고 정다운 분이십니다. 한낱 미물마저 아끼며 마음을 건넬 줄 아는 분이지요. 누구도 상상 못할 아픔을 지니셨음에도 내색 한 가닥 비치지 않고 속으로만 품고 감추어 홀로 아파하는 그런 안쓰러운 분입니다. 또 누구보다 곧고 자존감이 강하며 신념이 굳고 바르지요. 누구보다 뛰어나지만, 누구보다 겸허하며 타고난 재능에도 나태하지 않고 성실히 갈고닦아 훌륭한 재기를 지닌 분입니다."

어느 사내가 여인에 대하여 이리 찬할까. 그의 소개 안에는 존중받고 존경받는 한 여인이 앉아 있었다. 미소와 함께 그려지는 여인의 모습에 도이서는 대체 사내의 정인이 누구인지 더욱 궁금해졌다.

"부디 여 공께서 어서 그분을 찾게 되길 바랍니다."

사내의 얼굴에 소리 없는 웃음이 번졌다. 참으로 고고하고 기품 있는 이였다. 입고 있는 도포만 보더라도 황궁에서도 쉬이 볼 수 없을 것 같은 양질의 고급 비단이었다. 정인을 찾아다닌 세월만큼이나 그의 봇짐은 낡고 해졌으나, 그에게서 풍기는 분위기만은 청아하기 그지없었다.

그 후로 도이서가 황궁의 이야기나 영력에 관한 소소한 일화들에 대해서 늘어놓다가 밤이 깊어져 자리에 들었다. 밤이란 낮에는 보이지 않는 것들이 드러나는 묘한 시간이었다. 세상의 시끄러운 만물이 잠드는 시각이라 그 시끄러움에 묻혀 있던 존재가 느껴지는 것인지, 분명 낮에도 있었을 것들이 밤에만 보이는 탓에 아마 너는 밤에만 사나보다 여기게 되었다. 게다가 잠을 청하며 두 눈을 감고 있으니, 막힌 시각에 뚫린 청각으로 감각이 곤두섰다. 고요한 동굴 안으로 바람 소리가 들려오고, 풀잎이 스치고, 풀벌레가 울고, 곡조가 흘렀다.

"곡조?"

잠에 빠질 듯 말 듯 정신이 몽롱해지는 가운데 도이서는 귀에 들리는 묘한 소리에 눈을 번쩍 떴다. 혹시 동굴 안으로 새어드는 바람 소리를 잘못 들었나싶어 다시 집중하여 귀를 기울이는데, 분명 이 소리는 음률이었다. 분명 고운 선율의 아름다운 소리였지만, 이 장소와 이 시각이 어울리지 않아 온몸이 서늘해졌다. 워낙 명승지로 소문난 산이기에 유람객이 많아서 동행한 악공이나 기녀들이 연주를 하고 소리를 하기도 하지만, 유람객들은 모두 하산했을 이 야심한 시각에 어디에선가 들려오는 가느다란 곡조는 의아하고도 기묘했다.

'대체 누가 이 시각에, 이 산속에서 연주를 한다는 말인가?'

숨을 죽이고 귀를 기울여야 들리는 곡조는 끊어질 듯 가느다랗지만, 끊임없이 계속 이어졌다. 그 가느다란 소리를 듣고 있으니 얼마나 유려한 연주인지 지금껏 들어온 가락 중에 으뜸라고해도 손색이 없을 정도였다. 그런 가락을 이리 자그마한 소리로 듣고 있으니 조마조마하면서 안타까워져, 당장 연주하는 앞으로 달려가 듣고 싶어졌다.

부스럭.

결국 귀를 자극하는 음률에 도이서가 몸을 일으키자 뒤에 있던 사내 역시 벌떡 자리에서 일어났다.

"이 연주…… 제 귀에만 들리는 것이 아니지요?"

사내의 목소리가 떨렸다. 도이서 역시 묻고 싶었던 질문이었기에 고개를 끄덕이며 자리에서 일어났다.

"여 공께서도 들으셨습니까? 으슥한 산중에서 곡조라니……."

도이서는 조금 긴장한 낯빛이었으나 사내는 어딘가 흥분한 듯 보였다. 그리고 주저 없이 동굴 밖으로 나가는 사내의 모습에 도이서도 급하게 뒤를 따랐다. 아무리 달빛이 밝다지만 우거진 숲 속으로 들어가면 앞을 분간하기가 힘들 정도로 나무가 빼곡했기에 두 사내는 소리에 의지하여 조심스럽게 한 걸음 씩 앞으로 나갔다. 어느덧 어둠에 익숙해진 눈에 어렴풋한 형체들이 들어왔다. 둘은 혹 곡조가 묻혀 들리지 않을까 봐 풀을 밟는 것조차 조심하며 시커먼 그림자들을 피하여 소리의 근원지를 찾았다.

열심히 걸어가던 도이서의 앞으로 갑자기 사내가 손을 쑥 내밀었다. 그에 걸음을 멈추니 작은 돌멩이 하나가 발에 채여 굴러떨어졌다. 바로 앞이 낭떠러지였던 것이다.

"하마터면 큰일 날 뻔했습니다."

안도함과 동시에 등줄기가 오싹했다. 길은 끊어졌는데 사내들을 이끈 곡조는 바로 앞에서 계속 이어졌다. 주의를 기울이지 않았다면 이대로 걸어가 절벽 아래로 떨어질 뻔했기에 순간 이 노랫소리가 인간을 홀리는 요물의 노래인가 하는 생각까지 들었다. 그런 허무맹랑한 생각까지 할 정도로 이 세상의 것이 아닌 듯한 연주였기 때문이다. 도이서는 두근거리는 심장을 진정시키고 다시 주변을 둘러보았다. 그리고 곧 소리가 앞이 아니라 아래에서 들린다는 것을 깨닫고 절벽 아래로 시선을 내렸다.

'여인?'

그곳에는 여인이 있었다. 그녀는 절벽 아래의 공터에 얌전히 앉아 있었다. 여인의 무릎에 놓인 가야금 위에서 그녀의 손가락만이 바쁘게 재재거리고 있었다.

쏟아지는 달빛이 찬연했다. 여인의 머리 위로 달빛이 부서지니 하얀 얼굴에 빛무리가 어렸다. 한 올 흐트러짐 없이 정연한 머리칼이 결대로 빛나는 것이, 마치 달 주위에서 비치는 별빛 같았다. 달빛이 깨어지며 여인의 주위에서 반짝거렸다. 이제 찬연한 것이 달빛인지 여인인지 알 수가 없었다. 빛 때문이었을까, 어느 정도 거리가 있음에도 유난히 여인의 모습이 자세하게 눈에 들어왔다.

반듯한 이마에 살포시 내려 보는 눈꺼풀에 아담한 콧날, 미소를 띤 듯 만 듯 부드럽게 닫혀 있는 얇은 입술에서 도드라진 턱 선을 따라가다 머리를 비녀로 쪽찌어 올려 완전히 드러난 목선에 시선이 멈추니, 도이서는 저도 모르게 숨을 죽였다. 매끄럽게 떨어지는 가는 목선은 부끄러운 듯 옷깃 사이로 숨어들었다. 가야금을 타는 손을 따라 살짝살짝 움직이는 고개에 가느다란 뼈가 드러났다. 한 겹의 무명천이 여인의 몸을 감싸고 있었다. 하얀 천에 살결이 비치는 것인지 달빛이 반사되는 것인지 분간이 되지 않았다. 몸집은 작고 가늘었으나 마치 빛이 나는 것 같은 투명한 피부에 흔들림 없는 눈빛에서 무언가 모를 당당함과 기품이 흘렀다.

가야금을 노니는 가느다란 손가락의 가벼운 움직임에서 쏟아져 나오는 음률이 도이서의 귀를 사로잡았다. 어디선가 여인이 아름다워 보이는 장소 중 하나가 달빛 아래란 구절을 읽었던 것 같은데 그 말을 증명이라도 하듯 여인은 그의 눈길을 잡아끌었다.

맑게 튕기는 금줄 소리와 유난히 도드라진 여인의 미색에 도이서의 머리가 어지러웠다. 어쩐지 얼굴이 화끈거리고 심장이 쿵쾅거리는 것 같았다. 어두운 산중에 드러난 공터에서 오롯이 온몸으로 달빛을 받아들이고 있는 여인에게는 시선을 잡아당기는 힘이 있었다.

기묘한 기운.

"저 여인……."

한참을 멍하니 내려다보던 도이서가 당황하며 입을 열었다. 그러나 그가 말을 마치기도 전에 벌떡 일어난 사내가 절벽 아래로 내려가기 위하여 내달렸다. 그의 갑작스러운 행동에 도이서가 그를 붙잡았다.

"안 됩니다!"

"무슨?"

"저 여인, 필시 요물입니다."

긴장한 목소리가 속삭였다. 사내의 얼굴이 놀라움과 당황으로 물들었다. 도이서는 그의 표정에 고개를 끄덕이며 짐짓 심각한 얼굴로 입을 열었다.

"겉보기에는 아리따운 여인네의 모습입니다만, 조금 전에 말씀드렸다시피 제겐 영력이 있어 알아볼 수 있었습니다. 본디 요물들은 요사한 기운을 흘리는데, 저급일수록 제 요기를 주체 못하고 풀풀 풍겨대지요. 하나 저 여인에게선 알아차리기 힘들 정도로 미세한 기운만이 흘러 하마터면 저 또한 눈치채지 못 할 뻔했습니다. 이 정도라면 꽤 오랫동안 영력을 모은 요물일 터. 여 공, 물러나십시오."

빠르게 설명한 도이서가 사내를 제 뒤로 잡아당겼다. 깊게 심호흡한 도이서가 눈을 감고 나지막이 중얼거렸다. 그의 손을 중심으로 푸른 빛이 번지기 시작했다.

그녀였다.

그리 찾아 헤매던 그녀가 바로 눈앞에 있었다. 오래도록 그리던 그녀가 눈앞에 있으니 처음에는 환상이라도 본 양 믿을 수 없어서 아무것도 못 하고 얼어붙어 버렸다. 그녀는 여전히 아름다웠고 훌륭했고 빛났다.

어느 날 갑자기 그녀는 자취를 감추었다. 그 누구에게도 행방을 알리지 않은 채 몸을 숨겨 버린 그녀의 행동에 처음 얼마간은 충격을 받아 이도저도 못하고 멍청히 빈방만 지키고 있었다.

그녀를 이해할 수 없었다. 인간은 결국 언젠가는 죽는 유한한 존재였고, 그 죽음이 다소 충격적이고 악의가 섞인 흉악한 사건이었음은 인정하지만 언제까지고 죽은 이에게 매여 있을 수는 없는 노릇이었다. 살아 있는 존재는 계속 살아가야 하고, 그렇기에 평범한 일상을 반복해야 하는데, 그녀는 아무렇지 않게 일상으로 복귀하지 못했다. 아니, 그녀를 이해할 수 있었다. 누구보다도 순진하고 순수함을 간직한 곧고 깨끗한 성정을 지녔기에 다른 인간들의 추악함이 독이 되어 괴롭고 힘들었을 터였다. 건넨 마음을 쉬이 접을 줄도 모르고, 한 번 열었던 마음을 다시 닫을 줄도 몰라서 매사에 조심스럽고 만인이 두려웠으리라. 쉬이 깨어지고 부서지는 수정 같은 마음살이에 그 상처를 잊지도, 다독이지도 못하여 세상이 무섭고 싫어졌으리라.

하지만 그럼에도 그녀를 이해할 수 없었다. 어린 시절부터 함께 했던 자신에게조차 한마디 언급 없이 어느 날 홀연히 종적을 감춰 버린 그녀의 독단에 서운함이 밀려왔다. 그간 정체를 감춰온 자신에게도 속았다고 생각하는 것일까, 영물이라는 정체에 거리감을 느껴 두려움이 인 것일까. 사라진 빈자리가 상처가 되었다.

"당신을 이해할 것입니다."

그녀를 이해해야만 했다. 아직 어리고 여물지 않은 성긴 존재에게 마음을 준 형벌이었다. 그녀가 부서지고 아파하고 겁내며 도망치는 것을 이해해야만 했다. 이해할 수밖에 없었다. 그러지 않고서는 그녀의 곁에 머무를 수 없을 테고, 그녀의 곁이 아니라면 더 이상의 생을 견딜 수 없었다.

"제가 당신을 찾아가겠습니다. 당신은 그저 마음껏 숨고 도망치십시오."

눈을 감으면 그녀의 얼굴이 떠올랐다. 그저 한낱 미물인 뱀으로만 남았다면 아마 그녀는 이 도망에 자신을 데리고 갔을지도 몰랐다. 하지만 그는 싫었다. 더는 그녀에게 작은 뱀으로 남고 싶지 않았다. 그녀가 떠나갔다면 이제 자신이 찾아가면 되는 일이었다. 이제 더 이상 작은 뱀이 아니니까.

그녀를 찾아 헤매는 날들은 험난했다. 아무래도 인간의 모습으로 찾는 것이 수월할 듯하여 인간화하여 이곳저곳을 떠돌면서 초사여(草巳蜍)는 영물로서 인간 세상에서 지내는 법을 하나씩 배워갔다. 무엇보다 문제가 되는 것은 자신의 외양과 인간들의 시선, 그리고 영력을 지닌 인간들의 존재였다.

영물의 본체일 때는 문제가 되지 않았으나, 인간화를 하게 되니 그의 주변에 영기가 뿜어져 나왔다. 초사여는 오래도록 염을 모은 영물이었으나 인간화를 하게 된 지 얼마 되지 않았던 탓에 영기를 제어할 줄 몰랐고, 때문에 영력을 지닌 인간들에게 쫓기고 상당히 위험한 순간까지 맞닥뜨리기도 했다. 그렇게 맞부딪히며 인간 세상에서 사는 법을 배워 그는 완벽하게 영기를 갈무리할 수 있었다. 이제 영가의 가주와 마주친다 하여도 그의 정체를 알아챌 수 없을 터였고, 다행히도 인간 세상에 그의 외양과 유사한 병증이 존재하여 인간 행세를 할 수 있었다.

5년, 인간 세상의 이곳저곳을 떠돌며 그녀의 흔적을 찾아온 세월이었다. 억겁을 살아온 초사여에게 5년이란 시간은 아무것도 아니었으나 그녀가 없는 5년이란 그동안 외롭게 살아온 수십, 수백 년의 시간보다도 훨씬 괴롭고 힘들었다. 그렇게 온 나라를 샅샅이 뒤지던 초사여는 어느 북쪽 마을에 들어서는 순간 심장이 두근거리는 것을 느꼈다.

'이 기운!'

초사여가 그녀의 곁에 머무른 시간이 9년, 거의 10년에 가까운 시간이었다. 그 오랜 시간 동안 초사여를 곁에 두었으니 그녀에게도 초사여의 기운이 묻어날 수밖에 없었다. 미미하게 느껴지는 자신과 같은 기운, 백은산에 오르며 그는 확신했다.

이곳에 그녀가 있다.

"여 공, 물러나십시오!"

도이서가 초사여를 제 뒤로 잡아당겼다. 깊게 심호흡한 그가 눈을 감고 무어라 중얼거리자 그의 손에서부터 푸른 빛이 번지기 시작했다. 영력의 발현, 저 정도 영력이라면 평범한 인간에 지나지 않는 그녀에겐 치명적일 터였다.

"설아!"

뚱땅—

초사여의 외침과 동시에 금줄이 소란스럽게 튕겼다. 그리고 일시에 도이서의 손끝에서 푸른 빛무리가 쏟아졌다.

낭떠러지는 높은 2층 누대의 지붕 정도 되는 높이였다. 절벽 치고는 낮았지만 그렇다고 쉽게 뛰어내리고 착지할 만한 높이는 아니었다. 하지만 초사여는 조금의 망설임도 없이 몸을 던졌다. 낭떠러지 끝을 박차고 몸을 내던진 초사여가 아래의 공터로 빠르게 떨어졌다.

"여 공!"

뒤에서 도이서의 외침이 들렸다. 놀란 눈으로 돌아보는 그녀의 얼굴이 보였다. 지금 상황이 어떻게 된 일인지 인지하지 못한 그녀는 저를 향해 뛰어내린 초사여와 그의 뒤로 번쩍이는 빛을 멍하니 바라볼 뿐이었다.

떨어진 충격으로 온몸이 욱씬하고 울렸다. 잔뜩 일그러진 표정에서 고통이 느껴졌으나 그는 지체 없이 그녀를 감싸 안았다. 떨어지는 속도를 못 이기고 그녀를 껴안은 초사여가 그대로 몇 바퀴 뒹굴었다.

"크으."

그녀가 앉아 있던 자리로 푸른 빛이 쏟아져 내려 땅을 파헤쳤다. 주변으로 떨어진 자잘한 빛무리 중 한두 개가 초사여를 스쳤다. 그의 도포가 찢어지며 살갗이 마치 칼에 베인 듯 찢겼다. 그러나 초사여는 자신의 상처는 신경 쓰지도 않고 혹여나 그녀가 다칠까 봐 걱정되어 더욱 끌어안으며 그녀를 품 안에 가두었다. 그녀의 따스한 온기와 부드러운 미향이 느껴졌다.

"……초사여?"

"여 공! 괜찮으십니까?"

품 안에서 울린 의문을 가득 담은 희미한 목소리가 쩌렁쩌렁한 외침에 묻혔다. 당황한 도이서가 가파른 절벽과 빙 돌아 내려가는 숲길을 번갈아 보다가 입술을 깨물고 절벽에 매달렸다. 미끄러지듯 뛰어내리듯 다급하게 절벽을 내려온 도이서가 도포에 흙과 풀을 잔뜩 묻히고 허둥지둥 다가왔다.

"여 공! 뭐 하시는 겁니까? 비키십시오! 그 여인은 사람이 아니라……."

"이 여인이 바로 제가 찾아 헤매던 임이십니다."

"예?"

초사여가 여전히 그녀를 감싸 안은 채 도이서를 올려다보며 말했다. 도이서는 극히 당황하여 어찌할 바를 몰라 했다.

"아니, 하지만…… 분명히 저 여인에게서 영기가……."

재차 집중하여 훑어보니 분명 그녀를 희미하게 감싸 돌고 있던 영기가 흔적도 없이 사라진 상태였다. 그도 그럴 것이, 초사여가 그녀를 감싸는 순간 그녀에게 스며들었던 영기를 흡수하였기 때문이었다. 본디 초사여에게서 흘러나온 기운이었으니 갈무리는 빠르고 수월했다.

"영기가…… 없군요. 죄송합니다. 분명, 희미하나 영기가 느껴졌는데……."

"워낙 영험한 산이라 기운이 새어 나온 것은 아닐까요?"

"아, 그럴 수도 있겠군요."

그리 말하면서도 도이서는 연신 고개를 갸웃거렸다. 영기도 영기 나름이라 그 출처에 따라 기운이 극명히 다르거늘, 요물의 영기를 분간하지 못했을 리가 없었다. 하지만 지금은 전혀 느껴지지 않는데다가 초사여가 찾던 그 '임'이라 하니 속단하였던 저의 성급함을 자책할 뿐이었다. 그럼에도 묘하게 찜찜한 까닭은, 방금 얘기했던 이를……. 무려 5년이나 찾아 헤맸던 이를 이리도 금방 찾게 된 탓이었다.

여전히 의심을 거두지 않는 도이서의 눈초리를 모른 척하며 초사여가 그녀를 향해 시선을 돌렸다. 품 안의 그녀는 놀란 눈으로 초사여를 올려다보고 있었다.

"괜찮으십니까?"

부드러운 목소리, 다정한 시선. 분명한 그였다.

퍼뜩 정신을 차린 그녀가 후다닥 초사여의 품에서 빠져나왔다. 이마 선을 매만지고 쪽 찐 머리를 한 번 쓰다듬고 옷매무새를 정돈하는 손이 빨랐다. 그 모습에 초사여는 피식 웃음이 새어 나왔다. 코끝이 찡하니 눈가가 젖어드는 느낌이었으나 입술에 힘을 주고 미소를 띠며 자리에서 일어나 옷자락을 탈탈 털었다.

"죄송합니다. 제 불찰이었습니다."

도이서가 그녀를 향해 연신 고개를 숙였다. 그녀는 떨떠름한 표정으로 도이서를 바라보고 초사여를 흘끔대다가 몸을 돌렸다.

"괜찮습니다."

짧은 미성에 도이서의 얼굴이 붉게 달아올랐다. 그 단답이 그를 더욱 민망하고 죄스럽게 만들었다. 돌아선 그녀의 뒷모습과 짧게 내려치는 목소리에 도이서는 의심도 잊어버리고 안절부절 그녀의 기색만 살폈다.

그녀는 두 사내에게서 눈길을 거두고 조금 전 자신이 앉아 있던 자리를 살폈다. 저를 향해 쏟아지던 빛이 대체 무엇이었는지는 알 수 없었으나, 땅이 움푹 파이고 베인 풀들이 낭자했다. 빛줄기가 만들어낸 흔적을 보니 오소소 소름이 돋아 머리를 짧게 흔든 그녀가 가야금을 향해 다가갔다. 초사여가 갑자기 그녀를 낚아채는 바람에 놓친 가야금은 다행히도 반대쪽으로 굴러 큰 손상은 없어 보였다. 하지만 자잘한 빛줄기 몇 개가 주변으로 튄 탓에 가야금 줄이 두어 개 끊어지고, 앞판이 몇 군데 살짝 긁혀 있었다.

"금이……."

그녀가 물끄러미 가야금을 내려다보고 있는데 어느새 다가온 초사여가 그 앞에 무릎을 꿇고 가야금의 긁힌 부분을 쓰다듬었다. 그의 하얀 머리카락이 부드럽게 흘러내려 땅에 닿았으나 그는 신경 쓰지 않았다. 길게 풀어헤친 머리카락, 그는 여전히 윗머리만 짧게 틀어 올린 채 긴 머리를 휘날리고 있었다.

"금이야 쓰다 보면 망가지기도 하는 법이니까."

갑자기 나타난 초사여에 그녀는 퉁명스레 말하며 금을 향해 손을 뻗었다. 그러나 그녀가 금을 잡기 전에 초사여가 먼저 금을 들고 일어섰다. 무어라 말하려 입을 열던 그녀는 엉거주춤하니 두 사람을 바라보고 있는 도이서를 보고는 화제를 바꿨다.

"여긴 어떻게 온 거야?"

"당신이 떠난 후로 계속 찾아 헤맸습니다. 5년…… 만입니다."

"5년……."

벌써 그렇게 된 것일까, 그것밖에 되지 않은 것일까. 그녀의 눈빛이 무어라 말하고 있는지 알 수 없었다. 둘은 눈을 맞춘 채 미소하나, 말 한마디 없이 서로 바라보고만 있었다.

"흠."

그 고요에 돌을 던지듯 도이서가 헛기침을 했다.

"거, 5년 만에 재회한 연인치고는 무언가 아쉬워 보입니다. 좀 더 극적이고, 뭔가 감동적이지 않을까 기대했는데 말입니다. 하하."

"연인이 아닙니다."

둘 사이에 끼어 있는 민망함에 농지거리를 던지며 어설프게 웃어 보이는데, 그 역시 싹둑 잘라 버리는 그녀였다. 그 단호함에 머쓱해진 도이서가 웃음을 흐리며 입을 다물었다. 냉랭한 공기만 그녀와 초사여, 도이서 사이를 흘렀다. 그녀를 바라보는 초사여의 눈빛과 그를 외면하는 돌아선 얼굴과 둘을 지켜보는 도이서의 시선이 엇갈렸다.

"당신도 초사여와 같은…… 건가요?"

"예? 무슨 말씀이신지……."

돌연 도이서를 향하여 질문을 날리는 그녀의 당돌함에 도이서가 당황하며 놀란 눈으로 그녀를 빤히 쳐다보았다. 사내를 저리 똑바로 응시하며 아무 거리낌 없이 대뜸 당신이라 칭하는 여인은 처음 보는 데다, 질문의 의중마저 헤아릴 수 없어 도이서는 눈만 껌뻑였다.

"아닙니다."

질문의 뜻을 이해하지 못한 이는 도이서뿐인지 초사여가 옆에서 급하게 답했으나, 그녀는 그를 향해 시선을 돌리지 않았다.

"방금 그 이상한 빛, 정체가 뭐죠?"

"죄송합니다. 제가 영기를 혼동하여 낭자를 요물이라 오인하였습니다."

날카롭게 물어오는 말에 도이서가 고개를 숙였다. 사람에게 영력을 사용하다니, 영가에서 알게 된다면 어떤 벌을 받게 될지 몰랐다. 도이서는 얼굴이 붉게 달아올라 그녀에게 사죄를 했다.

"저는 영력을 다루는 영가의 일원입니다. 황궁의 영관에 몸을 담고 있습니다. 조금 전에는 정말 큰 우를 범하였습니다. 어찌 사죄를 드려야 할지, 정말 입이 두 개라도 할 말이 없습니다."

도이서는 자신이 수상한 자가 아니라며 품을 뒤져 호패를 꺼내 보였다.

"……그냥 평범한 분이셨군요."

그녀의 대답에 도이서는 고개를 갸웃거렸다. 태어날 때부터 영력을 다루며 평범과는 거리가 먼 삶을 살아왔던 그였기에 그녀의 대답이 의아했다. 하지만 그녀가 대수롭지 않게 넘어가는 것 같아 도이서는 안도의 미소를 지으며 고개를 끄덕일 따름이었다.

도이서에게서 시선을 돌리고서도 그녀는 초사여에게 말 한마디 건네지 않았다. 초사여와 그녀 사이에서는 여전히 미묘한 기류가 흘렀다. 하지만 동굴에서 노숙한다는 말에 머뭇거리던 그녀는 결국 두 사내를 모른 체하지 못하고 자신의 거처로 안내했다. 아무도 입을 여는 이 없이 풀숲을 헤치는 발소리만 어두운 숲 속을 울렸다.

"누추합니다."

작은 단칸의 암자였다. 비뚤하게 기운 지붕과 기둥이 위태로워 보였지만, 나무와 흙으로 대충 지었음에도 처소의 기능을 충실히 해내고 있었다. 지은 지 오래되어 보이는 낡은 암자는 아마 버려져 있던 것을 그녀가 대충 손보고 살고 있는 듯했다. 비틀어져 삐걱대는 문을 잡아당기니 두 사람이 눕기에도 비좁아 보이는 작은 방이 보였다.

"지도의 절이 맞는지는 모르겠지만 근방에 절이 한 곳 있으니, 일단 오늘 밤은 예서 주무시고 날이 밝거든 길을 알려 드리겠습니다."

"부인께선 어디서 밤을 보내시려고 방을 내어주십니까?"

초사여와 도이서를 방 안에 들여보낸 그녀가 말만 던져 놓은 채 문을 닫으려 하니, 도이서가 급하게 그녀를 불러 세웠다. 앳된 얼굴과 초사여의 임이란 말에 어찌 불어야 할지 고민되었으나 일단 비녀로 머리를 쪽지고 있었기에 도이서는 그녀를 부인이라 불렀다. 그 부름에 그녀는 아무렇지 않은 얼굴로 닫히다 만 문 사이로 또 짤막한 답만 던졌다.

"신경 쓰실 것 없습니다."

삐걱이는 문을 문틀에 욱여넣은 그녀의 그림자가 멀어졌다.

"도 공, 먼저 주무십시오."

어쩐지 그녀의 눈치를 보는 듯 묵묵히 그녀가 시키는 대로만 하던 초사여가 그리 말하며 뒤도 돌아보지 않고 밖으로 나갔다. 또다시 한 차례 문이 삐걱거리는 것을 보며 도이서는 씁쓸한 미소를 지었다.

"연정이라……. 5년의 세월만큼이나 쌓인 사연도 많을 테지."

둘 사이의 이상했던 분위기를 떠올리며 도이서는 잠자리에 들 준비를 했다.

그녀가 문을 닫고 바로 따라 나왔는데 그사이 어디로 사라졌는지 그녀의 모습은 그림자조차 보이지 않았다. 암자 앞에서 숲 너머를 이리저리 둘러보던 초사여가 휙 몸을 돌렸다. 하나뿐인 작은 방과 옆에 딸린 더 작은 부엌. 초사여는 망설임 없이 성큼성큼 부엌을 향해 다가갔다.

"여기서 밤을 보낼 생각이셨습니까?"

역시나 그녀는 부엌의 아궁이에 걸터앉아 있었다.

"새벽에는 많이 쌀쌀할 겁니다."

봇짐을 뒤져 누비 두루마기를 꺼낸 초사여가 그녀의 어깨를 덮어주었다. 그가 다가오는데도 눈조차 돌리지 않던 그녀가 두루마기를 흘끔이더니 드디어 입을 열었다.

"이런 것도 갖고 다녀?"

"인간들은 계절에 따라 챙겨야 하는 의복이 있으니까요."

"인간."

그녀의 입술이 비틀렸다. 그녀가 고개를 들어 초사여를 올려다보았다. 그는 옅은 미소를 지으며 부드러운 눈빛으로 그녀를 바라보고 있었다. 변함없는 얼굴, 변함없는 미소, 변함없는 눈빛. 그는 아마 수십 년의 세월이 지나도 이 모습 그대로일 터였다.

"넌 왜 날 찾아온 거야?"

이해할 수 없다는 듯 언짢은 얼굴로 그녀가 톡 쏘았다.

"영물이라며. 수십 년도 넘는 긴긴 세월을 살았을 텐데, 넌 왜 계속 내 곁에 있는 거야? 게다가 말도 없이 떠난 날 왜 찾아 헤매고? 갑자기 나타나는 거, 여전히 똑같은 거, 참 당혹스러워."

쏘아붙이던 말이 점점 떨렸다. 처음에는 초사여를 무시하던 그녀가 지금은 그를 뚫어져라 응시하고 있었다. 초사여는 가만히 그녀에게 덮어준 두루마기를 여며주었다. 옷깃을 만지작거리며 그가 천천히 입을 열었다.

"당신과 함께한 시간이 10년입니다."

"10년, 네가 살아온 시간에 비하면 아무것도 아닐 10년?"

"그 10년은 제가 살아온 억겁의 세월에 비할 수 없는 시간이었습니다."

빠르게 받아치는 그녀의 말에도 초사여는 여전히 진중하게 한 단어, 한 단어 힘을 넣으며 답했다.

"뱀의 생을 넘어 영물의 생을 살면서까지, 어느 누구도 제게 당신처럼 따스하게 대해준 적이 없습니다. 당신은 제게 먼저 손을 내밀어주셨고, 제게 말을 걸어주셨고, 웃어주셨습니다."

"단지 그 이유로?"

"단지……. 누군가에겐 단순하고 가벼운 손짓이었을지 모르나, 그것이 누군가에게는 더없이 지극한 다정일 수 있습니다. 당신에겐 단지일 뿐일 그 이유가 제게는 전부랍니다."

초사여가 그녀를 똑바로 마주했다. 굳어버린 시선이 그녀와 초사여를 이어주었다.

"어쩌면 기나긴 외로움 탓에 당신이 쉽게 제 마음을 앗아갔는지도 모르겠습니다."

그 말과 함께 그가 한 걸음 뒤로 물러섰다. 초사여가 그녀를 향해 활짝 미소를 지었다. 이전의 그 슬픈 미소가 아니었다. 부드럽게 휜 얇은 입술은 포근하고 따스하게 다정을 담고 있었다.

산의 아침은 새소리로 시작한다.

새벽 내 자리를 지킬 기세이던 그녀는 초사여의 누비 두루마기를 이불 삼아 덮은 채 벽에 기대어 잠이 들었다가 새소리에 퍼뜩 잠이 깼다. 반짝이는 눈을 몇 차례 깜빡이다가 흐릿하게 내리깔고는 담담한 얼굴로 자리에서 일어난 그녀가 두루마기를 탈탈 털며 밖으로 나왔다. 부엌을 나서던 그녀가 걸음을 멈추었다. 부엌 앞에 초사여가 흙벽에 기대앉아 잠이 들어 있었다.

"10년……."

10년이면 강산도 변한다는데 초사여는 여전했다. 그 외양만큼이나 마음도 여전하여 짠하듯 설레듯 묘한 감정이 그녀를 감쌌다.

반듯하고 하얀 얼굴, 조각마냥 깎아내린 콧날과 턱선, 감은 두 눈은 눈매가 길고 깊었다. 저 안에 담겨 있을 잿빛 눈동자는 마치 보석처럼 붉게 빛나고는 했다. 연한 은회색 머리카락은 만지면 바자작, 바스러질 것만 같았다. 당장에라도 사라져 버릴 듯 옅은 이인데 끊임없이, 한결같이, 줄곧 곁에 머물렀다. 그녀도 차마 하지 못했던, 할 수 없었던 머무름, 인내, 기다림. 순간 코끝이 찡하며 눈물이 핑 돌았다.

"처음 초사여가 나타난 건 동기 시절이었는데. 허면 넌 그때부터 날 바라보고 있었던 걸까?"

시선은 초사여를 향하고 있었으나 그녀는 그를 보고 있지 않았다. 시간을 거슬러 어딘가 먼 곳, 먼 때를 향해 있었다. 머지않아 돌아온 그녀의 손이 초사여를 향해 천천히 다가갔다. 마치 그의 비늘 같은 부드러운 비단옷은 땅바닥에 주저앉아 있어도 흙먼지 한 터럭 묻지 않았다. 시선을 올려 찬찬히 초사여를 살피던 그녀의 눈길이 머리칼을 따라 다시 내려왔다. 허리를 넘는 긴 머리칼은 대충 틀어 올려 길게 늘어뜨린 탓에 땅에 아무렇게나 흐트러져 있었다.

머리카락에 고정된 시선은 초사여의 긴 눈꺼풀이 살며시 열리는 것을 알아차리지 못했다. 그녀의 손이 땅에 흐트러진 머리카락으로 향하는 순간, 가는 손가락 사이사이로 긴 손가락이 파고들었다.

"좋은 아침입니다."

막 잠에서 깬 중저음의 낮은 목소리와 함께 피어나는 미소. 놀란 그녀가 붙잡힌 손을 빼내려 했으나 초사여는 더욱 꽉 힘을 주며 손을 놓아주지 않았다. 손가락 사이로 엇갈려 들어온 낯선 손가락들이 마치 짝을 찾은 듯 꼭 맞추어 놓을 줄을 몰랐다.

"놔."

단호한 명이어야 했으나 우습게도 당황하여 떨리고 말았다. 그녀는 제 떨리는 목소리를 못 들은 척 눈에 힘을 주었으나 초사여는 여전히 웃음 띤 얼굴이었다.

"5년입니다."

그녀와 눈을 맞추던 초사여가 지그시 눈을 감으며 그녀의 손을 얼굴 쪽으로 잡아당겼다. 손 위로 입술이 닿을 것 같아 그녀가 움찔하였으나 초사여는 단지 그녀의 손등을 뺨에 가져다 댈 뿐이었다.

"그리 오랜 시간을 돌아 겨우 찾았는데 쉬 놓아드릴 것 같습니까?"

초사여가 말을 할 때마다 그의 입술 끝이 손등에 닿을락 말락 살을 간지럽혔다. 소매 밖으로 드러난 손목 위로 그의 숨결이 스쳤다. 밖에서 밤을 지새운 탓인지 초사여의 뺨이 차가웠다. 닿는 숨결에 미약하게나마 온기가 느껴져 실로 살아 숨 쉬고 움직이는 존재로구나, 생각이 들었다. 그는 너무나도 현실성이 없기에 이 미약한 온기마저 없다면 환각이라 여기게 될 것만 같았다.

끼걱.

멍하니 손을 내주고 있던 그녀는 틀어진 방문이 삐걱거리며 열리자 화들짝 놀라며 세차게 손을 빼냈다. 이리 뿌리치면 쉽게 풀려날 손이었건만 그녀는 그럴 생각도 못 하고 손을 쥐어주고 있었다. 민망함에 붙잡혔던 손을 쓰다듬으며 그녀가 방을 향해 고개를 돌렸다. 방 안에서 도이서가 상투머리에 고의적삼 차림으로 길게 기지개를 켜며 나왔다.

"이 방향으로 계속 올라가시다 보면 위쪽으로 당간지주가 보일 겁니다."

"여러 가지로 폐만 끼쳐 죄송했습니다. 감사합니다."

도이서가 가볍게 목례를 했다. 그녀는 웃음기 없는 마른 얼굴로 가볍게 고개를 숙여 보이고는 당연하다는 듯이 제 뒤에 서 있는 초사여를 돌아보았다.

"같이 안 가?"

"전 당신을 찾아온 겁니다."

초사여와 그녀의 시선이 얽혔다. 서로를 바라보고 있는 둘을 번갈아 보던 도이서가 미소를 지으며 돌아섰다.

'연정이라……. 좋은 때로다.'

갈 길이 멀었기에 도이서는 걸음을 재촉했다.

도이서를 보내고 나서 한참 눈싸움을 하던 둘은 여전히 묘한 분위기를 풍기며 말없이 암자로 향했다. 그녀가 앞서 걸어갔고, 초사여는 그녀에게 시선을 고정한 채 두어 걸음 떨어져 뒤를 따랐다. 둘 사이의 정적은 낯선 경계도, 어색한 침묵도 아니었다. 의도적으로 신경 쓰지 않으려는 이와 대놓고 뚫어져라 관심을 쏟아붓는 이의 조합이 끊어질 듯 팽팽한 긴장이 어우러진 곤두선 고요를 만들어내고 있었다.

그녀는 암자에 도착하고서도 초사여를 무시한 채 홀로 방에 쏙 들어가 버렸다. 초사여 역시 그녀를 뒤따라 방에 들어갈 생각은 없었는지 제 앞에서 굳게 닫히는 문을 보고만 있었다. 방 안에서 무언가를 정리하는지 달그락거리는 소리가 났다. 그리고 얼마 지나지 않아 그녀가 밖으로 나왔다. 암자를 향해 쏟아지는 햇빛에 유난히 그녀의 모습이 빛나 보였다.

그녀의 까만 머리는 한 가닥의 잔머리도 허용하지 않는 듯 단정하게 빗어내려 뭉툭한 나무 비녀로 쪽을 지어 틀어말려 있었다. 하얗고 투명한 피부는 어딘가 차가워 보일 정도로 깨끗했고, 그 탓에 눈이 유난히 까맣게 보였다. 가는 목은 뼈가 도드라져 보일 정도였고, 얼핏 보인 쇄골에 저고리 소매 밖으로 나온 팔목이 유난히 가늘도록 말라서 안쓰러울 정도였다. 그 마른 손목 아래로 작고 아담한 손에는 전혀 어울리지 않는 물건이 들려 있었다.

"그것은 칼이 아닙니까?"

들려온 질문에 무심코 초사여를 바라보았던 그녀는 황급히 시선을 돌렸으나 이미 한 번 마주친 눈이라 차마 끝까지 무시하지 못하고 대수롭지 않은 투로 짧게 답했다.

"응."

칼몸의 길이만 해도 그녀의 상체보다 훨씬 긴 장도(長刀)였다. 그녀는 가벼운 차림으로 익숙하게 칼을 챙겨 들고 암자를 나섰다.

"폭포에 다녀올 거야. 이 근방이니까 혼자서도 괜찮아."

초사여가 따라나서려 하니 그녀가 뒤도 돌아보지 않고 툭 던졌다. 에둘러 따라오지 말라는 말을 하는 것이었다. 장도를 챙겨 들고 폭포라니, 그녀가 무엇을 하려는 것인지 궁금한 마음과 그녀의 말에 따라야 할까 고민하는 마음이 겨루는 사이에 그녀는 이미 저만치 멀어져 나무에 가려지고 있었다. 초사여는 암자 앞에 멀뚱히 서서 사라지는 그녀의 뒷모습만 바라보았다.

근방에 있다던 폭포는 그 규모가 꽤 큰 모양인지, 물이 떨어지며 울리는 소리가 암자의 배경으로 깔려 있었다. 마치 바람 소리인 양, 숨소리인 양 항상 들려오는 물 부서지는 소리가 귀를 잔잔히

덮었다. 밤새 들었던 소리였으나 그녀가 폭포에 다녀오마고 사라지니 시간이 지날수록 점점 궁금증이 커져갔다. 결국 초사여는 그녀를 찾아가기로 마음먹고 암자를 나섰다.

그녀가 사라졌던 방향으로 걸어가니 얼마 지나지 않아 강가에 도달했고, 초사여는 강줄기를 따라 하류로 향했다. 강물은 얼마 가지 않아 급류를 이루었고, 강 옆의 바위들도 점점 험해져 멀찍이 떨어져 걸어야 했다. 그리고 곧 귀가 먹먹하게 울리며 생각보다 크고 웅장하게 쏟아져 내리는 폭포수를 마주하게 되었다.

폭포의 규모가 굉장하여 초사여는 잠시 할 말을 잃고 쏟아지는 물줄기를 바라보았다. 폭포의 근처는 튀어 오르는 물방울이 마치 안개처럼 자욱하여 습했다. 아찔한 높이의 절벽과 쏟아지는 폭포수에 잠시 시선을 빼앗겼던 초사여는 이내 정신을 차리고 폭포 아래로 내려갈 길을 찾아 주변을 둘러보았다.

아무래도 멀리 빙 돌아야만 아래의 호수로 내려갈 수 있을 것 같았다. 길을 찾아 눈을 돌리던 초사여는 문득 반짝이는 무언가를 본 것 같아 시선을 돌렸다. 그리 멀지 않은 곳에 폭포를 향해 불쑥 튀어나와 있는 기이한 바위가 있었다. 꽤 커다랗고 널따란 바위는 위태로워 보이기도 했으나 그 어느 곳보다도 폭포를 가까이에서 구경할 수 있는 명당이었다. 그리고 그 바위 위를 누군가가 빠르게 맴돌고 있었다.

잠시도 멈추지 않는 날렵한 움직임이었다. 길고 번쩍거리는 것은 햇빛에 반사된 장도였다. 도를 들고 가쁘게 움직이니 처음에는 검술을 연마하는가 싶었는데, 검술이라기엔 지나치게 동작이 크고 부드러웠다. 바위의 중앙에서 커다란 원을 그려, 그 원을 벗어나지 않으면서 무작위로 움직이는 듯 규칙이 있는 보무였다. 분명 저 움직임은 춤이었다. 칼을 들고 추는 춤이었다.

"찾았다."

작게 읊조린 초사여가 기쁘고 들뜬 마음에 힘든 줄도 모르고 한달음에 폭포 높이의 반을 내려와 풀숲을 헤쳤다. 몇 번의 헛손질 끝에 폭포를 향해 터진 바윗길을 찾아낸 초사여는 그 기쁨도 잊고 말문이 막히고 말았다. 눈앞에서 마주한 검무는 멀찍이서 보던 것보다 더 강렬하고 아름다워 초사여를 사로잡았다. 날카로우면서 유려한 몸짓은 눈을 떼지 못할 정도로 보는 이를 빨아들였다.

가뿐하게 흩날리는 칼날이 허공을 가르며 바람 소리를 냈다. 바람을 가르는 칼날에서 진동 소리가 들렸다. 폭포에서 튀어온 물방울이 칼의 진동에 떨리어 알알이 부서졌다. 그렇게 재빠르게 칼을 놀리면서도 무희(舞姬)의 몸은 쉬지 않고 흔들렸다. 옷자락이 몸에 감기는가 싶으면 어느새 펄럭이며 펼쳐지고, 그렇게 원을 그리나 싶으면 다시 사그라졌다. 그러는 소리, 바람 소리며 칼의 진동이며 옷자락이 펄럭이는 소리가 곧 폭포수 쏟아지는 큰 장단에 꾸밈음을 넣었다. 그 곡조에 맞춰 춤을 추는데, 그 춤은 다시 곡조가 되는 장관이었다.

넋을 잃고 검무를 바라보던 초사여는, 한차례의 무보가 끝났는지 그녀가 크게 칼을 놀리며 느릿하게 몸을 돌리고서야 앞으로 나섰다.

"역시나 훌륭하십니다."

그 목소리에 고개를 돌린 그녀가 조금 놀란 눈으로 초사여를 바라보다가 이내 표정을 지워 버렸다.

"예전에는 말도 잘 듣더니, 이젠 네 멋대로구나."

"조금은 인세에 물든 걸까요?"

날카로운 말을 부드럽게 흘려 넘기는 여유에 그녀가 어이없어 짧게 숨을 뱉었다. 그녀의 뒤로는 쏟아지는 폭포와 먼 산의 원경이 보였다. 폭포를 향해 튀어나온 너럭바위 위에 서 있는 그녀의 주위로 폭포에서 바스러진 자잘한 물방울이 햇빛에 반사되어 반짝였다. 물기를 머금어 조금 눅눅해진 옷이 그녀의 몸에 딱 달라붙어 가녀린 체형이 그대로 드러났다.

"여전히 뛰어나고, 여전히 아름답습니다."

낯부끄러운 칭찬을 아무렇지 않게 해대는 초사여에 그녀가 고개를 모로 돌렸다. 가볍게 휘두른 칼을 짧게 쳐내어 칼날에 맺힌 물방울을 떨쳐 낸 그녀가 칼을 거두었다. 스릉, 부드러운 소리와 함께 칼날이 칼집에 들어갔다. 한두 해 칼을 만진 것이 아닌 듯 꽤나 익숙하고 자연스러운 손놀림이었다.

"찬을 받자고 추는 춤이 아니야."

그녀의 목소리가 어둡게 가라앉았다. 살짝 숙여 초사여의 시선을 피하는 그녀의 얼굴이 미묘하게 일그러져 있었다. 찬 서리가 치도록 쌩하니 초사여의 곁을 지나쳐 가버리는 그녀의 걸음에 초사여는 자신이 대체 무엇을 잘못하여 그녀의 신경을 거슬리게 했는지 이해되지 않아 당황할 따름이었다.

말없이 앞서 가는 그녀의 걸음이 매몰찼다. 조용히 그 뒤를 따르면서 초사여는 그녀의 손에 들린 장도가 자꾸만 신경 쓰였다. 긴 칼몸에 번쩍이는 칼날, 곧게 편 칼등에 뾰족한 칼끝, 잘 벼린 외날도는 단순히 춤만을 위한 칼이 아니었다. 게다가 이전에는 검무에 관심도 없던 그녀가 진검을 들고 검무를 추니 여간 신경 쓰이는 것이 아니었다.

온종일 그녀는 초사여를 모른 척했고 초사여는 그녀를 지켜보았다. 어스름이 내리고 가만히 서서 방문만 보고 있던 초사여는 갑자기 벌컥 문이 열리자 놀라 그녀를 바라보았다.

"들어와."

짧은 명령만 던지고 그녀가 안으로 들어가 버리니 주저하던 초사여가 조심스럽게 방 안으로 들어서 문을 닫았다. 삐걱이는 문을 겨우 맞춰 닫고 나서 몸을 돌리니 작은 방에 불조차 밝히지 않은 채 그녀가 앉아 있었다.

지난밤에는 제대로 살피지 못했던 방 안의 모습이 그제야 눈에 들어왔다. 초사여가 겨우 바로 설 수 있을 정도로 낮은 천장과 작은 궤 하나가 전부인 단칸방, 뒤쪽을 향해 나 있는 작은 창에서 바깥의 푸르스름한 어둠이 비쳐들었다. 한쪽 벽면에는 주머니에 담긴 가야금과 낮에 보았던 장도가 기대어 서 있었고, 궤 옆에는 허름한 이불 한 채가 깔끔하게 개어져 있었다.

잠시 방 안을 둘러보던 초사여가 그녀의 맞은편에 앉기가 무섭게 그녀가 입을 열었다.

"왜 날 찾아온 거야?"

"말하지 않았습니까."

"겨우 잊어가고 있었는데, 그런데 왜 다시 내 앞에 나타난 거야?"

질문이 아니었다. 딱딱하게 굳은 그녀의 얼굴과 달리 그 목소리는 미세하게 흔들리며 젖어들고 있었다.

"설아."

"그 이름으로 날 부르지 마!"

초사여의 부름에 그녀가 경기를 일으키듯 다급하게 외쳤다.

"네가 아는 그 어떤 이름으로도 날 부르지 마. 그 모든 이름에 피가 묻어 있어서, 지어준 이들이 모두 죽어버려서, 악몽이 떠오르고 그분이 떠올라 괴로우니까……."

그녀가 고개를 숙였다. 곱게 빗은 머리카락이 한두 가닥 흘러내렸다. 움츠러든 어깨가 미세하게 떨리고 있었다. 그 떨림이 안쓰러워 초사여가 손을 내미는 순간, 그녀가 벌떡 일어나 벽면에 서 있던 장도를 집어 들었다. 빠르게 칼집을 쥐고 칼을 빼내어 든 그녀가 팔을 쭉 펴 초사여를 겨누었다.

"널 보면 옛날의 일들이 떠올라. 널 보면 네가 보이는 게 아니라 다른 이들이 보여. 그들을 잊고 싶어서 숨었는데…… 떠났는데……. 네가 날 찾아와서 다시 그들이 떠올라."

미세한 떨림은 긴 칼날을 통하여 전해지며 칼끝이 요동쳤다. 날카로운 칼날이 번뜩였으나 위태롭게 흔들리는 칼은 전혀 위협적이지 않았다. 그저 그 모습이 너무나도 슬퍼 보였다. 날카로운 칼을 치켜든 그 모습이 자신을 위험한 존재라 위장하며 숨어드는 것 같아 안타까워만 보였다.

"어찌 칼을 드셨습니까?"

칼끝에 머무르던 처연한 눈빛이 그녀를 향했다.

"어찌 사람을 벨 칼을 들고 춤을 추고 계십니까?"

"……베려 했어."

자루를 쥔 손에 힘이 들어갔다. 그만큼 칼은 더욱 크게 요동쳤다.

"그녀가 너무 미워서…… 용서할 수 없어서, 분노가 치밀어 검을 들었어. 하지만 내게도 그런 사악한 악의가 깃드는 것은 용납할 수 없었어."

칼등이 기울었다. 그만큼 그녀의 눈동자에 눈물이 차올랐다. 칼끝이 바닥에 닿는 순간 눈물방울이 뚝 떨어졌다. 언제나 평정을 가장하던 냉랭한 얼굴이 일그러졌다. 초사여를 바라보며 눈물을 쏟아내던 그녀가 점차 무너져 내렸다.

"겨우 장검을 구해 매일 칼을 갈았지만 단 한 번도 제대로 쥘 수 없었어. 그러다가 그분을 떠올리면 슬퍼지고, 후명이 너무 밉고, 너무 쉽게 그분을 잊어버리고 아무렇지 않게 지내는 세상이 다 미워지고. 그렇게 화가 일어서 칼을 쥐었다가도 나마저 그 사람들처럼 악의에 물들까 봐 두려워, 차마 사람을 해하는 검술을 익힐 수는 없었어."

주저앉은 그녀가 칼자루를 놓고 제 가슴팍을 주먹 쥔 손으로 쿵쿵 찧었다.

"하지만 속이 미칠 것만 같아서, 이 원망을 풀어내지 못하면 내가 터져 죽을 것만 같아서, 결국 할 줄 아는 게 춤뿐이라……."

쿵, 쿵.

나지막한 주먹 소리가 울렸다. 그녀는 울음소리조차 내지 않고 입술을 깨물고 숨죽여 울었다. 그 숨죽인 울음이 어떤 오열보다도 구슬프고 괴로워 보여 마음이 찢어졌다. 초사여는 결국 참지 못하고 그녀를 와락 끌어안았다. 제 가슴을 치고 있는 주먹을 하지 말라 감싸 쥐고 그녀를 품 안에 가두었다.

"나약해. 나는 나약해서…… 차마 검도 들지 못하고……."

"아닙니다."

울먹이며 쥐어짜 내는 목소리를 그가 막아섰다.

"나약한 것이 아닙니다. 그 어떤 이보다도 강인하고 굳세십니다. 많은 이들이 복수심에 눈이 멀어 칼을 들고 살생을 행하지만, 당신은 그 원망이란 것에 쉽게 굴복하지 않으신 겁니다."

그녀의 여린 어깨를 힘껏 감싸 쥐고 초사여가 그녀의 귓가에 속삭였다. 품 안에서 그녀는 여전히 바들바들 떨고 있었지만, 초사여의 옷깃을 꽉 쥐고 그에게 몸을 내맡기고 있었다.

"당신은 살생을 행하지 않고 춤을 추셨습니다. 그 간악한 감정에 쉽게 내둘리지 아니하시고 굳게 당신의 길을 걸으신 겁니다. 그 원망과 한을 춤으로 승화시키며 스스로를 다독이신 겁니다. 어느 누구도 쉬 할 수 없는 일을 당신은 해내신 겁니다."

초사여가 천천히 그녀의 등을 쓸어내렸다. 그녀의 떨림이 점차 멎으며 들썩이던 호흡 역시 진정되어갔다. 여전히 감은 두 눈에선 눈물이 흘러내리고 바짝 힘이 들어간 아미는 안쓰럽게 기울어 있었지만, 그녀는 조금씩 평안을 되찾고 있었다. 고개를 숙여 그녀의 귓가에 속삭이고 있던 초사여가 고개를 들고 그녀의 얼굴을 바라보았다. 한 손으로 어깨를 감싸 안고 다른 한 손을 거두어 젖은 뺨을 닦아내던 그는 그녀의 감긴 눈이 살며시 떠오르니 눈을 맞추고 읊조렸다.

"그 슬픔과 아픔과 고통을 그리 아름다운 춤으로 빚어내신 겁니다."

낮에 폭포에서 봤던 검무는 굉장했다. 아니, 굉장하다는 말로도 부족했다. 아름답고 눈이 부셨고 부드러우면서도 힘이 있었다. 그녀는 분노를 못 이겨 칼을 들고 원망을 풀어내고자 춤이나 추었다고 말했으나, 그 검무에는 그 어떤 악독한 감정도 담겨 있지 않았다. 스스로 나약하다 말했으나 그녀는 많은 이들이 쉽게 빠지고 마는 복수의 길로 접어들지 아니하였다. 그것만으로도 대단할진대 그 감정을 춤으로서 풀어내다니, 그야말로 한을 승화한 재예였다.

"괜찮습니다."

닦아낸 뺨 위로 다시 눈물 한 줄기가 흘러내리니 초사여가 재차 손가락으로 훑어냈다.

"충분하셨습니다. 대단하셨습니다. 이겨내셨습니다. 이제 그만 그 묵은 감정들 모두 내려놓으셔도 됩니다. 제가 짊어지겠습니다. 홀로 힘들어하지 마시라 이리 제가 온 겁니다. 제가 대신 아파하고, 제가 대신 울겠습니다. 당신은 그저 꽃처럼 웃으시면 됩니다."

"꽃처럼……."

"제가 당신의 곁을 지키겠습니다."

초사여의 따스한 눈빛이 그녀를 어루만졌다. 그녀가 손을 들어 초사여의 눈가를 건드렸다. 긴 눈매를 따라 흐르던 손가락이 천천히 아래로 내려와 뺨을 지나 턱선을 스쳤다.

"이제 네 정체가 무언지 더는 고심하지 않을래."

많이 부드러워진 어조로 그리 말한 그녀가 가볍게 눈을 감았다.

✼　✼　✼

눈을 감은 채 그녀가 숨을 깊게 들이켰다. 잠은 완전히 깼지만 눈을 감고 아침의 소리, 여름의 공기, 이불의 촉감 따위를 느끼던 그녀가 천천히 눈을 떴다. 여름이라 해가 빨리 떠서 아직 이른 시각일 터였으나 벌써 사위는 환했다. 산에서는 해가 바로 시간인지라 날이 밝으면 일어나고 저물면 자리에 드는 자연과 하나인 생활이었다. 천장을 바라보던 그녀가 고개를 오른쪽으로 돌렸다.

"초사여."

역시나 바로 보이는 것은 잠든 사내의 얼굴, 작은 중얼거림에도 그의 눈가가 움찔하고 움직였다. 작은 단칸방에 이불도 한 채뿐이라 초사여는 그녀와 조금 떨어져 문 쪽으로 누워 봇짐 천을 깔고 잠자리를 마련했다. 그간 노숙에 이골이 났다며 지붕 있는 자리란 것만 해도 감지덕지라 말하긴 했지만, 저 옹색한 자리가 신경 쓰이는 것은 어쩔 수 없었다. 그렇다고 한 이불을 덮을 수도 없는 노릇이라 모른 척 입을 다물고 있었다.

자리도 불편할 텐데 초사여는 언제나 그녀를 향해 모로 누워 잠을 잤다. 그녀를 향한 몸과 그녀를 향한 얼굴, 잠결에 뒤척일 법도 한데 초사여는 단 한 번도 돌아누운 적이 없었다. 언제나 그녀를 향해 누워 있었기에 그녀가 잠에서 깨어 고개를 돌리면 항상 그의 얼굴이 먼저 보였다. 이제 그녀는 습관처럼 일어나자마자 그의 잠든 얼굴을 살폈다.

움찔거리던 눈이 감긴 채 눈동자를 몇 번 굴리다가 살며시 떠올랐다.

"간밤 편히 주무셨습니까?"

막 잠에서 일어난 가라앉은 목소리, 초사여가 아직도 꿈결을 헤매는 눈빛과 미소를 보냈다. 초사여와 함께 지내게 된 지도 꽤 오랜 시간이 지났다. 그가 사내임에도 이리 허물없이, 격 없이 함께 지낼 수 있는 것은 햇수로만 따지면 15년에 접어드는 세월 때문일지도 몰랐다. 초사여는 그것이 다행이라 생각하면서도 한편으로는 씁쓸했다. 건장한 사내의 모습을 하고 있지만 아직도 그녀에게 자신은 어린 시절의 그 '초아'에 지나지 않는 것인가 하는 아쉬움이었다.

산중의 생활은 평화롭고도 한적했다. 그녀는 보통 낮이면 폭포로 나가 검무를 추었고 밤이면 일전의 공터로 나가 가야금을 연주했다. 처음 검무를 시작한 이유는 원망이라 했지만, 이제는 그마저도 잊고 그저 검무 자체에 푹 빠진 그녀였다.

"예전에도 춤에 능하기는 했지만 춤보다는 금이 뛰어났는데, 이제는 금보다 검무가 뛰어나십니다."

"그래?"

그녀의 짧은 답에 홍조가 묻어났다.

"그 날카로우면서도 부드러운 춤사위가 당신과 꼭 닮았습니다.

정확하면서 날랜 동작과 유려한 춤사위에 슬픈 듯 흥거운 듯 아스라이 감정이 묻어나 춤에는 문외한인 저마저도 감동하게 됩니다.”

초사여의 찬에 그녀가 민망한 듯 칼을 빙글빙글 돌렸다. 대답도 하지 않고 돌아선 그녀는 다시 검무를 추기 시작했다. 그녀의 뒤로 폭포가 산산이 부서졌다.

그녀는 매일 검무를 추었고, 간혹 가다가 한 번씩 가야금을 연주했다. 그래도 한 번 금을 들고 나서면 꽤 오래 앉아서 금을 뜯었고, 새벽 내 음률에 젖어 있다가 날이 밝고서야 돌아올 때도 있었다. 초사여는 그런 그녀의 곁을 항상 지키며 그녀와 거취를 함께했다. 그러나 그런 그도 종일 그녀의 곁에 딱 붙어 있을 수는 없었다. 그 유일한 예외가 바로 그녀가 멱을 감을 때였다.

“이제 나 혼자 갈게.”

“무슨 일 있으면 부르십시오.”

“걱정도.”

그녀를 홀로 보내는 것이 걱정되어 근처까지 동행하여 근처 바위에 자리를 잡고 앉은 초사여는 그녀가 강줄기를 따라 위쪽으로 올라가는 모습을 지켜보았다. 폭포의 위쪽으로 강을 따라 쭉 올라와 계곡 위쪽으로 물살이 잔잔한 곳이 그녀가 몸을 담그는 자리였다. 유람객은 보통 폭포 아래쪽의 널찍한 곳을 애용하였기에 그들을 피하여 고른 장소였다. 그래도 근자에 들어 더위를 피해 창수산—여름의 백은산—을 찾는 유람객이 많아졌기에 행여 모를 상황에 대비하여 더욱 주의를 기울이며 조심하고 있었다.

바위에 앉아 풀벌레의 노래를 듣기도 하고 별을 세기도 하며 초사여는 그녀가 돌아오길 기다렸다. 멀리에서 물소리가 들렸다. 고요한 밤이면 소리가 더욱 크게 들려와 먼 곳의 소리도 지척에서 들리는 것 같았다. 그렇게 느긋하게 그녀를 기다리던 초사여가 갑자기 표정을 굳히고 긴장한 얼굴로 귀를 기울였다.

"설마."

딱딱한 외마디와 함께 초사여가 자리에서 벌떡 일어났다. 소란스런 발걸음 소리와 높은 언성의 대화 소리가 아득하게 들려왔다. 보통 유람객은 물가를 찾아오면 폭포 아래를 향하고는 했다. 그러나 분명 지금 이 소리는 위쪽에서 들려오고 있었다. 게다가 들뜬 사내들의 목소리, 초사여가 다급하게 몸을 날렸다.

나무 사이를 재빠르게 지나쳐 강가를 따라 위로 올라가던 초사여는 저만치 바위 위쪽에서 떠들썩하게 소란을 피우며 강가로 내려가는 사내들의 무리를 발견했다. 그들 중 반 이상은 벌써 웃통을 벗어 던진 채 강에 들어가고 있었다. 사내들을 발견한 초사여가 빠르게 물가를 살폈다.

'부디 이 근방에 없길.'

초사여도 그녀가 어디에서 멱을 감는지 자세한 위치까지는 몰랐기에 불안과 걱정이 피어올라 입술을 꽉 깨물고 그녀가 근처에 없기를 바라며 이곳저곳을 샅샅이 훑었다. 기민하게 훑어가던 초사여의 시선이 갑자기 멈칫하며 조금 전에 시선이 닿았던 자리로 고개가 돌아갔다. 사내들과 그리 멀지 않은 곳, 물가로 늘어진 나뭇가지들의 울창한 잎 사이에 몸을 숨긴 작은 그림자. 초사여의 눈이 붉게 빛났다.

붉은 빛무리가 초사여의 눈동자에서부터 번지기 시작하여 삽시간에 그의 온몸을 감쌌다. 그리고 점차 그 크기가 줄어들며 빛이 사그라지자 어느새 초사여는 사라지고 그가 있던 자리에 작고 하얀 뱀 한 마리가 모습을 드러냈다. 하얀 뱀은 민첩하게 몸을 움직여 금세 사라져 버렸다.

사내들의 목소리에 그들이 지나갈 때까지 잠시 몸을 숨기고 있으려 나무 그림자 사이에 숨어들었던 그녀는 사내들이 강에 들어오는 바람에 이러지도 저러지도 못하고 잔뜩 몸을 움츠린 채 사내들을 살피고만 있었다. 그녀의 옷가지는 바로 위의 나뭇가지에 걸려 있었지만, 옷을 가지러 올라간다면 사내들에게 들킬 공산이 컸다. 때문에 오도 가도 못하고 몸을 숨긴 채 숨죽이고 있던 그녀는 사내들의 동향을 살피느라 제 뒤쪽에서 누군가 다가오는 것을 알아차리지 못했다. 뱀의 모습으로 아무도 눈치채지 못하게 강가를 가로지른 초사여가 나뭇가지에 걸려 있던 치마를 빠르게 낚아채 그녀에게 다가갔다. 갑작스러운 초사여의 등장을 그녀가 채 인지하기도 전에 그가 치마를 펼쳐 그녀를 감싸며 품 안에 그녀를 가두었다.

"어떻게……."

"쉿."

귓가에 초사여의 숨결이 닿았다. 그의 긴 머리카락이 흘러내렸다. 젖은 몸을 감싼 얇은 속치마가 축축하게 달라붙었다. 등 뒤로 바짝 다가선 초사여가 느껴졌다. 그의 품 안에서 그녀는 얼어붙은 듯 꼼짝 않고 있었다. 그녀의 숨소리와 초사여의 숨소리가 한데 섞였다.

뒤쪽에서 와자지껄한 사내들의 웃음소리가 들려왔다. 그들은 고함을 지르고 물장구를 치고 물에 뛰어들며 소란스레 멱을 감았다. 그러나 그 요란한 소리는 마치 저 먼 곳에서 들려오듯 가마득하기만 했다.

귓가에는 온통 거친 숨소리만 크게 울렸다. 더불어 쿵덕거리는 심장 소리가 터질 듯이 요란했다. 그녀의 젖은 머리카락에서 물방울이 똑 떨어져 물 위에 작은 파문을 일으켰다. 속치마 한 장만 걸친 채 멱을 감느라 홀딱 젖은 몸으로 서 있었으나 차가운 강물에도 몸은 불처럼 뜨겁게 달아올랐다. 이 열기는 등 뒤에 찰싹 달라붙어 있는 초사여의 존재 때문이었다. 비록 그녀의 몸을 치마로 감싸 둘렀다고는 하나 겨우 한 겹의 무명천일 뿐이었다. 게다가 양팔로 그러안은 초사여의 품 안에 갇히니, 온몸이 그와 한 치도 떨어지지 않고 딱 달라붙어 있기에 얼굴이 점점 붉게 달아올라 뜨거워졌다.

흘러내린 초사여의 긴 은회색 머리카락의 끝이 물에 잠겨 물결을 따라 흐느적거렸다. 급하게 그녀를 찾느라 차올랐던 숨이 조금씩 진정되며 숨소리가 잦아들었다. 제 품 안에 얌전히 안겨 있는 그녀의 작은 몸이 따스하게 달아오르자 초사여가 힘 있게 그녀의 양어깨를 감싸 쥐었다.

"아……."

그녀의 입에서 가느다란 미성이 흘러나왔다. 초사여가 고개를 기울여 그녀의 귓가에 입술을 바짝 가져다 대고 읊조렸다.

"쉿. 가만있으세요. 소리가 나면 저들이 우릴 발견할지도 모릅니다."

떨리는 목소리가 낮게 귓속을 울렸다.

"조금, 잠시만."

말도 안 되는 핑계였다. 이대로 옷을 챙기고 몸을 피하면 되는 일이었다. 초사여가 그녀를 가려주고 있는 데다 치마를 두르고 있기도 하니 설사 사내들의 눈에 띈다고 하더라도 곤란할 것은 없었다. 그럼에도 그는 숨죽여 그녀를 감싸 안았다. 그녀 또한 그런 초사여의 속삭임을 뿌리치지 않았다.

사내들의 물장구에 강물이 첨벙대 무릎과 허벅지 사이를 출렁였다. 밤바람에 나뭇잎들이 스치고 그림자가 흔들렸다. 맑은 밤하늘에 달과 별이 반짝이고 강물 위로 달빛이 부서지고 별빛이 너울거렸다. 두근거리는 심장이 겹치고 숨소리가 섞였다. 그렇게 숨죽인 시간이 멈춘 듯 삽시간에 지나갔다.

"이제……."

사위가 적막하고 멀리서 밤새가 길게 우는 소리가 들려왔다.

"이제 모두 가버린 것 같아."

"정말 그렇게 생각하십니까?"

"아무 소리도 들리지 않는걸."

"바위에 앉아 몸이라도 말리고 있는 것일지도 모릅니다."

얌전히 품 안에 안겨 있던 그녀가 고개를 돌려 숙인 초사여의 귓가에 말을 건넸다. 고개를 숙인 채 대답하는 초사여의 장난기 어린 음성은 좀 전의 속삭이던 목소리보다 언성이 높아져 있었다.

"한참 전에 떠드는 소리가 점점 멀어졌잖아."

"앗, 잠깐. 목소리가 들립니다."

놀란 초사여의 말에 그녀가 움찔하며 고개를 숙이고 몸을 움츠렸다. 그 모습에 초사여가 웃음을 삼키고는 그녀의 귓가에 입을 가까이 대고 말을 이었다.

"당신의 목소리 말입니다."

"너!"

초사여가 장난을 치고 있음을 깨달은 그녀가 붉어진 얼굴로 외쳤다. 초사여가 자신을 향해 고개를 돌리고 있는 것도 잊고 그를 향해 세차게 고개를 돌린 그녀는 바로 코앞에 다가와 있는 초사여의 얼굴에 놀라 말을 잃었다. 놀란 눈동자 한가득 초사여가 담겼다. 코끝이 스쳤다. 닿을락 말락 위태로운 거리로 떨어진 두 얼굴은 그 지척의 거리에 서로 놀라 굳어버렸다. 몇 차례 크게 깜빡이던 긴 속눈썹이 화들짝 놀라며 저를 감싸 안은 긴 팔을 뿌리치고 품에서 달아났다. 무릎께까지 오는 강물이 참방이며 물방울을 튀겼다.

"부끄러워 도망가십니까?"

멀뚱히 서 있던 초사여가 어느새 물 밖으로 나가 나뭇가지에 걸려 있는 다른 옷가지들을 챙기는 그녀에게 말을 걸었다.

"부끄러움도 타십니까?"

허둥대는 손길로 빠르게 옷을 챙기고 감싸 두른 치마를 여미는 손이 자꾸만 엇나갔다. 그 다급하고 허술한 동작에 초사여가 웃음을 머금고 천천히 물에서 나와 그녀에게 다가갔다. 다가가는 만큼 그녀가 종종걸음으로 도망을 쳤다. 흔들리는 뒷모습에 초사여는 자꾸만 심장이 두근거리고 입꼬리에 힘이 들어가 절로 입술이 벌어졌다.

"저를 그저 귀여운 초아로만 여기시는 줄 알았는데, 다르게 보이기라도 합니까?"

초사여는 자신이 이리 능글맞을 수 있다는 것을 처음 알았다. 말아야지 하면서도 자꾸만 장난 어린 목소리가 튀어나와 그녀를 간지럽혔다. 붉어진 얼굴로 그녀는 한마디 대답이 없었다. 기실, 초사여 역시 제 붉어진 얼굴을 숨기고자 더욱 짓궂은 말을 던지는 것이었다. 이 짓궂은 장난에 그녀는 초사여를 돌아보지 않았고, 그래서 그의 달아오른 얼굴을 알아차리지 못했다.

그날 이후로 그녀가 멱을 감을 때면 초사여는 그녀가 옷가지를 걸어두는 나무의 뒤쪽에 등지고 앉아 그녀를 지키게 되었다. 등 뒤에서 들려오는 물소리는 야릇하면서도 설레었다. 강물에 반쯤 몸을 담그고 한참 동안 그러안고 있던 밤 이후로 많은 것이 변하지는 않았으나 분명 무언가가 달라졌다. 초사여의 얼굴에는 자꾸만 웃음이 어렸고, 똑부러지던 그녀는 어딘가 틈이 생긴 것 같았으며, 둘 사이에 무언가 모를 간지러운 분위기가 감돌았다.

여전히 대화는 그리 많지 않고 간단한 집안일과 낮 시간의 검무, 간혹 밤을 지새우는 가야금 연주가 이어지는 나날이었다. 검무 후에 폭포 주변을 산책하거나 가야금을 연주하고서 공터에 앉아 밤하늘을 음미하는 시간은 그녀와 초사여가 함께 나누는 여유였다. 우렁찬 폭포 소리가 사방을 감싸기에 산책을 할 때는 입을 여는 법이 없었다. 조금 느린 걸음과 스치는 옷깃, 그러다가 한 번씩 닿는 손등에 애써 모른 척 딴청을 피우면서도 온 감각을 손등으로 집중하는 긴장 어린 설렘이 가득했다.

"왜 자꾸 보십니까?"

다섯 번쯤 눈이 마주쳤을 때 초사여가 물었다. 그러나 하필 폭포 옆이라 귀를 울리는 굉음에 그의 목소리는 묻혀 버렸다. 초사여의 목소리를 알아듣지 못한 그녀는 난감한 얼굴로 그를 빤히 바라보았다. 그 모르겠다는 표정은 그녀가 지은 그 어떤 표정보다도 귀여워 절로 미소가 번졌다.

"왜 자꾸 저를 보시냐고요."

한 어절씩 힘을 주어 말했으나 여전히 그녀는 말을 알아듣지 못했다. 이는 요란스레 부서지는 폭포의 탓이었으나 그녀는 알아듣지 못하여 미안한지 어쩔 줄 모르는 얼굴이 되어 애처로이 눈만 깜빡였다.

"자꾸 눈이 마주쳐서."

언성을 높이던 초사여가 말을 멈추고는 빙긋 웃었다. 미소에 그녀는 갈수록 난감한 얼굴이 되었고, 그 얼굴은 초사여를 더욱 떨리게 만들었다. 성큼 큰 보폭으로 그녀에게 다가선 초사여가 허리를 숙여 그녀의 귓가에 속삭였다.

"아까부터 계속 눈이 마주칩니다."

갑작스러운 귓속말은 순간 예민해지는 청각과 닿을 듯 말 듯 아슬아슬한 입술에 귓불을 스치는 숨결까지 더불어 심장을 요동치게 만들었다. 초사여가 아직 허리를 숙인 채로 미소를 지으니 길고 부드러운 날숨이 목덜미를 스쳤다. 난감하던 얼굴은 놀람에 굳었다가 순간 홍조가 일렁였다.

"마주친다는 건."

작은 입술에서 터져 나온 떨리는 음성이 빠르게 혀로 입술을 축였다. 아담한 그녀의 키는 초사여에게 미치기에 한참 모자랐지만, 그가 그녀의 귓가에 맞춰 허리를 숙이고 있었기에 고개를 돌리며 살짝 발돋움하는 정도로 수월하게 초사여의 귓가에 닿을 수 있었다.

"눈이 마주친다는 건 초사여도 날 본다는 건데."

빠르게 말을 던진 그녀가 몸을 휙 돌려 걸음을 재촉했다. 생각지 못한 대꾸에 초사여는 허리를 숙인 상태 그대로 얼어붙어 방금 귓가를 스치고 간 온기가 무엇인지 한참을 되새겼다. 바로 선 초사여가 손바닥에 얼굴을 묻었다. 새하얀 그의 피부가 발갛게 물들었고 귀 끝은 마치 불타오를 것만 같았다. 마음을 따라 향하는 시선이라, 시선을 들킨 것은 마치 마음을 들킨 것 같아 수줍음이 피어났다.

재촉하는 걸음에도 뒤따라올 초사여를 염려하는 마음이 담겨 있었다. 조금 빠르게 걸으면 금세 옆으로 다가갈 수 있을 걸음이었다. 하지만 차마 바로 붙지 못하고 거리를 유지하며 뒤를 지키는 초사여였다. 마치 내딛는 걸음마다 발간 꽃이 피어날 것만 같았다.

못내 그리워 찾아 헤매고, 결국 찾아냈음에도 초사여는 여전히 조심스러워 성급하게 다가서는 법이 없었다. 근 10년을 함께 지내면서 거슬리지 않을 정도의 거리를 유지하는 법을 터득한 것이었다. 의식되지도 않고 부담도 없지만 언제나 돌아보면 항상 그 자리를 지키고 있는 거리, 그 당연했던 거리를 5년이 지나 다시 마주하는 감회는 새로운 감정을 얹어주었다.

암자로 돌아와 칼을 정리하고 간단한 저녁상을 본 뒤에 잠시 휴식을 취하던 그녀가 곧 가야금을 들었다. 벽에 기대놓은 가야금을 그녀가 챙기자 초사여가 얼른 뺏어 들어 공터까지 메고 갔다.

한낮의 더위를 가라앉히는 심야의 공기가 시원했다. 그 시원한 밤공기를 쏘이며 공터에 자리를 잡고 그녀는 느리게 혹은 빠르게 유창한 손놀림으로 가야금을 탔다. 반짝이는 별이 박힌 밤하늘과 울창한 숲을 배경으로 단아하게 가야금을 타고 있는 그녀의 모습은 한 폭의 그림이었다. 그 앞에 앉아 있는 초사여는 귀만이 아니라 눈까지 호강하며 연주를 감상하는 유일한 관객이었다.

"그러고 보니 조금은 외롭기도 했던 것 같아."

가야금 줄을 넘나들던 손가락이 곡조를 마치지도 않았는데 멈추었다. 그녀는 단 한 번도 연주를 중도에 멈춘 적이 없었기에 초사여는 조금 긴장하여 그녀를 마주했다. 잠깐의 정적에 숲 속에서 들려오는 밤새의 짧은 울음과 풀잎 아래에서 울고 있는 풀벌레 소리가 선명하게 귀를 파고들었다.

"항상 품 안에 네가 있었고, 너는 언제나 방에서 가만히 날 기다리고 있어서 네가 내 옆에 있는 게 너무 당연했기에 미처 깨닫지 못했었는데, 네가 있어서 그 시절들을 견딜 수 있었어."

최근 들어 유난히 마주치는 시선이 잦았던 그녀는 초사여에게 시선을 고정하고 긴말을 이어갔다. 아직 떨쳐 내지 못한 과거 때문인지 그녀의 시선은 이전처럼 반듯하지 않고 어딘가 처연해 보이며 흐릿했지만 꾸밈없이 정직한 눈빛만은 그대로였다.

"어쩌면, 초사여 네가 날 찾아오길 기다렸는지도 모르겠어."

"죄송합니다."

초사여가 자리에서 일어나 그녀의 바로 앞에 다가가 앉았다. 그녀의 무릎 위에 놓인 가야금만이 둘 사이를 가로막고 있었다.

"너무 늦어서, 좀 더 빨리 찾지 못해서. 조금 더 당신을 알지 못하고, 이해하지 못하고, 헤아리지 못하여 당신을 기다리게 했습니다. 보다 속히 다가섰어야 했는데, 두려움이 깊어 망설이고 말았습니다."

찾는다는 것은, 다가선다는 것은 비단 물질적 거리만을 이르는 말이 아니었다. 마음의 거리, 이해의 거리, 정신의 거리였다. 억겁의 세월과 스물네 해의 거리, 영물과 인간의 거리, 사내와 여인의 거리. 초사여와 그녀 사이에는 무수히 많고 멀리 떨어진 거리가 존재했다. 그 거리를 좁혀 다가서기란 지금 무릎이 닿을 정도로 가까이 앉거나 사이를 가로막는 가야금을 옆으로 치워 내려놓거나 하는 가시적 행동보다 까다롭고 힘들며 어려운 일이었다.

"그리고 감사합니다."

"감사하다니?"

"제가 없던 시간이 외로웠다 말해주시어, 제가 곁에 있는 것이 당연했다고 말해주시어 감사합니다. 그만큼 제가 당신에게 무게를 지니게 되었다는 것이니까요."

나직한 감사의 말에 그녀의 눈동자에서 빛이 번졌다. 아니, 그 빛은 주변을 맴도는 반딧불의 빛이었다. 사방을 에워 감싼 어둠 속에서 영롱하게 발광하는 반딧불의 빛이 맑은 그녀의 눈동자에 비쳤다. 바로 그 빛이었다. 청명한 그녀의 눈동자에 비치는 빛들이 초사여를 이끄는 표지였다.

"당신은 이렇게 제가 찾아오기를 기다려 주셨습니다. 저 또한 당신이 제게 다가오기를 기다릴 것입니다. 이미 억겁의 생을 살았는데 어떤 기다림이 어렵겠습니까? 저는 기다리는 데에는 이골이 났습니다. 그러니 염려치 마시고 당신의 걸음으로, 당신의 속도로 천천히 다가오시면 됩니다."

"걱정 마. 그리 오래 기다리게 되지 않을 거야."

빠르게 이어 받는 그녀의 답에 초사여의 몸이 살짝 굳었다. 그것은 순간적으로 피어오르는 기대로 인한 짧은 긴장이었다. 다시 벌어지는 그녀의 입술에 집중하는 초사여의 목울대가 크게 한 번 오르내렸다.

"너를 10년간 곁에 두었어."

항상 반쯤 감은 채 아래를 향하던 그녀의 눈이 반짝 떠올랐다. 그 흔들림 없는 시선이 올곧게 초사여를 향했다.

"그런 널 연모하게 되는 데에 한 계절이면 충분해."

그녀의 손이 초사여를 향했다. 천천히 조심스럽게 다가온 손이 머뭇거리다가 초사여의 뺨에 살짝 닿았다. 한 번 닿은 손은 부드럽게 그의 뺨을 감싸며 마치 가장 익숙한 자리처럼 안착했다. 마치 초사여의 입가에 떠오르는 웃음만큼 진한 미소가 그녀의 입술 위에 어렸다.

"진정이십니까?"

"진정, 나는 진정이란 단어가 얼마나 무거운지 잘 알아."

놀란 초사여의 떨리는 목소리에 그녀가 또박또박 한마디, 한마디 힘을 주며 말을 이었다.

"진정이 아니었다면, 이렇게 입 밖으로 내지도 않았을 거야. 진실로, 참으로 내 마음이 초사여 너를 향해 있어."

"제가…… 인간이 아닌 것은……."

"지금 내 앞에 있는 네가 중요하니까. 네가 영물이든 인간이든 그런 건 차치하고, 그냥 지금 내 곁에 있는 네게 내 심장이 뛰고 있으니까— 다른 건 생각하지 않을래."

어려운 말이었다. 어려울 말이었다. 그녀가 이 말을 꺼내기까지 얼마나 많은 고뇌와 망설임을 빚었을지 빤히 보였다. 그랬기에 더욱 고맙고 기쁘고 벅차올랐다.

"생각지도 못했습니다."

놀랐던 초사여의 얼굴이 가라앉으며 행복으로 물들어갔다.

"그저 당신의 곁에 머무르겠다는 결심뿐이었지, 당신에게서 연모란 말을…… 감히 당신에게 고백을 들을 줄은, 당신과 마주 보게 되리라고는 차마 상상조차 하지 못했습니다. 꿈조차 꾸지 못했습니다."

서로를 응시하고 있는 둘의 시선에는 마음이 담겨 있었다. 마음을 따라 마주 보는 시선은 풀릴 줄을 몰랐다. 커다랗게 울리는 두 근거림이 누구에서 나는 소리인지 분간할 수 없었다. 초사여의 뺨을 감싼 그녀의 손가락이 가볍게 떨렸다. 그러니 초사여가 자신의 손을 그녀의 손 위에 얹으며 그 떨림을 감싸 안았다.

"감사합니다."

초사여가 감싸 쥔 그녀의 손을 입가로 가져왔다. 입술에 보드라운 그녀의 손바닥이 스쳤다. 그리고는 그녀의 가느다란 손가락에 길게 입을 맞추었다.

"연모합니다. 은애합니다. 세상의 그 무엇보다도, 어느 누구보다도 당신만을 사모합니다."

그녀에게 처음으로 바치는 입맞춤이었다. 차마 닿지 못하던 임이었으나, 지금 초사여는 그녀의 손을 감싸 쥐고 그 보드라운 손바닥에— 가느다란 손가락에 깊게 입을 맞추고 있었다. 밤의 시원한 공기에도 온몸이 뜨거웠다. 머리 위로 별들이 쏟아질 듯 반짝였고 깜박이는 반딧불이 풀잎 위를 스쳤다. 이 순간, 모든 것이 멈추고 별빛과 밤공기와 반딧불과 밤새소리와 그녀의 미향과 입술의 촉감이 세세하게 뇌리에 박혀 영원처럼 각인되었다.

이제 모든 것이 달라질 것만 같았다. 앞으로 많은 것이 변하리라 생각했다. 오래도록 꿈꿔오던 평안을 겨우 찾아 조금은 어리고, 조금은 미숙하게 점차 행복을 키워가는 그런 새로운 삶이 시작될 것만 같았다. 초사여와 그녀 둘 모두 그리 생각하고 있었다. 그러나 세상은 연인이 부푼 꿈에 잠겨 있도록 가만 놔두질 않았다.

그로부터 며칠 지나지 않은 어느 날, 동이 틀 무렵 그녀가 눈을 떴다. 역시나 맨 처음 보이는 것은 초사여의 얼굴이었다. 이제 그녀 역시 초사여처럼 모로 누워 그를 바라보고 잠을 청했다. 잠결에 뒤척이며 몸이 돌아가기도 했지만, 일부러 잠이 깰 때만은 오른편으로 돌아누워 눈을 뜨곤 했다.

얇고 해진 이불을 개켜 궤 옆에 내려놓고 방 밖으로 나온 그녀가 주변을 둘러보았다. 햇빛이 번지듯 서서히 퍼지며 날이 밝아오고 있었다. 아직 새벽의 찬 공기가 가시지 않아 콧속이 시원했다. 주변을 둘러보던 그녀가 문 옆의 나무둥치에 걸터앉았다. 간밤 서린 이슬이 그녀의 치맛자락을 적셨지만 그녀는 개의치 않았다.

"간밤 편히 주무셨습니까?"

방문이 삐걱대며 열리고 초사여가 인사를 건넸다. 그녀가 고개를 돌려 빙긋 미소로 화답했다. 다가온 초사여가 자연스럽게 뒤쪽에서 그녀의 어깨를 감싸 안았다. 이제 이런 가벼운 포옹이 꽤나 자연스러워 마치 수년은 함께 산 부부처럼 보였다. 그간 함께한 세월이 있기에 마치 흘려보낸 시간들이 아깝다는 듯 급속도로 가까워진 둘이었다. 그렇게 잠시 아침 공기를 쏘이던 둘은 곧 자리에서 일어나 아침 준비를 했다.

부엌으로 향하는 그녀를 따라나서던 초사여가 갑자기 고개를 돌려 숲을 바라보았다. 부드럽던 그의 표정이 일순 사뭇 진지하게 굳었다.

"뭐 해?"

"아, 아닙니다. 뭔가……. 잘못 느낀 모양입니다."

그녀의 부름에 아무렇지 않게 답하면서도 초사여는 의아한 눈빛을 거두지 못했다. 그는 연신 숲을 돌아보며 어딘가 먼 곳을 향해 시선을 던졌다.

그녀가 칼을 챙겨 나갈 채비를 할 때까지도 초사여는 숲을 향한 의문을 품은 채 정신을 놓고 있었다.

"왜 그래? 숲이 왜? 혹 저쪽에 무어라도 있는 거야?"

초사여의 기색이 이상하다는 것을 깨달은 그녀가 다가와 물었다. 그의 얼굴은 이제 완전히 굳어 조금 무서운 표정으로 숲을 노려보고 있었다. 그 얼굴에 그녀가 연유를 물으려는데 숲 너머에서 바스락거리는 소리가 들렸다.

숲을 헤치는 소리와 낮은 말소리가 이어졌다. 초사여의 옷깃을 잡은 그녀가 다른 손으로 칼 손잡이를 잡았다. 유난스럽던 초사여의 행동 때문에 기척이 느껴지니 자연 긴장하게 되었다. 그런 그녀의 긴장을 읽은 초사여가 여전히 숲에 시선을 고정한 채 그녀의 어깨를 감싸 안았다. 걸음은 점점 암자로 다가왔고, 나무 사이로 인영이 보였다.

"빙휘!"

저쪽에서도 그녀를 발견했는지 한 사람이 크게 외치며 그녀에게 달려들었다. 그 기세에 초사여가 밀려났고 그녀는 놀라 굳어 버렸다. 화려한 비녀를 꽂은 여인이 그녀를 껴안고 울음을 터트렸다. 여인은 고운 능사 저고리를 입고 있었다. 딱 보아도 산과 어울리는 여인은 아니었다. 그녀는 여인의 행동에도 아무런 반응을 하지 못하고 커다래진 눈으로 그녀가 나타난 방향을 바라보고 있었다. 여인이 튀어나온 곳에서 곧 다른 이가 모습을 드러냈다.

앞선 여인과 비슷한 차림이었으나 조금 더 나이가 든 중년 여인이었다.

"어쩜 그래? 어찌 나한테조차 말 한마디 없이, 그리 사라지는 법이 어딨어? 못된 년, 나쁜 년, 박정하고 모진 년! 행수 어르신과 내가 얼마나 찾아다닌 줄 알어? 가려거든 한마디 언질이나 주고 가던가. 그도 아님 연통이라도 보내던가! 너가 고 대감 따라 콱 몸이라도 내던졌을까 봐 얼마나, 내가 얼마나⋯⋯."

그녀를 껴안은 여인이 고래고래 소리를 내지르며 그녀의 등짝을 마구 때렸다. 그녀보다도 키가 작고 조그만 여인이었으나 손이 얼마나 매서운지 그녀의 몸이 휘청거렸다. 울음이 섞여 제대로 말도 못하던 여인은 결국 으앙, 하고 그녀에게 매달렸다.

"과연 백은산에 있었구나."

흥분한 젊은 여인과는 달리 중년 여인은 차분하니 그녀에게 다가와 말을 건넸다.

"⋯⋯이곳을 어찌⋯⋯."

"널 찾아 온갖 곳을 뒤졌지! 행수 어른과 내가 안 가본 곳이 없어. 한데 백은산에 있었을 줄이야! 진즉 백은산부터 뒤지는 것인데. 산을 죄다 뒤져야 하나 막막하다가, 절을 돌아다니며 묻다 보니 어느 스님께서 가야금을 타는 여인을 봤다는 선비가 있었다고 말해주더라."

당황한 그녀의 말에 야단법석을 떨던 젊은 여인은 그제야 조금 진정이 되었는지 자초지종을 설명했다. 절에 이야기를 전했을 선비는 분명 초사여와 함께 나타났던 도이서라는 사내였을 터였다.

그렇게 이야기를 늘어놓던 젊은 여인은 곧 그녀의 뒤에 서 있는 초사여를 발견했다.

"저, 저치는 뭐야? 웬 사내? 게다가."

그 말에 그녀가 아차 싶어 초사여를 돌아보았다. 은회색 장발에 잿빛 눈, 새하얀 피부. 외양만도 퍽 눈에 띄며 기이한 인상이었다. 산중에서 사내와 둘이 지내는 것만도 기함할 일인데 그 상대가 이리 기이한 외양을 지녔으니 이어지는 말이 어떨지 긴장이됐다.

"게다가 꽤 훤칠하고 해사하니, 이런 잘난 사내는 또 어디서 얻어 데리고 있누?"

"……역시 언니구나."

"응?"

예상외의 반응에 그녀가 작게 웃음을 터뜨렸고, 그 웃음에 젊은여인이 놀랐다. 그 당황을 흘려 넘기며 그녀가 중년 여자를 향해청했다.

"일단, 들어오시지요."

그녀가 암자로 몸을 돌렸다. 그녀에게 매달려 있던 젊은 여인이암자를 흘끔 보고는 다시 울음을 터뜨렸다.

"저런 곳에서 지낸 게야? 이 썩을 년, 무슨 부귀영화를 누리길래연통 한 자락 없나 했더니 겨우 이러고 있느라……."

"적화, 그만하고 들어가자꾸나."

"예예, 행수 어르신."

적화의 지청구가 길어지려 하니 행수가 말을 끊어버렸다. 적화는 입술을 삐죽 내밀더니 행수를 흘끔이고는 그녀의 손을 잡아끌었다.

암자가 작아 넷이나 되는 인원이 모두 들어앉기에는 무리가 있었다.

"저는 밖에서 기다리겠습니다. 그간 쌓인 이야기가 많을 터이니 천천히 나누십시오."

웃으며 방문을 열고 가만히 서 있는 초사여를 물끄러미 바라보던 여인들이 그녀의 재촉에 방에 들어갔다. 삐걱 하고 문이 닫히니 방 안이 어두워졌다. 행수는 그녀가 자리에 앉을 때까지 가만 그녀를 바라보고 있었다. 모두가 자리에 앉아서도 한동안 아무도 입을 열지 않았다. 그리 말이 많던 적화 역시 방 안을 살피며 혼자 구시렁거릴 뿐 큰 소리를 내지 않았다.

행수와 그녀는 서로를 바라보며 눈싸움을 하고 있었다. 그녀의 눈이 그 어느 때보다 매섭게 빛나고 있었다.

"그 눈빛, 거 하난 그대로구나. 그래, 저 놈팡이는 또 뭐냐?"

"핀잔이나 늘어놓으려 오셨습니까?"

"그렇지, 네가 어떤 얼치기와 붙어먹고는 내 관여할 일이 아니지."

행수의 입꼬리가 한쪽으로 올라갔다.

"길게 말할 것 없다. 돌아와라."

"싫습니다."

거두절미한 행수의 말이 끝나기가 무섭게 그녀가 딱 잘라 말했다. 그 말에 놀란 것은 적화였다.

"왜? 이런 산구석이 뭐가 좋아서? 가자, 같이 가자. 나 지금은 청악기방에 있어. 이젠 청악에 너랑 나랑 같이 있을 수 있다구. 언니랑 같이 가자, 응?"

놀란 눈으로 애걸하던 적화는 그녀가 여전히 입을 꾹 다문 채 눈을 감고 고개를 젓기만 하자 열이 올랐는지 쏘아붙였다.

"계속 여기에 있으려고? 대체 언제까지? 5년이면 충분해, 아니, 차고 넘쳐. 그 대감이 대체 뭐라고 너가 이러고 산속에서 썩고 있어야 해? 10년? 20년? 이만하면 됐어. 너 충분히 슬퍼하고 충분히 기렸어. 막말로 고 대감이 널 작첩을 하길 했니, 수양을 삼길 했니?"

분분히 날뛰는 적화에게 그녀가 차분히 답했다.

"그분이 내게 어떤 분이셨는지 알잖아."

"아니, 모르겠는데. 심지어 네겐 지금 다른 정인도 생긴 것 같은데. 어째서 계속 이 험한 산속에서 있겠다는 거야? 저 작자는 너 이런 거 안다니?"

적화는 그런 그녀의 태도가 마음에 들지 않는다는 듯 매몰차게 뚝 자르며 고개를 돌렸다. 팔짱 낀 적화는 그녀에게 단단히 골이 난 듯 보였다. 행수에게는 똑 부러지게 답하던 그녀는 어쩐지 적화에게는 그러질 못하고 줄줄이 말을 늘어놓았다.

"……모두 내 잘못이야. 나 때문에 후명이 그런 짓을 벌인 거고, 나 때문에 그분이 홀로 남으신 거고, 나 때문에…… 돌아가신 거야. 한데 내가 어찌 전과 같이 지낼 수 있겠어. 어찌 웃고 어찌 떠들고……."

그녀의 말을 계속 듣기 불편한지 적화의 미간에 찡긋하니 주름이 잡혔다.

"유족은 대체 언제까지 유족이어야 한다니?"

적화가 맵게 쏘아붙였다.

"고 대감이 갑작스레 떠나시긴 했다만, 사람이란 모두 결국은 죽게 되어 있어. 그런데 그때마다 모두 이러고 세상과 절연하면 세상이 어찌 돌아가겠니? 이만하면 충분해. 이만큼 슬퍼하고 기렸으면 됐어. 기실 넌 유족도 뭐도 암것도 아니잖어."

적화의 마지막 말이 그녀의 가슴에 비수로 꽂혔다. 그녀의 얇은 입술이 바들거리는 것을 보고 적화가 눈을 돌렸다. 적화는 제 실언을 자책하면서도 미안하다는 말은 하지 못하고 인상을 쓰고 바닥을 노려보다가 벌떡 일어났다.

"고 대감도 너 이러고 있는 꼴, 보기 싫어하실 거다."

그리 한마디 던지고 적화는 벌컥 문을 열고 밖으로 나가 버렸다. 쾅! 하고 세게 밀어 닫은 문은 몇 번 문짝에서 튕기며 삐그덕대다가 기우뚱하니 멈추었다.

"적화가 말은 저리 해도 널 참으로 걱정했음이야."

행수가 적화의 변명을 해주는데도 그녀는 말이 없었다. 가만히 눈을 내리깔고 바닥을 보는데 그 얼굴이 울적했다. 행수는 그 표정이 신기하기라도 한 것인지 그녀의 얼굴을 한참 바라보며 표정을 살피고 있었다. 5년이라는 시간이, 산거한 시간이 그녀에게서 어떤 변화로 나타났는지 궁금한 눈이었다.

"네가 그런 표정도 짓는구나."

행수의 말에 그녀가 흠칫하며 얼굴을 굳혔지만 이미 아닌 척하기에는 늦어버렸다.

"웃음도 울음도 한 번 없더니. 시간이 많이 흐르기는 했어, 네가 눈물을 다 비치고 말이야."

"울지 않았습니다."

"네 마음이 울고 있지 않느냐."

부정하는 말에 행수가 놀리듯 웃으며 말했다.

"그래도 그것이 보기 좋구나. 조금은 웃고 울 줄 아는 것이 나음이야. 조금은, 조금은 어릴 적의 너를 보는 것 같아 반갑구나."

행수는 오랜 기억 속의 그녀를 떠올리고 있었다. 그녀는 그 말도 마음에 들지 않는지 반항할 기색이었으나 이어지는 여인의 말에 아무 말도 하지 못했다.

"청악에서 이름깨나 떨치는 기녀라 해도 결국 네년은 노예요, 기적에 묶인 명줄이야. 그리 네 멋대로 도망한 기생년을 관아에 고발도 않고 추노꾼도 풀지 않고 이리 직접 찾아오는 수고를 들이는 연유가 무어라 생각하느냐?"

그녀는 행수를 바라보기만 할 뿐 말이 없었다. 그러니 행수가 피식 하고 웃으며 품 안에서 낱장의 종이를 꺼내 던졌다. 한데 묶여 있던 것을 찢어낸 종이에는 '빙휘'라는 글자와 여러 항목의 표가 써져 있었다.

"기적에 올라 있던 네 명부다."

그 말에 그녀의 어깨가 움찔했다. 그녀가 바닥의 종이를 가만 보다가 집으려 손을 내미니 행수가 빠르게 종이를 채갔다.

"고 대감께서 일찍이 네 낙적비를 치르고 이것을 내게 맡겼느니라. 차후에 자신이 네 뒤를 봐줄 수 없게 되더라도 대신 널 보살펴 달라, 네가 기방을 떠나 평범한 아낙의 삶을 살고자 하는 때가 온다면 보내주라 하셨어. 일패 기녀로서도 상상도 하지 못할 거금을 쥐어주시며 그리 부탁하셨다."

그녀의 눈이 커졌다. 행수의 손에 들린 종이에 시선이 박힌 그녀의 입술이 파르르 떨렸다. 그녀의 손에 힘이 들어가 뼈마디가 불거졌다.

"하나 나는 지금 이걸 너에게 내줄 수 없구나. 지금 나는 네가 필요해. 하니 너를 붙잡을 명목으로 이 명부를 쥐고 있어야겠다. 내게 이것이 있는 한, 너는 내가 소유한 기녀다. 이만하면 너에게 마음줄 잡을 시간은 충분히 줬다고 생각하는데, 더 미련을 부릴게냐?"

"대감께서…… 낙적 값을 내셨다고요?"

그녀는 행수의 말을 듣고 있지 않았던 모양이다. 낙적비(落籍費), 거기에서 귀가 닫히고 생각이 멈췄다.

"행수 어른께선 또 그것을 넙죽 받아, 그러고도 계속 날 기녀로 부리신 거고요?"

"말이야 바른말이지, 네년이 기녀이기는 했느냐? 고 대감의 비호 하에 웃음조차 팔지 않고 예기랍시고 병풍마냥 춤과 연주만 선보인 것을. 네가 그리 하늘 높은 줄 모르고 천방지축 네 멋대로 할 수 있었던 까닭이 네 그 고고한 콧대 때문이라 여기진 않았겠지. 양반들에게 그리 방자하게 굴어도 내 가만 놔두었던 것은 모두 대감마님의 덕인 줄 알거라."

행수의 말에 그녀의 눈이 흔들렸다. 떨리는 눈동자가 점점 붉어지는가 싶더니 어느새 눈가가 촉촉하게 젖어들었다. 그녀가 눈물바람이니 행수가 쯧쯧 하고 혀를 찼다.

"이런 곳에 처박혀 있으니 그리 맘이 여려져 금세 눈물바람인 게지. 네년 다시 독기 품으려면 한참은 기방에서 뒹굴어야겠구나."

"가지 않을 것입니다."

"가지 않아? 네년이 그런 말을 할 처지라 여기느냐? 이거, 이 종이 한 장이 네년 명줄이야. 얌전히 따라 내려오지 않으면 저자의 왈패를 불러다 험한 꼴을 볼 줄 알아."

"낙적 값까지 받아놓고 무얼 더 원하시는 겝니까? 고매한 대감의 은휼을 농락하며 날 세워다가 해우채를 짜내시렵니까?"

행수의 언성이 높아진 만큼 그녀의 목소리도 커졌다. 그녀가 붉어진 눈으로 행수를 노려보며 매섭게 말을 날렸다.

"네년 이러고 사는 꼴은 못 보겠다. 차라리 기방에서 양반들이나 휘어잡고 놀아. 그래, 저 얼치기도 함께 데려가게 해주마. 지금 네년이 기방을 등지겠다함은 평범한 아낙이 되고자 하는 것이 아님을 내가 모를 줄 알아? 네년은 그저 제 겁에 질려, 두려움에 먹혀 눈도 닫고 귀도 닫고 도망하는 게야. 나는 고인의 유지를 받들어야겠느니. 널 가만 놔둘 수 없어."

"대감께서 내게 하신 말을 들먹여 유지니 뭐니 그럴싸한 변명으로 삼지 마십시오. 행수께선 그저 청악의 이름을 드높이고픈 욕심을 채우려는 겁니다."

"청악은 예나 지금이나 화류가 최고의 기방이야. 네년이 있든 없든 하등 상관없단 말이다. 그래, 정 그리 못마땅하거든 대감께 진 네 빚을 갚는다 생각해. 대감께서 내어주신 낙적비 말이다."

행수가 비린 웃음을 띤 얼굴로 그리 말하며 자리에서 일어났다. 입술을 꽉 깨물고 있는 그녀는 고개도 들지 않고 눈을 치켜떠선 행수를 노려보았다.

"순순히 돌아온다 했으면 이런 말도 안 했을 것을. 쯧쯧, 어서 짐이나 챙겨라. 네년 목숨줄은 여기 내 손에 있으니 잠자코 내 말을 듣는 것이 이로울 터."

행수는 들고 있던 종이를 내보이고는 다시 품 안에 넣었다.

"그리고 적화의 말마따나, 고 대감께선 네가 이리 살기를 원치 않으셨을 게야."

그리 말하며 행수는 그녀를 홀로 방에 남겨두고 밖으로 나왔다. 문밖에서는 적화가 문틈에 귀를 대고 안의 대화를 듣고 있었다.

"채신머리없이 간자질이야?"

타박하는 말에도 적화는 눈알을 데굴 굴리며 행수에게 들러붙었다.

"낙적비? 고인의 유지? 어찌 그런 말씀을 하셔요? 낙적비 따위 받은 적도 없……."

"가만 입 다물고 있어. 저년 저거 쓸개고 장이고 다 내빠져서 이 정도 채찍질도 안 하면 물러빠져 이 산 내려올 생각도 안 할 게야. 저 물건 하산시키려면 고 대감 이름 정도는 빌려야지 않겠느냐."

행수가 혹여 말소리가 그녀나 초사여의 귀에 들릴까 저어하며 적화의 말을 냅다 자르며 입술을 꼬집어 잡고는 작게 속삭였다. 그에 적화가 놀리듯 흥흥거리며 행수를 흘끔거리다가 결국 팔뚝까지 꼬집히니, 적화가 펄쩍 뛰며 난리를 부리다가 돌연 초사여의 앞으로 껑충 뜀박질을 했다.

"그나저나, 이 해사한 처사님은 뉘실까나?"

도톰한 입술을 뱅글뱅글 굴리며 적화가 손끝으로 가볍게 초사여의 어깨선을 쓸어내렸다. 그 손길을 피해 초사여가 주춤 뒤로 물러서니 적화가 허리를 흔들며 높다랗게 웃었다.

"어머나! 어쩜 이리두 귀여우셔? 얌전한 괭이가 부뚜막에 먼저 올라간다더니, 빙휘 고거 어디서 이리 잘빠진 사내를 낚았대?"

적화가 헤실거리며 초사여의 주위를 맴돌았으나 그는 이렇다 말이 없었다.

"정신 사납게 뭣 하고 있어?"

"행수 어른은 안 신기해요? 빙휘한테 사내라니? 난 고거 어디 콕 박혀 청상과부 흉내나 내고 있을 줄 알았는데, 요런 치를 끼고 있다니."

타박하는 행수의 말에 적화가 초사여에게서 눈을 떼지 못하고 말대꾸를 해대는데, 문이 거칠게 열리며 그녀가 밖으로 나왔다. 그녀가 밖에 내려놓았던 칼을 챙기고는 고개도 돌리지 않고 초사여를 불렀다.

"들어와."

멀뚱멀뚱 쳐다보는 시선을 무시하며 들어가 버리는 그녀의 뒤를 초사여가 따랐다. 그녀는 방 안쪽에 앉아 있었다. 문을 닫은 초사여가 조금 떨어져 마주 앉았다.

"아침부터 무언가 이상하기는 했습니다만, 기방의 사람들일 줄은 미처 몰랐습니다. 어쩐지 묘하게도 제 영기가 다른 곳에서 느껴져서 영력이 산의 기운에 묻어나기라도 한 것인가 했는데, 아마 기방에서 지내는 동안 제 기운이 저들에게도 묻었던 모양입니다."

"그래서 아까 전에 그랬던 거구나."

여인들의 방문이 달갑지 않은 듯하여 변명 삼아 늘어놓는 초사여의 말에도 그녀는 시큰둥했다. 물끄러미 그를 바라보던 그녀가 뜬금없이 입을 열었다.

"예전부터 신경 쓰였어."

무릎걸음으로 바짝 다가간 그녀가 초사여를 향해 손을 뻗었다. 앞으로 흘러내려 오른쪽 얼굴을 반쯤 가린 머리카락을 쓸어 올린 그녀의 손가락이 그의 부드러운 머리카락을 감싸 쥐었다. 오른손으로 뒷머리를 쓸어 올리고 몇 번 더 머리카락을 매만졌다. 가느다란 모발이 손가락 사이사이로 보드랍게 물결쳤다. 남의 머리를 만지는 것이 어색한지 그녀의 손은 더뎠다. 앞에서 머리를 만지려니 그녀의 양팔이 초사여를 감싸고 있어 마치 안고 있는 모습이 되었다. 붉어진 얼굴로 초사여가 가만 눈을 감았다. 그녀의 미향이 코끝을 간질였다.

"이제 깔끔해졌네."

만족스러운 얼굴로 몸을 떨어뜨린 그녀가 웃으며 초사여를 보았다. 초사여가 손으로 제 머리를 매만지니 치렁치렁했던 장발이 머리 뒤에 하나로 높게 묶여 있었다. 서툰 초사여의 솜씨에 빠져서 흘러내리던 옆머리까지 전부 정돈되어 말끔했다.

"초사여."

긴 말총머리를 어색하게 매만지는 초사여를 그녀가 사뭇 진지하게 불렀다.

"내 기부가 돼라."

"……기부?"

기부(妓夫). 그 낯선 단어에 초사여의 목이 막혔다.

초사여를 데리고 들어갔던 그녀는 머지않아 그와 함께 방에서 나왔다. 그녀의 손에는 보따리가 들려 있었다.

"갈 길이 멀지 않습니까?"

행수는 그녀가 생각보다 빨리 짐을 챙겨 놀란 모양이었으나 내색하지 않고 어서 내려가자며 채근을 했다. 함께 내려간다는 생각에 적화가 신이 나서 그녀의 근처를 맴돌았다. 그녀의 뒤로 풀어헤쳐 늘어뜨렸던 장발을 하나로 높이 묶은 초사여가 등에 가야금을 메고 따랐다. 머무르던 이들이 모두 떠난 암자의 빈방 가운데에는 손때 묻은 접선 하나만 덩그러니 놓여 있었다.

'대감, 편히 쉬고 계시어요. 또 어느 날 불쑥 찾아오겠습니다. 빙휘란 이름, 대감이 안 계신 곳에서 불리어 무엇 하리까. 대감처럼 쉰네를 불러줄 이 없건만……. 대감께서 제게 주신 은혜, 갚아

보이겠습니다. 이 마음이 대감께 닿기를 바라나이다.'

하늘을 올려다보는 그녀의 생각이 길었다. 가다 말고 멈춰서 하늘바라기라니, 그 마음을 아는 모양인지 아무도 그녀를 재촉하지 않았다. 그렇게 힘들게 걸음을 떼며 세 여인과 한 사내가 산을 내려갔다.

그렇게 기녀 빙휘(氷徽)가 돌아왔다.

08. 여름 꿈

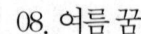

　"그래서 자네, 영 돌아온 겐가?"

　녹색 도포의 사내가 술잔을 들며 말했다. 건너 자리에는 담색 도포의 사내가 잔을 매만지고 있었다. 그는 미소를 짓고 있기는 했으나 눈썹이며 어깨며 축 처져 앞자리의 친우와는 달리 기분이 가히 좋지는 않아 보였다. 담색 도포를 차려입고 대갓끈을 달고 있는 수수한 차림의 사내는 근래에 황궁 영관의 하영관에 임명된 도이서였다. 맞은편의 사내는 도이서와 막역지간인 벗 최웅으로, 가만히 한곳에 있지 못하는 성격 탓에 보통은 시시로 이곳저곳을 돌아다니는 관직이라 꺼려하는 사찰관에 10년이 넘도록 몸을 담고 있어 관내에서도 별종으로 불리는 이였다.

　최웅은 이립의 나이에 영관에서 두 번째로 높은 하영관 직에 임명된 지기에게 축하주를 사주겠노라며 싫다는 도이서를 기어코 기방에 끌고 와 주석을 벌였다. 두 사람뿐임에도 한 상 가득 채운 음식들에 이제 기녀도 부를 참이라며 들떠 있던 최웅은 도이서의 표정이 흐리니 호쾌하게 들어 올렸던 술잔을 내려놓고 걱정스레 물었다.

"이서, 안색이 어찌 그런가? 이제 와서 상영관 직을 뼹 차버린 것이 아쉽기라도 한가?"

"그런 거 아닐세."

"이 사람아, 아직도 백은산에서의 일을 생각하고 있는 것은 아닐 터지?"

괜찮은 척 웃고 있는 모습이 처량해 보였다. 도이서의 말에 최웅이 한쪽 눈썹을 꿈틀거리며 핀잔을 놓았다.

"거, 자네가 황궁에만 틀어박혀 여인을 못 보고 살아서 그런 게야. 겨우 하루 본 여인을 그리 못 잊어 답답증이라니. 쯧쯧, 게다가 지아비도 있다지 않았나?"

"그가 부군인지는 모르겠으나, 쪽머리를 하고 있기는 했지."

"비녀 꽂고 있으면 판 다 끝난 걸세."

"후, 그래야지 하면서도 밤하늘만 보면, 달빛만 비치면, 악공의 소리만 들으면 다시 떠오르는 것을 어찌하나. 혹여 실로 내가 명산의 영기에 홀리기라도 한 것일까?"

대놓고 면박을 주어도 '그런 것일까, 응?' 하며 팔자눈썹을 들이미는 도이서의 얼굴에 최웅은 폭폭 한숨만 쉴 뿐이었다. 어려부터 대여섯 살 난 학동들보다도 순진하여 이리저리 휘둘리던 친우는 이립이 넘어도 변하는 바 없이 그때와 똑같았다. 최웅의 성격에 그런 도이서를 가만 놔두고 볼 수가 없었다.

"그래, 그래, 자네가 홀린 것이야. 자네가 명산에서 선녀를 만났는지 항아를 만났는지, 아무튼 간에 이 세상의 여인이 아닌 게야. 허니 그런 허상의 연은 잊고, 부르면 오고 쫓으면 가는 실상의 연을 맺어봄세."

이러다가는 친우의 넋두리가 계속될 성싶으니 최웅이 급하게 말을 매듭지으며 상 위로 손을 뻗어 도이서의 손에 술잔을 꽉 쥐어주고는 그의 입에 들이부었다. 얼결에 술을 마신 도이서는 한 모금에 꼴깍 잔을 비우고 속이 달아올라 급하게 물을 찾았다. 도이서가 물을 찾든 술을 찾든 그를 내버려 두고, 최웅이 장지문을 슬쩍 열어 밖으로 고개를 쏙 내밀었다. 복도에 서 있던 노비 아이가 그의 손짓에 고개를 끄덕이고는 급히 어딘가로 사라졌다.

만족스러운 미소를 지으며 자리에 돌아와 앉은 최웅은 도이서가 물 한 사발을 들이켜고 있으니 그의 빈 잔에 다시 술을 따르고는 제 잔을 챙 하니 부딪혔다.

"이 귀한 술을 그리 혼자 마시긴가?"

방금 자신이 억지로 입에 부어놓고는 태연스레 그리 말하는 최웅의 모습에 도이서는 어처구니가 없었으나 결국 그의 권유에 연거푸 한 잔을 더 마시고 말았다. 두 사람이 잔을 비우고 내려놓는 것과 거의 동시에 장지문 너머에서 목소리가 들려왔다.

"입실하겠습니다."

"어이, 그래. 어서 들어오너라."

그 목소리에 어리둥절한 도이서와는 달리 최웅은 목청을 가다듬으며 짐짓 위엄 서린 말투로 대답하는 것이었다. 그리고 곧 장지문이 열리며 화려하게 단장한 기녀 둘이 방 안으로 들어왔다.

"쉰네 만조, 나으리들께 인사 올립니다."

"쉰네 여리, 나리들께 인사 올립니다."

만조(戀照)와 여리(如莉)가 허리춤에 손을 올리고 치맛자락을 살짝 들며 인사를 올렸다. 기녀의 등장에 최웅은 눈을 빛내는데, 도이서는 당황하는 기색이 역력하여 제 친우를 향해 고개를 돌렸다.

"웅이, 이게 뭐 하는 겐가?"

기녀들이 들을까 말소리를 낮춰 지청구를 놓은 것이 무색하게 최웅은 만조를 향해 손짓을 하여 제 옆에 앉히고는 부러 크게 대답하는 것이었다.

"뭐기는 뭐야, 고운 꽃이지. 내 오늘 기녀를 불러주마고 약조하지 않았던가."

"농이 아니었나?"

늘상 입에 기녀를 달고 있는 최웅인지라 오늘도 그러려니 가볍게 여기고 있던 도이서는 뒤통수를 맞은 기분이었다. 최웅이 만조를 불렀기에 여리는 자연스레 도이서의 옆자리에 붙어 앉았다.

"참, 그래. 나야 나리가 맞다만 이분은 영감이시다. 영관의 하영관 영감이시니 알아서 잘 모시거라."

"영관이오? 하면 영력을 쓰시는 분이셔요?"

"그래, 게다가 장차 영관의 수장인 상영관에 임명되실 몸이니자알 모시면, 어찌 네년에게 금 노리개 하나 떨어지지 않겠느냐?"

최웅이 도이서를 추켜세우며 여리에게 호언을 던지는데 옆에서 아무리 손사래를 쳐도 이미 두 사람은 그의 말은 듣지 않고 있었다. 간드러지는 목소리로 여리가 도이서의 팔에 딱 달라붙어 고개를 갸웃거렸다.

"영감, 여리가 드리는 술 한 잔 받으시어요."

"후, 그래."

"영력이란 거 듣기만 했는데, 어찌 보여주실 순 없으신가요? 신기해라."

생글거리는 여리에게서 분 냄새가 풍겼다. 방금 잇따라 두 잔을 마신 후라 분 냄새에 머리가 어지러웠다. 최웅은 이미 만조를 거의 품에 안고 부어라 마셔라 덩실거리고 있었다. 유흥은 즐기나 술은 가볍게 하고 기녀는 멀리하던 도이서였기에 이 상황이 심히 당황스러웠지만, 자신을 생각하여 이런 자리를 만든 것을 아는지라 뿌리치지도 못하고 안절부절못하며 앉아 있을 따름이었다.

앞에서는 은근한 손장난도 오갔지만 여리와 도이서는 말이나 두어 마디 섞으며 상을 비우고 있었다. 처음에는 콧소리를 내며 아양을 부리던 여리는 도이서의 눈치를 보더니 아양은 관두고 술 시중만 들었다. 그렇게 도이서는 얌전히 술과 안주만 먹으며 시간을 보냈다.

"이서, 이서! 어찌, 현실의 여인 품이 더욱 좋은지? 나는 저 여인에 대하여 좀 더 깊숙이 탐구하고자 하는데."

"아이 참, 나으리."

시간이 얼마나 흘렀는지, 얼큰하게 취기가 오른 최웅이 한 품에

만조를 안고 그녀의 뺨을 쓰다듬으며 능글거렸다.

"자네도 그만 쉬려는가?"

묻는 눈이 여리를 향했다. 그에 여리가 도이서를 바라보는데 그는 놀라며 양손을 저었다.

"아니, 아니, 나는 이만 집에 돌아가겠네."

그러면서 급하게 몸을 일으키던 도이서는 순간 눈앞이 핑 돌아 균형을 잃었다. 옆에 있던 여리가 놀라며 그의 팔을 부여잡았다. 도이서가 다시 힘을 주고 일어서려 했으나 몸이 말을 듣지 않았다. 대답하던 혀도 상당히 꼬여 있더니, 술이 과했는지 몸조차 뜻대로 되지 않았다.

"이거, 자네 집은커녕 이 방조차 나가지 못할 듯하이?"

오랜만에 보는 도이서의 흐트러진 모습에 최웅이 놀리며 웃음을 터뜨리자 옆에 있던 기녀들도 깔깔거렸다. 그 웃음소리가 도이서의 머릿속에서 연이어 울렸다.

"나리, 하영관 영감은 쇤네가 모실 터이니 염려 마시어요."

이마를 짚고 비스듬히 서 있는 도이서를 여리가 부축하며 그리 말했다.

"아니, 나는, 집엘……."

내내 앉아만 있어서 그런지 일어서자 술기운이 더욱 올랐다. 도이서는 말도 제대로 잇지 못하고 여리의 작은 몸에 기대어 겨우 서 있었다. 세 사람은 도이서의 중얼거리는 말은 들은 척도 않고 저들끼리 웃으며 방에서 나갔다.

비틀거리며 겨우 도이서를 부축하여 함께 뒤채로 향하던 중이었다. 끙끙거리며 도이서의 팔을 어깨에 올리고 걷던 여리가 누군가를 발견하고는 죽상이던 얼굴이 단박에 환해지며 우뚝 멈춰 섰다.

"빙휘 언니!"

"빙휘?"

바로 옆에서 소리를 치니 도이서의 머리가 다시 울렸다. 여리가 외치는 소리에 가물가물하던 정신이 깜짝 놀라 고개를 드는데 눈앞에서 흐릿하니 누군가가 다가오는 것이 보였다. 도이서는 눈을 깜빡이다가 찡그리면서 그 흐릿한 형체를 자세히 보려 했다.

사뿐거리는 걸음걸이에 부드럽게 물결치는 치맛자락이 초롱불에 비쳐 반짝거렸다. 살결이 비치는 얇은 저고리에 가슴께를 감싼 화려한 수가 놓인 폭 넓은 천 자락, 가체를 얹지 않고 맵시 있게 틀어 올려 화려한 장식과 뒤꽂이를 꽂은 쪽머리가 눈길을 끌었다. 그러나 그 무엇보다도 도이서의 시선을 사로잡은 것은 그 기녀의 얼굴이었다. 그 얼굴을 마주하니 도이서는 순간 정신이 번쩍 들며 술이 깨는 기분이었다.

"저이는……."

머리가 어지러웠다. 술이 과한 탓에 헛것이 보이는 것인지, 이미 잠이 들어 꿈을 꾸는 것인지 혼란스러웠다. 도이서의 팔을 두르고 있는 여리는 다가오는 빙휘를 향해 활짝 웃고 있었다. 빙휘는 도이서를 한 번 흘끔 보고는 여리에게 시선을 돌려 버렸다.

"손께서 많이 취하신 모양이구나."

"예, 말도 않으시구 줄창 마시기만 하시더니 이 사달이네요. 빙휘 언니는 오늘 연석이 모두 끝나신 거여요?"

빙휘는 고개를 끄덕였다. 기녀답지 않게 웃음기 하나 없는 얼굴이었다. 그래서 그런지 더욱 닮아 보여 도이서는 저도 모르게 말을 걸었다.

"그대, 나를 못 알아보겠소?"

아직도 술에 취한 혀는 형편없이 꼬여 흐리멍덩한 말이 흘러나왔다. 그러나 빙휘는 도이서의 말을 알아들은 모양인지 그의 얼굴을 한참 바라보다가 가볍게 고개를 까딱였다.

"이곳에서 뵐 줄은 몰랐습니다."

"아니, 그게 아니지. 아니, 그대가 이런 곳에서 그런 차림으로 있을 리가 없을진대. 나를 놀리는구나."

빙휘의 대답에 도이서가 손을 내저었다. 그러나 그 바람에 여리가 도이서의 무게를 견디지 못하고 균형을 잃었다. 그렇게 넘어지려는 찰나 빙휘가 도이서의 반대쪽 팔을 붙잡아 다행히 땅바닥에 고꾸라지는 불상사는 발생하지 않았다.

"아니, 아니지. 있을 리가 없지. 이곳에 있어서는 안 되지."

도이서는 계속 꼬인 혀로 그런 말을 중얼거렸다. 도이서가 다시 인사불성이 되니 여리가 한숨을 쉬며 도이서의 팔을 고쳐 잡았다.

"죄송해요, 언니. 이 양반이 이리 취할 줄은 몰랐는데."

"아니다. 이분, 내가 모셔도 괜찮겠어?"

"네?"

빙휘의 말에 여리가 놀라서 눈이 커져 그녀를 바라보았다. 동그란 눈이 몇 번 깜빡이더니 빙휘와 도이서를 번갈아 보았다. 다른 기녀의 객을 모시겠다며 나서는 것은 분명 무례한 일이기는 했지만, 기실 여리로서도 이미 정신을 놓은 도이서의 뒷수습하기란 여간 번거로운 일이 아니었고, 이 상태라면 밤새 잠이나 재우고 내보낼 것 같으니 객이랄 수도 없었다. 그러나 여리가 놀란 것은 그런 연유가 아니었다.

"하나 언니께선⋯⋯."

여리가 고개를 갸웃하며 다시 도이서에게로 시선을 돌렸다. 빙휘는 여전히 도이서의 팔을 붙잡고 있었다.

"일전에 뵌 적이 있어 그런 것이야. 초사여와도 면식이 있는 분이고."

"아, 그런 거군요. 괜찮으시겠어요? 이치, 술도 꽤나 마셔서 뒤치다꺼리하기두 만만찮을 텐데."

"염려 마렴. 초사여, 부축 좀 도와."

여리가 머뭇거리며 서 있으니 빙휘가 괜찮다며 고개를 끄덕였다. 그녀가 뒤를 바라보며 그리 말하자 몇 걸음 물러서 있던 장신의 사내가 앞으로 나섰다. 초사여는 도이서의 팔을 제대로 고쳐 잡고 그가 온전히 자신에게 기대도록 했다. 꽤 훤칠하고 체격이 큰 그는 수월하게 도이서를 부축하고 별채로 향했다. 방에는 이미 이부자리가 깔려 있었기에 그 위에 도이서가 쓰러지듯 드러누웠다. 좀 전에 잠깐 정신을 차렸던 도이서는 다시 비몽사몽간에 작은 신음을 흘리며 이불을 파고들었다.

"이자는 어이하여 데려온 것입니까?"

이전까지는 별말이 없던 초사여가 방에 들어오니 빙휘에게 물었다. 장지문을 닫고 휘장을 내리던 빙휘의 손이 그 목소리에 멈칫했다. 느릿하게 손을 움직여 휘장을 내리고 창의 발까지 치고서야 그녀가 조심스럽게 뒤를 돌았다. 빙휘는 여전히 기녀답지 않게 냉랭한 얼굴로 도이서가 누운 이부자리에 다가와 가만히 서서 그를 내려다보았다.

"이치, 영력을 쓴다고 했었지."

"그 문제라면 걱정 마십시오. 기방에 묻어났던 제 영기는 이미 모두 갈무리했습니다."

"그래도 역시 걱정이 되는걸. 기방에 있을 거라면 차라리 보이는 곳에 두는 것이 나아."

이부자리에 누워 이리저리 몸을 뒤척이며 술에 취해 잠에 빠져드는 도이서를 물끄러미 내려다보던 빙휘가 뒤를 돌면서 초사여의 손을 잡아 이끌었다. 서안을 넘어 방의 중앙에서 조금 비켜난 자리에 주저앉은 빙휘가 초사여를 잡아당겼고, 제 옆에 앉은 그의 품에 자연스레 안겨 기대었다.

"곤하다."

빙휘가 고개를 가볍게 흔들며 품에 파고들었다. 가볍게 허리에 두른 손과 목을 두르듯 어깨에 얹은 손이 그를 달아오르게 했으나 빙휘는 편안하게 눈을 감고 가슴팍에 머리를 누인 채 잠을 청했다. 이리 아무렇지 않게 다가오는 접촉이 초사여를 얼마나 떨리게 하는지 그녀는 모르는 모양이었다. 커다랗게 울리는 그의 심장 소리가 마치 자장가처럼 그녀를 다독여 주었다.

그 밤이 깊어갔다. 자신이 어디에 누웠는지도 모르고 잠에 취한 사내와 품 안에 잠든 연인의 단꿈을 깨우지 않으려 꼼짝 않고 앉아 자리를 지키는 사내와 세상 가장 다정한 곳에 기대어 편안한 잠에 빠진 여인의—말 그대로 동상이몽의—시간이 흘러갔다. 서로 다른 꿈에 잠긴 이들을 품은 방에 점차 여명이 비쳐 오고 곧 날이 밝았다.

술 때문에 목이 타는지 도이서가 앞섶을 매만지다가 인상을 찌푸리며 몸을 뒤척였다. 손을 뻗어 자리끼를 찾던 그의 손이 순간 무언가를 깨달은 듯 멈칫했다. 베갯잇에 묻었던 얼굴이 딱딱하게 굳으며 바쁘게 머릿속을 헤집었다. 그리고 곧 자신의 집이 아니란 사실을 알아차리고 번뜩 눈을 뜬 도이서가 빠르게 몸을 일으켰다.

"기침하셨습니까?"

옆에서 들려오는 여인의 목소리에 놀란 도이서가 제 옷차림을 살폈다. 그는 지난밤 입었던 도포 차림 그대로 이부자리 위에 앉아 있었다. 이리저리 뒤틀리고 헝클어진 도포를 대충 정돈하고 고개를 돌린 그는 다시 놀라 굳어버리고 말았다. 이미 가벼운 치장을 마친 빙휘가 꿀물 대접을 올린 작은 쟁반을 들고 서 있었고, 그녀의 뒤로 초사여가 서 있었다.

"부인? 여 공?"

"청악기방의 기녀, 빙휘라 합니다."

"기녀? 부인께서 기녀란 말입니까? 여 공, 이게 무슨 일입니까? 제가 어찌……."

빙휘가 기녀라고 소개하는데도 도이서는 믿기 어려운지 눈을 몇 번이고 깜빡이다가 초사여를 불렀다. 한 걸음 나아가 무어라 말하려는 초사여를 빙휘가 손을 뻗어 막아섰다.

"지난밤 약주가 과하시어 여리가 모셔가기에 안면이 있는 분이시기도 하여 제가 모셨습니다. 잠자리는 편안하셨는지요? 곧 노비에게 일러 조반상을 준비하도록 하겠습니다."

"실로 기녀인…… 것이오?"

"예. 일전에는 사정이 있어 밝히지 못하였습니다."

"허면 여 공께선……."

"이이는 제 기부입니다."

도이서가 넋이 빠진 얼굴로 빙휘와 초사여를 번갈아 보았다. 백은산에서 조우했던 인연을 이리 도성에서 만나게 된 것도 놀랄 일인데, 그들이 기녀와 기부라니 절로 입이 벌어지는 것이 경악할 노릇이었다. 놀란 도이서의 얼굴에도 빙휘는 태연하게 손에 든 쟁반을 서안에 내려놓았다. 대접에 가득 담긴 꿀물을 바라보며 도이서는 아직도 자신이 술독에 빠져서 헤엄치고 있는 것은 아닌지 의심이 솟았다.

청악기방(淸樂妓房), 화류가에서 제일 규모가 크고 유명한 기방으로 몇 해 전 불미스러운 사건이 있어 그 기세가 조금 누그러들기는 했으나 여전히 화류가에서 손꼽히는 기방이었다. 그러나 이전과 달리 이렇다 할 명기를 배출해 내지 못하고 부진하던 차, 기방의 일을 제 수족과 다름없던 연무(娟舞)에게 맡긴 채 젊은 기녀 한 명만을 대동하고 사라진 지 일여 년 만에 돌아온 행수 청여(靑仔)가 웬 여인을 한 명 데리고 돌아왔다.

도성의 가장 유명한 화류가 골목에서도 한 번도 본 적 없는 전무

후무한 예기. 그녀의 춤과 연주가 출중하기는 했으나 그 이름이 날리게 된 것은 바로 그녀의 검무(劍舞) 때문이었다. 한 번이라도 본다면 다시는 잊을 수도 없고 다른 재예는 눈에 차지도 않게 된다는 검무. 갑자기 나타난 예기의 검무는 입소문을 타고 도성 곳곳에 퍼졌고, 풍류를 즐긴다는 양반들은 너나없이 그녀를 보기 위하여 청악기방 앞에 줄을 섰다. 그리고 낯설지 않은 예기의 기명에 사람들은 곧 그녀가 청악의 얼룩진 과거인 '그 사건'의 기녀임을 기억해 냈다. 5년 만에 다시 모습을 드러낸 예기와 권문세가의 양반을 죽음으로 내몰았던 그녀의 과거는 많은 이들의 구미를 당기는 흥밋거리로 입방아에 오르내렸다.

절대로 수청을 들지 않는 콧대 높은 예기, 그 기녀가 바로 빙휘였다.

빙휘는 다른 기녀들처럼 높게 가체를 올리지 않았다. 분명 춤과 연주에도 일가견이 있었으나 그녀는 검무만을 고집하며 과한 치장을 거부했다. 제 머리로만 모양새 있게 틀어 올려 단단히 고정한 쪽머리에, 그나마 화려한 장식의 뒤꽂이를 꽂는 것이 전부였으며 옷차림 역시 언제나 무복(舞服)만을 입었다. 그리고 그녀의 뒤에는 항상 장신의 사내가 함께했는데 그녀와 함께 기방에 들어온 그는 초사여라, 빙휘의 기부(妓夫)였다. 은회색의 장발을 하나로 높이 묶은 채 풀어 내린 그는 분명 특이한 외양이었으나 색이 옅은 만큼 존재감도 옅은 것인지 마치 그림자처럼 그녀의 뒤에 녹아들어 딱히 시선을 끌지 않았다. 초사여는 항상 빙휘의 뒤를 따라다니며 그녀가 검무를 출 때 쓰는 긴 장검을 들고 있었다. 청악기방의 기녀들에게 이 연인은 선망의 대상이었다.

오늘도 종일 검무를 추느라 녹초가 된 빙휘가 초사여와 함께 별채로 돌아가고 있었다. 주석은 거진 파하고 거하게 술에 취해 기녀들을 하나씩 끼고 뒤채로 향하는 객과 비틀거리는 갈지자걸음으로 귀가하는 객이 뒤섞인 어지러운 기방을 뒤로하고 일찍 처소로 돌아가는 걸음이 한적하니 가뿐했다. 별채의 중문으로 향하는 짧은 마당길을 거니는데 뒤로 물러나 있던 초사여가 성큼 옆자리로 다가왔다.

"오늘도 훌륭하셨습니다."

"조금은 무뎌진 것 같지 않아? 산에 살 적엔 좀 더 가볍고 날카로웠던 것 같은데."

"아무래도 장소의 영향을 받겠지요. 그래도 유려하고 부드러운 칼끝이 또 다른 멋이 있습니다."

"항상 달콤한 평뿐이라 썩 믿음직하진 않네."

"실로 달콤하니 단 평밖에 할 수 없잖습니까. 달기에 달다고 말하는 것을 타박하시면 어찌 쓰다 말하리까?"

"하여간, 짓궂어."

초사여의 말장난에 빙휘가 어깨를 살짝 흔들며 웃음을 터뜨렸다. 그제야 초사여는 안심한 얼굴이 되었다. 빙휘의 피곤을 덜어주고자 하는 마음이었다. 손으로 입을 가리고 쿡쿡 소리 죽여 웃는 그녀를 바라보던 초사여가 대뜸 손을 쭉 앞으로 내밀어 보였다.

"손가락이 왜 벌어져 있는지 아십니까?"

"그건 또 웬 생뚱맞은 물음이야?"

"이러한 물음이 다 생뚱맞지요. 아십니까?"

"뭐라고 말하고 싶은 건데?"

"벌어진 사이로 짝을 맞추기 위해서입니다."

"짝?"

어리둥절한 목소리에 고개가 갸웃거렸다. 이해하지 못하는 빙휘의 모습에 초사여가 냉큼 입가에 멈춰 있는 그녀의 손을 낚아챘다. 초사여의 긴 손가락이 빠르게 빙휘의 손가락 사이사이로 파고들었다. 아차 하는 순간 깊숙이 파고든 손가락이 굳게 깍지를 끼고 그녀의 손을 옭아맸다. 움푹 들어간 손가락 사이마다 꼭 들어맞는 짝처럼 초사여의 손가락이 꽉 끼었다. 그 갑작스러운 깍지에 빙휘가 동그래진 눈으로 그를 돌아보니, 초사여는 여느 때처럼 빙긋 미소를 짓고 있었다.

"손이 쓸쓸하거든 언제든 빌려 드릴 수 있습니다."

깍지 낀 손등이 초사여의 입술을 스친 것 같았다. 아니, 초사여가 빙휘의 손등을 제 입가로 가져가며 손을 내린 것이 분명했다. 하지만 그는 모른 척 순진한 미소만 던지며 손가락마다 힘을 주며 깍짓손을 움켜쥐었다. 그의 이런 면모가 빙휘를 웃게 만들었다. 깍지로 든든해진 손을 가볍게 흔들며 빙휘가 흥얼거리듯 입을 열었다.

"이런 거 보면 참 다정다감한데 어떻게 그 오랜 세월을 홀로 지냈을까?"

"다정다감이요? 제가 말입니까?"

"응, 이런 거나."

빙휘가 깍짓손을 살짝 들어 보였다. 그리고 걸음을 멈춰 초사여를 향해 돌아서서 그와 눈을 맞춘 빙휘의 손가락이 가볍게 초사여의 입가를 스쳤다.

"이런 거나."

입가를 스친 손은 그의 미소를 가리키고는 사라졌지만, 시선은 계속 이어졌다. 스치고 간 자리에 남은 온기가 심장을 두근거리게 했다. 장난처럼 잡고 있던 깍지는 조금 느슨해져 사이로 시원한 바람이 스며들었다. 초사여의 버들잎 눈에 잿빛 눈동자가 만월로 차올랐다.

"이 모두 당신이기에 가능한 일입니다. 제가 살아온 억겁의 시간은 모두 당신을 만나기 위한 기다림이었습니다."

"억겁. 지나치게 과하여 와 닿지 않는 시간이야."

"미물의 생과 영물의 생을 통틀어 당신을 기다려 온 것입니다."

초사여에게 익히 들어온 기나긴 생과 기다림과 외로움, 그리고 그 끝에서 만난 유일하게 손을 내밀어준 어린 여아의 이야기는 마치 어느 전설 속 설화 같아서 믿기지 않았다. 그러나 빙휘는 자신이 내밀었던 그 손을 기억하고 있었고, 그 손을 타고 다가온 초사여의 전신(前身)을 기억하고 있었다.

"나의 작은 뱀, 나의 초아, 나의 커다란 존재, 영물 초사여."

스쳐 사라졌던 손가락이 느릿하게 다시 입가로 다가왔다. 빙휘의 손끝이 초사여의 미소를 길게 어루만졌다. 손끝으로 가볍게 건드리던 검지가 입술에서 미끄러져 턱 선을 감싸고 엄지가 아랫입술 선을 짧게 반복하여 쓰다듬었다. 그리고 빙휘의 손이 힘 있게 초사여의 턱을 잡아당기며 그녀의 눈이 감기는 순간, 뒤편에서 딱딱한 목소리가 들렸다.

"방금 나눈 대화, 대체 무슨 이야기인가?"

짧은 마당길의 끝에 검은 그림자가 서 있었다. 아직 환하게 불을 밝힌 기방을 등지고 있었기에 어둡게 그림자 진 얼굴은 잘 보이지 않았다. 들려온 목소리만큼이나 딱딱해진 빙휘의 손이 천천히 초사여의 얼굴에서 떨어져 내려갔다. 초사여가 잘근 입술을 깨물었다.

"……경솔했습니다."

작게 속삭이는 말에 빙휘가 가볍게 고개를 흔들었다. 기방에서 별채로 향하는 마당길은 그리 길지 않았기에 중문에 다다른 둘과 갑자기 나타난 사내는 몇 걸음 떨어져 있지 않았다. 언제부터, 어디서부터 듣고 있었는지 긴장이 되었지만 마지막 말 역시 충분히 위험했다.

"무슨 대화 말씀이십니까?"

"억겁의 시간이며 미물과 뱀, 영물 따위의 단어는 분명 가벼이 흘려들을 수 없는 내용이라 여겨지는데."

빙휘는 그제야 그가 누구인지 알아차렸다. 역광으로 그림자 진 얼굴이 차츰 눈에 들어왔다. 그 당황하던 아침을 생각하면 다시는 기방에 얼씬도 하지 않으리라 여겼는데, 어째서인지 또 찾아와 불쑥 눈앞에 나타난 그는 바로 도이서였다. 온몸이 싸해졌다. 그는 초사여에게, 더불어 빙휘에게 역시 위험한 치였다.

"무슨 말씀인지 모르겠군요. 이곳까진 어찌 오셨습니까? 길을 잘못 드신 듯하군요. 예는 객들의 출입을 제하는 곳입니다.”

“전부 다 똑똑히 들었으니 발뺌하지 말게.”

천연덕스레 화두를 돌리려는 빙휘의 말을 도이서가 무겁게 딱 잘랐다. 순해 보이던 얼굴에 힘이 들어가 눈빛이 번뜩였다. 꽉 깨문 어금니와 살짝 떨리는 주먹이 긴장한 탓인지 분노한 탓인지 분간하기 어려웠다.

“그대 또한 사람의 탈을 쓴 요물인가?”

“무슨……”

“아니오.”

부들부들 떨리는 노기를 억누르며 던진 물음에 빙휘가 입을 열려는 찰나 초사여가 그녀의 앞을 막아서며 대답을 가로챘다. 초사여 역시 방금과는 사뭇 달라진 분위기를 풍기고 있었다. 하지만 여전히 깍지를 풀지 않은 채 등 뒤로 맞잡은 손은 빙휘를 괜찮다며 달래는 듯했다. 앞을 가로막은 초사여의 너른 등에 도이서의 얼굴이 가렸다.

“그녀는 인간이오.”

“요물이 감히 사람 사는 도성에 내려와 활개를 치느냐!”

“감히?”

빙휘를 대할 때와는 전혀 다른 목소리였다. 울림이 강한 음성에는 힘이 실려 있었다. 초사여의 눈동자가 붉게 빛나며 그에게서 가공할 영력이 퍼져 나왔다. 한 번도 마주해 본 적 없는 짙은 농도의 영기가 도이서를 향해 쏟아졌다. 아니, 그 어마어마한 기운이 마치 공기처럼 온 사방을 에워싸며 도이서를 압박해 왔다. 힘을 넣어 빠르고 강하게 뿜어내는 것이 아닌 잔잔하게 퍼트리는 영기가 이 정도로 엄청난 위력을 지니기란 어려운 일이었다. 그러나 초사여는 아무렇지 않게 그것을 해내고 있었다.

"감히 인간 따위가 내게 요물을 운운해? 내 둥지에 터를 잡고 내 산림을 멋대로 쓰면서 마치 제 것인 양 주인 행세를 해대는 방자한 짓을 그저 놔두었더니, 인간 따위가 이 땅과 하늘과 바람의 주인이라도 되는 줄 아느냐?"

도이서는 빙휘와 초사여의 대화를 조금 더 귀담아들었어야 했다. 억겁의 시간이란 말 그대로 인간으로서는 헤아릴 수 없는 무한의 세월인 것을, 도이서는 그 말을 간과하지 말았어야 했다.

"설마, 진정 영물이란…… 말이오?"

영물(靈物)이란 전설과 같은 존재였다. 천계에 닿을 수 있는 영험함을 지녔으며 그 영력을 감히 가늠할 수도 없다고 알려져 있기는 했으나 설마하니 실존하리라고는 생각지 못했다. 심지어 영물이라는 존재와 전혀 어울리지 않는 화류가의 기방에서, 그 신묘한 존재를 맞닥뜨리리라고 어느 누가 상상이나 했을까. 얼떨떨하게 물으면서도 도이서는 이미 느끼고 있었다. 태어날 때부터 인간으로서 굉장히 뛰어난 영력을 지녀 영력을 읽는 눈이 밝았기에 지금 느껴지는 영기만으로도 눈앞의 상대가 자신으로서는 감히 대적할 수 없는 어마어마한 영력의 소유자라는 것을 깨달을 수 있었다. 게다가 이골이 날 정도로 무수한 요물들을 퇴치해 왔기에 초사여가 어지간한 요물과는 전혀 다르다는 것을 알 수 있었다. 그러나 아는 것과 납득하는 것은 달랐다.

"굳이 답을 주어야 하나?"

도이서의 물음이 초사여의 심기를 거스른 모양인지 그의 눈에서 더욱 붉은 빛이 번졌다. 그와 동시에 도이서를 에워싼 영기의 농도가 더욱 짙어지며 가만히 서 있고 숨을 쉬는 것조차 힘들어지기 시작했다. 도이서가 비틀거리며 겨우 입을 열었다.

"일을 키우고 싶은 것이 아니라면 그만두시오. 이 정도의 영기가 감지된다면 영가에서 가만있지 않을 것이오. 물론 영물인 당신에게 인간의 영력이란 별것 아니겠지만…… 번거로운 일 정도는 되지 않을까 싶소만."

어느 정도는 도박 삼아 던진 말이었다. 그러나 다행히 도이서의 예상이 맞아떨어진 것인지 초사여는 빙휘를 살피더니 곧 영기를 거두었다. 퍼져 나올 때와 마찬가지로 그 농후한 영기는 삽시간에 사라져 버렸다. 사방에서 압박하던 영기가 사라지니 도이서는 순간 중심을 잃고 몸을 주체하지 못하다가 곧 정신을 차리고 바로 설 수 있었다.

여전히 초사여의 눈동자는 붉었고, 그는 마치 빙휘를 지키듯 가로막고 서 있었다. 영물이란 정체를 들킨 적이 처음이라 초사여 역시 도이서를 어떻게 대해야 할지 막막했다. 그 침묵이 내려앉은 대치가 얼마간 지속되었다. 당황하여 놀란 마음을 진정하고 초사여가 곧 결정을 내렸다. 귀찮은 일은 뿌리부터 뽑는 것이 정석이었다. 상대가 영력을 지닌 자라는 점이 걸리기는 했지만, 일단 초사여의 영력이 비할 수 없이 뛰어나니 능력을 사용하여 도이서의 기억을 지워 버릴 생각이었다. 그렇게 초사여가 도이서를 제압하기로 결심하고 나서려는 순간이었다.

"여 공의 정체에 대해선 함구하겠소."

막 앞으로 나서려던 초사여의 걸음이 멈추었다.

"지금까지 영물이란 설화나 민담 속에나 존재했지 실제로 밝혀진 적은 없소. 여 공의 영력이 어느 정도일지 가늠조차 되지 않을 뿐더러 나 또한 여 공의 존재로 인하여 어떠한 일이 벌어지길 원하지 않소. ……이해할는지는 모르겠소만, 지금 시국이 가히 좋지만은 않소. 여러 가지로 어지럽고 뒤숭숭한 차에 영물이란 존재가 드러난다면…… 어떤 일이 벌어질지 모르오."

"인간 권력의 이해관계가 어지러운 모양이지?"

초사여는 그간 수많은 이름의 나라가 세워지고 무너지는 것을 봐왔기에 도이서가 말하는 바를 빠르게 알아차렸다. 결국 살아가는 것은 똑같은데 나라라는 울타리가 그리 중요한 것인지 이해되지 않았으나, 아무래도 지금의 국정이 가히 좋지만은 않은 모양이었다. 도이서가 고개를 끄덕이며 말을 이었다.

"여 공이 평범한 요물에 지나지 않았다면 영가의 선에서 수습할 수 있으나 영물이라면 이야기가 좀 더 복잡해지오."

"인간들의 사정 따위 내 관여할 바 아니다."

"하지만 우리들에게 당신의 존재는 무시할 수도 없고, 그 영향력 또한 여 공이 생각하는 것보다 심각하오. 그는 저이에게 역시 마찬가지니 내 말을 들어야 할 것이오."

도이서의 시선이 초사여의 뒤로 향했다. 그의 말에 초사여가 고개를 돌려 등 뒤에 감추었던 빙휘를 바라보았다. 빙휘는 초사여를 따라 심각한 표정이 되어 둘의 대화를 듣고 있었다.

"빙휘, 자네에게도 중요한 이야기일세."

두 사내의 시선이 빙휘에게로 향했다. 빙휘는 초사여의 정체에 대한 대화가 어찌하여 자신에게로 흘러오는지 이해하지 못하는 얼굴이었다. 깍지 낀 초사여의 손가락에 힘이 들어가는 것이 느껴졌다.

"아무래도 여기서 계속 이어갈 이야기는 아닌 것 같습니다."

모인 시선에 두 사내를 번갈아 보던 빙휘가 입을 열었다. 그 말에 둘 역시 미처 깨닫지 못했다는 듯 아차 하며 주변을 둘러보았다. 비록 외졌다고는 하나 본채에서 별채로 향하는 마당길이라 기방의 식구들이 자유롭게 나다니는 길이었다. 지금까지의 대화도 충분히 길고 위험하였기에 빙휘의 방에서 대화를 이어가기로 하고 자리를 옮겼다.

별채의 몇몇 방에는 불이 켜져 있었지만 방 안의 대화가 밖으로 새어 나갈 염려는 없었다. 호롱을 밝힌 빙휘는 초사여와 도이서를 바라보고는 어떻게 자리에 앉아야 하나 잠시 고민에 빠졌다. 도이서는 양반이라 빙휘보다 상석이 당연했고 평소라면 초사여는 빙휘의 옆자리에 앉았으나 지금 도이서에게 초사여는 영물이란 어려운 존재였다. 그런 빙휘의 고민을 아는지 모르는지 초사여가 그녀의 손을 잡아끌고 보료에 앉았다. 그 행동에 도이서가 별말 없이 마주 앉으니 초사여와 빙휘가 그의 상석에 앉은 형세였다.

"후, 단지 지난밤의 결례를 사과하고 감사의 말을 전하고자 찾은 것이었는데, 이리 복잡해지리라고는 생각하지 못했소."

"인사치레라면 받았다 치고, 어찌하여 그녀가 이 이야기에 연관된단 것인가?"

분위기를 가볍게 풀어보려던 도이서의 시도는 딱 잘라 버리는 초사여의 말에 묻히고 말았다. 빙휘에 대한 이야기라는 말이 초사여를 다급하게 만든 모양이었다. 결국 도이서는 미소를 거두고 다시 심각한 얼굴이 되어 빙휘에게 질문을 던졌다.

"자네는 영력조차 없는 평범한 사람인 게지?"

"그렇습니다."

"백은산에서 처음 마주쳤을 때 내가 느꼈던 영기가 착각이 아니었던 거야."

"초사여와 함께한 시간이 길어 그의 영기가 제게 묻어났기 때문이라 했습니다."

"역시."

도이서가 짧게 중얼거리며 고개를 끄덕였다. 초사여를 향해 시선을 돌린 도이서는 선뜻 말을 내뱉기 어려운지 힘을 주어 입술을 굳게 다물고 있었다. 어두워진 그의 표정에 빙휘의 손을 잡은 초사여의 손에 힘이 들어갔다.

"여 공의 존재 자체만으로 빙휘에게는 큰 위험이 될 것이오. 아니, 이미 해를 끼치고 있소. 진정 여 공께서 정인을 위한다면 당장 빙휘의 곁을 떠나야 하오."

❀ ✱ ❀

"빙휘!"

야단스런 기방의 소음 사이로 새어 들어온 목소리를 못 들은 척 하려 했으나 이미 멈칫한 걸음에 돌아서지 않기도 우스워 빙휘가 몸을 돌려 고개를 살짝 숙여 인사를 했다.

"어인 일이십니까? 번다하니 말씀이 길지 않았으면 합니다."

모난 말투였다. 다른 이에게는 그래도 데면데면 고저도 감흥도 없는 말소리나마 그득한데 유난히 날카롭게 구는 것은 상대가 도이서인 탓이었다. 빙휘의 날 선 말에 도이서도 당황하여 기껏 불러 세우고도 쉽사리 말을 꺼내지 못했다.

"용무가 없으시다면 이만 비켜 나겠습니다."

며칠 전 처소에서 나누었던 대화가 빙휘의 신경을 거슬렀다. 간간이 기방에서 도이서의 그림자를 발견하기는 했으나 그때마다 모른 척한 것은 더는 엮이고 싶지 않았기 때문이다. 그날의 대화 때문에 초사여의 기색이 이상해졌고, 그 때문에 빙휘의 심기 역시 예민해졌다. 도이서가 전혀 달갑지 않기에 빙휘가 고개를 까닥이고 돌아서려는 찰나였다.

"어찌하여 여전히 그를 곁에 두고 있나? 내 일러주지 않았나, 그자는 자네에게 위험하다고. 그대의 안위가 걱정되지도 않는 것이야?"

이 말을 하고자 도이서는 내내 청악을 맴돌고 있었다. 아무래도 초사여와 함께 있을 때는 편하게 말하기 어려워 기회를 엿보던 차였다. 때문에 빙휘가 가버릴세라 다급한 마음에 대뜸 던졌는데, 그 물음이 빙휘에게 찬바람처럼 불어들었다.

"영감과는 일체 관계없는 일입니다."

"물론 내가 그대에게 지시할 입장은 아니지만, 위험에 처할 것을 알면서 모른 척할 수는 없는 노릇 아닌가? 부디 그대라도 생각을 고쳐 그를 멀리하도록 하게."

도이서는 입술 안쪽을 잘근거리고 있었다. 초조했다. 이렇게까지 신경 쓰일 줄은 몰랐지만 막지 않고서는 도저히 견딜 수 없었다. 어떤 대답이 나올지 사실 알고 있으면서도 제대로 듣고 싶었다. 혹여나 하는 마음도 없잖아 있었다. 그러나 이어지는 빙휘의 말은 도이서의 그런 바람을 한순간에 허망하게 만들었다.

"영감께서도 잘 알고 계시는군요. 영감께서는 쇤네의 거취를 왈가왈부하실 수 없으십니다. 더는 관여하지 마십시오."

빙휘의 다소곳한 태도에 도이서가 언성을 높이며 빙휘의 양팔을 부여잡았다.

"관여하지 말라? 어찌 모른 척 지나칠 수 있겠나. 스스로 죽으려는 길을 가는데, 잘못될 것이 빤히 보이는데 어찌 관여하지 않을 수 있을까! 이미 경험하지 않았는가, 그를 곁에 두어 그의 영기가 자네에게 묻어났다 하지 않았어? 아무리 영물이라도 결국 그 갈래는 요물이라, 사람의 생기를 취하는 족속이란 말일세!"

"괜한 오지랖이십니다. 쇤네가 죽을 길을 걷든 살길을 걷든 대관절 무슨 상관이시랍니까? 그를 매도하지 마십시오."

"그는 우리와 다르네. 사람이 아니야. 애초에 맺어질 수도 맺어져서도 아니 되고, 가까이해서도 아니 되는 존재란 말일세. 일개 요물 따위와도 오랜 세월을 함께하면 큰 사달이 벌어지는데,

하물며!”

“분명 함구하신다 하셨습니다. 말씀 삼가시지요! 대체 어찌하여 이러시는지 도통 이해를 할 수 없습니다. 누구를 곁에 두건 어찌 생을 살건 쇤네의 삶입니다. 지나친 간섭 사양하겠으니 그만하십시오. 어찌하여 이러시는지 도통 연유를—”

난데없이 거칠게 나오는 도이서에 빙휘도 휩쓸려 흥분이 일었다. 게다가 보는 눈이며 듣는 귀가 많은 기방에서 꺼내서는 안 될 단어를 뱉으려는 도이서의 입을 막으려 빙휘의 언성이 높아졌다. 팔뚝을 쥐고 있는 도이서의 손아귀에 힘이 들어갔다. 분별을 잃은 듯한 사내의 작태에 빙휘의 얼굴이 일그러지는데 도이서가 그와 비슷한 얼굴로 빙휘의 두 눈을 똑바로 응시하며 소리를 내질렀다.

“내가 그대에게 마음을 주었으니까!”

순간 사위가 고요해졌다. 떠들썩하던 기방의 소음이 사라진 것은 착각이 아니었다. 두 사람의 실랑이를 흘끔거리며 구경하던 주변의 객들과 기녀들이 도이서의 외침에 하던 일을 모두 잊고 입을 떡 벌린 채 시선을 고정하고 있었다. 놀란 손에서 떨어진 염낭이 서넛은 넘었다. 곰방대를 놓친 기녀가 있는가 하면 갓끈을 놓친 줄도 모르고 여전히 턱 아래에 손을 올리고 있는 양반도 있었다. 본채에서 흘러나오는 웃음소리와 곡조들이 멀찍이서 들리는 것 같았다.

“그대 옆에 붙어 선 자가 거슬리는 것도, 그 때문에 그대가 걱정되어 미칠 것 같은 것도, 이리 찾아와 강짜를 놓는 것도, 지나치게 그대의 생에 가타부타 관여해 대는 것도 전부 내가 그대에게 마음을 준 탓일세! 단 한 번, 그 짧은 달빛 아래에서의 만남이 이리도 나를 혼란하게 할 줄은 미처 몰랐건만, 정신 차리고 보니 그대를 떠올리고 있더란 말이야. 그 요요한 달빛이, 딱 한 번 본 게 전부인 여인의 얼굴이 머릿속에서 떠나질 않아, 바로 그대가!"

도이서는 이미 주변은 눈에 들어오지 않는지 말을 멈출 생각도 않고 잘잘 읊어댔다. 기방에서 그런 말을 늘어놓는 이는 없었다. 기녀에게 그런 말을 건네는 이는 없었다. 그랬기에 도이서를 향한 시선은 돌아갈 줄을 몰랐다.

한껏 쏟아내고 나니 흥분이 가라앉아 억세게 쥐고 있던 손이 풀렸다. 미간에 힘을 준 채 굳어 있는 빙휘를 향해 도이서가 조용히 말을 이었다. 처연한, 어딘가 슬퍼 보이는 눈으로 빙휘를 바라보고 있던 도이서는 그녀의 눈이 자신을 향하고 있지 않은 것을 알아차리지 못하고 있었다.

"위험하니 제발 그만두게. 제발 그자를……."

"그자란 나를 가리키는 건가."

흐리게 가라앉는 목소리에 묵직한 답이 이어졌다. 그제야 도이서는 빙휘의 시선을 읽고 고개를 돌렸다. 바로 뒤에 초사여가 바짝 다가와 서 있었다. 그의 눈동자는 분명 차게 식은 잿빛이었건만 도이서는 그 안에서 타오르는 붉은빛이라도 마주친 듯 소름이 돋았다.

"잠시 자리를 비웠습니다. 이만 처소로 돌아가는 게 어떻겠습니까?"

도이서를 대할 때와는 사뭇 달리 부드러운 어조였다. 빙휘가 고개를 끄덕이니, 그녀를 향해 미소를 던지고 다시 도이서를 향해 시선을 돌린 그의 얼굴은 차갑게 굳어 있었다.

"지난번의 대화로 이야기는 모두 끝난 것이 아니었나?"

"됐어, 초사여. 그만 가자. 지체되어 먼저 가보겠습니다."

가볍게 초사여의 옷자락을 잡아당긴 빙휘가 빠르고 짧게 인사를 건네고는 도이서를 향해 눈길조차 주지 않고 걸음을 옮겼다. 그 흔한 살펴가라는 인사조차 없었다. 외면당한 도이서는 그 자리에 그대로 서서 멀어지는 빙휘의 뒷모습을 가만 지켜보고 있었다. 내심 기대를 품고 있던 시선들은 소란에 비해 싱겁고도 빠르게 끝나 버린 결말에 아쉬워하며 하나둘 고개를 돌렸다. 잠시 적막을 깔고 있던 기방은 다시 본래의 요란을 되찾았다. 그러나 몇몇 시선은 여전히 도이서를 훔쳐보느라 바빴다. 살짝 홍조가 오른 얼굴로 빙휘와 초사여가 멀어지는 것을 바라보고 있는 모습에 아마 충격이 심한 모양이라며 혀 차는 소리마저 들렸다.

한동안 잠잠하던 화류가에 좋은 뒷말거리가 생겼다. 지난밤 청악기방에서 있었던 이야기는 한 입, 두 입 빠르게 건너뛰며 퍼져 나갔다. 근방에서 둘 이상만 모이면 자연스레 빙휘란 콧대 높은 기녀의 이야기가 화제에 올랐다.

"한 양반이 기방 마당 한복판에서 연심을 털어놓는데, 아니, 글쎄 그걸 퇴짜를 놓더라니까?"

"쯧쯧, 그 양반도 어지간히 한심스러운 인사일세. 어디 계집이 없어 겨우 기생년한테 혼이 쏙 빠졌누?"

"겨우 기생이라니. 예끼, 이 사람아. 자네 그 얘기도 못 들었나?

그 기생이 바로 5년 전에 돌아가신 상문관 대감의 애첩이라니까. 그리 고매하신 양반을 홀려서 결국 그 사달을 내놓고 잠적했다가, 재기하기가 무섭게 또 애먼 양반을 제대로 건드린 거 아녀."

"이러다 또 멀쩡한 양반이 기생 때문에 목숨줄 놓는 거 아닌지 몰라."

"웬만치 높은 양반이어야 성에 차는지, 제 기부를 앞세워서는 딱 잘라 거절하고 뒤도 안 돌아보고 가더라니까. 대감 감투는 써야 눈이나 맞춰주나 보이."

"어허, 기부라니. 나라에 망조가 드니 별 기생년이 다 날뛰는구면."

"양반님네들이 그 치마폭에 빠져 허우적대고 있으니 하늘 높은 줄 모르고 제 잘난 줄만 아는 게지."

청악의 담장 너머가 시끄러웠다. 그런 일이 있었다고 하니 흥미롭다며 재밌어하는 양반들이 반, 주제를 모른다며 무엄하다 역정을 내는 양반들이 반이었다. 아무리 모른 척 아닌 척 돌아서 있어도 열려 있는 귀라 험담이 저절로 들려왔다. 정작 빙휘는 묵묵히 듣고만 있는데 적화(赤花)가 옆에서 열을 냈다. 청악 내에서는 누구도 적화의 앞에서 빙휘의 이야기를 꺼내지 못했다. 그러나 몰래 수군거리는 말까지 잠재울 수는 없는 노릇이었다.

빙휘는 속이 시끄러웠다. 단지 퍼진 이야기 때문만은 아니었다. 아무리 빙휘라고 해도 그리 대놓고 부딪혀 오는 말을 완전히 모른 체할 수는 없었다. 그렇잖아도 적잖이 거슬리던 자였는데 그런 말까지 들으니 여러 의미로 신경이 쓰일 수밖에 없었다.

"이리 어지럽자고 돌아온 기방이 아닌데."

빙휘가 주석에서 나오며 정리가 되지 않는 머리를 짧게 흔들고는 먼 곳을 바라보았다. 어수선한 시각이었다. 여기저기에서 기녀들의 웃음소리가 흘러나왔다. 섬돌로 내려서던 빙휘가 혜를 신고는 그대로 툇마루에 걸터앉았다. 긴 장도(長刀)를 무릎 위에 올려놓고 이리 앉아 있으니 동 떨어져 기방을 구경하는 기분이었다.

화려한 복색의 남녀가 그득했지만 알게 모르게 몸을 숨기고 선 노비들도 꽤 되었다. 음식과 술을 나르고 기녀들의 시중을 드는 노비 아이들이 가장 바빠 보였다. 뜀걸음에도 전 한 점, 술 한 방울 흘리지 않는 재간이 용했다.

기방에는 그늘이 많았다. 얼핏 봐서는 어둠이라 스쳐 지나갈 곳마다 쌍쌍이 자리하여 웃음을 흘리고 있었다. 전이라면 눈을 찌푸리며 못 본 체 시선을 돌렸을 것을 빙휘는 오늘따라 유심히 바라보고 있었다. 아양하는 눈짓에 손짓에 몸짓이 교태로웠다. 그러나 보면 볼수록 그 웃음들이 가증스러웠다.

저들이 속삭이는 말 중에 과연 진심이 있을까. 저 웃음이 진정 좋아서 웃는 것일까. 그것이 맞다면 어떻게 그럴 수 있는지 의아했다. 그것이 아니라 해도 어떻게 그럴 수 있는지 의아했다. 맞으면 맞는 대로, 아니면 아닌 대로 나부끼는 가벼운 유희를 빙휘는 이해할 수 없었다. 기녀이기에 그러했다. 자신도 기녀였지만, 그녀들을 곧이곧대로 믿을 수가 없었다. 기녀에게 하는 말 역시 믿을 수 없었다.

'마음을 주었으니까.'

그 어떤 달콤한 말도 믿을 수 없었다. 믿어서는 안 되었다.

"무엇을 보고 계십니까?"

나직한 목소리에 빙휘가 놀라 고개를 들었다. 어느새 초사여가 옆에 앉아 있었다.

"네가 유일해."

"무엇이 말입니까?"

"이곳에서 믿을 수 있는 이."

빙휘가 초사여의 어깨에 머리를 기대었다. 그는 굳이 입을 열지 않았다. 때로는 무수한 미사여구를 이어 붙인 말보다 이런 고요한 침묵이 더욱 마음을 따스하게 감싸주었다. 그래서 초사여가 편했다. 그래서 좋았다.

"너와 내가 서로 다르다는 게 그리도 내게 해가 되는 걸까?"

"……그리되도록 가만 두고만 있지 않을 것입니다. 제가 지킬 겁니다."

영물의 곁에서 인간은 필연적으로 해를 입을 수밖에 없다는 도이서의 설명이 빙휘를 괴롭혔다. 속이 번잡하고 시끄러웠다. 한시도 쉬지 않고 귓전을 때리는 풍악과 높다란 웃음소리와 희롱하는 목소리들이 더욱 머리를 어지럽게 만들었다. 기방은 부산스러웠다.

"역시 기방으로 돌아오는 것이 아니었어."

"곤하십니까?"

"머리가 아프다, 초사여."

빙휘가 눈을 감고 초사여의 어깨에 몸을 내맡겼다. 그 무게감이 기분이 좋았다. 두 눈을 감은 빙휘의 얼굴을 내려 보던 초사여가 가만히 손으로 그녀의 뺨을 감쌌다.

"다시 기방을 떠난다면 그건 도망인 걸까?"

"떠나고 싶으십니까?"

"지금의 연석들은 좋아. 검무를 추는 것도 좋고. 하지만 요새는 그냥 조금 마음이 번다하네. 네가 나 때문에 구설수에 오르는 것도 싫고, 간섭하고 이러쿵저러쿵 입방아 찧는 이도 싫고."

"그저 모두 놓고 이 연정에, 사모하는 마음에 기대어 사는 것도 좋겠지요. 그래도 이곳에선 당신의 출중한 재예를 빛낼 수 있으니 기쁩니다. 기실 묻히기엔 그 칼끝이 너무나도 유려하지 않습니까? 그러니 얼마든지 오래, 당신이 원하는 동안 계속 기방에서 그 재주를 빛내도 좋습니다. 하나, 지나치게 무리하지는 마십시오. 저는 괜찮으니 당신이 힘드시다면 언제든 내려놓고 기대시면 됩니다. 그 누가 뭐라 한들 전부 제가 막아드리리다. 당신의 진심은 제가 알지 않습니까."

그 목소리, 그 기색, 그 표정, 그 눈빛이 사무치도록 떨렸다. 수없이 말해왔으나 그녀를 향한 고백은 언제나 처음처럼 설렘으로 심장이 일렁였다. 빙휘가 여전히 머리를 기댄 채 천천히 고개를 들었다.

"어떻게 그런 말을 할 수 있는 걸까?"

초사여의 말에서 묻어나는 믿음과 존중이 고마웠다. 그를 올려다보는 빙휘의 맑은 눈동자는 무언가 할 말이 많아 보였으나 그녀는 말을 아꼈다. 홀로 무슨 생각을 마쳤는지, 머릿속을 정리한 빙휘의 손이 초사여의 얼굴로 향했다. 그녀의 손가락이 턱 선을 따라 목을 내려와 옷깃을 매만졌다.

"행수 어른께 다녀올게."

발딱 일어난 빙휘가 칼을 초사여에게 건네주고 섬돌에서 내려왔다. 칼을 받아 든 초사여가 미소를 보내며 빙휘의 머리칼을 가볍게 쓸어 귀 뒤로 넘겨주었다. 그 다정한 손을 잠깐 감싸 쥐고는 그녀가 별채를 향해 돌아섰다. 잰걸음으로 멀어져 가는 빙휘를 바라보는 초사여의 얼굴에 점차 미소가 옅어졌다. 빙휘는 괜찮아 보였으나 아무래도 신경 쓰지 않을 수가 없었다.

"영물과 인간."

그 사이의 괴리가 이리도 크나클 줄은 차마 생각지도 못했다. 단지 마음 가는 임의 곁에 머무르고 싶은 단순한 욕심만이 있었을 뿐이다. 그러나 이 욕심은 영물의 이기심이 되어버리고 말았다. 영물의 헤아릴 수 없는 영기는 인간을 기운을 갉아먹고 짓누를 수밖에 없다던 도이서의 목소리가 귓가에 울렸다. 인간은 절대로 영물의 정기와 영력을 견딜 수 없기에 결국 피폐하고 참혹한 결말을 맞이하고 만다는 전례가 자꾸만 초사여의 심장을 찔러댔다. 오랜 생을 살았으나 그간 어느 존재와도 교류를 하지 않았던 초사여는 미처 알지 못했던 사실이었다.

"당신을 지켜주고자 했는데, 그것이 당신에게 해를 끼치는 일이 될 줄은 몰랐습니다. 하지만 이제는 당신을 떠날 수도 없는데……."

다정을 알게 되고 연정을 알게 된 마음은 이제 다시 홀로 외로움을 견딜 수 없게 되었다. 물끄러미 빙휘의 칼을 보며 천천히 칼집을 쓸어내던 초사여가 겨우 자리에서 일어나 별채로 향했다. 초사여가 빙휘의 방을 향해 걸음을 옮길 때 빙휘는 이미 행수의 방에서 청여와 독대를 하고 있었다.

"낙적비를 내겠다?"

"예. 그간 받아온 전두라면 충분하리라 생각합니다."

"네 검무가 출중하여 전두가 꽤 나간다고는 하나 겨우 한 계절도 지나지 않아 낙적비를 모았을 것이라 자신하는 게야?"

청여의 손톱이 연속적으로 튕기며 서안을 두드렸다. 길게 기른 손톱 끝이 목재 서안을 두드리는 소리는 가히 신경질적이라 귀에 거슬렸다.

"많이 모자랄 테지요. 하지만 5년 전에 제가 두고 간 재물까지 합하여 셈한다면 충분하리라 사료됩니다만."

그 대답에 청여의 눈썹이 꿈틀하며 입술이 얇아졌다. 과연 청여는 알고 있었던 모양이다. 하지만 빙휘를 청악기방에 오래 붙들고 싶었기에 나서서 말해주지 않은 것이었다. 작고한 고록경 대감의 이름까지 들먹이며 빙휘를 겨우 끌고 오기는 했으나, 언젠가 이런 날이 올 것을 짐작하고는 있었다. 그러나 이리도 빠르게 빙휘가 기방을 떠나겠다고 말할 줄은 몰랐기에 그녀는 적잖이 당황했다.

"……그래, 분명 그 재물들까지 셈한다면 5년 전의 네 낙적비로 충분하지."

긴 침묵 끝에 던진 말이었다. 안도하며 살짝 미소를 보이던 빙휘는 그 말에 괜한 사족이 껴있는 것을 깨닫고 청여를 쏘아봤다.

"하나, 지금은 턱도 없어. 천하제일의 검무를 선보이는 기녀라 그 몸값이 훌쩍 뛰었단 말이다."

"하."

몸값이 올랐다는 말에 기가 찼다. 역시나 청여는 순순히 빙휘를 놓아줄 생각이 없는 듯했다. 그러나 빙휘 역시 그런 말장난을 쉽게 넘어가 줄 생각은 없었다.

"기실 고 대감에 대한 사죄로 낙적비를 치르겠다고 했으나, 5년 전의 제 낙적비는 이미 대감께서 계산을 마치시지 않았습니까. 이 정도로 그만하시지요."

"고 대감께서 내주신 낙적비로 넌 청악의 기적에서 빠졌으나, 대감께선 그 명부를 내게 넘겨주셨어. 네 적이 나에게 있다는 소리야. 하니 나에게서 명부를 내어 받고 싶다면 내게 제대로 셈을 치러야지."

"행수 어른께서 되도 않은 혀 놀림으로 억지를 부리실 줄은 몰랐습니다."

열이 오른 두 쌍의 눈이 긴 적막을 껴안고 한참을 부딪쳤다.

"그 올랐다는 몸값, 제대로 계산을 치르겠으니 기다리십시오."

반기지는 않으리라 예상했지만 이리 나올 줄을 몰랐던지라 빙휘가 입술을 꼭 깨물며 마주하던 시선을 깨뜨렸다. 그래도 청여가 이렇게 나오는 연유가 단지 재물을 탐하고자 하는 욕심이 아니라 빙휘를 청악에 매어 두고 싶은 마음임을 알기에 묵묵히 물러날 따름이었다.

별말 없이 일어난 빙휘가 거칠게 장지문을 닫으며 나가 버리니 청여가 안석에 푹 몸을 기대었다. 그녀의 손가락은 여전히 서안을 두드리고 있었다.

"네가 청악을 떠나겠다고? 그럴 수는 없지. 네년의 그 눈, 분명 이 바닥에서 그 어떤 계집년보다 높은 자리에 우뚝 서 청악의 이름을 드높여 줄 수 있을 아이야. 그런 널 이리 수이 놓아줄 수는 없지."

일정하게 따닥 소리를 내는 손톱 소리에 청여의 생각이 길어졌다. 한참을 고뇌하던 그녀의 입꼬리가 한쪽으로 높이 올라갔다.

여느 때와 다름없이 연석을 모두 마치고 별채로 돌아가기 위하여 방에서 나와 툇마루를 지나던 빙휘는 누군가가 갑자기 뒤에서 손목을 낚아채는 바람에 놀라 돌아보았다. 조용히 다가온 적화가 빙휘의 손목을 잡고 있었다. 그녀의 표정은 평소와 달리 딱딱하게 굳어 있었다.

"언니, 무슨 일이야?"

"잔말 말고 따라와. 둘이서 할 말이 있으니."

적화가 고개를 쭉 빼고 섬돌 옆에 서서 빙휘를 기다리는 초사여를 한 번 살피고는 손을 잡아당겼다. 어떤 대화든 적화라면 환영일진데 유난스레 눈치를 살피며 조용히 끌어당기는 모습이 이상했다. 별말은 하지 않았으나 적화에게 붙잡혀 따라가면서 빙휘는 의아함을 감출 수 없었다. 불 꺼진 작은 방을 찾아 들어간 적화가 불도 밝히지 않은 채 빙휘의 양손을 맞잡고는 털썩 주저앉았다. 적화를 따라 그녀의 앞에 앉는데 말마디가 먼저 날아왔다.

"너, 낙적비를 내겠다구 했담서?"

일자로 굳은 눈썹과 앙다문 입술이 적화의 심기를 말해주었다. 호롱을 밝히지 않아 창호지 너머에서 미약하게 새어 들어온 바깥의 불빛이 그녀의 얼굴을 은은하게 비추었다.

"행수 어른께서 그러셔?"

"그런 건 알거 없구. 참말이야? 낙적비를 내겠다고? 기방을 나가겠다고?"

"언니."

"또 어디 다 쓰러져 가는 움막 같은 곳 하나 얻어다가 몰래 숨어 살 셈이여? 그 아까운 재주도 썩히고, 이 적화도 버리구, 다 두고 떠날 참여? 저 초사인지 초사여인지 하는 놈팡이만 데리구서?"

"언니, 아냐. 그런 거 아냐. 진정해."

적화의 언성이 점점 높아졌다.

"행수 어르신이 어찌하여 향기방에서 날 사오셨겠어? 내가 화류 가서 날고 긴다는 이패 기녀니까? 내 단골이라두 끌어보려고? 사내 홀리는 내 재주를 높이 사서? 아니, 모두 아녀. 그 어르신이 웃돈까지 얹어 날 데려온 건 모두 너 때문이야. 너가 유일하게 맘 주는 친우니까. 널 붙잡을 구실로 날 끼고 계신 거야. 이렇게까지 널 필요로 하는데, 넌 어쩜 그리 매정하게도 낙적비를 딱딱 셈할 수 있어? 그깟 낙적비, 내가 내지 못해서 이러고 기방에 붙어사는 줄 알아?"

"알아. 언니도 다른 기녀들도, 모두 기방을 떠나지 못하는 게 아니라 떠나지 않는 것임을. 내가 아무리 명기라 이름 붙어 전두가 비싸다고는 하지만 기방 생활을 그리 오래한 것도 아닌데 이 정도 재물을 모았어. 그러니 언니 정도라면 충분히 낙적비를 벌고도 남았겠지."

"그래, 낙적비 따위야 그저 허울이지. 이곳이 고향이자 집이니 떠나지 않는 거야. 지금까지 살아온 삶이고 현재고 미래니까. 함께 웃고 울었던 지기들이 함께 있고 그들이 곧 가족이니까. 가락이 있고 음률이 있고 소리가 있고, 평생을 바친 재예가 있으니까. 게다가 넌 너를 필요로 하고 원하는 이들이 이곳에 있는데 어찌하여 낙적 따위를 하려는 거야? 왜 다 버리고 떠나려 해?"

눈시울이 붉어지며 심장 언저리가 울컥했다. 낙적에 대한 이야기를 들었을 때 적화는 도저히 빙휘를 이해할 수 없었다. 청악은 빙휘를 필요로 했다. 아니, 그 어느 곳이든 이 화류가에는 빙휘가 필요했다. 그들은 모두 빙휘를 원하고 그녀의 검무를 찬하며 그녀를 아꼈다. 단지 그녀를 붙잡아두겠다는 구실로 본디 다른 기방에 있던 적화를 청악으로 데려올 정도였다. 그 정도로 빙휘를 붙잡고자 하는데도 이곳을 떠나려 하는 빙휘를 적화는 도저히 이해할 수 없었다.

"언니, 난 초사여가 좋아. 그가 왜 좋은지 알아?"

"갑자기 뭔 소리라니. 인물이 잘나서? 아니, 집안이 좋은가? 첨에 봤을 때 입성이 꽤 부티가 나던데. 그래서 홀랑 넘어가 버린 거야?"

"그는 날 알아줘."

그게 무슨 소리냐는 얼굴로 적화가 눈을 동그랗게 뜨고 빙휘를 바라보았다. 붉은 눈시울에 코를 훌쩍이는 적화는 여전히 미간에 힘을 주고 있었다.

"그는 날 원한다거나 내게서 무언가를 바라지 않아. 아무 말 없이 내가 하는 양을 지켜보며 내 곁에 머물 뿐이야. 이전에는 그것이 너무나 당연해서 마땅하다 여겨 대수롭지 않게 생각했어. 그런데 아니더라. 누군가의 곁이라는 거, 나는 겨우 이 년도 지키지 못했는데 그는 수년을 지키고도 또 수년을 그리워하고 그렇게 다시 내게 돌아오더라. 그럼에도 그는 여전히 조심스러운 거리를 유지하며 내 곁에 머물러. 그게 얼마나 어렵고 감사한 일인지 난 이제야 깨달은 거야."

"네 옆자리를 지키는 거? 그런 거라면 얼마든지 이곳에서도 해 줄 수 있어. 나도 있고, 여리도 있고. 행수 어르신은 좀 다르겠지만……"

"바로 그거, 그 다름이 문제인 거야."

반박하던 적화가 말꼬리가 잘리자 눈을 깜빡였다. 그녀는 아직 빙휘를 설득할 수 있으리라 여겼다. 좀 더 잡아당기고 놓아주지 않으면 언제나 그렇듯 어쩔 수 없다는 미소를 살짝 머금고 순진하고 어린 동생으로 돌아와 옆자리에 가만히 앉아 있어 주리라 생각했다. 하지만 이제 그러기에는 빙휘는 너무 많이 자라 버렸으며 너무 많은 것을 보고 듣고 느꼈다.

"화류가는 나를 원하고 필요로 해. 여기서 나는 그네들의 기대에 부응해야 하고 내가 아닌 다른 이들의 욕망 속에서 살아야 해. 하지만 초사여는 단지 내 곁에 머무를 뿐이라 나는 그저 나를 위해

살면 돼. 그는 내가 무얼 하든 어디에 있든 날 믿고 따라줘. 언니, 난 말야, 그냥 단순한 믿음이 필요했어. 그의 눈에는 나에 대한 믿음과 존중이 보여."

"믿음이라고?"

"응, 그 눈 안에서야 내가 진실 되게 피어나는 것 같아."

적화에게 하는 말은 곧 빙휘가 스스로에게 건네는 말이었다. 어렴풋하게 느끼던 감정을 적화에게 설명하고자 입 밖으로 내뱉으면서, 그 감정이 더욱 단단하고 견고해지는 것을 느꼈다. 흐린 감정이 선명해지고 또렷하게 다가왔다. 많은 일들이 있었고 많은 이들이 스쳐 지나갔으나 돌이켜 보니 초사여는 항상 옆자리에 서 있었다. 언젠가 초사여가 함께 떠나자고 한 적이 있었다. 기방을 버리고 가자고 손 내밀었던 때가 있었다. 그러나 오히려 지금, 초사여가 괜찮다고 계속 기방에 머물러도 좋다며 빙휘의 뜻대로 있으라는 그 말에 빙휘는 초사여의 손을 잡고 싶어졌다.

"청악이 싫다거나 언니가 싫은 게 아니야. 아침보다 환하고 시끌벅적하고 웃음이 넘치는 청악의 밤이 좋아. 내 검무를 보며 미소 짓는 어르신들이, 찬하는 목소리가 참 좋아. 하지만 그보다 내가 원하는 때에 내가 원하는 악에 내가 원하는 춤을 추는 자유분방함이 더욱 날 두근거리게 할 뿐이야. 그리고……."

빙휘는 선뜻 말을 잇지 못하고 주저했다. 적화와 눈을 맞추고 이야기하던 빙휘가 눈동자를 이리저리 굴리더니 살짝 고개를 숙이고 붉어진 얼굴로 겨우 입을 열었다.

"초사여와 온종일 함께하는 하루가…… 좋아. 딱히 긴 대화가 없어도 편안했던 그날들이 무척이나 그리워."

"사모하는 거야?"

직설적인 물음에 빙휘의 얼굴이 더욱 빨갛게 물들었다. 빙휘가 이만큼이나 감정을 내보이는 것은 처음이었다. 평범한 아낙의 꿈, 청악의 모든 기녀들이 한 번쯤은 꿔봤으나 어느 누구도 쉬이 이루지 못하는 꿈이었다.

"그리 말하면, 더 잡을 수가 없잖아."

울먹이는 목소리에 불평이 섞였다. 대답하지 않은 빙휘였으나 이미 충분한 대답을 들었기에 적화의 얼굴과 귀가 빨개졌다. 같은 붉음이었으나 서로 다른 연유였다.

"나랑 내기했음서, 먼저 화류가를 떠나면 금비녀 해주기로 했잖어. 저번에두 말없이 홀랑 사라져 버리고. 또 나한텐 언질도 없이 사라져 버리기만 해봐. 아주, 머리끄덩이 확 채다가……."

적화의 손에 힘이 들어갔다. 숨도 쉬지 않고 빠르게 쏟아내는 목소리가 점점 젖어들며 떨리었다. 결국 그녀는 말을 맺지 못하고 큼지막한 눈물방울을 뚝뚝 흘리고야 말았다. 마주 앉은 빙휘는 당황하여 적화의 눈물을 닦아주고 싶었으나 그녀는 빙휘의 양 손목을 꽉 잡고 놓아주질 않았다. 마치 이 손을 놓치면 빙휘가 사라지기라도 할 것처럼, 그녀는 손아귀를 힘껏 쥐었다.

"울긴 왜 울어."

그 말에 적화가 빙휘를 와락 껴안으며 입을 크게 벌리고 울음보를 터뜨렸다. 그녀의 커다란 울음소리에 빙휘의 코까지 찡해졌다. 적화는 마치 어린아이처럼 크게 소리 내며 울었다. 빙휘는 한 번도 내본 적 없는 소리였다. 커다란 웃음도 커다란 울음도 빙휘에게는 너무나 먼 것이었다. 그렇기에 이리 터트릴 수 있는 적화가 부러웠다. 언젠가는 자신도 저렇게 울어볼 수 있을는지, 빙휘는 그런 생각에 씁쓸한 미소를 지으며 적화의 등을 토닥였다.

한참을 울고 나서야 적화가 겨우 눈물을 멈추었다. 금세 퉁퉁 부어버린 눈으로 붉어진 눈가를 문지르던 적화가 빙휘의 뺨을 감싸고 팔을 매만지고 손가락을 잡는 등 차마 그녀에게서 손을 놓지 못했다.

"그러고 보니 너, 어릴 때 그랬었지. 화초가 되겠다고. 그 화초, 단순히 꽃이 아니었구나. 당연스레 화류가를 휘어잡을 어린 포부라고만 생각했는데."

"귀히 여겨 함부로 바라보지도 못하는 그런 꽃, 어린 마음에 청악을 마주하며 난 그런 생각을 했었어."

"그런 꽃이 된 것 같아?"

"될 수 있을 것 같아."

빙휘가 환하게 웃어 보였다. 저 웃음, 구김 없는 환한 웃음은 적화는 처음 보는 웃음이었다. 그제야 초사여가 빙휘에게 어떤 의미인지, 백은산에서 산거하던 나날이 어땠는지 어렴풋하게나마 짐작할 수 있었다.

"그래, 보낼 때 보내더라도 수이 보낼 수야 없지."

대뜸 명랑하게 말하며 발딱 일어난 적화가 거칠게 장지문을 열었다. 갑작스러운 행동에 빙휘가 어리둥절해 있는데, 적화가 객이 들어 있는 방 앞에 대기하고 서 있는 노비를 향해 크게 외쳤다.

"아가, 여기 술 좀 내와라. 안주는 간소하게 뭐 대충 챙겨오고, 맑고 독한 놈으로다가 아주 동이 채 내오렴!"

빙휘는 그 잔뜩 기세가 오른 적화의 우렁찬 목소리를 경시하지 말았어야 했다.

그리 오래 술을 마신 것도 아니었다. 빙휘가 특별히 술에 약한 것도 아니었다. 비록 예기라 술 시중이 많지는 않았으나 아무래도 업인지라 어느 정도 술을 마실 줄은 알았다. 하지만 그 상대가 적화인 것이 탈이었다. 기방 밥을 먹어도 빙휘보다 10년도 더 먹은 적화는 술을 잘 마시는 정도를 넘어서 술과 혼연일체인 주당이었다.

결국 빙휘는 초사여의 품에 안긴 채 처소로 돌아와야 했다. 빙휘는 몸을 가누지 못했으나 적화는 얼굴만 조금 붉어지고 멀쩡한 상태로 초사여에게 빙휘를 맡기고는 아직 파장하지 않은 방 주변을 기웃거리며 아는 얼굴을 찾았다.

"어이하여 이리 많이 마셨습니까?"

"타박하는 거야?"

"타박이 아니라 걱정입니다."

양팔로 빙휘를 번쩍 들어 안고 별채로 향하며 초사여가 걱정 어린 얼굴로 빙휘를 바라보았다. 그녀는 마치 어린아이처럼 초사여의 품에 안긴 채 붉어진 얼굴에 미소를 띠고 감을 듯 말 듯 몽롱한 눈빛으로 초사여의 가슴팍, 목 언저리 어딘가를 향해 시선을 놓고 있었다.

"이리 마신 건 첨이야."

짧게 흘리는 말이 뜨거운 여름날의 아지랑이처럼 하느작거렸다. 가슴 앞에 얌전히 모았던 손이 흔들거리며 초사여의 옷깃을 간질였다. 톡톡 건드리며 짧게 닿는 손끝은 초사여를 긴장하게 했다. 어느 악의 장단을 맞추는 것 같기도 하고 무작위로 흔들리는 것 같기도 한 손장난은 옷깃을 타고 올라와 어깨선까지 닿았다. 새끼손가락이 목을 스치다가 쭉 뻗은 손이 귓가에 닿았다. 가는 머리카락을 쓸어 귀 뒤로 넘기던 손이 귓바퀴를 둥글게 타고 내려와 귓불과 턱 선을 스쳐 목을 타고 쇄골을 매만지다가 옷깃을 따라 가슴팍으로 돌아왔다. 가볍게 나부끼는 손의 길고 느린 여정이었다.

"하아."

빙휘의 손이 다시 가슴 앞에 모이니 초사여가 길게 숨을 내쉬었다. 여전히 그녀의 흐릿한 눈은 반쯤 감긴 상태였다.

"당신이 아무렇지 않게 하는 행동에 제가 얼마나 떨리는지 모르시는 모양입니다."

"응?"

"당신이 저를 얼마나 떨리게 하는지 아십니까?"

그제야 초사여의 눈을 마주 보며 천천히 두어 번 눈을 깜빡이던 빙휘가 입꼬리를 길게 늘이며 고개를 살짝 저었다. 그리고 그녀의 입이 열리는 것과 동시에 그녀가 손을 초사여의 심장 위에 떡하니 얹었다.

"아니, 몰라. 얼마나 떨리나?"

숨소리와 웃음이 반쯤 섞인 목소리는 자극적이어서, 빙휘의 무룤과 어깨를 감싸 쥔 초사여의 손에 힘이 들어갔다. 술에 달아오른 그녀의 몸이 뜨거웠다. 빙휘의 웃음과 함께 뜨거운 숨이 초사여의 옷깃 사이로 스몄다.

"이젠 저도 모르겠습니다."

어느새 별채에 당도한 초사여가 손끝으로 겨우 장지문을 밀어 열고 방 안에 들어섰다. 저녁이 깊어지면 별채의 노비가 이부자리를 챙겨놓기에 초사여는 바로 빙휘를 이불 위에 눕힐 수 있었다. 그녀를 눕히느라 상체를 숙이는데, 빙휘가 갑자기 그의 목에 매달렸다. 그 바람에 중심을 잃은 초사여가 빙휘와 함께 쓰러졌으나 빙휘는 아랑곳하지 않고 그의 목을 꼭 끌어안았다.

익숙하고 포근한 이 품, 꼭 맞는 제 자리인 듯 편안한 이 품, 빙휘가 초사여의 품에 파고들며 눈을 감았다. 초사여는 빙휘의 갑작스러운 포옹에 적잖이 당황한 기색이었으나 곧 마주 안아 그녀의 등을 쓰다듬었다.

"무슨 일이십니까?"

"보고파. 그리면서도 그리워서 그리움이 병이 되어. 어찌 널 그리 오랫동안 몰랐을까? 이리도 금세 깊이 들어와 앉아 내 맘 내가 다스리지도 못하게 하는 널."

항상 절제하고 가리우던 목소리가 이렇게 떨리는 날이 올 줄은 몰랐다. 술에 취한 빙휘의 목소리에 초사여 역시 취할 것만 같았다. 그 달콤한 고백에 초사여가 미소를 얹고 그녀의 귓가에 속삭였다.

"그러는 임께선 어찌 그리 독하게도 제 마음을 앗아가셨습니까?

어찌 한 자락 남김도 없이 그리 쓸어가셨습니까?"

초사여의 말에 빙휘는 답하지 않고 그저 안은 손에 힘을 주었다. 더없이 붙어 있음에도 거리를 좁히려는 듯 마주 안은 두 쌍의 손은 자꾸만 상대를 끌어당겼다. 차라리 이대로 몸이 아스러지면 좋을 것만 같았다. 빙휘를 꽉 그러안은 초사여가 깊게 숨을 내쉬며 그녀의 품을 파고들려던 찰나였다.

"사실 너에게 기댈 수 있었던 것은 비단 널 오래 곁에 두었기에 받아들이기가 쉬웠다는 이유만은 아니야."

초사여의 입술이 살짝 벌어진 채 빙휘의 옷깃 앞에서 멈췄다.

"넌 인간이 아니니까."

짧고 단순한 말이었다. 조금 힘을 놓은 목소리는 몽롱하게 어딘가를 부유하는 것 같았다. 그러나 그 힘없는 목소리는 날카롭게 초사여에게 박혀 그의 온몸을 싸하게 만들었다.

"네가 돌아선다고 해도, 어차피 넌 인간이 아니니까 쉽게 납득하고 이해할 수 있으리라 생각했어. 어차피 다른 존재니까. 다른 생을 살고 있으니까. 나도 힘들고 외로우니까, 그냥 도망치듯 모른 척 기대 버린 거야."

곧 웃음이 섞인 울음이 터져 나왔다. 얇고 붉은 입술은 웃고 있는데 감은 두 눈에서는 눈물이 흘러내렸다.

"여전히 너와 내가 다른 시간을 살아간다는 것이 날 두렵게 해."

"취하셨나 봅니다. 지금 하시는 말씀, 날이 밝으면 기억하실까요?"

"내가 다 늙어 죽어갈 때도 넌 지금과 같은 모습일 테니까."

"하아……."

그 어느 때보다도 길고 무거운 한숨이 이어졌다. 힘이 들어간 눈썹이 미간에 모였고 꽉 감은 눈 사이로 물기가 스몄다.

어떻게 잠이 들었는지도 몰랐는데 햇살에 눈이 부셔 잠이 깼다. 살짝 찡그린 눈꺼풀 사이로 창의 열린 틈에서 새어 들어온 햇빛이 부셨다. 항상 어스름이 걷힐 무렵이면 잠이 깨곤 했는데 쨍하니 밝은 햇빛에 깨다니 별난 일이었다. 지난밤의 술이 과했던 모양인지 기분 나쁜 두통에 절로 눈살이 찌푸려졌다. 몽롱한 시선을 잡으려던 빙휘는 몸의 느낌이 평소와는 다르다는 것을 깨달았다. 바로 누워 있던 빙휘가 왼편으로 몸을 돌리다 헉 하고 굳어버렸다.

눈앞에 보이는 것은 분명 사내의 목울대였다. 살짝 시선을 올리니 잠들어 있는 초사여의 얼굴이 보였다. 눈동자를 굴려 훑어보고야 빙휘는 자신이 어떤 상태로 누워 있는지 알게 되었다. 그녀의 얼굴이 붉게 달아올랐다. 좀 전까지만 해도 편안했던 심장이 거칠고 세차게 뛰어 그 빠른 진동에 마음이 떨렸다.

여름이라 빙휘는 얇은 홑이불을 덮고 있었다. 홑이불을 두른 빙휘를 초사여가 지난밤처럼 그러안고 누워 있었다. 그리 자는 것이 불편할 법도 한데 초사여는 밤새 팔을 풀지도 않고 빙휘를 품에 안고 있었다. 그 품이 다정했다.

빙휘는 다시 눈을 감고 고개를 숙였다. 눈을 감고 있으니 어깨와 등을 감싼 초사여의 손과 다리를 감싸고 있는 그의 다리가 눈에 보이듯 또렷하게 느껴졌다. 그의 손가락 끝에 살짝 힘이 들어갔다.

잠결에 움찔거리는 작은 움직임들이 설레었다. 귓가에는 그의 심장 고동이 느껴졌다. 머리 위로 드문드문 내쉬는 숨이 스쳤다.

'어느 이가 이리 밤새 품어줄 수 있을까.'

문득 그런 생각이 들며 빙휘의 코가 시큰해졌다. 빙휘가 조심스레 움직여 그의 품에 파고들었다. 초사여는 아직 잠에 빠진 채로 그런 빙휘를 껴안고 있었다.

시각이 얼마나 되었는지는 몰랐지만, 바깥이 밝은 것이 이른 시각은 아닌 모양이었다. 그러나 빙휘는 눈을 감고 그 품에서 다시 잠을 청했다. 이리 오래 자는 것도 오랜만이니 한 번쯤은 늦잠을 자도 괜찮을 듯했다. 팔 위로 다리 위로 느껴지는 무게감에 기분이 좋아졌다. 품 안을 가득 메운 따스함과 그의 체취가 보드라웠다.

"쉬이."

다시 잠들었던 빙휘는 그녀의 머리를 감싸 안으며 고개를 뒤로 돌려 조용하라 손짓하는 초사여의 목소리에 깨어났다. 잠은 깨었으나 눈은 뜨지 않고 가만있던 빙휘는 장지문이 닫히고 초사여가 고개를 바로 해 그녀를 안아주는 것을 느꼈다. 빙휘의 기상이 늦으니 누군가 찾아온 모양이었다. 아마 노비거나 적화거나 혹은 여리 정도. 워낙 타인에 데면데면한 빙휘이기에 그녀에게 관심을 갖고 찾을 이는 몇 없었다.

초사여는 완전히 잠이 깨어 다시 잠들 생각이 없는 모양인지 빙휘를 안고 그녀의 머리며 등을 쓸어 내렸다. 잠이 깬 초사여의 숨소리는 또 달라서 빙휘는 가만 그의 숨소리에 집중했다.

"허하지 않으십니까? 점심때도 지났습니다."

눈을 감고 있었건만 초사여는 빙휘가 잠이 깬 것을 알아챈 모양인지 조용히 그녀의 귓가에 속삭였다. 부드러운 목소리에 모른 척하고 누워 있으려던 빙휘가 슬며시 눈을 떴다.

뜨자마자 보이는 것이 초사여의 눈동자였다. 마주친 시선에 빙휘는 살짝 당황하였으나 그의 눈을 피하지 않았다. 옅은 미소를 짓고 있는 초사여가 살가운 눈빛을 보냈다. 그의 물음에 답하지도 않고 바라만 보는 빙휘를 더 채근하지도 않고 그저 가만히 마주 보고 있는 초사여의 눈빛. 그 눈빛이 빙휘의 마음에 깊이 박혔다.

빙휘와의 늦은 끼니를 함께하고 그녀가 기방에 나갈 채비를 하는 사이에 초사여가 몰래 청악을 나섰다. 그는 홀로 밖을 나서는 일이 없었는데 부러 빙휘가 알아차리지 못하게 슬쩍 나서는 모습이 평소와 달랐다. 화류가를 빠져나온 그는 잠시 눈을 감고 무언가를 느끼는 듯했다. 감은 그의 두 눈 사이로 붉은 빛이 어렸다. 초사여는 곧 빠르게 걸음을 옮겼다.

반촌(班村)의 어느 규모가 꽤 큰 기와집에 당도한 초사여가 잠시 집을 둘러보다가 담장 모퉁이에 몸을 숨겼다. 곧 단정한 차림의 양반이 나타나자 초사여가 앞으로 나섰다.

"도 공."

"여긴 어떻게 찾아왔소?"

"당신의 영기를 읽었지."

그는 도이서였다. 초사여는 도이서의 자택을 찾아온 것이었다. 예상치 못한 방문객에 도이서는 꽤 놀란 눈치였고, 아무래도 초사여가 영물이라는 사실이 걸리는 모양인지 빠르게 다가와 그를 데리고 모퉁이 뒤로 향했다. 고개를 내밀고 길가를 살피던 도이서가 난처한 얼굴로 초사여를 바라보았다.

"어찌하여 찾아온 것이오? 이 주변에 영가의 가문들이 즐비하다는 것을 모르지는 않을 텐데, 만일 무슨 일이라도 생기면 어찌하려 이리 조심성 없이 찾아온단 말이오?"

"마음이 급하여 다른 생각을 할 수가 없었어. 청이, ……청이 있소이다. 부디 날 도와주십시오."

초사여의 말에 도이서의 눈이 커졌다. 초사여가 존대를 하는 이는 빙휘뿐이었다. 그런 그가 도이서에게 존대를 하고 있었다. 꽉 깨문 입술과 굳게 힘이 들어간 눈썹, 짙은 버들잎 눈매에서 진중함이 느껴졌다. 그리고 이어진 초사여의 말에 도이서는 경악을 금치 못했다.

"인간이 되고 싶습니다."

"인간? 영물이 인간이 되고 싶단 말이십니까?"

초사여의 존대에 도이서 역시 존대가 튀어나왔다. 인간이 아닌 존재가 인간이 되고 싶어 하는 이야기는 많았다. 특히 요물이 인간이 되고자 덕을 쌓거나, 인간들을 취하거나, 수양을 하는 이야기들이 다양한 민담으로 전해 내려왔다. 뿐만 아니라 실제로 그런 일이 벌어지며 그 과정에서 인간에게 해가 가해지기도 하기에 그럴 때에 도이서와 같은 영력을 사용하는 이들이 요물을 퇴치하는 것이었다. 그러나 무려 영물이라는 존재가 인간이 되고 싶어 하리라고는 그 누구도 상상하지 못했을 터였다.

"영물이란 천지의 비밀을 깨우치고 천계로의 승천을 염하는 신묘한 존재가 아니십니까. 그런 존재가 어찌하여 인간이 되고 싶어 하는지 이해할 수 없습니다."

"물론 나 또한 긴 생을 보내며 승천을 염하고 있었습니다. 하지만 지금 나에게는 승천보다 더욱 귀한 염이, 더욱 귀한 임이 계십니다."

"설마…… 빙휘 그녀 때문에 영물의 생을 버리고 인간이 되고자 하는 겁니까?"

도이서가 침을 꿀꺽 삼키고 조심스럽게 물었다. 그 물음에 초사여는 한 치의 망설임도 없이 또박또박 대답했다.

"그녀가 어느 누구에게도 기댈 수 없어 어쩔 수 없이 택한 게 아니라, 나이기 때문에 나를 택하여 기대기를 바랍니다. 그렇기에 나는 우선 인간이 되어야 합니다. 그녀와 같은 존재로, 같은 생을 살며, 같은 시간을 걸어야 합니다."

그는 진심이었다. 진심으로 영물의 생을, 살아온 시간을, 버려온 세월을, 쌓아온 염을 모두 버릴 생각이었다. 도이서는 차마 입을 열지 못했다.

"도 공은 알고 있겠지요? 영물이 인간이 될 수 있는 방도."

❋　❋　❋

태생이 개돼지만도 못한 노예였다. 그 목숨이 여흥거리일 뿐이었고 비슷한 입지의 노비들조차 침을 뱉으며 천대하던 처지였다. 천시당하는 천민들마저 천대하는 존재가 바로 노예였다. 세상의 가장 낮은 곳에서 가장 천한 일을 하며, 그 존재조차 드러나지 않고 겨우 하루하루 목숨이나 연명하는 것이 노예의 삶이었다. 또한 어찌 미색이 괜찮다 싶어 화류가에서 데려간다 하더라도 잘해봐야 2패 은근짜요, 보통은 3패 창기로 창가를 굴러다니는 것이 노예 출신 기녀의 길이었다.

그러나 용케도 빙휘는 그런 길을 걷지 않았다. 교방의 동기들을 웃도는 재능의 덕도 있었지만 아무리 재주가 있다 하여도 그를 인정해 준 눈이 없었다면 예기의 길을 걸을 수는 없었을 터였다. 부모를 잃은 날 행수 청여의 눈에 든 것이나 초야의 상대가 고록경 대감이었던 것은 어느 정도의 천운이 따랐다고 할 수 있었다. 노예로 태어났으나 노예로 살지 않았고, 기녀로 자랐으나 기녀이기를 거부하였다. 그리고 이제 그 기방을 떠나려는 빙휘 앞에 또 다른 믿지 못할 일이 펼쳐지고 있었다.

"조금만 기다려 주실 수 있겠습니까? 잠시 다녀올 곳이 있습니다."

"무슨 일이야? 어딜?"

"인간이 되려 합니다."

경대를 들여다보며 막 치장을 마무리하던 빙휘가 멍한 얼굴로 고개를 돌렸다. 초사여는 마치 잠시 마실을 나갔다 오겠다는 듯 평이하게 말하고 있었으나 마지막 말에 빙휘는 숨을 멈추고 제 귀를 의심했다.

"인간? 네가 어찌 인간이 된다는 거야? 넌 영물이잖아."

영물이니 요물이니 하는 존재에 대해서 제대로 몰랐던 빙휘였으나 초사여의 정체를 도이서에게 들킨 날 도이서에게서 어느 정도 설명을 들은바, 영물이 얼마나 신이하고 경이로운 존재인지 알게 되었다. 그의 정체에 대하여 신경 쓰지 않겠다고 말하기는 했으나 같은 인간이 아니라는 것을 완전히 무시할 수는 없었고, 또 그저 다른 존재일 뿐만 아니라 승천이니 천계니 하는 다른 세계의 이야기와 묶이는 감히 상상조차 할 수 없는 존재였다는 사실이 문득 거리감을 느끼게 했다. 그래서 근자에 들어서는 그와의 관계에 붕 뜬 부유(浮游)를 느끼기도 했다. 그러니 지금 초사여의 말이 귀에 제대로 들어오지 않고 마치 뜬구름처럼 느껴졌다.

"도이서 그자를 찾아갔었습니다. 유서 깊은 영가라 혹여나 하는 마음이었는데, 역시 인간들의 연구와 기록은 감탄할 만한 것이었습니다."

"도이서?"

"인간이 될 방도에 대해서 물었습니다. 영가에서 요물과 관련된 일도 많이 하였기에 쌓인 비책이 꽤 되었습니다. 기실 영물과 요물 또한 큰 차이가 있는지라 확실하지는 않습니다. 하지만 기대 정도는 걸어볼 수 있지 않겠습니까?"

심장이 두근거렸다. 초사여가 인간이 된다니, 그가 영물의 생을 버리고 인간으로 안주하겠다니.

"네가 왜, 너 같은 존재가 어찌하여 인간이 되겠다는 거야?"

"당신과 같은 시간을 걸어가고 싶습니다."

"……뭐?"

"당신이 제게 도망쳐 온 것이 아니라, 저이기에 택하기를 바랍니다. 하여 당신과 같은 시간을 살고 함께 걸어가며 비등하게 늙어가고 싶습니다."

"겨우 나 때문에? 나 때문에 네가 살아온 시간과 염을 버리겠다고?"

"버리는 것이 아닙니다. 당신을 만나기 위하여 그 시간과 염을 쌓아온 것입니다. 승천은 그저 막연한 목표에 지나지 않습니다. 이 생에 제가 진정으로 원하는 소망은 당신, 당신의 곁이 유일합니다."

쉬 받아들이기 어려운 말이었다. 지금까지 그에게서 들어온 고백이 전부 어렵기는 했으나 지금 이 말에 비하자면 어린애 우스갯소리로 여겨질 정도였다. 그런 빙휘의 당혹을 느끼는지 초사여가 다가와 서안 위에 올려둔 그녀의 손을 다잡았다.

"그저 당신의 곁에 머물 수만 있다면 족하다 생각했습니다. 하지만 그는 당신의 입장을, 상황을 전혀 고려하지 않은 제 이기심이었습니다. 당신과 똑바로 마주 보며 함께 걸어가고 싶습니다."

빙휘의 눈가가 촉촉해졌다. 그리고 곧 그녀가 초사여의 품으로 뛰어들어 그의 목을 감싸 안았다.

"미안해. 고마워. 사실은 두려웠어. 나와 다른 시간을 살아가는 네 옆에서 내가 버틸 수 있을지, 지치진 않을지, 이 마음을 계속 가져갈 수 있을지 겁이 일었어."

"기다려 주십시오. 그리 오래 걸리지 않을 것입니다. 되도록 빨리 돌아오도록 하겠습니다. 이레, 아무리 늦어도 이레 안에는 돌아오도록 하겠습니다. 그때까지만, 잠시만 기다려 주십시오. 금방 다녀오겠습니다."

놀란 심장이 다시 벅차게 뛰어올랐다. 어떻게, 왜, 어디서, 온갖 질문이 떠올랐으나 차마 물을 수는 없었다. 사실 영물이 인간이 되겠다는 것이 어느 정도의 무게와 고뇌를 지니고 있는지 빙휘로서는 가늠조차 할 수 없는 일이라 감히 입 밖으로 낼 수 없었다. 그녀의 가벼운 물음이 초사여에게 상처가 되지는 않을까 하는 걱정과 염려가 반, 다시 그가 마음을 돌려 버리지 않을까 하는 이기와 욕심이 반이었다.

"이래도 될까, 내가 너의 삶을 이리도 크게 뒤흔들어도 괜찮은 걸까. 널 욕심내는 것이 죄가 되지는 않을까?"

"얼마든지 욕심내십시오. 그것이 죄가 된다면 그 벌은 모두 제가 받을 것입니다."

초사여를 감싼 팔에 힘이 들어갔다. 그리고 그녀의 눈에서 눈물이 떨어졌다. 많은 일에 겁이 났고 모든 것을 버리고 도망가고자 하는 짓임을 부인할 수는 없었다. 이것이 얼마나 비겁하고 유약한 행동인지 알고 있었지만 더는 힘이 부쳐 맞서기 어려웠다. 만인의 비난을 감수하고서라도 마음이 편한 길을 걷고 싶었다. 그리하여 평범한 아낙으로 살고자 했다. 상상도 하지 못하고 허락도 받을 수 없었던 삶을 초사여의 곁에서 이룰 수 있을 것만 같았다.

그녀의 설렘과 걱정을 뒤로하고 초사여가 다녀오마고 길을 나섰다. 그의 목적지가 어디인지 무슨 일이 벌어질지 빙휘는 전혀 알지 못했기에 불안함에 솟을대문까지 마중을 나가 멀어져 가는 초사여의 뒷모습만 하염없이 바라볼 뿐이었다. 그의 그림자가 사라지고도 한참을 먼 바라기만 하다가 돌아온 빙휘는 여전히 요동치는 가슴을 부여잡고 간신히 떨리는 몸을 지탱하고 있었다.

몇 시진 지나지 않았는데 벌써 기방으로 나가야 할 시각이 되어, 멀어지던 초사여의 뒷모습만 그리고 또 그리던 빙휘가 겨우 칼을 챙겨 조용히 밖으로 나왔다. 평소처럼 본채로 향하던 빙휘는 다가온 노비가 전하는 말에 행수의 방을 찾았다.

"본디 오늘 잡혀 있던 자리들은 모두 내가 알아서 정리하였다."

"그게 무슨 말씀이십니까?"

할 말이 있다던 청여는 빙휘가 자리에 앉자마자 아무런 설명 없이 본론부터 내던졌다.

"검은 잘 손봐두었겠지? 그 어느 때보다도 훌륭한 검무를 추어야 해."

"행수 어른."

"오늘 모실 분은 아주 중요한 손이시니 한 치의 실수도 부족함도 없어야 할 것이야."

"행수 어른, 어찌 먼저 잡혀 있던 자리를 무르신단 말입니까? 게다 오늘은 강 노장 어르신께서 오시는 날입니다. 그분께선 수년 전부터 단골이셨는데 파약이라니요?"

청여가 제 말만 하고 있으니 빙휘가 가만있지 못하고 그녀의 말을 가로챘다. 빙휘는 살짝 인상마저 쓰고 있었다. 근래에 들어 표정이 퍽 풍부해진 빙휘였다. 청여는 그런 빙휘의 낯을 마음에 들지 않는다는 듯이 노려봤다.

"불민한 것, 내 중한 손이라 하지 않았어? 다 이 청악, 아니, 결국엔 너를 위한 일이니 잔말 말고 그분이나 잘 뫼셔. 나가봐! 괜한 곳에 시선 돌리지 말고 얌전히 대기하고 있도록 해."

대체 얼마나 중요한 이기에 오랜 단골조차 축객하고 하루를 모두 비워 단 한 객만 받으라는 것인지 알 수 없었다. 이미 시선을 돌리고 읽고 있던 서책을 뒤적이는 청여의 모습에 빙휘는 인사조차 하지 않고 방을 나섰다. 분명 유능한 이였지만 간혹 그녀를 이해할 수 없을 때가 많았다. 그녀는 제대로 된 설명 한마디 해준 적이 없었다. 어려부터 인연이 닿아 빙휘가 다른 삶을 살 수 있도록 해준 고마운 이였으나 그녀에게선 오랜 세월로도 메울 수 없는 거리감이 느껴졌다.

청여의 독단적인 태도가 언짢았지만 이미 자리가 그렇게 정리되었으니 별수 없는 노릇이었다. 본채의 뒷방에서 다른 기녀들과 함께 대기하고 있던 빙휘는 잠시 후에 노비 아이가 그녀를 데리러 와 아이의 뒤를 따라 방으로 향했다. 중요한 손이라고 하니 연석은 아닌 것 같았는데 시비는 그녀를 본채의 가장 끝에 있는 큰 방으로 안내했다.

"입실하겠습니다."

"들라."

가느다랗고 늙은 목소리가 방 안에서 대답했다. 장지문을 열고 휘장을 들어 올리며 방 안으로 들어서니 뒤에서 노비가 문을 닫았다. 보통 연회가 열리는 곳이라 굉장히 큰 방인데 방 끝에 노인이 혼자 앉아 있었다. 눈썹까지 하얗게 센데다 자글자글하게 박힌 주름이 그가 지나온 세월을 보여줬으나, 어찌 된 영문인지 노인은 수염 한 올 없이 말끔한 얼굴이었다. 늙은 노인의 얼굴에 수염 없는 민낯이 어색하였으나 빙휘는 의아한 기색을 내지 않고 몇 발짝 앞으로 걸어갔다.

"쇤네 빙휘, 노옹께 인사 올립니다."

청여는 중요한 손이라고 하면서 정작 어떤 이인지 전혀 귀띔해주지 않았다. 하여 이 이상한 노인을 어찌 불러야 할지 몰랐다. 허리춤에 손을 올리고 무릎을 살짝 굽혀 가볍게 인사를 하는데, 머리 끝부터 발끝을 찬찬히 훑는 노인의 시선이 느껴졌다.

인사를 했음에도 노인은 아무 말이 없었다. 그 입이 가만히 있는만큼 눈이 바빴다. 그 자리에 그대로 서 있던 빙휘는 노인의 시선에 눈을 들어 그를 마주 보았다. 노인의 눈이 흥미롭다는 듯이 반짝였다. 그의 눈썹이 치켜 올라가며 입가가 꿈틀거렸다. 그는 빙휘에게 관심을 보이는 듯 상체를 앞으로 내밀고 한 손으로 턱을 쓰다듬었다.

"절세가인은 아니다만 그 미색이 봐줄 만은 하도다."

느리고 유한 목소리는 그 억양에 간드러지는 맛이 있었다. 턱을 쓰다듬던 손을 그대로 괴고 빙휘를 바라보기만 하는 노인의 능글능글한 목소리와 하느작거리는 손짓은 기분이 썩 좋지만은 않았다. 중한 손이라더니 묘한 이였다. 빙휘는 잠시 노인을 바라보다가 칼을 고쳐 잡고 중앙에 자리를 잡았다.

"악을 연주할 아이를 불러도 좋다, 네 검무를 보고자 함이니."

"있으면 좋긴 하나 없어도 어려울 것은 없습니다."

"악 없이 춤을 추겠다? 그 기백 마음에 차는구나. 그렇다면 어디

악 없이 한번 춰보려무나."

노인의 한쪽 눈썹이 위로 올라갔다. 그는 고개를 쭉 빼며 몸을 안석에 기대었다. 가당찮다는 시선이 빙휘를 스쳤다.

스릉.

부드럽게 칼이 칼집에서 빠져나오며 빙휘의 발끝이 바닥에 살짝 닿아 멀리 뻗어 나갔다. 상체는 꼿꼿한데 무릎만 굽혀 몸이 아래로 내려갔다. 뻗은 발과는 반대쪽으로 돌아간 고개는 빳빳하니 시선이 먼 곳을 향했다. 부드럽고 느릿한 동작은 칼이 칼집에서 완전히 빠져나오는 순간 급변했다. 착 소리가 나며 칼이 빠르게 칼집으로 다시 들어가 버렸다. 거의 바닥에 붙었던 몸이 벌떡 일어나 똑바로 서는가 싶었는데 칼을 횡으로 크게 그으며 몸이 돌아갔다.

부웅 하며 허공을 가르는 소리가 났다. 칼집을 잡아 뺀 왼손이 칼집을 쥔 채로 허리 뒤에 붙었다. 부드러운 곡선을 잽싸게 그리며 칼날이 반짝였다. 맑은 쇳소리가 울렸다. 그 진동 사이사이로 옷자락이 펄럭대는 소리가 크게 또 작게, 두껍게 다시 가늘게 들려왔다. 그 희미한 소리에 장단이 숨어 있었다. 재빠르게 움직이면서도 호흡은 전혀 거칠어지지 않아 거슬리는 숨소리는 들리지 않았다.

칼을 바로 쥐었다가 금세 역으로 바꿔 잡는 손놀림이 자연스러웠다. 마치 칼은 그대로 허공에 떠 있는데 손이 엎치락뒤치락 바뀌는 것 같았다. 바투 끌어당긴 칼날에도 흔들리는 시선 없이, 휘감기는 옷자락도 거치적거리는 장식도 없이, 마치 칼이 팔의 연장선이라도 되는 듯 자유자재로 움직였다.

안석으로 물러났던 상체가 앞으로 바짝 다가왔다. 고개마저 끄덕이며 장단을 맞추며 쉼 없는 춤사위에 현혹된 눈동자의 움직임이 어지러웠다.

"적당히 흡족하구나."

얼마나 칼을 나부꼈는지 몰랐다. 이마에 땀이 송골 맺혀 뺨을 타고 흐르는데, 빙휘의 칼이 칼집에 다시 들어가자 노인이 입을 열었다. 얼굴 가득 미소가 피어올랐으나 다분히 절제된 칭찬이었다.

"이만하면 됐다. 나가보도록 하려무나."

겨우 검무 한 자락 추었을 뿐인데 노인은 손을 내저었다. 여전히 검게 빛나는 시선이 빙휘를 구석구석 훑고 있었다. 분명 시선뿐인데도 끈적대는 무언가가 느껴져 기분이 나빴다.

"허면 물러가겠습니다."

빙휘는 까딱 인사를 올리고 돌아섰다.

"앞으로는 물러날 땐 허리를 숙이고 뒷걸음으로 조심히, 장지문을 닫을 때까지 고개를 숙이고 있어야 할 것이야."

문이 닫히며 너머에서 들려온 소리였다. 아무리 기녀라 해도 그리 과하게 예를 차리는 법은 없었기에 시답잖은 말이란 생각으로 빙휘는 그 말을 무시했다. 참으로 이상하고 이상한 객이었다. 술 한 잔, 안주 한 점 손대지 않고 처음부터 끝까지 바라보기만 하는 객이라니. 사실 독대라 시중이라도 들게 할까 기분이 꺼림칙했는데 어찌 그보다 더 찜찜했다.

다시 흘끔 방을 돌아보고 뒷방으로 향하던 빙휘는 다른 방에서 나오는 적화와 마주쳤다.

"표정이 어찌 그리 썩었어? 무슨 일이라두 있었누?"

기분이 그대로 드러나 있었는지 알은체만 하고 지나치려던 적화가 고개를 갸웃하며 다가왔다.

"아아, 이상한 객을 받아서."

"에이, 그런 파락호들 계속 신경 쓰지 말고 똥 밟았다 여기며 떨쳐 버려. 그 손길 스친 것은 그저 길가의 나뭇가지가 옷자락 건들었다 여기고."

으레 그러하듯 치근덕대는 객에 빙휘의 심기가 언짢아진 줄 알고 적화가 그런 말을 했다. 그에 빙휘가 고개를 저으며 뒤쪽 방으로 시선을 던졌다.

"외양도 묘한 노인이었는데, 아무 짓도 안 하고 바라만 봤어. 근데 그 눈빛이 기분이 나빠서."

그 순간 장지문이 열리며 노인이 밖으로 나온 탓에 빙휘가 입을 닫았다. 그는 재빠르게 주변을 살피더니 갓의 휘장을 내렸다. 검은 휘장이 어깨까지 내려와 노인의 얼굴을 가렸다. 그가 섬돌로 내려서니 옆에서 대기하고 서 있던 노비 몇이 빠르게 다가와 신을 신겨 주고 그를 본채 뒤쪽으로 안내했다. 노비들의 얼굴이 낯선 것으로 보아 아마 노인이 데려온 노비인 듯했다.

"너가 왜 환관을 만나?"

적화의 목소리가 높다랗게 떨리고 있었다. 뒤편으로 사라지는 노인을 바라보던 빙휘는 그 목소리에 고개를 돌렸다. 적화의 표정이 무섭게 굳어 있었다.

"너가 무슨 일로 환관을 만나? 환관이 왜 여기에 와 있는 거냐고?"

"환관? 저 노인이 환관이야?"

"청여! 그이가 불러들인 거지!"

전에 없이 흥분한 적화가 빙휘의 어깨를 잡고 흔들다가 소리를 질렀다. 격양된 목소리에 얼굴이 빨갛게 물들어 있었다. 빙휘는 갑자기 적화가 왜 이러는지 이해하지 못했다. 화류가에서 환관은 한번도 보지 못하였기에 빙휘는 적화가 어떻게 단번에 노인이 환관이라는 것을 알아봤는지도 의아했다.

입술을 잘근 깨물던 적화가 빙휘의 손목을 채어 잡아끌었다. 적화는 무서운 속도로 본채를 빠져나와 행수의 방으로 향했다. 그 기세가 어찌나 거친지 빙휘는 적화의 갑작스러운 행동의 연유조차 묻지 못하고 끌려갔다.

"환관을 왜 불러들인 거야?"

장지문을 거칠어 밀어젖히고 방에 들어서자마자 버릇없게 던진 물음이었다. 청여는 그런 적화를 본체만체하였으나 그녀의 어깨를 주무르고 있던 연무는 놀라서 발딱 일어섰다.

"행수 어르신께 이게 무슨 말 짓이야?"

"어멈은 빠져. 청여가 무슨 짓을 벌인 줄 알아? 방금 빙휘를 환관한테 내보였다고!"

적화가 빽 소리를 질렀다.

"환관?"

"그래서, 그게 무어 어쨌기에?"

연무가 청여를 돌아보았다. 청여는 대수롭지 않다는 듯이 적화를 흘겼다. 그 눈에 적화가 열이 바싹 올라 빙휘를 끌고 청여의 앞까지 한달음에 달려들었다. 청여와 적화가 빠르게 말을 주고받는데, 빙휘와 연무는 대체 두 사람이 무슨 대화를 하는 것인지 갈피조차 잡지 못하여 멍하니 바라볼 뿐이었다.

"애 좀 가만히 놔둬. 겨우 마음줄 잡고 정주고 있는 애한테 이게 무슨 짓이야? 재물에 눈이 먼 년은 봐줘도 권력 탐하는 년은 오래 못 가는 법이야. 기어코 일을 이렇게 만들어야겠어?"

"이 어찌 내 사리사욕을 채우려는 일이냐. 모두 빙휘를 위한—"

"빙휘를 위해? 빙휘를 위한다면 그냥 얘를 놔줘. 지 기부랑 들러붙어 잘 먹고 잘살게 놔두라고."

"네 것이 관여할 일 아니다."

잔뜩 흥분하여 방방 뛰는 적화에도 청여는 차분하게 응대했다.

"청여!"

"적화!"

적화가 청여에게 달려들 기세니 보다 못한 연무가 끼어들었다. 그녀는 우악스럽게 바동거리는 적화를 겨우 청여에게서 떼어내고 방 밖으로 끌고 나갔다. 밖에서 연무가 노비들을 급하게 부르는 목소리가 들렸다.

"적화 언니가 대체 왜 저 난리인 겁니까?"

소란이 멀어지니 빙휘가 자리에 앉으며 물었다. 심장이 두근거렸다. 적화가 저리 난리를 피우는 것이 잠자코 지나갈 일은 아닌 모양이었다. 분명 무언가가 있었다.

"너까지 신경 쓸 것 없다. 너는 그저 내가 이르는 대로."

"나와 관련된 일인데 어찌 신경을 끕니까. 바른 대로 곧이 말씀

하셔요."

굳은 목소리에 어쩐지 입술마저 떨려왔다. 청여의 비린 눈초리, 분명 전에도 본 적 있는 눈빛이었다.

"기녀의 급을 달리하여 패로 나누는 것을 알고 있겠지. 바닥부터 삼패, 이패, 일패. 그중에 일패가 제일이라 알고 있겠지만, 사실 그보다 높은 패가 하나 더 있어. 특패."

특패란 것은 들어본 적도 없었다. 재주를 파는 일패가 기녀에서 가장 높은 급이었다. 그런데 그보다 높은 급이 있다는 것은 금시초문이었다.

"내 너를 황기루에 들여보내고자 한다."

"황기루?"

청여의 말에 빙휘는 고개를 갸웃했다. 황기루라는 기루는 들어본 적이 없었다. 청여가 말하는 투로 보아 무언가 이름난 기루인 모양인데, 화류가의 손꼽히는 기방 중에 황기루라는 곳은 분명히 들어본 적도 없었다.

"들어가기가 어려운 만큼, 한 번 들어간다면 나오기도 어렵지. 하나 그곳에 들어가기만 한다면 기녀로서 누릴 수 있는 최고의 대우, 그 어느 이보다 높고 귀한 객을 받을 수 있다는 것은 극명한 사실. 나는 너를 그곳으로 보내고자 한다."

청여의 입술이 눈앞에서 빙글거렸다. 평소의 말투와는 다른 미사여구가 그녀의 입을 장식했다.

"황기루라는 곳 들어본 바 없습니다."

"당연하지. 아무나 알 수 있는 그런 곳이 아니니 말이다. 황기루, 그곳은 바로 황궁 안에 있는 기루, 황족들을 위한 기루니라."

황궁. 황족. 빙휘는 청여의 말을 듣고도 자신이 무슨 말을 들은 것인지 당황스러웠다. 가장 밑바닥 천한 기녀이나 그 높은 양반들과 어울리면서도 전혀 생각조차 하지 못하고 떠올리지도 않은 것이 바로 황궁이요, 황족이란 치들이었다. 생에 절대 엮일 일도 마주칠 일도 없을 이들이 갑자기 빙휘의 앞에 나타났다.

"행수 어른, 지금 농을 하시는 겁니까?"

농이라기에는 정도가 지나쳤다. 이런 농이라면 황족을 모욕했다는 죄로 붙잡혀 갈 일이었다. 꺼림칙한 기분과 떨리던 심장이 이제야 가늠이 갔다. 이 때문이었다. 이 불길함을 먼저 느낀 것이었다.

"황궁이라니, 저따위 것에게 당치도 않습니다."

"옛날의 너라면 어려울지도 모르겠으나, 지금은 충분해. 네 검무, 그것이면 된다."

"한 번 들어가면 나올 수나 있답니까?"

"그 좋은 곳을 왜 다시 나와? 이 나라의 가장 존귀하신 분들을 뫼시며 갖은 부귀영화 죄 누리며 호사스레 살 수 있는데."

"부귀영화고 호사고 관심 없습니다. 황족을 모시고 싶다 한 적도 없습니다."

자신을 위해 승천의 염을 버리고 인간이 될 방도를 찾아 떠난 초사여가 떠올랐다. 그의 부드러운 미소 오른 얼굴이 떠올랐다. 그 생각에 빙휘의 눈에서 눈물이 맺혔다. 저 눈물, 그 망령된 것에 청여의 눈썹이 꿈틀거렸다.

"천상의 꽃이 되겠다 하지 않았어? 황궁보다 높은 곳이 어디 있겠느냐?”

“제가 말한 천상의 꽃이란 그런 것이 아닙니다. 귀한 대접을 받고 싶음이지 그저 헛되이 높은 곳만을 바란 것이 아니란 말이어요.”

“천한 기생년이 어찌 황궁에 들어갈 수나 있겠어? 황기루의 머릿자리는 바라도 않아, 그저 그곳의 밑자리만 앉아도 기녀로서 오를 수 있는 최고의 자리에 앉는 것이야.”

“싫습니다.”

몸이 부들부들 떨렸다. 적화가 왜 그리 성을 냈는지 알 것 같았다. 빙휘가 자리에서 벌떡 일어나는 것과 거의 동시에 장지문이 열리며 연무가 들어섰다.

“황기루 따위 가지 않을 것입니다!”

소리를 내지르고 돌아선 빙휘는 연무를 스치고 방을 빠져나갔다. 그 거친 걸음에 연무가 놀라 주춤 물러섰으나, 그보다 놀라운 것은 빙휘가 한 말이었다. 연무가 커다란 눈을 깜빡이며 청여에게 다가섰다.

“행수 어르신, 저년 저거 하는 말이 뭡답니까? 황기루? 황기루라니요?”

“그간 먹이고 입히고 재운 값 받아야지 않겠느냐.”

“행수 어르신.”

연무는 눈앞이 캄캄해지는 기분이었다. 청여가 근래 무슨 일을 계획하고 있다는 것은 눈치챘지만 이런 것일 줄은 짐작조차 하지 못했다. 분명 황실 기녀를 배출하는 것은 기방으로서 대단한 일이었다. 그러나 황기루에 들어간다면 죽을 때까지 황궁에서 살아야 했다. 오로지 황족만을 위하여, 그들만을 모시며 살아야 했다.

분명 기녀로서 탐나는 자리였고 최고의 자리임은 확실했다. 그러나 연무는 빙휘를 그곳에 보내려 하는 청여를 이해할 수 없었다. 연무가 아끼는 만큼 청여 역시 빙휘를 아끼는 것이 분명한데 지금 이 상황에 빙휘를 그런 곳으로 보내려는 것은 선뜻 그 뜻을 가늠하기 힘들었다. 빙휘가 겨우 정인을 만나 그 마음을 키우고 있다는 것은 청악의 모든 이가 아는 사실이었다.

"빙휘에게 어찌…… 이제야 제 짝을 만나 안정하고 있는 아이입니다."

"나는 저 아이 기녀로 키우고자 했지, 여인으로 키운 바 없네."

흔들리는 연무의 말에 청여의 대답은 매서웠다. 지금 빙휘가 연정을 쌓고 있다는 것을 청여는 확신하고 있었다. 그 마음이 한 자락의 거짓도 없음을 알고 있었다.

예인에게 연정이란 독이었다. 그 빛나던 눈동자가 연정이란 독에 다 풀어져 흐리멍덩하니 빛을 잃고 있었다. 청여는 그것을 가만 두고 볼 수 없었다. 빙휘는 분명 고금에 없을 최고의 예기였다. 겨우 이런 꼴을 보자고 그리 헤매며 찾아 끌고 온 것이 아니었다.

"애초에 정 따위 키우도록 내버려 두는 게 아니었어."

청여가 신경질적으로 서안을 두드렸다. 서안을 튕기는 그녀의 손톱 소리가 날카로웠다.

"절대 가면 안 돼."

처소로 돌아오기가 무섭게 빙휘를 찾아온 적화가 자리에 앉기도 전에 내뱉은 말이었다. 적화는 평소와 달리 딱딱하게 굳어서는 눈에 힘을 주고 있었다.

"아니, 어쩌면 이미 늦었는지도 몰라. 환관이 다녀갔으니. 그래, 그냥 도망가. 늦기 전에 얼른 초사여 데리고 어디 멀리고 숨어. 전에도 그랬잖아, 백은산에도 그리 숨어 있었으니 그때처럼. 아니다, 그때보다 더 꼭꼭 숨어."

"언니, 잠깐."

"일단 체지(帖紙)가 내려오기 전까지는 괜찮을지도 몰라. 아무리 하늘님이래두 이미 도망가 버린 걸 어찌 뒤져 데려오겠어. 널리고 널린 것이 계집인데, 너 하나 잡자고 그리 공들이진 않을 거여."

이리 수선을 부리는 적화의 태도와 조금 전 청여의 말로 미루어 짐작하자니 황기루에 들어간다는 것은 생각보다 큰일인 모양이었다. 그렇다고는 해도 적화가 이리 야단스럽게 펄쩍 뛰는 점이 이상했다.

"진정해, 언니. 내가 지금 당장 황기루에 들어간다는 것도 아닌데."

"환관이 널 보고 갔잖아! 황기루에 어찌 기녀들을 모으겠어? 전부 환관들이 돌아다니며 됨직한 계집들을 골라다 데려가는 거지. 그치들이 다시 오기 전에 얼른 떠나. 짐 챙겨. 아무한테도 말하지 말고, 어디 멀리로 숨어."

"왜 이리 수선이야? 언니, 이상해. 꼭 황기루와 무슨 일이라도 있었던 것처럼."

두 주먹을 꽉 쥐고 안절부절못하면서 가면 안 된다느니 도망치라느니 하도 극성이라 무심코 내뱉은 말이었는데 적화가 하얗게 질려서는 입을 딱 벌리고 굳어버렸다.

"진짜로 황기루에서 일이 있었어? 언니, 거기에 가기라도 했던 거야?"

잠시도 입을 쉬지 않고 법석을 부리던 적화가 입에 꾹 닫고 눈을 내리깔았다. 고개를 좌우로 젓던 그녀의 입술이 몇 번 움찔거리다가 겨우 열렸다.

"내 어미가 황기루의 기녀였어."

적화가 고개를 숙였다. 언제나 활기차던 그녀의 어깨가 파르르 떨렸다.

"황기루의 기녀는 황족밖에 모실 수 없지만 황족의 씨를 받는 것도 허락되지 않아. 태생이 천것이라 아무리 황궁에 살고 있다 해도 천한 몸. 그들의 심기에 목숨이 왔다 갔다 하는데, 그 천한 몸에 귀하디귀한 황가의 피를 담는다면 어찌 될까?"

스산하기까지 한 적화의 목소리가 그녀의 어깨만큼이나 떨리고 있었다. 자조적인 웃음이 떠오른 입술이 사선으로 비껴났다.

"화무십일홍이라지만 황궁에 핀 꽃은 그 수명이 더욱 짧아. 나이 들어 늙는 것보다 황족의 눈에 드는 것이 빠르다면, 반은 시든 것이나 마찬가지. 한 번 황족이 품은 기녀는 절대로 살아서 황궁을 나올 수 없어. 황족의 손을 탄 계집이 감히 다른 사내의 품에 안겨? 그런 것을 두고 볼 치들이 아니지. 어찌 되었건 그렇게 노리개로 잊힌다면 그 파리 목숨 조금은 연명할지 몰라도, 씨라도 받게 되면 들키는 즉시 죽는 것이야."

황기루의 기녀에 대한 잔악한 이야기였다. 황족의 심기를 어지럽혀도 죽는다. 그 품에 한 번이라도 안기기라도 하면 죽는다. 만일 잉태라도 하게 된다면 그 즉시 죽는 것이다. 다른 선택지란 애초에 존재하지 않는 길, 앞에 있는 것이라곤 오직 죽음밖에 없는 길이었다.

죽음이란 말에 빙휘는 소름이 돋았다. 그러다가 문득 그렇다면 적화는 어떻게 이 자리에 앉아 있으며 이런 뒷이야기를 알고 있는지 의문이 솟았다. 황기루의 기녀는 황족에게만 안길 수 있다는데, 적화의 어미가 황기루의 기녀였다면 아비는 황족이란 것일까? 들키는 대로 죽음이라더니 어떻게 적화는 살아남은 것일까. 살아남았다손 치더라도 그런 이야기들은 어떻게 알고 있는 것일까?

의문은 줄을 이루었으나 차마 물을 수는 없었다. 지금까지 한 번도 적화의 과거를 들은 적이 없었다. 그녀가 먼저 자신의 이야기를 꺼내지 않기에 묻지 않았었는데 이런 묵직한 과거가 숨어 있을 줄은 몰랐다. 그녀는 더 이상 말을 잇지 않고 자리에서 일어났다.

"분명 기녀로서는 더는 오를 수 없는 최고의 자리겠지. 예기로서 이름을 날릴 수 있는 최적의 자리인 것은 확실해. 그러나 황족의 눈에 드는 순간, 죽는 거나 마찬가지야. 그러니 다른 생각일랑 일절 말고 당장 떠날 차비나 해."

적화는 그런 말을 남기고 방을 나갔다. 묻어둔 기억들이 떠오르기라도 했는지 야단도 떨지 않고 어둡게 가라앉은 얼굴이 안쓰러웠다. 차마 무어라 위로조차 한마디 못하고 닫히는 장지문을 바라볼 뿐이었다. 적화가 나가고 얼마 있지 않아서 장지문 너머에 그림자가 섰다. 조금 전의 일 때문인지 유난히 방을 찾는 이가 많았다.

"허튼 생각 말고 입궁할 준비나 해."

보료에 앉은 청여가 그리 말하니 자리에 앉으려던 빙휘가 멈칫했다. 무릎을 굽히다 말고 다시 일어선 빙휘가 청여를 내려다보았다.

"가지 않을 것입니다."

"이미 환관이 다녀갔으니 수일 후면 체지가 내려올 게다. 황명을 따르지 않고 어찌하려느냐?"

"황명이라고 별수 있겠습니까? 그전에 이곳에서 사라지면……."

"사라져? 도망이라고 칠 요량이더냐? 설마 네 잘난 기부 놈과 함께 가겠다는 소리는 아니겠지?"

빠르게 답하는 빙휘의 말을 끊어버리고 청여가 이죽거렸다. 그녀는 유독 연이니 정이니 하는 것에 빈정거리고는 했다. 그 말투는 꼭 오래전 어느 날과 같아 얼굴에 열이 올라 화끈거렸다.

"예, 그럴 것입니다. 발고라도 하시렵니까? 어디 해보셔요, 행수어른의 뜻대로는 아니 되실 겁니다. 도망하여 숨을 거여요. 아무도 찾지 못하는 곳으로, 연고조차 없는 먼 곳으로."

"하!"

바락바락 대드는 빙휘의 말에 청여가 부러 크게 코웃음을 치며 고개를 돌렸다. 어깨를 두어 번 들썩이던 그녀가 다시 빙휘를 바라봤을 때, 그 싸늘한 눈빛에 빙휘는 소름이 돋았다.

"세월에 묻혀 그 소망을 잃어버린 게야? 열다섯 계집의 그 눈을 나는 똑똑히 기억하고 있어. 천상의 꽃이 되리라던 결심이 겨우 이 따위 하찮은 혀 놀림뿐이었던 게야?"

"잊지 않았습니다. 그리 피어오르리라 여전히 다짐하고 또 다짐하고 있습니다."

"황궁이 바로 그 길이다."

"저 또한 처음에는 그리 여겼습니다. 누구보다 뛰어난 재주를 가지고 어느 사내도 함부로 꺾을 생각을 하지 못하는 고고한 꽃으로 자리매김한다면 그것이 여느 화초보다 귀한 꽃이라 생각했습니다. 그러나 그는 화초조차 되지 못한 노류장화의 어리석은 자만에 지나지 않습니다. 누구보다 귀한 꽃으로 피는 것은 그 핀 자리의 높낮이와는 하등 상관없다는 것을 이제 깨우쳤습니다. 피어난 자리가 아니라 그 꽃을 바라보는 이의 눈빛, 태도, 그 안에 담긴 존중, 연정 그런 귀중한 마음 하나하나가 곧 꽃을 귀하게 만들어주는 것입니다."

"높은 곳에 올라야 비로소 빛날 수 있음이야!"

청여가 서안을 주먹으로 탕 내려치며 외쳤다. 꽉 쥔 그녀의 마른 주먹이 바들바들 떨리고 있었다. 도저히 용납도 이해도 할 수 없는 작태를 보이는 빙휘가 답답하여 속에 불이 올랐다.

"자리란 허울에 지나지 않습니다. 행수 어른께서 그리 여기신다면 행수 이른은 어르신의 길을 가십시오. 전 제 길을 가겠습니다."

"무어? 내 이리 네 앞길을 터주겠다는데 이 천운을 박차 버릴 셈이냐?"

"황기루가 어찌 천운이 된다는 것인지 모르겠습니다."

"어리석은 것, 어디 네 뜻대로 될지 한번 해봐. 당장 네 기부 놈도 없는 마당에 네가 뭘 어찌할 수나 있을 성싶어? 잠자코 내가 시키는 대로나 해. 황기루에 들어가. 네 재주라면 필시 황기루에서도 도드라질 게야. 어차피 너야 재예 외에 다른 것에는 일체 관심이 없으니 어설프게 황족들이나 품에 끼고 앉을 생각은 하지도 않을 테고. 무어 미색이 봐줄 만은 하다만 천하일색들만 모아놓은 곳이니 그리 튀지 않아 별 탈 없을 게다."

"설익은 낭설은 소용없습니다."

"그곳에 가면 이런 시시한 연석 따위가 아닌, 거물들을 상대로 한 성대한 연회에 서게 될 것이야. 넓은 바다에서 큰 물고기가 자라는 법. 네게 좋은 밑거름이 될 것이다."

상대의 말은 듣지도 않고 관심도 없이 자신의 말만 줄줄이 늘어놓으니 과연 그것이 대화라 할 수 있는 것인가 싶은 대화가 이어졌다. 청여는 줄곧 황기루에 대한 이야기만 늘어놓았고 빙휘는 연신 고개를 저었다. 청여는 마지막으로 내일부터는 빙휘의 앞으로 잡힌 주석을 모두 취소할 예정이니 다른 생각 말고 황기루에 들어갈 준비나 하라는 말을 남기고 벌떡 일어났다. 제 뜻을 순순히 따르지 않으려는 빙휘에 청여의 입술이 비틀렸으나 결국 제 뜻대로 되리라 여기는 모양이었다.

청여가 쌩하니 돌아서 방을 나가고 탁 소리를 내며 닫힌 장지문 뒤로 거친 발자국 소리가 점점 멀어졌다. 굳게 힘을 주고 앉아 있던 빙휘가 느리게 숨을 내쉬며 안석에 기대었다. 빙휘는 청여의 말을 반도 귀에 담지 못하고 제대로 알아들은 것 같지도 않았다. 하루 나절에 머릿속에 들어온 말이 너무 많아 정리가 되지 않았다.

"초사여."

답해야 할 이는 어딘지 모를 먼 곳으로 떠나 버린지라 공허한 적막만이 가득했다.

"제발 빨리 돌아와. 어디로 갔는지도 모르니 난 그저 널 기다릴 수밖에 없잖아."

기다림이 이리도 지독할 줄은 미처 몰랐다. 여태껏 누군가를 기다려 본 적이 없었기에, 빙휘에게는 이 시간이 지독하기만 했다. 기다리는 것밖에 할 수 있는 일이 없다는 것은 비참하고 서글프고, 외로웠다.

주석을 모두 취소하리라는 청여의 말이 없었더라도 기방을 나갈 생각은 없었다. 빙휘는 아침에 일어나 자리에 앉았던 모습 그대로 보료 위에 앉아 초사여가 돌아오기만을 기다렸다. 아무것도 할 수 없었고, 아무 말도 나오지 않았다. 그저 멍하니 앉아 어서 그의 품에 안기기만을 소망할 뿐이었다.

그러나 초사여는 돌아오지 않았다.

눈을 뜨는 것이 힘들었다. 눈알이 마치 살갗이 벗겨진 것처럼 따가웠다. 바짝 말라 버린 듯 뻑뻑해서 눈꺼풀에 모래가 걸린 것처럼 까실했다. 밤새 쏟아낸 눈물로 베갯잇이 축축했다. 그런데도 다시 눈물이 흘러내릴 것만 같았다. 감은 눈 안에서 초사여의 나직한 미소가 맴돌았다. 귓가에 그의 부드러운 음성이 들리는 것만 같았다. 열이 올라 뜨거운 탓인지 창 너머로 새어드는 바람이 유난히 차게 느껴졌다.

"떠난 지 얼마 되지 않았잖아."

스스로를 달래듯 빙휘가 중얼댔다.

"한데 어찌하여 하필 이런 때에 떠난 걸까. 투정할 테야. 얄궂다, 못되었다 지청구를 놓을 참이야."

흐느끼는 말이 마치 열댓 살 어린아이 같았다. 그리고 남은 시간을 빙휘는 가만히 앉아 생각을 되짚었다. 환관이 찾아왔던 날부터 하나하나 다시 떠올리고 살피며 되새기니 보다 차분해지고 냉정해졌다. 생각을 거듭할수록 급작스러워 난동 쳤던 일들이 마치 남의 일처럼 아무렇지 않게 여겨졌다. 너무 오래 곱씹고 있는 것은 빙휘의 나쁜 버릇이었다.

"아무렴, 괜찮지."

빙휘가 고개를 끄덕였다. 그리고 자리에서 일어나 이곳저곳 서랍을 열었다 닫고 농을 열었다 닫으며 안을 살폈다.

"어딘들 괜찮겠지."

방 안을 훑는 빙휘의 손이 길어졌다. 몇 번 금을 들었다가 놓길 반복하며 방 안에서 법석을 떨다 보니 시간이 가는 줄도 몰랐다.

"아직 내려오지도 않은 황명 따위 무슨 상관이람. 초사여만 돌아오면 그 길로 바로 떠나면 그만이야. 황기루야 행수 어른의 욕심이니."

말이야 쉽지 황명을 피해 도망간다는 것은 그저 산보를 하듯 가벼운 일이 아니었다. 두서없이 내뱉는 말은 일이 너무 급작스러운 탓이었다. 갑자기 떠난 초사여도 또 갑자기 나타난 환관도 난데없이 쐐기를 박는 황기루의 존재도, 모든 것이 급작스러웠다. 그래 마음만 바빠서 어디서부터 손을 대야 할지 찾을 수 없었다. 그렇게 빙휘가 방 안에서 표류하고 있는데 장지문 앞에서 헛기침 소리가 들렸다.

"지난번에는 놀랐지? 갑자기 그렇게 이야기를 꺼내서."

청여가 기방 출입을 금하여 하릴없이 방 안에만 틀어 박혀 있던 빙휘는 적화가 찾아온 것이 달가웠다. 그 저녁에는 흥분을 감추지 못하던 적화는 이제 진정된 모양인지 조금은 표정이 부드러워져 있었다. 빙휘의 방을 둘러보던 적화는 그녀의 방이 지나치게 깔끔한 게 거슬렸다.

"떠날 준비를 한 것이여?"

빙휘가 고개를 끄덕이는데 입가에 미소가 걸친 것이 의아했다. 황기루에 대해 그리 안 좋은 소리를 쏟아냈는데 저리 표정이 밝을 수는 없었다. 빙휘가 얌전히 방에 틀어박혀 있기에 어쩔 도리 없이 황기루로 들어가려는 모양이라 생각했던 적화가 빙휘의 표정에 어리둥절하니 그녀가 작게 속삭였다.

"초사여만 돌아오는 대로 바로 떠날 거야."

"참이야?"

적화가 놀라 묻는데 빙휘가 입술 위에 손가락을 가져다 댔다. 소리가 밖으로 넘어가서는 안 됐다. 청여에게는 들켜서는 안 될 일이요, 작은 눈치도 들어서는 안 되었다. 마치 제 일처럼 들뜬 적화에게 빙휘가 그간의 일을 소상히 일러주었다. 적화는 몇 번이고 '청여 그 노망난 노친을!' 이라느니 온갖 욕을 퍼부으며 빙휘의 이야기를 들었다.

"그래, 잘 생각했어. 황기루라니, 말도 안 되지. 대체 초사여는 언제 돌아온다니? 늦기 전에 와야 할 턴데."

기뻐하며 손뼉 치는 적화를 보고 있으니 빙휘 역시 기쁘면서도 씁쓸했다. 빙휘의 일이라면 이리 자신의 일처럼 성을 내기도 하고 웃어주기도 하는 이인데 그녀에 대해서 너무나 몰랐던 것이 맘에 걸렸다.

"한데 언니는……."

"아아, 나잇값 못하고 열낸 거야. 별일 아니니 신경 쓸 것 없어. 우리네들이야 사연 없는 년 하나 없지. 다들 그만한 이야기는 하나씩 품고 있는 법이잖아."

운을 떼지도 않았는데 적화는 빙휘가 할 말을 알아채고 고개를 저었다. 그 대수롭지 않게 말하는 모양새가 더 안쓰러웠다. 빙휘의 눈빛이 그러하니 적화가 민망하여 눈알을 굴리면서 몇 마디 덧붙였다.

"뭐, 어찌 겨우 감춰 몰래 구명하다 결국 들통이 나 어미는 죽었고, 이 질긴 목숨은 끝끝내 살아 도망쳤다는 별거 없는 이야기야. 길게 말하여 무엇 하며 아는 이 늘어나야 좋을 것 없는 일이라 말하지 않았던 것이지."

그러다가 적화가 코를 긁으며 빙휘를 슬쩍 보았다.

"나는 나대로 그 작자들을 욕보이며 살고 있으니 너무 걱정도 말고 연민도 말어. 그 잘나고 귀한 피가 이 미천한 바닥에서 굴러다니며 천하게 빌어먹고 있을 줄은 모를 것이야."

"언니는 천하지 않아."

빙휘과 적화의 손을 맞잡았다. 그녀는 빤히 적화의 눈동자를 응시했다. 그 시선에 적화 역시 그녀를 마주할 수밖에 없었다.

"비단 피가 천하지 않다는 것만이 아니야. 언니의 모든 것이 천하지 않아. 나 또한 천하지 않아. 스스로를 천하게 여기지 않으면 천한 이란 없는 거야."

착 가라앉은 말에 적화가 그 큰 눈을 깜빡였다. 그러다가 피식하고 웃으며 빙휘의 뺨을 가볍게 꼬집었다.

"어유, 그러셔요. 낯간지럽다, 이년아. 술 한잔 안 마시고 그런 소리 해대는 정신 나간 것은 너밖에 없을 것이여."

그 말에 빙휘가 웃었다. 그 웃음에 적화 또한 미소를 한 가득 걸치고 빙휘에게 손장난을 걸었다. 이 한가로움에 모든 것이 잘 풀릴 것만 같았다. 이젠 더 이상 걱정할 것도 불안할 것도 없으리라 여겼다.

"준비하고 있어. 명일 황궁에서 널 데리러 나올 것이니."

그 평안은 청여의 한마디에 너무나도 쉽게 깨져 버렸다. 아직 초사여는 감감무소식인데 기다리지 않던 소식만 너무나도 빨리 전해졌다. 청여가 무슨 눈치라도 챈 것인지 빙휘가 밖으로 나가지 못하도록 체격 좋은 노비들을 빙휘의 방 밖에 세워두었다. 방을 오가는 노비들도 빙휘와는 눈을 마주치지 않으려고 했다.

얌전히 기다리고만 있을 수 없는데 행적조차 모르니 초사여에게 이 일을 전할 도리가 없었다. 그렇게 발만 동동거리고 있을 때 장지문 너머에서 적화의 목소리가 들렸다.

"빙휘의 지기인 거 몰라?"

"행수 어르신께서 안팎으로 누구도 출입하지 못하게 하라 하셨는디요."

"그 양반이 어디서 지켜보고라도 있던? 너랑 나만 입 다물면 모르는 일이잖아. 아니, 내 오랜 지기를 낼부터선 못 보게 되는데 인사 한마디를 못 나눠? 그리 인정머리 없어서 어찌한데?"

문을 지키고 서 있는 노비들과 한참을 입씨름하던 적화가 결국 방으로 들어왔다. 빙휘는 적화가 들어서자마자 달려들어 그녀를 껴안았다.

"언니."

"대체 뭐야, 그 허여멀건 멀대 놈, 어찌 아직도 나타나질 않는 게야?"

적화가 언성을 높이는데 대답할 말이 없었다. 스스로가 이리도 멍청하게 느껴질 수가 없었다. 초사여의 기다려 달라는 말만 듣고 그가 대체 어디에 가는 것인지, 얼마나 있다 오는 것인지 전혀 물어보지 않았던 어리석음을 후회하고 자책했으나 이제 와서 어찌할 도리도 없었다. 빙휘 역시 이런 일이 벌어질 줄은 몰랐고, 이다지도 빨리 황궁에서 연통이 올 줄도 몰랐다. 사실 이 상황이 빠르게 진행된 것은 빙휘가 낙적비 이야기를 꺼낸 후에 그녀를 주시하던 청여가 초사여가 자리를 비우자마자 뒷돈을 들여 빠르게 환관을 매수했기 때문이었다. 그러나 그런 사실을 알 턱이 없는 빙휘와 적화는 그저 돌아오지 않는 초사여에 속이 타들어갈 뿐이었다.

"괜찮아. 일단 내일이라도 그가 오기만 한다면."

"환관이 그리 움직이면 당연 군관도 함께 올 터인데, 내일 초사여가 돌아온다손 쳐도 어쩔 수나 있겠어?"

"있어. 수가 있어. 그가 떠난 지도 벌써 이레가 되어가. 허니 이제 올 거야. 그리 오래 걸리지 않는다고 했어. 이레 안에 돌아오겠다고 했어."

"이 모지란 것아, 어찌 그리 넙죽 오냐 하고 보낸 게야."

적화가 타박을 했지만 빙휘는 변명할 거리조차 없었다. 인간이 되겠다는 말에 너무 놀랐다고, 그의 심기가 어떨지 헤아리느라 차마 챙기지 못했다고 말할 수도 없는 노릇이었다. 빙휘 역시 갑자기 황궁이니 황기루니 하는 이야기가 나올 줄은 몰랐기에 마른하늘에 날벼락인 셈이었다.

"괜찮아. 분명 돌아올 거야."

마치 주문처럼 빙휘가 읊조렸다. 바로 내일이란 생각에 심장이 떨리고 빈속에선 구역질이 일었다. 그러나 그 후에 빙휘의 방을 찾은 이는 초사여가 아닌 환관들이었다. 날을 꼬박 새고 밖이 소란스러워져 빙휘가 기대에 차서 고개를 드는데 장지문이 열리며 낯설고 기이한 얼굴들이 안으로 들이닥쳤다. 두 번째 마주한 것이었지만 수염이 없는 사내의 얼굴은 소름이 돋았다.

"청악기방의 일패 기녀 빙휘, 황명을 받들라."

그들이 무어라 말하는지 빙휘의 귀에는 들리지 않았다. 그들은 빙휘를 동쪽을 향해 꿇어앉히고 다섯 번의 절을 시키고 무어라 긴 설교를 늘어놓았다. 그러나 빙휘는 벌써 날이 밝았다는 것도 믿기지 않았고, 환관이 왔다는 것도 믿기지 않았다. 그중 가장 믿기지 않는 것이 초사여가 아직 돌아오지 않았다는 것이었다.

"잠시만. 조금만 지체하고자 합니다. 조금…… 좀 더 머무를 수 있겠습니까?"

환관들이 들어서면서부터 아무 말도 하지 않고 가만히 그들이 하는 대로 놔두던 빙휘가 갑자기 손을 들었다. 한참 넋을 놓고 있던 빙휘가 그제야 정신을 차린 모양이었다. 소복 차림에 단장도 하고 있지 않던 빙휘는 환관들이 노비들을 시켜 곱게 치장을 마친 상태였다. 이제 가마에 태워 황궁으로 향하려는데 자리에서 일으키니 빙휘가 조금만 시간을 달라 했다.

황기루로 기녀들을 데려갈 때마다 여러 반응을 봤던 환관들이었다. 개중에는 그들이 오기를 손꼽아 기다리다가 당도하기가 무섭게 앞장서 뛰쳐나오던 기녀도 있었고 온갖 추태를 부리며 한사코 가지 않겠다고 거부하는 기녀도 있었다. 후자를 보자면 잠시 시간을 달라는 정도는 점잖은 축이라 환관들이 그러마고 고개를 끄덕였다.

그렇게 방을 나갔던 환관들은 해 질 무렵 더는 기다릴 수가 없는지 방으로 들어왔다. 그들 중 가장 나이가 많아 보이는 환관이 창밖만 바라보고 있는 빙휘에게 물었다.

"무엇을 기다리느냐?"

환관이 다가왔는데도 빙휘는 꼼짝하지 않았다. 창 너머 어딘가 먼 곳을 향해 시선을 던지고 있는 빙휘의 얼굴은 마치 백토로 빚어낸 조각 같았다. 조금 전까지만 해도 촉촉하게 떨리던 눈동자가 먹먹하게 가라앉았다. 그 얼굴 위로 드리우는 흙빛 그림자는 비단 해가 저문 탓만은 아니었다. 꼿꼿하게 굳어 절대로 움직이지 않을 것만 같던 빙휘가 천천히 고개를 돌렸다.

"아무것도 기다리지 않습니다. 이제 가도 좋습니다."

그 냉담하니 고저 없는 목소리에 물었던 환관이 움찔했다. 빙휘는 아무렇지 않은 얼굴로 돌아서 환관들이 제 위에 검은 천을 씌우는 것을 가만 보고만 있었다.

오늘이 약속한 이레였다. 그러나 날이 저물어가는데도 그는 옷자락조차 비치지 않았다. 이제 와 생각해 보니 영물이 인간이 된다는 말 자체가 우스웠다. 대체 무엇이 아쉬워 오래도록 염원해 온 승천을 버리고 비천한 인간이 되겠는가 싶었다. 게다가 그리 영험한 존재라면 분명 모든 것을 해낼 수 있는 능력이 있을 텐데, 겨우 인간이 되는 것에 이리 오래 걸리는 것도 이상했다. 이레라는 그 시간은 어쩌면 초사여가 마지막으로 영물을 버리기 위한 고민의 시간이었을지도 몰랐다. 그런 것이 아니라고, 이러면 안 된다고 생각하면서도 자꾸만 잔악한 비난만 떠올랐다.

"믿어야 해."

입안으로 되뇌며 빙휘가 고개를 저었다. 꽉 감은 눈 사이로 한 줄기 눈물이 흘러내렸다. 괜찮다, 단지 기다림의 장소가 기방에서 황궁으로 바뀌는 것뿐이라고 스스로를 위안하는 수밖에 없었다.

그는 분명 돌아올 것이다. 분명 자신을 찾아올 것이다.

❋　❋　❋

하늘이 새빨갛게 물들다 못해 점점 어둠에 물들어 화류가에 하나둘 불이 켜지는 시각, 한 사내가 다급하게 기방으로 들어섰다. 상기된 표정으로 기방의 솟을대문을 넘은 사내는 지체 없이 별채로 향했다. 몇몇 기녀가 그를 보며 놀라며 수군거렸으나 그는 돌아보는 시선에도 아랑곳없이 걸음을 재촉했다.

"서두른다고 했는데……."

별채의 장지문을 열어젖히며 들뜬 목소리로 입을 열던 사내는 싸늘한 방에 우뚝 멈춰 섰다. 방은 주인이 없는 것처럼 텅 비어 기본 세간만 덜렁 놓여 있었다.

"……설아?"

그의 심장이 철렁했다. 분위기가 이상했다. 무언가 잘못된 것이 분명했다. 그제야 사내는 자신을 힐끔거리며 속닥대던 기녀들이 떠올랐다.

"설아! 설아!"

들떠 있던 얼굴이 금세 파리하게 질려 버렸다. 그가 떨리는 목소리로 애타게 부르며 별채를 맴도는데, 뒤에서 차분한 목소리가 들려왔다.

"초사여, 그만해. 그 아이, 여기 없어."

"그게 무슨 말인가?"

사내가 놀라 돌아서는데 화려한 치장의 적화가 소리 없이 울며 서 있었다.

"해 질 무렵 환관들과 함께 황궁으로 들어갔어."

눈물이 한가득 쏟아졌다. 적화는 시뻘건 눈으로 사내, 초사여를 노려보며 핏대를 세웠다.

"대체 어딜 갔다 온 거야? 항상 빙휘 옆에 딱 붙어 있더니, 어이하여 이런 때에 빙휘를 두고 사라졌던 거야? 어째서 이제야 온 거야? 빙휘가, 그 반편이가 얼마나 널 기다렸는지 알아? 지난밤 한숨도 자지 못하고 꼬박 새서는 동 트기 전부터 창을 열어놓고 고개만 빼고 있더라. 햇빛이 비치면, 해가 전부 떠오르면, 정오가 되면. 조금, 조금만 더. 한 시진만, 한 식경만, 일각만 지나면 분명 네가 돌아올 거라며 끝까지 기다리고 기다리다…… 갔어."

적화의 분노 섞인 외침을 초사여는 이해하지 못했다. 기다리다니, 갔다니, 어디로, 왜, 어째서? 초사여의 눈이 초점을 잃고 허공을 떠돌았다.

"황궁? 환관? 그게 다 무슨 소린가. 그녀가 어딜 갔다는 거야!"

"청여가 환관을 불러서 빙휘를 선보였어. 환관이 흡족해했고, 바로 오늘 환관들이 다시 와서 빙휘를 데려갔어. 황궁의 황기루에, 죽지 않고서는 나올 수 없는 곳으로."

"황기루……."

이제 드디어 그녀와 같은 시간을 같은 길을 걷게 되리라 생각했다. 하지만 그 방도를 찾아냈으나 옆에 그녀가 없었다. 긴 시간을 돌아 그녀를 만나고 다시 오래도록 그녀를 찾아 헤맸는데, 마치 장난처럼 그녀는 또 사라져 버리고 말았다. 초사여의 손에 들려 있던 낡은 서책 하나가 땅으로 툭 떨어졌다.

탓할 이는 자신밖에 없었다. 조금 더 서둘러야 했고, 조금 더 재촉해야 했고, 조금 더 노력해야 했다. 그 어떤 변명을 대보고 그간의 일을 서술해 봐야 결국에는 늦어버린 자신의 탓이었다. 창창한 여름이 더웠는데 불어오는 바람에 몸이 떨렸다. 여름이 끝난 줄도 몰랐는데 어느새 찬바람이 불어오고 있었다.

09. 이레

하늘이 일렀다.

'무엇을 탐하는가?'

'그 어느 것도 탐한 바 없습니다.'

땅이 읊조렸다.

'어떻게 되고자 하는가?'

'그 어떤 것도 되고자 하지 않습니다.'

바람이 속삭였다.

'어디로 향하는가?'

'그 어느 곳도 다다르고자 한 적 없습니다.'

어느 순간 이어진 그 물음은 끊이지 않고 마음속을 울렸다. 주어
지는 물음에 스스로 답을 내고 응답할 뿐이었으나 오히려 그 일방

적인 대답에서 많은 것을 깨우치고 알아가게 되었다. 하늘과 땅과 바람의 목소리는 진리를 일러주고 비밀을 읊조리고 사담을 속삭였다. 그 안에 무수한 미래와 현재와 과거가 들어 있었다. 그리고 그 안에 기묘한 힘이 담겨 있었다.

여(蜍). 신령스러운 뱀이란 이름을 얻게 된 것은 한낱 미물의 정기를 뛰어넘는 영기를 품게 되었을 때였다.

영기를 품게 되면서 승천을 염하는 것에 아무런 의문이 없었다. 그는 당연한 수순이었고 마땅한 원(願)이었다. 차마 세지 못할 시간을 흘려보내고, 무수한 존재들의 흥망성쇠를 지켜보면서도 단 한 번의 의문이나 의심을 품어본 바 없었다. 그렇다고 확고한 신념이나 굳은 의지가 있는 것은 아니었다. 하늘과 땅과 바람이 말을 걸어왔을 때부터 그저 당연했을 뿐이었다.

"너까지도 날 싫어하는 거니?"

그 당연함이 깨어지기 시작한 것은 어린 소녀의 울음 섞인 목소리 때문이었다.

살아온 긴 시간만큼이나 셀 수도 없는 수많은 인연이 스쳐 지나갔었고, 기이한 외양으로 태어난 탓에 외로움과 고독이 가장 친한 벗인 생이었다. 억겁의 시간 동안 먼저 손을 내밀어준 존재가 단 하나도 없었다는 점이 우습다면 우스운 이야기였으나 그것은 사실이었고, 때문에 다른 존재에 대한 인식 따위는 하지 않은 지 오래였다. 그렇기에 처음에는 그 목소리가 낯설고 한편으로는 놀라웠다.

'인간, 지금 내게 말하는 건가?'

날름대는 혓바닥으로 익숙한 외로움이 느껴졌다. 공기 중에 촉촉이 젖어들어 있는 음성에서 종과 세월을 뛰어넘는 동질감을 발견할 수 있었다.

"고마워."

내민 손을 타고 올라갔을 때, 소녀는 폭우 같은 눈물을 쏟아냈다. 머리 위로 뚝뚝 떨어지는 눈물방울에 깜짝깜짝 놀라면서도 그 짜디짠 물방울이 애달파 소녀의 얼굴을 한참 들여다보고 있었다.

이때만 해도 그저 긴 세월 사이에 잠시 스치는 어린 존재일 것이라 여겼다. 그러나 그것은 허튼 자만이요, 만용이었다.

"내 이름은 설아, 눈 설에 아이 아. 눈의 아이란 뜻이야. 내가 궁리해 보았는데 역시 네 이름은 초아가 좋겠어. 풀 초에 아이 아. 풀의 아이. 나와 비슷하면서 너랑도 딱 어울리지?"

해맑게 웃으며 소녀, 설아(雪兒)가 이름을 건넸다.

초아(草兒).

누군가가 이름을 지어준 것은 처음이었다. 이름을 건네는 것은 손을 건네는 것과는 그 무게가 전혀 달랐다. 스스로 신령스러운 뱀의 이름을 지었으나 '여'란 이름은 어느 누구도 알지 못하고 어느 누구에게도 불리지 못하는 허울뿐인 문자에 불과했다.

"초아."

그 다정한 목소리에 초아는 혀를 날름대며 화답했다. 이름 하는 것, 이름을 아는 것, 이름을 부르는 것, 그 단순한 행위를 초아의 기나긴 생을 통틀어 단 한 명, 설아만이 해주었다. 이름을 불러줬을 때, 이름을 지어줬을 때, 설아가 이름 하였을 때 비로소 살아가는 것을, 살아 있음을 느낄 수 있었다.

그 어떤 거창한 사건도, 대단한 분기점도 필요로 하지 않았다. 그 작고 어린 소녀가 억겁의 생을 살아온 영물의 마음속에 들어앉는 데에는 아주 작은 미소와 단 한 마디의 목소리면 충분했다.

"초아야."

명명(命名). 이름 하는 것. 그것이 전부였다.

바람이 속삭였다.

'어디로 향하는가?'

'그녀의 곁에 닿고자 합니다.'

땅이 읊조렸다.

'어떻게 되고자 하는가?'

'그녀의 곁에 머무르고자 합니다.'

마지막으로 하늘이 일렀다.

'무엇을 탐하는가?'

'영원히, 오래도록 단 하나— 그녀의 곁만을 원합니다.'

✱　✱　✱

다 헤아리지도 쌓지도 못할 세월을 보냈던 지난 생의 의미란 가느다란 한 터럭 실낱조차 되지 못했다. 누군가가 불러줄 이름이 주어졌을 때야 비로소 숨이 트이고 심장이 뛰었다. 생의 기쁨과 무게와 인지를 알게 해준 작은 소녀에게, 모든 관심과 마음과 시선이 쏠리게 된 것은 불가항력이었다.

"어리석은 선택입니다."

내실에 마주 앉은 도이서는 시종일관 어두운 얼굴로 고개를 내저었다. 그 어린 임을 향한 마음은 결국 영물인 그를 인간화하게 만들었고, 지금 그는 초사여라는 이름으로 영가에서도 촉망받는 영력을 지닌 도이서를 찾아와 영물이 인간이 되는 방도에 대하여 묻는 중이었다.

"제가 그런 말을 드린 것은 당신이 이런 얼토당토않은 소망을 품길 바란 것이 아니었습니다. 단지…… 단지 빙휘 그녀의 곁에서 떠나야 한다는, 더는 그녀의 곁에 머물러서는 안 된다는 현실을 일깨우고자 한 것입니다."

"도 공이 빙휘를 마음에 품고 있기 때문에 그녀의 곁에서 나를 쫓고자 꺼낸 말이었겠지요."

"그런."

직설적으로 메다꽂는 초사여의 말에 도이서가 당황을 숨기지 못했다. 어색해질 분위기 속에서 초사여는 아무렇지도 않다는 듯 미소를 지었다.

"도 공이 기방에서 한 그 고백은 이미 많은 이들의 구설수에 올라 있습니다. 그 시끄러운 소문을 내가 듣지 못했으리라 여겼습니까?"

"……당신께 들으니 더욱 민망하기 이를 데 없습니다. 이미 당신의 정인이라 알고 대면하였던 여인인데……."

"이해합니다. 나의 임은 무척이나 곱고 또 고우셔, 뭇 사내들의 시선을 내리 받아왔으니, 또 그것을 곁에서 줄곧 지켜봐 왔으니 딱히 신경 쓰이거나 거북하지 않습니다."

"그런 이유만은 아닙니다. 빙휘가 아니더라도, 그 어느 여인—아니, 인간의 곁에 영물이 존재하는 것은 위험합니다. 말씀드렸다시피 정상을 뛰어넘은 존재의 영력은 옆에 있는 것만으로도 큰 위해를 가할 수밖에 없습니다."

"내 영기에 그녀가 짓눌리고 생기를 빼앗긴다는 것, 알겠습니다. 내가 제어하려 한다 해도 되는 것이 아님을 지난번의 대화에서 잘 알아들었습니다."

붉게 달아오른 얼굴로 변명하는 도이서에게 타이르듯 말하는 초사여였다. 영물이라는 정체를 도이서에게 들킨 밤에 들었던 말은 이미 수없이 속으로 되새기고 또 읊어 깊숙이 박히고 분명하게 깨달았기에 더는 듣고 싶지 않았다. 그 말을 들을 때마다 한마디 한마디가 날카롭게 벼린 비수가 되어 심장에 박히고 온몸을 조여 왔다.

'너는 절대로 그녀의 곁에 머무를 수 없다.'

그 모든 말마디가 그렇게 윽박지르며 초사여를 들볶으며 괴롭혔다.

"하지만 나는 임의 곁을 떠날 수 없습니다."

입가에 떠오른 미소를 거두며 초사여가 굳게 말했다. 언젠가부터 하늘과 땅과 바람의 속삭임이 들리지 않았다. 그때부터 이미 초사여는 어느 정도 결심을 굳히고 있었다.

"도 공이 생각하기에 영물이란 존재는 어떤 것 같습니까?"

"영물이라……. 영물이란 하늘의 선택을 받아 천계로의 승천을 염하는 존재가 아닙니까?"

조심스럽게 입을 떼는 도이서에 초사여가 고개를 끄덕였다.

"미물과 요물을 넘어서고 지상의 모든 생명체들을 통틀어 가장 뛰어나며 감히 범접할 수 없는…… 위대한 존재, 품은 지혜와 쌓은 영력을 헤아릴 수조차 없는, 그런 신성한 존재가 아닐는지요."

피식, 초사여의 입에서 쌉싸래한 웃음이 흘러나왔다.

"억겁의 시간이란 어느 정도의 나날일 것 같습니까?"

억겁이란 인간인 도이서에게는 전혀 감조차 잡히지 않는 시간이었다. 때문에 도이서는 아무런 대답도 하지 못하고 고개만 절레절레 흔들 뿐이었다.

"나에겐 이제 시간이란 무의미합니다. 그저 어리고 작았던 임이 조금 성장하였다는 정도일 뿐, 그녀의 곁에 머물렀던 시간이 어느 정도인지 셈하는 것은 우스운 노릇에 불과합니다. 그러나, 그런데도 말입니다. 나는 지금 이 10여 년의 세월을 꼬박꼬박 하루씩 세어가고 있습니다."

초사여의 손가락이 손가락 마디를 몇 번 짚으며 셈을 해 나갔다.

"처음 임을 만난 후로 마흔아홉 번의 계절의 보내었고, 햇수로만 열세 해를 지내고 있습니다. 햇수로만 따지자면 팔 년을 곁에 있었고, 떨어져 있던 5년 동안도 나는 매일을 하루처럼 그녀만을 찾아 헤맸습니다. 그렇게 열세 해 동안 나의 모든 것은 임을 향해 있었고, 임만을 위하여 살았습니다."

초사여가 잠시 말을 멈추었다. 셈하던 손가락이 가늘게 떨렸다. 그의 눈가가 젖어들었다.

"그전의 날들은 기억하지 못합니다. 그 억겁이 마치 하루처럼 똑같고 흐릿할 따름입니다. 그 무엇도 내 곁에 없었고, 또 나 역시 내 곁에 어느 것도 두고자 하지 않았습니다. 하늘의 목소리가 들린 후로 다른 생각은 전혀 하지 못하고 마땅하다, 당연하다 여기며 염을 하고 영력을 쌓을 뿐이었습니다. 그동안 나는 세상이란 시끄럽고 어지러우며 차갑고 스산한 것이라 생각했습니다."

초사여가 눈을 감았다. 그는 무언가를 떠올리고 있는 듯했다. 감긴 눈꺼풀에 고여 있던 눈물이 도르르 매끄럽게 흰 뺨 위를 흘러내렸다. 초사여의 입꼬리가 부드럽게 말려 올라갔다.

"임은 내게 이름을 주었고, 다정하게 불러주었으며, 따스하게 품어주었습니다. 그 어리고 작은 마음에 붉은 상처가 낭자한데도 임은 그저 홀로 끌어안고 울기만 하셨습니다. 그러면서도 나에게만은 살갑게 웃어주셨습니다."

"쉬 납득되지 않습니다. 그 오랜 세월 동안 염해온 승천이 아닙니까? 아무리 맹목적이었다 할지언정, 어찌 이리 놓아버릴 수 있단 말입니까?"

"연정이 아니라면 그 어떤 마땅한 연유가 있겠습니까? 아니 그는 차치하고서라도, 나는 도 공을 설득하고자 하는 것이 아닙니다. 어느 누구도 납득하지 못한다 해도 상관없습니다. 타인이 재고 따지는 것이 무슨 상관이 있습니까? 그저 내가 추구하는 바가, 그 무엇보다 간절히 원하는 바가 승천이 아닌 임의 곁일 따름입니다."

애초에 이해를 구하고자 하는 말이 아니었다. 그저 초사여에게는 어린 임, 빙휘가 전부라는 것, 그 단순한 말 한마디를 하고 싶은 것이었다.

"말해주십시오."

초사여가 도이서의 손을 붙잡았다. 온기가 돌지 않는 냉혈의 긴 손가락이 제 손을 잡는 순간 도이서는 움찔했다. 외양은 인간이나 그의 본체는 뱀인지라 마땅한 온기가 느껴지지 않았다. 알고 있으면서도 실로 인간이 아니로구나, 하는 깨달음이 이어졌다.

"인간이 되는 방도, 알고 있지요?"

진심을 담은 곧은 눈빛을 차마 마주하지 못하고 시선을 회피하며 도이서가 입술을 깨물었다. 그의 머릿속이 이리저리 뒤죽박죽으로 뒤섞여 혼란스러웠다. 고개를 돌려도 느껴지는 초사여의 눈빛에 도이서가 인상을 쓰며 눈을 꽉 감아 버렸다.

"모릅니다."

도이서의 손을 쥔 초사여의 손이 살짝 떨렸다.

"영물이 인간이 되는 방도에 관하여 알려진 바 없습니다. 애초에 영물이란 존재가 실존한다는 것조차 당신을 보고 처음 알게 된 것을요. 이전까지 전해지던 영물에 관한 이야기는 설화나 전설에 불과하였습니다."

잘근, 입술의 안쪽을 씹어 뜯던 도이서가 반쯤 울상이 되어 초사여를 바라보았다. 그나마도 똑바로 바라보지 못하고 시선을 내리깔아서는 입술을 천천히 열었다. 조심스럽게 떨어지는 입술이 미묘하게 떨렸다.

"하지만…… 요물이 인간이 되는 방도에 관하여서는 꽤 많은 연구와 기록이 남겨져 있습니다."

고저를 잃은 삭막한 목소리에 초사여의 심장이 거칠게 뛰어올랐다. 도이서는 거의 자포자기한 심정으로 얼굴을 잔뜩 일그러뜨렸다.

"실제로 인간이 된 사례도 있고…… 요물이라 알려졌으나 이미 인간이 되어버린 탓에 퇴치가 곤란하였던 적도 있습니다. 무어 전자와 후자 모두 결국은 죽임을 당하였으나, 아무도 모르게 들통 나지 않고 인간이 된 요물들은 그대로 인간의 생을 살았을지도 모르겠습니다. 사실 대다수가 인간이 되기 전에 실패하기는 하였으나, 그 모든 전례가 모여 기록되어 있습니다. 기실 이 기록은 요물 퇴치를 위한 연구와 기록입니다만……."

"그 방도가, 그 기록을 내게 보여주실 수 있습니까? 알려줄 수 있습니까?"

심장이 벅차올라 말이 꼬였다. 초사여가 양손으로 도이서의 손을 움켜쥐고 눈을 빛냈다. 새하얀 얼굴 위에 동그랗게 오른 잿빛 눈동자가 맑게 반짝였다. 그 눈빛이란 차마 모른 척 외면할 수 없는 성질의 것이었다.

"영물이 아니라 요물을 대상으로 한 방도입니다."

"괜찮습니다. 인간이 아닌 존재가 인간이 될 수 있는 방도란 것만으로도 가능성을 기대어볼 수 있습니다. 기실 요물이 영물의 기를 얻지 못한 아류라고는 하나 그 시작점은 비등하니까요."

"당신에겐 맞지 않을 수 있습니다. 실패할 수도 있고, 혹은 큰 위해를 입을지도 모릅니다."

"아무것도 하지 않는 것보다야 훨씬 낫습니다. 이미 나는 지금의 상태로는 더는 임의 곁에 머무르기 힘듭니다. 어찌 되든 무엇이라도 시도해 볼 수만 있다면, 할 수 있는 일은 전부 해볼 요량입니다."

굳은 의지로 가득 찬 목소리였다. 도이서의 눈이 흔들렸다. 한참을 말없이 초사여를 마주 보고 있던 도이서가 곧 긴 한숨을 내쉬며 자리에서 일어났다.

"잠시만 기다리십시오."

힘없는 음성으로 떨어뜨리듯 말을 흘려보낸 도이서가 방을 나섰다. 그의 걸음이 멀어질수록 초사여는 그 방도에 한 걸음씩 다가서는 기분으로 점점 더 설레었다.

얼마나 기다렸을까, 꽤 시간이 흘렀을 무렵 도이서가 높이 쌓아 올린 책 더미를 양손으로 감싸 들고 힘겹게 방으로 돌아왔다. 서안 위에 쿵 소리를 내며 서책들을 내려놓은 도이서가 숨을 내쉬었다.

"일단 어느 정도 대충 골라오기는 했습니다만, 이 안에서도 다시 추려내야 할 것입니다. 중복되는 내용 또한 많을 테고요. 한 번 살펴보십시오. 제가 아는 한도 내에서는 최대한 설명해 드리리다."

"아니, 그저 혼자 살펴보아도 괜찮습니다."

"당신이 영물이라고는 하나, 오랜 시간 속세와 단절된 채 홀로 살아오지 않으셨습니까. 이쪽에 관해서는 당신보다 제가 더 잘 알지도 모릅니다."

서책을 하나 집어 들던 초사여는 도이서가 다른 서책을 펼쳐 드는 모습에 괜찮다 하였으나, 도이서는 함께 서책을 살피기로 마음

먹은 모양인지 딱 잘라 말하며 책의 내용에 집중했다.

"도 공께선 나와 같은 존재를 탐탁지 않게 여긴다고 생각했습니다."

"예, 달갑지만은 않습니다. 하지만 그렇다고 무작정 덮어놓고 배척하지만은 않습니다. 그리고 당신…… 여 공의 말에 반성하고 깨달은 바도 있고……."

퉁명스럽게 답하던 도이서의 목소리가 점차 누그러들었다. 책에 시선을 꽂고 있던 도이서가 고개를 들어 초사여와 눈을 맞추었다.

"여 공처럼 진심을 내보이며 솔직하게 연정에 부딪히는 이는 처음 보았기 때문입니다. 부끄럽지만 저 역시도 빙휘 그녀에게 설레면서도 그녀가 기녀라는 사실에 홀로 낙담하고 실망하여 양반이란 신분 뒤로 물러섰으니까요."

"……그러한 것을 인정하는 마음 역시 올곧고 대단하다 여겨집니다."

"여 공에 비할 것이 못 됩니다. 그저 제가 부끄러울 따름이고, 여 공의 마음에 탄복하여 가능한 선에서 도와드리고자 하는 것입니다."

스스로를 비웃는 듯 자조적인 웃음을 살짝 내보이며 도이서가 시선을 돌렸다. 그는 다시 서책에 집중하며 빠르게 내용을 훑어 내려갔다. 그 모습에 초사여가 가볍게 미소를 지으며 서책을 펼쳤다. 손가락들이 조용히 종잇장을 넘겼다.

서책은 인간이 되고자 했던 요물들에 관하여 정리되어 있었다. 길고 자세하게 적힌 내용도 있고 짧게 대략 요약되어 있기도 했다.

인간이 되기 위한 방도는 생각보다 다양했다. 하지만 그 대다수가 실패이거나 효과가 나기도 전에 요물이 죽거나 인간들에 의해 퇴치당하여 그 신빙성을 따져볼 도리가 없었다. 인간을 취하거나 인간의 신체 일부를 먹거나 수집하는 방안이 가장 많이 나왔으나 이는 모두 요물 사이에 떠도는 낭설 정도인 듯했다. 긴 시간을 요하거나 어딘가에 틀어박혀 특정한 무언가를 취하거나 탐하는 방도 또한 많았다. 서로 서책을 훑으며 그럴듯한 방도가 나오면 보여주며 나누기도 하였으나 무언가 미묘하게 설득력이 부족했다. 그렇게 조금은 무료하게 서책을 넘기던 와중이었다.

'무엇에 닿고자 하는가?'

어느 요물의 이야기를 읽던 중 갑자기 어떤 목소리가 초사여의 뇌리에 스쳤다. 그 목소리는 기억이었다. 아주 오래전 수없이 들려오던 목소리들 중 하나가 갑자기 떠올랐다. 하늘의 진리와 땅의 비밀, 바람의 이야기에 깨닫고 쌓아가던 앎의 나래가 초사여의 눈앞에 펼쳐졌다.

"도 공."

펼친 서책의 한 문단을 뚫어져라 쳐다보며 초사여가 들뜬 목소리를 애써 낮추며 입을 열었다.

"찾은 것 같습니다."

서책의 내용은 그다지 특별한 것이 없었다. 아니, 오히려 전혀 연관이 없어 보이는 어느 요물에 관한 이야기였다. 그러나 그 안에서 초사여는 불현듯 무언가를 깨달았다. 초사여가 읽고 있던 부분을 짚으며 도이서에게 서책을 보여줬다. 그 부분을 읽던 도이서의 표정이 살짝 일그러지며 묘하게 변했다.

"이건……."

"꽤 유명한 요물인 모양입니다. 이 이름이 여기저기에서 계속 나오던데."

"예. 수백 년간 인세를 떠들썩하게 만들었던 요물입니다. 그 수백 년의 대부분은 인간을 비롯한 수많은 생명들을 앗으며 제 욕망을 채우던 탓에 상당한 위협이 되어 세상이 흉흉할 정도였습니다만, 말년에 들어서는 특정 요물과 인간들을 도우며 기이한 행보를 보여 꽤 다양한 사건에 연루되었지요. 그 탓에 여러 요물들의 사례에 빈번히 등장하는 것입니다."

"이 요물에 관하여 자세히 알 수 있을까요?"

초사여의 물음에 도이서가 책 더미의 아래쪽을 살피며 책 두 권을 찾아 꺼냈다. 표지에는 붉은 글자로 요물의 이름과 함께 낭자라는 호칭이 적혀 있었다.

"안 그래도 혹 도움이 될까 싶어 영력이 상당했던 요물들에 관한 기록을 몇 권 챙겨왔습니다. 아무래도 저급의 요물에 비하면 보다 영물에 근접했을 테니까요."

"낭자?"

"워낙 악명이 높았던지라 당시에 별도로 호칭을 지었던 모양입니다."

"이 시점과 비슷한 때의 기록을 보고 싶습니다."

고개를 끄덕이던 초사여가 먼저 보고 있던 서책을 가리키며 말하니 도이서가 두 번째 권을 내밀었다.

"말년 정도이니 앞쪽을 조금 넘긴 후부터 살펴보시면 될 겁니다."

책을 받아 든 초사여가 빠르게 내용을 훑으며 책장을 넘겼다. 앞쪽의 내용은 통칭 낭자라는 요물의 잔혹한 일대기에 관한 이야기였다. 무자비하게 생명을 취하던 낭자는 어느 순간 살생을 줄이고 다른 요물이나 인간들의 일에 관여하기 시작했다. 그리고 그즈음부터 반복적으로 나타나는 인물이 있었다.

"이 서생이란 자는 누구입니까?"

"아, 그는 본디 영가의 일원으로 촉망받던 재원이었으나…… 제명당하고 그 후로 사특한 일을 저지르며 악명을 떨쳤던 자입니다. 영력이 인간의 수준을 뛰어넘었던 자로, 악행을 저지르기는 하였으나 그 낭자라는 요물을 소멸시킨 장본인이지요."

"낭자가 소멸되었다고요?"

"예, 서생에게 패하여 소멸된 것으로 기록되어 있습니다."

도이서의 설명에 의아한 표정을 짓던 초사여가 낭자의 기록을 재차 살펴보았다. 책에 시선을 고정한 그의 표정이 진지하게 굳어 있었다. 조금 전에 느꼈던 기시감을 떠올리며 낭자의 일생을 따라가던 초사여의 눈이 또 어딘가에서 멈추었다.

'어찌하여 원하는가?'

다시 목소리가 떠올랐다. 목소리를 들었던 기억이 떠올랐다. 책을 살피는 초사여의 눈동자가 빨라졌다. 몇 장을 넘기던 초사여의 입가에 깨달음의 미소가 떠올랐다.

'어디에 이르고자 하는가?'

"이것입니다."

초사여가 자신도 모르게 중얼거렸다. 그의 손가락이 한곳을 짚고 다시 몇 장을 넘겨 다른 곳을 짚었다. 목소리의 기억이 떠오르는 지점, 그곳에는 모두 낭자와 서생의 접점이 있었다. 몇 번의 기억이 떠오른 후에 초사여는 확신했다. 낭자라는 이 요물 역시 초사여와 마찬가지로 하늘과 땅과 바람의 목소리를 들었던 것이 분명했다. 영물의 경지에 이르지는 못했더라도 적어도 요물의 수준은 훨씬 뛰어넘었으리라. 낭자의 자취를 따라가며 기억을 되새기던 초사여가 마지막 장에 다다르자 그의 목울대가 크게 들썩였다.

'어떻게 존재하는가?'

초사여의 미소가 짙어졌다.

"낭자는 소멸하지 않았습니다."

"예?"

"분명합니다."

낭자의 마지막이 적혀 있는 장을 한참 들여다보던 초사여가 책을 덮고 자리에서 일어났다. 도이서에게 인사를 남긴 그가 빠르게 돌아서 그곳을 빠져나왔다. 초사여의 걸음이 가볍고 날랬다. 다른 애먼 방도는 눈에 들어오지도, 굳이 기억하지도 않았다. 도이서의 자택을 빠져나오며 초사여가 끊임없이 입속으로 외고 있는 것은 단 한 단어, 어느 산의 이름이었다.

아직 분명한 것은 없었고 무엇인지조차 알지 못했으나, 초사여는 확신했다. 과거의 그 요물, 낭자의 기록에 분명 목소리가 존재하였고, 초사여가 경험하였던 진리가 그 자취에 묻어나 있었다. 비록 영물에 닿지는 못하였으나 영물에 가까웠던 요물, 그녀에게 초사여가 구하고자 하는 해답이 있는 것이 분명했다. 그리고 그 답을 구하기 위해서는 낭자의 마지막이었다는 그 장소를 찾아야 했다.

빙휘에게 대충 상황을 설명한 후에 길을 나선 초사여가 남쪽을 향해 내달렸다. 다급한 그의 걸음마다 붉은 기운이 피어올랐다. 딱히 화급을 다투는 일은 아니었으나 초사여는 굉장히 서두르고 있었다. 빙휘를 두고 떠나면서부터 무언가 모를 불안감이 감돌았다. 항상 머물던 곁을 떠나는 탓에 마음이 술렁이는 것이라 여기면서도 자연 걸음이 급해졌다. 그녀에게 가능한 한 빨리 돌아오겠다고 약조하기도 했지만, 초사여 역시 한시라도 빨리 빙휘의 곁으로 돌아가고 싶었다. 때문에 점점 걸음은 빨라지고 손에는 땀이 차올랐다.

초사여가 향하는 산은 제국의 최남단에 있었다. 도성이 제국의 중앙에서 약간 북쪽으로 치우쳐 있었기에 남쪽으로 내려가는 길은 유난히 멀었다. 그러나 그 긴 거리를 가공할 속도로 답파하여, 다음 날 날이 밝기 전에 근방의 마을에 당도할 수 있었다. 야트막한 산맥이 마을을 둘러싸고 있었다. 초사여가 찾는 산은 그저 흔한 작은 산이 아닌 제대로 이름이 붙은 산이었으나 낮은 산줄기로 길게 이어져 있어 정확한 위치를 알기 어려웠다. 마을 어귀로 이어지는 고개 위에 멈춰 서 산줄기를 바라보던 초사여가 눈을 감고 정신을 집중했다.

감은 눈 사이로 붉은 빛이 번졌다. 곧 초사여의 온몸을 얇게 감싼 빛은 빠르게 사방으로 퍼져 나가며 점차 투명해졌다. 시야에 닿는 곳은 전부 살펴볼 기세로 초사여가 영기를 내뿜으며 자신의 기운으로 산맥을 덮어나갔다. 낯선 대기를 헤집어 푸른 산을 타고 올라 다스한 흙 위를 이리저리 훑어가던 영기가 무언가 이질적인 기운과 맞부딪혔다. 초사여의 것과는 다른 기운, 그 찰나의 거슬림에 초사여가 눈을 번쩍 떴다. 그리고 조금 긴장한 낯빛으로 입을 한번 굳게 다물고는 그가 걸음을 옮겼다.

"후우, 후."

짧은 숨을 내뱉으며 초사여가 산을 올랐다. 완만해 보이던 산은 생각보다 경사가 가파르고 산세가 험했다. 게다가 중턱을 넘어서고부터는 공기 중에 묘한 기운이 섞여 있어 초사여를 압박했다. 초사여가 영기를 뿜을수록 그의 주변으로 빽빽이 들러붙어 밀도를 높이는 기운 탓에 그는 모든 영기를 잠재운 채 조심스럽게 산을 탔다. 영기를 거두니 눈으로밖에 관찰할 수가 없어 더욱 긴장하게 되었다. 그렇게 잔뜩 긴장한 채로 진을 빼며 산을 오르는데 곧 정상에 다다를까 싶으니 갑자기 공기 중의 기운이 한 방향으로 쏠리는 것이었다. 마치 그 방향이 아니니 따라오라며 초사여를 인도하는 듯했다. 일단 무작정 정상으로 향하던 초사여는 발길을 붙잡으며 정상으로 향하려는 초사여를 억누르는 기운을 따라 걸음을 돌렸다.

휘어 자란 나무둥치를 붙잡고 가파른 기슭을 오르는 초사여의 다리에 자꾸만 무성하게 자란 풀줄기가 휘감겼다. 대기에 섞인 묘한 기운은 빽빽하고 성긴 밀도의 차이로 초사여를 안내했다. 우거진 숲을 헤치며 나아가던 초사여는 갑자기 청명한 하늘이 드러나 걸음을 멈추었다. 무성하던 숲이 뚝 끊기며 어느 정도 공터를 갖고 툭 튀어나와 있는 너른 절벽이 드러났다. 하늘과 까마득한 산 아래의 전경이 보였다. 절벽 가로 다가서니 서늘하고 세찬 바람이 초사여의 머리칼을 어지럽게 흩날렸다. 옷자락 사이로 바람이 새어 들어와 산을 오른 고단함을 시원하게 식혀주었다. 잠시 바람을 쏘이던 초사여는 공기 중에 섞여 있던 묘한 기운이 말끔히 사라진 것을 느꼈다.

"이곳에 이르렀습니다."

초사여가 대뜸 입을 열었다.

"오랜 세월을 걸쳐 내게 던졌던 물음, 내게 전하던 사념, 그 답으로 나는 이곳에 이르렀습니다."

바람이 불어왔다. 초사여의 긴 말총머리가 바람을 타고 흔들렸다. 그의 목소리만 허공에 메아리쳤다. 누구에게 건네는 것인지 알 수 없는 그 말은 그저 공기 중으로 흩어져 버렸다. 긴장한 얼굴로 서 있던 초사여는 조금 초조한 표정이 되어서는 눈을 감았다. 그는 영기를 뿜어 주변을 살필 생각이었다. 그러나 옅게 펼치려던 영기가 초사여의 의도와는 달리 갑자기 무언가에 빨려가듯 갑자기 다량으로 빠져나가 버렸다. 놀라 눈을 번쩍 뜬 초사여는 자신의 영기가 마치 안개처럼 한데 모여 꿈틀거리는 것을 발견했다. 초사여의 앞에서 연기처럼 흔들리던 영기가 점차 모양을 잡으며 형체를 띠기 시작했다.

가늘고 길게 늘어지던 영기는 점차 덩어리지며 사람의 형체와 비슷한 모양으로 퍼졌다. 초사여에게서 분출될 때는 붉은색을 띠던 영기가 곧 각자의 색을 가지며 누군가의 모습으로 변하였다. 한쪽으로 틀어 올린 머리는 화려한 비녀로 고정되어 길게 늘어뜨려졌다. 동그란 얼굴에 커다란 눈과 작은 코와 입술, 뼈마디가 드러나도록 마른 목과 여린 어깨에 어깨 아래로 흘러내린 옷자락은 가슴에서 폭이 넓은 천으로 동여매어 있었다. 통이 넓고 긴 소매는 거의 바닥까지 늘어져 있었고, 하늘하늘한 치맛자락이 바람에 휘날리며 다리에 감기어 몸의 굴곡이 적나라하게 드러났다.

"오랜만이네."

절세가인의 여인의 모습으로 변한 초사여의 영기가 교태 어린 미소를 던지며 초사여에게 말을 걸었다.

"영물이라니. 꽤나 영특하게 굴기는 했다만 어찌 이리 어리석을 수가 있을까?"

영기, 아니, 여인이 손을 뻗어 초사여의 가슴팍을 가볍게 톡 건드렸다. 여인의 손가락이 맵시 있게 구부러졌다. 유난히 높이 세운 새끼손가락에 손짓 하나마저 요염하기 그지없었다. 이 기이한 현상에 잠시 말문이 막혔던 초사여가 눈앞의 여인을 살펴보며 입을 열었다.

"네가 낭자인가?"

"낭자? 낭자라……. 후훗. 뭐, 좋을 대로 불러."

낭자가 손가락으로 입술을 살짝 가리며 웃음을 흘렸다. 몸짓, 손짓마다 교태가 묻어났다. 초사여가 한 걸음 뒤로 물러서니 낭자가 두 걸음 다가오며 초사여에게 딱 달라붙었다.

"네가 여길 찾아올 줄은 몰랐어. 넌 오래도록 아무런 사념이 없어 보였으니까. 충실하고 충직하고— 아둔하리만치 단순했지."

"그게 무슨 말인가?"

"그게 무슨 말인가?"

낭자가 과장되게 인상을 쓰며 격양된 어조로 초사여의 말을 따라 했다. 그러고는 금세 까르르 웃으며 초사여의 주변을 뱅뱅 돌았다. 여전히 손끝은 초사여의 어깨에 닿아 있어, 한 바퀴 도는 낭자의 손에 신경이 곤두섰다.

"여긴 어떻게 찾은 거야?"

"낭자의 이야기를 읽었소."

"낭자, 낭자, 그 오래전에 이곳을 찾았던 낭자라는 요물을 이르는 거야?"

"당신은 낭자가 아닌 건가?"

"글쎄, 어떻게 생각해?"

통통 튀는 장난스런 말투에 초사여의 아미가 꿈틀거렸다. 굳은 얼굴의 초사여가 빠르게 몸을 돌려 웃음을 머금고 있는 낭자의 목을 움켜쥐었다. 아니, 움켜쥐려고 했다. 초사여의 손이 그 가는 목에 닿으려는 순간, 낭자의 모습이 마치 연기처럼 꺼져 버리고 말았다. 날렵하고 거친 손길은 허공을 휘저을 뿐이었다.

"나는 낭자일지도 몰라, 하지만 낭자는 아니야."

갑자기 뒤에서 들려온 목소리에 초사여가 휙 돌아서니 낭자가 여전히 생글거리는 얼굴로 그를 바라보고 있었다.

"말해 봐, 어째서 낭자의 이야기를 읽었는데 이곳을 찾은 거지?"

"······요물인 낭자와 인간인 서생. 그들의 접점에서 내가 오래전부터 들어온 목소리가 떠올랐소. 그리고 낭자가 소멸했다는 장소. 하지만 나는 낭자가 소멸하지 않았다고 확신하오. 적어도 그때 이곳에서 소멸한 것은 아닐 테지."

"흐응, 얼추 비슷한걸."

"만약 내 예상이 맞다면······ 넌 낭자일 수가 없군."

"글쎄?"

여전히 낭자는 명확한 대답을 해주지 않았다. 매양 장난하는 목소리에 웃음뿐이라 점점 초사여의 표정이 굳어갔다. 눈앞의 낭자와 달리 웃음 한 번 쉬 지어본 적 없는 임의 하이얀 얼굴이 떠오르니 마음이 조여 왔다. 이런 시시껄렁한 입씨름을 할 시간이 없었다.

"너, 대체 뭐냐?"

잘라내듯 묻는 초사여의 딱딱한 목소리에 낭자가 미소를 싹 지우고 겨우 진지한 표정으로 그를 마주했다. 낭자가 커다란 눈을 깊게 감았다가 뜨자 그녀의 눈동자가 붉게 물들어 있었다. 마치 초사여가 영력을 발현할 때와 같은 눈이었다.

"너는 낭자와 관련된 무언가를 기대하며 낭자의 모습을 떠올렸어. 그리하여 내가 낭자의 모습으로 나타난 거야. 나는 너에의해 생겨났고, 너에게서 나온 너의 염이니까. 네가 잊고 있던염과 지혜와 비밀과 이야기들, 오래전부터 들어온 목소리를 통하여 네가 쌓아온 모든 것, 그리고 그 아래 감추어져 있던 네가밝혀내지 못한 모든 것, 나는 바로 너이되 너 자신은 아닌— 너의 결정체야.”

초사여이되 초사여 본인은 아니지만 초사여의 결정체인 그 무언가. 결국 결론은 알 수 없는 모호한 답이었다.

“그래서 이 장소가 무섭고도 경이로운 거야. 이리 꽁꽁 감춰져 아무나 쉬이 찾을 수 없는 연유지. 너에게서 내가 분리될 수 있는 유일한 장소. 너는 이곳을 찾지 말았어야 해. 단 한 번이라도 염과의 분리를 경험하는 것이 얼마나 위험한 행동인지 자각했어야지.”

“그렇다면 너는 곧 내가 영물로 구분되는 염이자 그 목소리, 그 따위 것들의 집합이란 말인가?”

“뭐, 비슷해.”

낭자가 어깨를 들썩였다. 잠시 그녀를 바라보던 초사여가 눈을 감고 고개를 짧게 저었다.

“그렇다면 너와 분리되는 것이 내게 위협이 되지는 않지. 아니, 오히려 나는 그것을 바라고 있다.”

“실로 그걸 원하는 거야? 겨우 네가 눈 깜빡, 하품 한 번할 정도의 시간밖에 살아오지 않은 계집애 때문에?”

“말조심해. 그저 흘러가는 대로 살아가던 예전과 달리 지금은 나의 선택으로 원하는 삶을 살고자 하는 거야. 그녀가 내게 생의 의지를 불어주었고, 그런 그녀를 비하하는 것은 용서할 수 없다.”

자신에게서 비롯된 존재라는 것을 알게 되자 초사여의 어투가 편해졌다. 그 변화에 낭자는 더욱 신이 나는지 손을 이리저리 팔랑대며 휘저었다.

“나는 네가 얻은 지혜이자 네가 아직 깨우치지 못한 비밀이야.

그런 의미에서 한마디 하자면, 네가 무언가를 원한다면 그 원하는 바를 분명히 할 줄 알아야 해. 그것은 얼핏 비슷해 보이지만 요청과 허락의 구조와는 다른 체제야. 그 누구도, 천계라 일컫는 곳의 그 어느 높은 분일지라도, 너의 선택과 너의 삶에 가타부타 명령할 수도 윤허할 수도 없는 거야. 그들은 단지 너의 진정과 확신을 보고자 하는 거지. 결국 해내는 것도 변화를 이끌어내는 것도 너 자신이란 거지."

생글거리던 낭자가 뒷걸음질을 쳤다. 그녀는 산을 등지고 서 있었다. 수풀이 우거지던 산은 마치 지금 이 장소는 다른 장소라도 되는 양, 이 부근만은 괴암으로 이루어져 있었다. 깎아내리듯 아찔한 절벽이 아래로 펼쳐지고 정상을 향해서는 험난한 수직의 암벽이 초사여를 내려다보고 있었다. 사뿐사뿐 걸음을 떼며 뒤로 물러나던 낭자의 등에 암벽이 닿았다.

"지금까지의 넌 원하는 바는 쉽게 얻어왔지. 네 힘에는 제한이 없었으니까. 셀 수 없는 세월을 그리 살아온 네가 과연 그 편리를 버릴 수 있을까?"

"이러한 삶은 지루하고 감흥이 없을 뿐이다."

"아니, 단지 네가 잠깐의 신선함에 혹한 것뿐이라면? 과연 수월하게 얻을 수 있는 게 아무것도 없는 평범하고 고단한 시간을 네가 견딜 수 있을까? 그래, 네 단순함에 맞춰 어디 원초적으로 시험해 보자."

"무슨 짓을 하려는 거지?"

무언가 이상한 낌새를 알아채고 초사여가 낭자에게 다가갔을 때, 눈을 붉게 빛내던 낭자는 이미 한 줄기 웃음만 남기고 빠르게 암벽 위로 날아오른 뒤였다. 날아오르는 그녀의 뒤를 따라 붉은 기운이 선을 그리다가 공기 중으로 흩어졌다. 그리 높지 않던 정상이 하늘을 뚫고 솟구쳐 올라, 우러러 보아도 뾰족한 점으로밖에 보이지 않았다.

"인간과 다를 바 없는 아무런 힘도 남지 않은 몸으로 네가 이 암벽을 올라올 수나 있을까? 어디 느껴봐, 범인의 불편함과 좌절, 그 육체적 고통을. 정상까지 올라온다면 네가 원하는 걸 도와줄지도."

웃음 어린 목소리만 남긴 채 낭자가 사라지고, 홀로 남은 초사여가 암벽에 다가갔다. 암벽에 손을 대고 눈을 감은 초사여가 정신을 집중했다. 그가 다시 눈을 떴을 때 그의 눈은 여전히 잿빛이었다.

"어째서?"

당혹스런 한마디가 흘러나왔다. 초사여가 자신의 손을 내려다보며 양손을 주억거렸다. 아무리 정신을 집중하고 기를 모으려 해도 아무런 변화도 나타나지 않았다. 몸 안에 영기의 흔적조차 느껴지지 않았다. 초사여의 영력이 완전히 사라지고 말았다.

"느껴보라는 것이 이런 건가."

그 어떤 영험한 힘도 느껴지지 않는 평범한 신체, 육신의 무게와 몸을 움직이는 데 소요되는 힘 따위가 고스란히 느껴지는 고단함이 초사여를 덮쳤다. 들숨과 날숨, 들썩이는 가슴과 뛰어오르는 심장이 선명하게 각인되었다. 빳빳하게 서 있는 허리와 지탱하고 있는 다리, 온몸의 무게가 가중되는 발의 압박이 또렷하게 다가왔다.

이전까지는 단 한 번도 신경 쓰거나 느껴보지 못했던 감각이었다.

잠시 멍하니 자신의 몸을 살피던 초사여가 눈에 힘을 주고 암벽에 다시 손을 올렸다. 그러나 암벽에 갖다 댄 손은 이전과 달랐다. 조금 전에는 손을 편 채 암벽의 판판한 면에 손을 얹었을 뿐이었으나 지금은 튀어나온 돌부리를 힘주어 꽉 움켜쥐고 있었다.

'이 감각에 익숙해져야 해.'

이전에는 작은 뱀에 불과했고 그 후로는 영력을 지녀 마치 부유하듯 가벼운 생을 살아왔기에 그 기운을 잃은 초사여는 지금 가만히 서 있는 것만으로도 힘이 부쳤다. 덩어리진 무게감을 느끼며 숨을 고르던 초사여가 미소를 지었다. 앞으로 평생 지녀야 할 무게, 영물의 생을 버리며 짊어지게 될, 아니, 얻어낼 무게였다. 그런 무게라면 얼마든지 받아들일 수 있었다. 확신할 수는 없었지만, 스스로의 힘만으로 이 험난한 암벽을 타고 올라 정상에 닿는다면 바라던 인간이 되는 방도를 얻을 수 있을지도 모른다는 막연한 기대가 차올랐다.

튀어나온 암벽을 움켜쥔 초사여의 손에 힘이 들어갔다. 어금니를 꽉 깨물고 암벽의 어느 굴곡에 왼발을 디딘 초사여가 속으로 짧게 기합을 주며 오른발을 떼었다. 이제는 평탄한 땅이 초사여를 지지해 주지 않았다. 오직 손아귀의 힘과 발의 균형만으로 수직에 가까운 암벽에 달라붙어 있을 수밖에 없었다. 이 위태로운 행보에 조금의 긴장과 약간의 불안을 느끼며 초사여가 천천히 손을 뻗었다.

"후우, 후."

처음으로 뱉어보는 거친 숨소리였다. 초사여의 이마에는 땀이 송골송골 맺혀 있었다. 하나로 높게 묶은 그의 머리카락이 높은 고도의 거친 바람에 이리저리 휘날렸다. 깎아내리듯 아찔한 암벽은 아무리 올라도 그 끝이 보이지 않았다. 초사여의 아래로 아득하게 멀어져 구름 아래로 가려진 산이 희끄무레하게 보였고, 위로는 여전히 까만 점 같은 암벽의 정상이 아직도 저 멀리에 있었다.

위를 바라보며 숨을 고르던 초사여가 눈을 감았다. 시각을 닫아버리니 청각과 촉각이 유난히 예민해졌다. 고공의 야멸찬 바람 소리가 귓전을 때렸다. 거친 암벽에 피가 배어 나오는 손끝은 바들바들 떨리며 점점 힘이 빠지고 있었다. 처음으로 맛보는 신체의 한계에 초사여는 대자연 앞에서의 무력감을 여실히 느꼈다.

인간이란 그러했다. 홀로 모든 것에 대항하고 또는 달관하며 거칠 것 없이 지낼 수 있었던 영물과는 전혀 달랐다. 제아무리 날고 긴다 하더라도 혈혈단신으로는 자연과 맞설 수 없었다. 그렇기에 인간은 도구를 사용했고 무리를 지어 살았다. 때문에 주어진 것이라고는 아무것도 없이 달랑 몸뚱어리 하나만으로 암벽에 매달린 초사여는 이제 더는 오도 가도 못하는 상황으로 고공에 묶여 있었다.

시작도 끝도 아무것도 보이지 않았다. 피로 물든 손바닥보다 더는 버텨낼 힘이 남아 있지 않다는 것이 초사여를 괴롭게 했다. 치유가 되지 않는 상처에서 흘러내린 핏방울에 소매 끝이 붉게 물들었다. 자꾸만 엇나가 미끄러지는 발을 어떻게든 암벽에 붙여보려 노력했지만 이미 무릎에서부터, 아니, 골반, 아니, 온몸의 관절이 초사여의 명령을 거부하고 있었다. 그의 의지와는 전혀 다르게 그의 몸은 이 상황을 더는 견뎌내지 못했다.

"여전히 너와 내가 다른 시간을 살아간다는 것이 날 두렵게 해. 내가 다 늙어 죽어갈 때도 넌 지금과 같은 모습일 테니까."

웃는 듯 우는 듯 묘한 표정으로 흘리듯 내뱉던 임의 목소리가 떠올랐다. 그녀의 슬픈 눈, 붉은 입술, 으스러지도록 안아주고 싶었던 여린 몸과 그 모든 아픔이 씻겨 내려가도록 품어주고 싶었던 그녀의 붉은 악몽까지 모든 그녀가 그리웠다. 어린 임의 모든 시작과 끝, 빛과 어둠, 기쁨과 슬픔을 끌어안고 보듬고자 했다. 이제 그녀를 향하는 초사여의 걸음에 충분한 연유나 타당한 근거 따위는 필요하지 않았다. 그저 당연했다.

"설아."

그녀에게는 많은 이름이 있었지만 초사여에게 그녀는 설아였다. 그에게 손을 내밀어주었던, 티 없는 맑은 웃음을 지었던, 그녀의 시작이자 마음의 끝이었던 이름. 그에게 처음으로 이름을 지어주었던 때의 이름.

어린 임을 떠올리며 초사여가 다시 힘을 내었다. 한계의 한계의 한계, 그 마지막 한계점까지 돌파하여 부서질 듯 비명을 질러대는 몸을 억지로 움직여 손을 뻗고 발을 내딛었다. 겨우 이런 암벽조차 이겨내지 못한다면 그녀에게 다가갈 험하고 위태로운 길을 걸어갈 수 없을지 모른다는 생각으로 이를 악물고 그가 다시 위로 올랐다.

핏기 어린 손자국이 어느 정도 더 이어지고 깨문 입술이 붉게 물들어가던 때였다.

쩌적.

초사여가 내딛고 있는 자리에서 불길한 소리가 울렸다. 그리고 그가 미처 발을 떼기도 전에 돌덩이가 암벽에서 떨어져 나갔고, 삐끗한 발을 겨우 재빠르게 다른 자리로 옮기는 순간 발밑에서 시작된 균열이 빠르게 위아래로 뻗어 나가 얼기설기 섞인 금이 암벽을 낭자했다. 초사여가 채 인지하기도 전에 조각조각 바스러진 암벽은 어느새 그를 허공으로 내동댕이쳤다. 여전히 두 손아귀에는 돌덩이를 꽉 움켜쥔 채로 초사여의 몸이 다른 무수한 암벽의 조각들과 함께 떨어졌다. 그 찰나가 느릿하게 느껴졌다. 암벽에서 떨어져 나와 몸이 공중에 붕 떠올랐다. 아차 하는 생각조차 들지 않았다. 인지를 하기도 전에 이미 몸은 허공이었고, 서서히 멀어지는 암벽이 눈에 비쳤으며, 양손에 쥔 이질적인 무게가 낯설게 느껴지고, 단단한 무언가를 밟고 무겁게 지탱하던 발이 순간 가벼워졌다는 느낌, 그리고 그 느낌을 받아들이자 느리던 시간이 무서운 속도로 스쳐 지나갔다.

찬 바람과 귓가를 때리는 매서운 공기, 함께 뒤섞여 떨어지는 암벽 조각에 정신이 없었다. 그러나 떨어지는 그 순간에도 초사여는 그녀, 빙휘, 설아, 어린 임— 많은 이름을 가진 단 한 여인을 떠올리고 있었다. 이대로 속절없이 떨어져 버릴 수는 없었다. 그러나 지금 초사여의 몸은 영력 한 줌 남지 않은 평범 그 자체, 여타 인간과 다를 바 없는 상태였다.

아무것도 할 수 있는 일이 없었다.

"아아아아아!"

잔뜩 일그러진 얼굴에서 고성의 비명이 터졌다. 비명의 연유는 오직 단 하나, 어린 임이었다. 힘을 잃은 몸으로 이 높은 곳에서 떨어진다면 죽을 것이 뻔하였으나 죽음 따위는 전혀 두렵지도 떠오르지도 않았다. 단지 그녀를 두고 가는 것이, 돌아갈 수 없을지도 모른다는 사실이, 그녀와의 약속을 지키지 못하고 그녀의 곁을 더는 지킬 수 없다는 생각이 파도처럼 밀려들어 초사여를 덮쳤다. 그의 심장이 뜨겁게 타올랐다.

"설아!"

그녀의 이름을 외치던 초사여는 고공에 휘몰아치는 거친 돌풍에 휩쓸리고 말았다.

초사여의 눈썹이 꿈틀거렸다. 그는 어딘가에 쓰러져 있었다. 쓰러진 듯 정신을 놓고 몸의 힘을 완전히 빼고 있었지만 무언가 단단한 지반 위에 있는 것 같지는 않았다. 그렇다고 허공에 떠 있는 것도 아니었다. 사방이, 양옆과 위아래가 모두 아무 색도 아무 형태도 지니지 않은, 말 그대로 '어딘가'였다. 그곳은 무상(無狀)의 공간―공간이라고 말할 수도 없는 그 어떤 허공, 존재하지 않는 장소 같은 곳―이었다.

"이곳은……."

초사여가 천천히 몸을 일으켰다. 땅에서 일어나듯 일어서려 했으나 손 아래로 느껴지는 것이 아무것도 없었고 그 어떤 자리도 짚지 않았는데, 단지 일어나려 생각한 것만으로 어느새 초사여는 똑바로 서 있었다. 온몸에 느껴지는 것이 아무것도 없었다. 가장 기본적인 호흡마저 제대로 쉬고 있는 것인지 인식하기 어려울 정도로 그 어떤 느낌도 느껴지지 않았다.

"여기는 어디지?"

"공간. 모든 것이 존재하고 또한 존재하지 않는 무상의 정점."

입술 끝에서 중얼거린 혼잣말에 갑자기 어디에선가 대답이 들려왔다. 들려온 방향을 가늠할 수 없는 목소리는 사방에서 쏟아진 것 같기도 하고 초사여의 안에서 울려 퍼진 것 같기도 했다. 초사여가 사방을 둘러보며 언성을 높였다.

"낭자? 당신인가?"

"그대의 염은 단지 그대를 이곳으로 인도하기 위하여 길잡이 역할. 오롯이 그대이자 그대의 염이자 그대가 쌓아온 기억일 따름."

"인도라. 당신이 날 이곳으로 부른 것…… 입니까?"

목소리만 들려올 뿐이라 어디를 향해야 하는지 시선을 둘 곳을 찾지 못한 초사여는 고개를 가만두지 못했다. 그러나 아무리 둘러보고 살펴보아도 사방팔방이 동일하였으며 아무것도 없었다. 형체 없이 들려오는 목소리에 과거에 들어왔던 목소리가 떠올라 초사여가 말을 높이며 덧붙였다.

"그대의 걸음이 이곳을 찾은 것, 그대의 바람이 이곳을 부른 것."

목소리의 존재에 초사여의 신경이 곤추섰다.

"당신은 누구십니까?"

"그대가 들었던 무수한 목소리 중 하나, 혹은 그 전부. 그대가 알고 있는 무수한 존재들 중 하나, 혹은 그 모든 이름이 지칭하는 단 하나의 존재."

목소리의 대답은 어느 것 하나 명확하지 않았다. 그 말투 또한 모호하여 쉬 이해되지도 않고 알아듣기도 어려웠다. 제대로 말미를 맺지 않아 둘러 피하는 것으로 들리기도 하고, 부러 어렵게 말하는 것 같기도 했다. 그러나 초사여는 확신했다. 이 목소리가 바로 그 오랜 세월 초사여에게 질문을 던졌던 그 목소리라는 것을. 절대자니 창조주이니 하는 존재이거나 그와 버금가는 존재 혹은 그 자체를 마주하고 있다는 것을 알 수 있었다.

"이곳은 어디입니까?"

"이미 말한 바. 그 이상도 그 이하도 불필요하며 그대가 지금 이곳에 서 있다는 것이 전부."

"나는 어떻게 된 것입니까?"

"그대가 지금 이곳에 서 있는 것이 전부."

끝이 없던 암벽과 갑작스러운 낙하에서 이어진 목소리와의 조우가 선뜻 이해되지 않았다. 그 모든 것이 이곳에 도달하기 위한 밑거름이었을 뿐인지, 처음부터 의도된 상황이었던 것인지 궁금한 것은 많았으나 목소리는 친절하게 대답해 줄 것 같지 않았다. 시선을 둘 곳이 없던 탓에 눈동자만 굴리던 초사여가 눈을 감아버렸다. 힘주어 눈을 감고 깊게 숨을 들이켰다 느리게 내쉬고 그가 입을 열었다.

"인간이 되고 싶습니다. 지켜야 할, 지키고 싶은 여인이 있습니다. 그 여인이 다른 무엇 때문도 아닌 그저 나라는 이유만으로 나를 택하길 소망합니다."

왜 이런 장소에 도달하였는지, 이곳이 어디인지, 이 상황이 무슨 의미인지 하나도 이해할 수는 없었으나, 초사여는 일단 자신의 뜻을 밝혔다. 모든 말에 바로 이어지던 목소리가 이번에는 들리지 않았다. 얼마간의 공백이 이어진 후에야 목소리가 들렸다.

"영물의 생을 걷는 자."

그것이 전부였다. 목소리는 더 말하지 않았다. 그 짧은 말의 의미를 헤아리기 어려웠다.

"어찌하여 내게 영물의 생을 쥐어준 것입니까?"

"모든 존재가 걸어가는 길은 스스로가 선택한 것. 스스로가 얻어낸 것. 스스로가 택하고 성취하고 포기한 것. 단지 그대가 염을 품기에 마땅하였을 뿐."

"그렇다면 지금 내게 인간의 생은 마땅합니까?"

이번에는 바로 이어진 목소리를 초사여가 빠르게 받아쳤다.

"영물의 생을 걷는 자, 돌아보라."

목소리가 처음으로 제대로 끝맺은 말이었다.

"돌아보라."

재차 들려오는 목소리에 초사여가 빠르게 몸을 돌렸다. 그러나 돌아보아도 여전히 사방을 구분할 수 없는 무상의 공간일 뿐이었다.

"돌아보라."

다시 고개를 돌리고 또 돌리고 몸을 돌려보아도 여전히 같은 무상이었다.

"그대는 돌아보라."

밑도 끝도 없이 돌아보라는 말뿐인 목소리에 혼란하던 초사여가 문든 무언가를 깨달은 듯 가만히 멈춰서 눈을 감았다. 돌아보라, 그 의미는 단순한 뒤를 가리키는 지시가 아니었다. 초사여의 생각이 맞았는지 목소리는 더 이상 돌아보라는 말을 반복하지 않았다. 눈을 감은 초사여는 가만히 지난날을 되짚어갔다. 조금 전 절벽에서의 일부터 시작하여 청악기방으로, 백은산에서의 나날로, 지나온 날들을 거꾸로 되새기며 하루하루를 돌아보았다. 어떤 날은 빠르게 훑어 지나갔고, 어떤 날은 몇 번이고 곱씹으며 겨우 떠나보냈다. 그 뒷걸음질은 곧 미물의 생에 닿았고 오래 묵었던 기억을 다시 떠올리는 것을 끝으로 모든 시간의 기억이 끝나니 목소리가 물었다.

"마땅한가?"

"충분히, 마땅합니다."

초사여의 입가에 미소가 올랐다. 무수한 기억을 떠올리는 것만으로 그의 이마에 땀이 맺혔다. 그렇게 대답을 내놓고 나서, 초사여는 밀려드는 기억의 잔재에 정신이 혼미해졌다.

눈을 떴을 때 초사여는 이제야말로 실로 단단한 땅바닥에 누워 있었다. 가물가물한 정신을 다잡기 무섭게 벌떡 일어난 그가 사위를 둘러보았다. 그는 산의 정상에 올라와 있었다. 그의 옆에 쪼그리고 앉아 있던 낭자가 초사여가 갑자기 일어나는 바람에 놀라 눈을 동그랗게 뜨고 고개를 들고 그를 올려다보았다.

"생각보다 일찍 돌아왔네?"

"그게 무슨 소리지?"

"며칠은 더 걸릴 줄 알았거든. 너만큼 오래 묵은 영물을 쉽게 놓아줄까 싶어서."

"며칠?"

그러고 보니 몸이며 옷이며 상태가 이만저만이 아니었다. 목구멍이 바짝 마르고 텁텁했으며 관절이며 모든 마디가 뻣뻣하고 마치 모래가 낀 듯 거칠었다. 옷은 여기저기 해어지고 흙먼지가 묻어 더러웠다. 팔을 쓸어내리니 뿌옇게 끼어 있던 먼지가 나풀대며 떨어졌다. 언제부터 시간의 흐름이 꼬였는지 모르겠으나 초사여가 느꼈던 시간보다 훨씬 빠른 시간이 흘렀던 모양이었다. 그것을 깨닫자 초사여가 거칠게 낭자의 어깨를 부여잡고 외쳤다.

"얼마나? 시간이 얼마나 흐른 거지?"

"어? 뭐, 닷새 정도?"

"닷새……."

낭자가 대답하자 그녀의 어깨를 꽉 부여잡고 있던 손이 천천히 내려왔다. 생각보다 많은 시간이 흐르기는 했지만 닷새 정도라면 허용 범위 내에 있었다. 하지만 그렇다고 해도 너무나 허탈한지라 초사여가 이마를 짚고 길게 한숨을 뱉었다.

"뭐래? '그 목소리'를 만나고 온 거지? 뭐라던? 응?"

그런 초사여의 심정을 아는지 모르는지 낭자가 눈을 빛내며 물었다.

"그는…… 그들은 단지 달관할 뿐이야. 나에게 인간이란 존재가 미물과 다름없듯이 그들에게도 우리는 단지 어린 생명이라 그저 두고 보는 거지."

"우리? 그 표현 좀 좋은데?"

"단지 네가 나에게서 비롯되었기에 그리 지칭했을 뿐이다."

"뭐, 거 좀 살갑게 말해주면 어디 덧나나."

딱 잘라 말하는 초사여에 낭자가 입술을 삐죽대며 쌜쭉한 표정으로 투덜댔다.

"이거나 받아."

낭자가 시큰둥하게 말하며 초사여에게 무언가를 던졌다. 품에 날아드는 물건을 얼떨결에 받아낸 초사여는 그것이 굉장히 낡은 서책임을 알고 어리둥절하여 낭자를 바라보았다.

"이 서책은 뭐지?"

"너 정신 들기를 기다리기가 하도 심심하여 그냥 이 근방을 좀 둘러보며 미리 찾아놨어."

시선을 피하며 둘러대는 모습이 의아스러웠다. 표지에 아무런 글자도 표시도 없는 낡은 서책을 살펴보던 초사여가 책장을 넘겼다. 내지의 첫 장에는 초사여를 이 산으로 이끌었던 요물의 이야기에 등장했던 낭자와 서생의 이름이 적혀 있었다.

—본 책자는 반려를 찾고자 하는 뛰어넘은 존재를 위한 짧은 글이다.

"이것은!"

한 문장을 읽기가 무섭게 초사여가 빠르게 책장을 넘겼다. 정갈한 글씨로 빼곡하게 무언가 적혀 있는 서책의 마지막 장에 다다라서야 그는 다시 몇 문장을 읽어 나갔다.

—다만 마지막으로 당부하고자 하는 바는, 우리와 같은 소망을 품게 될 후대의 누군가를 위하여 그대의 남은 영력을 모두 본 책자에 쏟아부어 달라는 것이다. 그리하면 본 책자는 스스로 본래 있던 자리로 돌아가 다시 누군가가 찾아오기를 기다리게 된다. 모든 존재가 스스로 찾은 소망을 이루기를 바라며 기록으로 남기는 바이다.

귀결을 보고도 초사여는 눈앞의 서책을 믿지 못하고 한참을 멍하니 바라보고 있었다. 그는 그 자리에서 서책을 몇 번이고 다시 읽고 또 읽었다. 그 모습을 낭자가 옆에서 뿌듯한 표정으로 바라보았다.

"고맙다, 정말 고마워."

"아니, 뭐. 이곳을 찾아온 것은 너고, 이 서책이야 어느 정도 영력만 있으면 이곳에 온 자는 누구든 쉬 찾아낼 수 있게 되어 있어서 그리 어려울 것도 없었는데."

감사 인사가 멋쩍은 모양인지 낭자가 입술을 오므리며 구구절절 말을 늘어놓았다. 이 서책이야말로 초사여가 먼 곳까지 찾아온 이유였다. 서책에는 인간이 아닌 존재가 인간이 되기 위한 방도가 굉장히 상세하게 정리되어 있었다. 서책의 방도는 구설로 전해오던 미심쩍은 이야기들과는 차원이 달랐다. 목소리로부터 들어왔던 이야기들과 그로 인해 깨달았던 모든 것들을 쉽게 풀이하여 정리해 놓은 글이었다. 바로 그 안에 해답이 들어 있었다. 이미 답을 지니고 있으면서도 답을 깨닫지 못하고 엉뚱한 곳에서 찾아 헤매던 초사여에게 답으로 나아가는 길을 콕 집어 일러주는 내용이었다. 초사여의 심장이 벌써부터 주체할 수 없게 쿵쾅거렸다.

이 먼 곳까지 찾아와서, 영력의 실체화까지 만나는 기이한 경험을 하면서 겨우 목소리와의 두루뭉술한 대화나 나누고 무엇 하나 명확하게 얻어내는바 없이 현실로 돌아오게 된 것인가 싶어 약간은 실망하기도 했었다. 그러나 초사여가 찾던 바로 그 방도가 이리 눈앞에 떡하니 놓여 있었다. 상기된 얼굴로 서책을 바라보던 그가 서책을 소중하게 품에 챙겨 넣고는 빠르게 발을 놀렸다.

“뭐야, 어디 가?”

“찾고자 하는 것을 얻었으니, 이제 어서 임에게 돌아가야지 않겠나?”

“그놈의 임 타령!”

들뜬 목소리로 답하는 초사여에 낭자가 질색을 하며 외쳤다. 그러면서도 초사여에게서 비롯된 존재인 탓인지 낭자는 바로 그의 뒤를 따랐다. 신나게 산길을 헤쳐 가는 초사여를 겨우 따라나서며 낭자가 다시 투덜거렸다.

“시시해.”

“무엇이 말인가?”

“승천을 목전에 두고는 엄한 여인네에게 한눈팔려 천계를 내동댕이치려 하는데, 이건 너무 간단하잖아. 하늘의 분노니 천계의 엄

벌이니, 이런 건 없는 거야?"

"전혀, 조금도 간단하지 않았다."

영력을 모두 빼앗기고 처음으로 맛보았던 무기력감, 목전에 닿았던 죽음, 목소리와의 대화, 그리고 돌아본 일생. 별것 아닌 일로 치부할 수 있을 만큼 단순한 몇 마디로 설명되는 일들이었으나 그 무게만은 어떤 역경과도 비견할 수 없었다.

"그리고 앞으로 걸어갈 길이 험할 테니, 그것이 곧 영물의 생을 버리고 승천의 염을 버리고 인간을 택한 내게 내려지는 시련이 아닐까."

바쁘게 걸음을 놀리던 초사여가 잠시 멈춰 서 낭자를 돌아보며 옅게 미소를 지었다. 그러나 그것도 잠시, 그는 곧 걸음을 재촉하며 하산을 서둘렀다. 초사여의 모든 것이 어린 임, 빙휘를 향해 있었다.

10. 꽃궁

본디 엄숙하니 무게감이 있어 점잖은 곳이었다. 누군가는 그곳에 학자들을 모았고, 누군가는 장수들을 모았다. 어린 학동들을 모아 낭독을 시키기도 하고 장로들을 모아 자문을 구하기도 했다. 베틀 소리가 끊이지 않던 때도 있었고, 악공들의 연주가 밤낮을 잇던 때도 있었다. 대대로 황명에 따라 쓰임이 달라지는 곳이었으나 대체로 연구와 발전을 위한 곳이었다.

그러던 곳에 어느 날부터인가 계집의 웃음소리가 흘렀다. 칭제의 강국은 외세를 걱정할 염려가 없으니 평온이 지속되었고, 긴장이 풀어지자 자연 관심이 다른 쪽으로 돌아간 것이었다. 처음에는 흥을 돋우는 정도였다. 궁인들을 따로 훈육하여 시중을 들게 하던 것이 조금씩 궁 밖의 여인들을 불러들이게 되었고, 미색과 재주를 찾다 보니 기녀가 황궁의 문턱을 넘는 일까지 벌어졌다.

시작이 어려울 뿐이지, 입퇴궐을 반복하던 기녀들은 얼마 지나지 않아 황궁에 상주하게 되었다. 그렇게 황기루란 간판이 걸리게 되었다.

궁인들에겐 장이니 관이니 하는 품계가 있었으나 황기루의 기녀들에게까지 그런 번거로운 급을 나누지 않았다. 애초에 신분이 천민이라 그럴 필요를 느끼지 못한 까닭인지 황기루는 모든 기녀들을 통솔하는 우두머리 역할의 수황기녀와 일반 기녀로만 나뉘었다. 그래도 황궁 안의 기녀라고 밖의 기녀들과 차별을 두려는 듯 수황기녀가 아닌 일반 기녀들을 황기녀라는 이름으로 구분하여 부르기는 했다.

황기녀는 황족들만을 모실 수 있었고, 대체로 황제가 그녀들을 찾았다. 황제에게 지명된 기녀는 그저 옆에 앉아 술만 따랐을 뿐이라고 해도 다른 황족들에게 불려갈 수 없었다. 황후를 비롯한 황가의 여인들도 황기녀들을 불러 시중을 들게 할 수는 있었으나 기녀에 대한 불쾌감 때문인지 황가의 여인 중 황기녀들을 들이는 이는 한 명도 없었다. 황기루가 자리를 잡고 몇 대가 흘러 황기루의 존재가 당연한 것이 되니 황자들도 어려서부터 황기녀를 대동하여 유흥을 즐겼다. 황자들은 장성하여 출궁을 하게 되면 간혹 황기녀를 첩실로 데려가기도 했다. 그것이 황기녀가 살아서 황궁을 나갈 수 있는 유일한 길이었다.

"빙휘? 호오, 청악의 그 빙휘?"

입궁한 날, 늦은 밤중에 불려간 곳에는 황족들이 앉아 있었다.

가운데 자리를 비우고 앉은 중년의 여인 한 명과 젊은 사내 한 명, 그중 사내가 빙휘에게 말을 걸었다. 환관들이 예를 알려주었으나 고개를 빳빳이 들고 앉아 있던 빙휘는 당돌하게도 그의 시선을 똑바로 마주했다.

빙휘는 딱히 대답하지 않았으나 사내는 개의치 않는 듯 상체를 앞으로 내밀며 묘한 미소를 지었다. 그는 말끔한 인상이었으나 각진 얼굴선에서 날카로운 성격이 엿보였다. 눈매가 굉장히 짙고 깊은 사내는 뚫어져라 빙휘를 바라보고 있었다. 그 눈빛, 매섭게 빙휘 너머의 무언가를 꿰뚫어 보는 듯한 그 눈빛이 계속 마음에 걸려 문득문득 떠올랐다.

"야, 들병이."

황궁에 처음 들었던 날을 떠올리고 있던 빙휘는 자신을 부르는 소리에 정신을 차렸다.

"들병이 주제에 입궁이라니, 재주도 좋아?"

"얘, 천박하게 들병이가 뭐니? 문자 정도는 써주어, 여랑(女郞)이라 불러줘."

"듣는 들병이 기분 좋으라구?"

"아니, 괜히 우리 입 더러워질까 걱정인 게지."

"덩달아 수준 떨어질라. 눈에 좀 안 보이게 저리 처박혀나 있어, 천한 년."

저들끼리 까르르거리던 황기녀들이 빙휘를 향해 눈을 흘기고는 가버렸다. 대꾸할 가치도 없는 말이었다. 빙휘는 그녀들에게는 시선조차 주지 않고 칼을 닦는 데 집중했다.

빙휘가 입궁한 지 며칠 지나지 않아 그녀가 노예 출신이라는 소문이 황기루에 파다하게 퍼졌다. 뛰어난 미색으로 입궁하는 창기도 있기는 했으나 기본적으로 일패 기녀에서만 황기녀를 선별하기에 황기녀 중에는 노예 출신이 없었다. 그래서인지 빙휘의 출신이 더욱 화두 되어 황기녀들의 입에 오르내렸다.

그러면서 몇몇 황기녀가 빙휘를 얕보며 비아냥거리기 시작했다. 같은 기녀임에도, 자신들 또한 다른 이들에게 미천하다 손가락질 받음에도 그 안에서도 어떻게든 더욱 천한 이를 잡아다 비방하는 모습이라니, 빙휘는 그 꼴이 우스웠다.

"황기녀 빙휘."

묵묵히 칼을 손질하던 빙휘가 환관의 부름에 자리에서 일어났다. 보통 기방은 해가 지고서야 일과가 시작되었으나 황기루는 시각의 제약이 없었다. 아무 때나 부름을 받으면 나가야 했고, 그 부름은 낮이고 밤이고 때를 가리지 않았다. 부름은 거의 황명이라 대체 황제라는 자가 나랏일에 관심이 있기나 한 것인지 빙휘조차 의아스러울 정도였다.

입궁한 지 사흘도 지나지 않았는데 첫 지명이었다. 애초에 황기루에 예기로 입적한지라 연회에나 불려갈 것이라 환관이 일러준 바 있었다. 황기루의 기녀들은 크게 미색이 뛰어난 미기(美妓)와 재주를 선보이는 예기(藝妓)로 나뉘었고, 황제는 보통 미기 중에서만 지명을 하여 예기들은 황실에 연회가 있을 때나 일이 있었다.

"황태제 전하께옵서 찾으시니 차비하여 따르라."

환관의 말에 주변에 있던 황기녀들의 눈이 빙휘에게로 쏠렸다.

그 시선의 연유를 알 수 없었다. 아마 입궁한 지 얼마 되지 않아 지명을 받은 탓이거나 노예 출신인 자신이 지명을 받은 것에 놀라는 것이라 짐작하고 빙휘가 방으로 들어가 빠르게 치장을 했다.

본디 언제 지명을 받을지 모르니 항시 치장하고 있어야 하는 것이 황기녀였으나 예기들은 평상시에는 치장을 하지 않았다. 감히 황태제를 기다리게 할 수는 없는 노릇이었으나 그렇다고 치장도 하지 않고 갈 수도 없어 경대를 여는 손이 바빴다.

작금의 황상은 지나치게 여색을 취한 탓으로 후사를 볼 수 없는 몸이었고, 때문에 그의 손아래 형제가 황태제의 자리에 올랐다. 태제에게는 태제비로부터 본 어린 황자가 둘 있었고, 이 넷이 현 황실 내에 있는 사내 전부였다. 아무리 황기녀라고는 하나 황가 내에서 같은 여인을 두 사내가 품을 수는 없는 법, 태제에게 지명을 받았으니 이제 빙휘는 황제에게 올리는 황기녀 명부에서 이름이 빠지게 되었다.

황궁은 그 규모가 크기도 하지만 각 궁과 전각 사이의 길이 마치 미로와 같았다. 환관의 뒤를 따르면서 길을 익히려 했으나 곧 헷갈리어 헛수고가 되고 말았다. 그 먼 길을 지나 다리가 고단해질 무렵에야 빙휘는 태제궁에 도달할 수 있었다.

"전하, 황기녀 빙휘 당도하였나이다."

환관의 말이 여러 겹의 장지문을 넘어 내실에 전해지고 잠시 후에 장지문이 차례로 열렸다. 장지문을 하나씩 넘을 때마다 앞의 장지문이 열리고 뒤의 장지문이 닫혔다. 문 양옆에 서 있는 두 명의 궁녀가 빙휘의 걸음에 맞추어 문을 여닫았다.

"황태제 전하께 인사 올립니다."

마지막 문을 넘어 내실에 들어선 빙휘가 서너 걸음 들어가서 큰절을 올렸다. 청악기방의 마당보다 넓어 보이는 내실에는 중간중간 휘장이 내려져 있었고, 가장 안쪽의 비단 보료 위에 한 사내가 앉아 있었다. 사내가 손짓을 하니 벽 쪽에서 환관이 다가와 사내의 앞을 가리고 있던 발을 말아 올렸다.

"가까이 오라."

가벼운 목소리가 귀에 익었다. 웃음을 담은 목소리는 딱딱하게 내뱉은 말과 전혀 어울리지 않아 근엄해야 할 명이 장난처럼 들렸다. 방의 중앙까지 걸어갔는데도 그는 계속 손가락을 까딱이고 있었다. 그 손가락은 빙휘가 서안 맞은편 방석 앞에 닿을 때까지 계속 움직였다.

"앉아."

그 말에 방석을 멀뚱히 바라보다가 무심코 사내의 얼굴로 시선이 향했을 때 빙휘는 그의 목소리를 어디서 들었는지 떠올랐다. 빙휘가 입궁한 날 그녀의 기명을 알은체했던 황족, 그가 바로 황태제였다.

"아둔한 건지 겁이 없는 건지. 너처럼 빤히 태제를 쳐다보는 이는 처음 보누나. 황명쯤은 되어야 자리에 앉을 테냐?"

빙휘를 향해 까딱거리던 태제의 손가락이 제 입가를 매만졌다. 빙휘란 기명을 알아본 이가 태제였다는 것에 놀라 멈칫했던 빙휘가 그제야 자리에 앉아 시선을 내렸다. 조용히 앉아 있었으나 빙휘의 머릿속은 시끄럽기만 했다. 일국의 태제가 어찌 한낱 기녀에 지나지 않는 자신을 알고 있는 것인지, 또 이자가 왜 자신을 지명한 것인지 의아스러운 점이 한두 가지가 아니었다.

황기녀를 불렀음에도 옆에 오라는 말조차 없었다. 그렇다고 춤을 춰보라는 말 또한 없었다. 태제는 묘한 미소를 지은 채 빙휘를 바라보기만 했다. 빙휘 역시 나서서 말문을 여는 편이 아니라 잠자코 앉아 있을 따름이었다.

"듣던 만큼 출중한 미색은 아니구나. 나가 봐."

얼마나 시간이 지났을까, 숨 막히도록 미동조차 없던 태제가 갑자기 손을 휘휘 내저었다. 처음과는 달리 굵어진 음성은 노기라도 오른 듯했다. 큰절을 올리고 허리를 숙인 채 뒷걸음질로 물러난 빙휘는 겹겹의 문을 다시 건너건너 태제궁을 빠져나왔다. 유독 햇빛이 환하게 내리쬐어 눈이 부셨다. 문과 벽으로 겹겹이 둘러싸여 은밀한 궁내가 음험하게만 느껴졌다. 그런 어둑하고 깊숙한 곳에 몸을 숨기고 살아온 탓인지 태제는 사내치고 선이 가늘었다.

태제궁에서 의뭉스러운 대면을 하고 다시 환관의 뒤를 따라 황기루로 돌아온 빙휘는 여느 때처럼 툇마루에 앉아 칼이 손보다가 검무를 수련하러 갈 참이었다. 그러나 툇마루에 앉기가 무섭게 빙휘의 등을 밀어 차는 발길질에 그녀는 그대로 섬돌 아래로 굴러떨어지고 말았다.

"황태제 전하? 대체 어찌 끼를 부렸기에 황태제 전하께서 네년을 찾으셔?"

잔뜩 흥분한 날카로운 고성이 귀를 찔렀다. 빙휘가 채 몸을 가누기도 전에 웬 손아귀가 그녀의 머리채를 휘어잡으며 이죽거렸다.

"노예 년이 황궁에 들 때부터 내 알아봤지. 예기는 무슨. 아마 어찌 황족들 눈에 들어 팔자 좀 고쳐 보려는 요량인가 본데, 아서라, 출궁하는 황자가 아니고선 황궁 내에서 기생첩은 언감생심 꿈도 못 꿀 일이다 이 말이야."

"무슨 짓이야?"

이전처럼 비아냥대는 것은 무시하면 그만이었으나 이렇게 나온다면 빙휘도 더는 참을 수 없었다. 머리칼을 움켜쥔 손목을 잡아 꺾으니 황기녀가 앓는 소리를 내며 힘을 풀었다. 그 황기녀의 손목을 비틀어 잡은 채로 빙휘가 툇마루 위를 올려다보았다.

팔짱을 낀 채 툇마루에 서서 빙휘를 깔보듯 내려다보고 있는 황기녀는 유독 빙휘를 못마땅해하던 황기녀 요요(耀鷂)였다. 항상 그녀를 따라다니는 명효(明曉)가 옆에 서 있었고, 빙휘가 손목을 비틀고 있는 황기녀는 백영(白英)이었다.

"너야말로 대체 무슨 작태야? 천한 것이 검무 좀 춘답시고 황기루에 들었으면 잠자코 칼춤이나 추고 있을 것이지. 뭐, 황태제 전하? 무슨 묘수로 황태제 전하를 미혹하였는지는 모르겠다만 있던 대로 처박혀 찍소리도 내지 않고 있는 게 신상에 이로울 게야."

"숨소리도 내지 말고 처박혀 있어."

요요의 카랑카랑한 목소리를 뒤이어 명효가 그녀의 말을 따라 이었다.

"똑같은 황기녀 처지에 무슨 유세인지. 선임들의 신참례 같은 거라면 유치하니 그만둬."

그녀들을 향해 백영을 밀쳐 내니 명효가 백영을 부축하여 받고는 눈을 부라렸다. 그리고 그와 동시에 요요가 섬돌을 내려와 빙휘의 앞에 섰다. 그녀는 황기루의 기녀들 중 가장 아름다웠고, 기명이 빛나는 옥일 정도로 피부가 투명하니 고왔다. 그 미모는 눈썹이 어찌 휘고 얼굴이 아무리 험악하게 구겨져도 아름다워 보이기만 했다.

"똑같은 황기녀? 신참례? 웃기지도 않아. 이 요요는 네년 따위의 선임인 적 없거든? 근본 없는 천한 노예 출신 따위가 감히 요요와 맞먹으려 들어?"

이 아름다운 여인은 대체 무엇이 그리도 마음에 들지 않는지 갖은 인상을 죄 쓰고는 눈을 부라리고 있었다. 똑같았다. 어느 곳에 가든 항상 똑같은 시작이었다. 아무리 잊고 살고 잘난 듯 살아도 따라붙은 꼬리표였다. 더는 노예 출신이란 것으로 입씨름하기 싫었으나 그녀를 처음 보는 이들은 언제나 그 딱지부터 찾아보고는 했다.

이런 건방진 계집은 처음 본다는 듯 쏘아대는 요요의 눈빛에 빙휘는 이제 진력나다 못해 웃음마저 흘렀다. 드세게 되받아칠 줄 알았던 빙휘가 웃음바람이니 요요의 하얀 얼굴이 붉게 달아올랐다.

"응대하기도 귀찮거니와 다소 지치기도 하여 잠시 쉴 요량이었는데, 담화쯤이야 그저 흘려듣겠다만 이러고 나서는 건 도저히 못 봐주겠다. 얌전히 가만 놔둘래, 아님 독한 맛을 봬주리?"

순식간에 바뀐 상황에 아무 생각도 하지 않고 모두 잊은 채 푹 쉬려던 생각이었다. 말 많은 계집들을 재우는 일이야 쉬운 것이었고, 사실 소란을 피우기가 싫어 잠자코 있었던 빙휘였다. 그러나 끊임없이 노예 출신을 들먹이고 황기녀로서 당연한 황족의 지명을 트집 잡는 농지거리를 더는 봐줄 수가 없었다.

"독한 맛?"

그간 황기루에서 제 잘난 맛으로만 살던 요요는 새로 들어온 햇병아리 황기녀가 대체 무슨 소리를 해대는 것인지 우습기만 했다. 황기루에 들어왔다는 것은 기본적으로 궁 밖에선 이름깨나 날리던 기녀란 것이었다. 하여 그만큼 기고만장하여 콧대 높은 기녀들만 모아놓은 곳이 황기루였고, 그 잘났다는 기녀들을 휘어잡고 군림한 것이 요요였다. 멋모르고 설쳐 대는 잡초는 초장에 밟아두어야 뒤탈이 없는 법이었다.

퍽.

가만 노려보고만 있던 요요가 급작스럽게 빙휘의 배를 걷어찼다. 아무런 내색 없이 갑자기 벌어진 일이라 빙휘는 미처 피하지도 막지도 못하고 그대로 그 발길질에 채여 뒤로 쓰러지고 말았다.

"독한 맛을 봐야 할 건 요요가 아니라 네년인 것 같은데?"

요요가 고개를 까딱이며 눈짓을 하니 뒤에 서 있던 백영과 명효가 빙휘에게 달려들었다.

스릉.

하지만 그녀들은 빙휘의 특기가 검무임을 간과하지 말았어야 했다. 차여 쓰러지면서도 칼을 놓치지 않았던 빙휘가 빠르게 칼집에서 칼을 빼내어 달려드는 백영을 향해 겨누었다. 우악스럽던 걸음이 하얗게 질렸다. 입을 떡 벌리고도 소리조차 내지르지 못하는 그녀의 목구멍에 비명이 막혀 쇳소리가 났다.

날카롭게 벼린 긴 칼이 백영의 목에 바짝 닿아 있었다. 옷깃을 스친 칼날에 백영은 딱딱하게 굳어 움직이지도 못하고 숨조차 멈추었다. 배를 채여 잠시 콜록거리던 빙휘가 살짝 인상을 쓴 채 냉담한 얼굴로 천천히 일어났다. 그녀의 칼끝은 여전히 백영의 목덜미에 닿아 있었다. 일어서면서도 흔들림 없이 겨눈 칼날에 백영은 곧 울음을 터뜨릴 것 같은 얼굴이었다. 그녀를 빤히 바라보던 빙휘가 순간 칼을 휘둘렀다.

"꺄아악!"

백영의 뒤로 멈춰 섰던 명효가 비명을 내질렀다.

툭.

부러 과시하듯 크게 휘두른 칼날에 백영의 옷고름이 깔끔하게 잘려 나갔다. 비명조차 지르지 못한 백영은 제 기명마냥 새하얘진 얼굴로 바들바들 떨다가 옷고름이 떨어져 헤쳐진 앞섶을 수습하지도 못하고 떨리는 걸음으로 휘청대며 털썩 주저앉았다.

"소란 피우고 싶지 않아. 조용히 내버려 둔다면 있는 듯 없는 듯 지낼 테니까."

빙휘가 칼을 거두며 요요에게 말했다. 그녀의 눈길이 명효와 백영을 스치니 그녀들은 움찔하며 눈을 내리깔았다. 단순한 칼놀림이었으나 어린 여인들을 겁주기에는 충분했다.

"겨우 얄팍한 칼끝 따위를 믿고 거들먹거릴 셈이라면 상대 잘못 봤어."

그러나 요요는 주저앉은 두 사람과는 달라서 쉽사리 물러서지 않았다. 요요 역시 검무나 출 것이라 여겼던 빙휘가 그 칼을 휘둘러 대는 모습에 겁을 먹기는 했으나 그녀의 자존심이 여간한 것이 아니라 이를 악물고 버티어 섰다. 역시 황기루 기녀들을 휘어잡은 강단이었다.

"노예 주제에 황기루에 들어와선 주제 파악도 못하고 감히 황태제 전하를 꾀어? 아무리 분별 모르는 근본 없는 것이라 해도 가만 놔둘 수는 없지. 황기루의 물을 흐리는 걸 보고만 있을 요요가 아니니."

"내가 파악해야 할 주제가 뭔데?"

요요의 말을 받아치며 빙휘가 한 발짝 다가섰다. 빙휘는 여전히 칼을 쥐고 있기는 하였으나 힘을 풀고 손을 늘어뜨려 칼끝이 땅을 스치고 있었다.

"네 출신이 노예란 점. 창가에 구를 들병이 따위가 설쳐 댈 수 있는 곳이 아니거든, 황궁이. 감히 황태제 전하께 아양 떨지 말고 죽은 듯이 처박혀 있어. 황기루에는 황기루의 법도가 있어."

"내가 노예 출신인 것이 대체 뭐가 문제가 된다는 거야?"

"뭐?"

당연한 말을 이해하지 못하듯 당당하게 내뱉는 빙휘의 말에 요요가 기가 막힌지 혀를 찼다.

"천한 노예가……."

"대체 그 천하단 건 누가 정하는 건데? 난 천하지 않아. 난 노예 출신도 들병이도 아니야. 그저 빙휘, 황기녀 빙휘일 뿐."

요요의 손이 움찔했다. 빙휘는 여차하면 재차 칼을 잡아챌 생각이었다. 그러나 다시 날아들 줄 알았던 요요의 발도, 불끈 힘이 들어간 요요의 손도 그대로 가만히 있었다. 그녀는 입술에 꾹 힘을 준 채 놀란 눈으로 빙휘를 보고만 있었다.

"아니."

그녀의 도톰하니 붉은 입술이 들썩였다.

"넌 천해서 미안해해야 돼."

그 뒤로 무슨 말이 이어진 듯했으나 너무 작아 들리지 않았다. 요요는 휙 몸을 돌려서는 멀뚱히 서 있는 명효와 백영에게 가자고 짤막하게 말하며 자리를 떴다. 여전히 다리에 힘이 들어가지 않는 모양인지 무릎이 푹푹 꺾이며 겨우 뒤따르는 두 사람은 연신 빙휘를 돌아보며 눈을 흘겼으나 요요는 딱딱하게 굳은 등으로 차박차박 멀어져 갔다.

그 후로 그 세 사람은 다시 빙휘에게 손을 대지는 않았다. 이전 처럼 뒤에서 무어라 쑥덕대는 소리도 없었다. 그러나 어느 누구도 빙휘에게 말을 걸지 않았고 근처에 다가오지도 않았다. 빙휘가 툇 마루에 앉으면 나와 있던 황기녀들이 방으로 들어가거나 마당 멀리 자리를 옮겼고, 수련을 하러 수련실에 들어가면 안에 있던 황기 녀들이 모두 일어나 다른 수련실로 가버렸다.

그것은 완벽한 무시였다. 황기녀들의 대장 노릇을 하고 있는 요요가 뭐라 언질을 둔 것인지 언제나 빙휘의 근방은 휑하니 비어버리고 말았다. 수황기녀는 황기녀들이 빙휘를 따돌리는 것은 알았지만 큰 소리가 나지 않으니 방관하여 놔두었다. 그러나 빙휘는 오히려 이편이 나았다.

떠들썩하고 괜히 신경 쓰이게 주변을 맴도는 것은 이제 이골이

났다. 차라리 혼자인 게 편하고 좋았다. 빙휘는 이제 누군가가 주변에 붙는 것이 싫었다. 앞에서야 웃는 낯으로 마주해도 그 속은 가늠할 수가 없으니 괜히 머리만 아팠다. 결국 그러고 말 것이라면 애초에 아무도 오지 않는 편이 나았다.

"그저 말뿐인 정 따위."

다시 웃었던 것이 꿈인 양 빙휘의 입술은 전처럼 굳어버려 휠 줄을 몰랐다. 인연은 괜히 속만 시끄러웠다. 그런 것들보단 그저 차가운 칼날이 맘에 들었다. 언제나 매섭고 날카로워 변하지 않는 차가운 칼날이 뜨뜻미지근한 온정보다 나았다.

태제는 그 후로도 때때로 빙휘를 불렀다. 그러나 그는 검무를 보지도 않았고 수청을 들라는 말도 하지 않았다. 처음처럼 가만히 빙휘를 바라보고만 있었다. 그러다가 가끔 몇 마디 던지고는 끝이었다. 빙휘 역시 한 번쯤은 연유를 물을 법도 한데, 다른 법도는 제대로 지키는 것이 없으면서 하문이 있기 전에는 입을 열지 말라는 법도만은 열성으로 지켰다.

여전히 황기녀들은 빙휘를 무시했다. 말벗도 없고 눈조차 마주치는 이 없어 마치 드넓은 황기루에 홀로 있는 것 같기는 했지만 확실히 황기루가 편하고 대우가 좋았다. 따로 전두를 받아 재물을 쌓지는 못하나 황궁의 시비들이 모든 뒷바라지를 해줬고, 식사는 물론 다과까지 원하는 대로 나왔다. 검무를 특기로 황기루에 차출된 빙휘는 그 어느 때보다 수련에 열중했다. 주변에 아무도 없으니 집중하여 수련하기에 편했다. 황궁에 오기 전의 일은 전부 잊어버리려 했다. 아무렇지 않다가도 한 번씩 문득 떠오르는 기억의 조각들을 애써 묻어두고자 했다. 그러나 매일 밤 살갗을 스치는 이불보의 서늘함에 몸이 떨릴 때면 긴 밤 내내 끌어안아 주던 품이 떠오르는 것은 어쩔 수 없었다.

아직 익숙하지 않던 황기루 생활에 빙휘는 드디어 첫 연회를 맞았다. 황실의 연회란 무언가 중대하고 장엄한 것이리라 생각했지만, 그것은 아직 황궁에 대해 잘 모르는 빙휘의 착각이었다. 연회는 황제의 기분에 따라 빈번하게 열렸고, 보통은 한 달에 두어 번 열린다는 것이었다.

연회란 말에 황기녀들은 신나하며 기뻐하는 이 반, 귀찮아하며 투덜대는 이 반이었다. 마치 기방의 주석이라도 열리는 듯, 당일 오전에 전해진 말에 저녁 시간까지 잠시도 서 있지 못하고 분주하게 움직이며 연회 준비가 이어졌다. 아니, 분주한 것은 황기루의 궁녀들과 시비였다. 황기녀들은 평소와 다를 바 없이 느긋하니 시간을 보내다가 해가 기울어서야 경대를 하나씩 차고 앉아 치장하기 시작했다.

"그리고 빙휘, 검무를 준비하여라."

큰 방에 모여 치장하는 황기녀들을 하나씩 지명하며 어느 자리에 앉으라느니 무엇을 연주하라느니 소임을 맡기던 수황기녀가 빙휘에게 그리 지시했다. 빙휘가 알겠다는 대답을 하고 가벼운 화장을 마친 후 머리를 하나로 틀어 올렸다. 검무는 동작이 빠르고 분주한 춤이라 따로 가체를 얹지 않았다. 주변의 황기녀들은 저마다 갖은 치장을 다 하며 화려하게 꾸미기에 바빴으나 빙휘는 차림부터가 그녀들과는 달랐다.

황기루는 이국의 차림까지 허용될 정도로 복식이 자유로웠다. 하여 어떤 이는 특이한 이국의 옷을 구해다 입었고, 어떤 이는 아예 저고리를 벗어 던지고 치맛말기를 길게 손보아 입기도 했다. 황기녀들의 취향대로 복식이 허용되니 바깥에서는 상상도 할 수 없는 노출을 감행하기도 했다. 그러나 빙휘는 오히려 짧은 저고리도, 살이 비치는 홑겹 저고리도 마다하고 허리까지 내려오거나 아예 치마 길이와 같은 긴 저고리를 입고 폭이 넓은 천으로 가슴을 둘러매는 차림을 택했다. 매일 검무만 추다 보니 검무에 편한 차림새를 찾게 되는 것이었다.

"자자, 어서 연루로 나가. 둘씩 짝지어, 요요가 앞장서 가려무나."

연회 시각이 다가오니 수황기녀의 목소리가 높아졌다. 손이 느린 황기녀들을 재촉하며 손뼉을 짝짝 치는 소리에 덩달아 마음이 조급해졌다. 황기루는 황족밖에 출입할 수 없기에 관료들까지 참석하는 연회는 중앙궁의 연루에서 열렸다. 금일 연회는 관료들까지 참석하는 것이 규모가 꽤 큰 모양으로 황제의 기분이 매우 좋다는 뜻이었다.

줄줄이 황기루를 빠져나와 연루로 향하는데 삼삼오오 모여 움직이는 관료들의 모습이 보였다. 어떤 이들은 퇴궐하는 것이겠고 어떤 이들은 연루로 향하는 것일 터였다. 간혹 황기녀 몇 명이 젊은 관료들에게 손을 흔들기도 하고 웃음을 날리기도 했다. 그러면 관료들은 황급히 고개를 돌리거나 모른 척하는데, 그 돌아선 목이 붉게 물들어 있었다.

"어휴, 숫기 없는 치들 하고는."

젊은 관료들을 놀리던 황기녀 하나가 재미없다며 혀를 찼다. 황기녀들은 황족들에게만 허락된 여인이라 다른 사내들은 넘볼 수조차 없는 기녀였다. 매일 같은 얼굴만 마주하니 지루한 황기녀들이 가끔 관료들에게 추파를 던지기도 했으나, 만일 무슨 일이라도 생긴다면 당장에 목이 날아갈지도 모르는 판국이라 관료들은 그녀들을 못 본 체했다.

잠자코 앞을 따라가던 빙휘가 황기녀들의 웃음소리에 관료들을 흘끔 보았다. 남자색 관복과 적색 관복이 섞여 있었다. 청색과 담색 관복들도 간간이 보였다. 색만 다른 비슷한 관복에 똑같은 관모라 사람이 보이지 않고 그저 관리들만 보였다. 건조한 시선으로 그들을 훑다가 고개를 돌리려던 빙휘가 갑자기 멈춰서 재빠르게 눈을 굴렸다.

"뭐야?"

멈춰 버린 빙휘를 뒤따라오던 황기녀가 짜증을 냈다. 빙휘가 그 말도 무시하고 가만히 서 있자 빙휘를 놔두고 줄줄이 앞으로 걸어갔다.

"무슨 일이지?"

맨 뒤에서 오던 수황기녀가 빙휘에게 물었다.

"아닙니다."

느릿하게 대답하는데 걸음이 떨어지지 않았다. 수황기녀가 미간을 찌푸리며 빙휘의 팔을 꼬집었다. 똑같은 옷, 똑같은 모 사이에서 누군가를 본 것만 같았다. 하지만 그럴 수 없었다. 이곳에서 그런 복장으로 있을 수 없는 이였다. 애써 고개를 돌리며 입술을 깨문 빙휘가 걸음을 옮겼다.

연루는 화려하게 꾸며져 있었다. 눈에 띄지 않으려는 듯 조심스러우면서도 빠른 걸음으로 궁녀와 시비들이 움직였다. 중앙의 넓은 석조 바닥을 둘러 자리가 마련되어 있었다. 앞쪽의 자리는 세 단쯤 높게 올라가 있었다. 앞과 양옆의 자리는 보를 씌운 넓은 탁자에 의자가 놓여 있었으나 뒤쪽 자리는 개별로 반상이 하나씩 놓여 있었고 방석이 준비되어 있었다. 뒤쪽의 자리는 여러 줄로 되어 있어 2,30명은 앉을 수 있을 것 같았다.

연루에 들어서 황기녀들은 두 패로 나뉘었다. 미기들은 연석의 양쪽에 나뉘어 서서 대기하였고, 예기들은 연석에서 조금 떨어져 마련된 자리에 앉아 대기했다. 연회의 악을 담당한 예기들은 제각기 고를 잡고 앉아 줄을 고르고 활을 살피느라 부산이었다. 황기녀 몇 명이 뒤쪽 자리로 물러나 각자의 악기를 고쳐 잡았다. 그녀들은 연회의 시작과 끝의 배경을 연주할 예기들이었다.

가야금과 해금의 조화가 잔잔하게 울려 퍼졌다. 곧이어 관료들이 들어섰다. 반상 자리에 앉는 관료들은 적색 또는 남자색 관복을 입고 있었다. 황제가 주최한 연회에 참석할 정도로 직급은 높지만 좋은 자리에 앉지는 못하는 이들이었다. 그중 몇몇은 황색과 흑색 관복의 관료들 앞에서 굽실거리며 그들을 자리로 안내했다.

자리가 어느 정도 정돈되었을 때 연루의 솟을대문 앞에 서 있던 금군이 나각을 불었다.

"만세, 만세, 만만세!"

연루의 모든 이들이 부복하며 외쳤다. 일하던 시비들마저 양손을 가슴 앞에 가지런히 포개고는 한쪽 무릎을 세워 앉아 인사를 올렸다. 삼만세 인사가 익숙한 이가 뒤로 길게 한 무리의 환관과 궁녀들을 이끌고 상석에 앉았다. 그의 뒤로 첫날 빙휘가 보았던 황가의 여인과 태제, 처음 보는 젊은 여인이 따라 들어와 황제의 양옆에 나뉘어 앉았다.

"만세 황제 폐하, 신등 폐하를 알현하나이다."

황제가 자리에 앉자 관료들이 입을 모아 인사를 올렸다. 그 인사는 곧 황후 폐하, 황태제 전하, 황태제비 마마로 이어졌다. 모든 인사가 끝나자 황제가 양 소맷자락을 펄럭이곤 가벼운 인사말을 건넸다. 빤한 말치레가 이어지고 황제가 태감에게 명을 내리고서야 연회가 시작되었다. 태감의 지시는 환관을 거쳐 궁녀들에게 전해지고 황기녀들과 시비들이 바삐 움직였다.

시작은 악이었다. 예기들이 나직한 곡조를 연주하니 그를 배경 삼아 가벼운 담소가 오갔다. 시비들이 들여온 음식과 술은 궁녀들의 손을 통해 상 위에 올랐다. 가장 바쁜 것은 아랫것들이었으나 웃전에게 얼굴을 내비칠 수 있는 것은 궁녀와 환관들이었다.

빙휘는 첫 연회를 마주하여 황실 연회란 기루의 것과는 달리 무언가 묘하다는 것을 느꼈다. 잠시 살피던 빙휘는 곧 그 이질감이 무엇이었는지 알아차렸다. 연회라 황기녀들을 잔뜩 모아 불러놓고는 아직까지도 그녀들은 그저 병풍 노릇만 하고 있을 뿐이었다. 연석의 양옆에 대기하고 서 있는 미기들은 자리가 찼음에도 손들의 옆으로 가 시중을 들지 않고 가만히 서 있었다. 연석의 이들은 황기녀들을 모른 체하고 앉아 저들끼리 웃고 마시며 떠들었다.

어느 정도 시간이 흘러 황제를 살피고 있던 태감이 그에게 다가가 무어라 귀엣말을 했다. 빙휘가 앉아 있는 곳에서는 상석에 있는 황족들의 얼굴까지는 보이지 않았으나 멀찍이서 보기에도 태감의 말에 황제의 기분이 좋아진 듯 보였다.

"재예를 준비하게나."

태감에게 지시를 받은 환관이 수황기녀에게 다가와 전했다. 드디어 지루한 대기가 끝이 나고 예기들이 수황기녀의 지시에 따라 움직였다. 연석의 중앙에 마련된 자리에서 예기들이 악기를 연주하고 창을 하고 춤을 추었다. 멀리서 보는 황기녀들의 재주는 역시 화류가의 예기들과는 비교도 할 수 없을 만큼 대단했다. 뛰어난 재주란 재주는 모두 모아다 황기녀로 앉혀놓은 것 같았다.

"아깝구나."

빙휘는 저도 모르게 그런 말을 중얼거렸다. 참으로 아까웠다. 저 여인들이, 저 재주가 참으로 아깝고 안타까워 입안이 쌉싸래했다. 곡조를 고르는 손이며 줄 위를 넘나드는 손끝이며 활을 놀리는 손목의 움직임이 황궁이란 좁은 곳에 갇혀 있었다. 음률을 넘나드는 목청과 산들바람에도 날아갈 것만 같은 가벼운 몸짓이 더 넓은 세상으로 퍼져 나가지 못하고 묶여 있었다.

그런 생각에 빠져 있는데, 수황기녀가 빙휘의 팔을 잡아당겼다.

"어찌 그리 넋을 놓고 있어?"

짜증이 오른 목소리에 빙휘가 고개를 드니 그녀가 급하게 빙휘의 등을 밀었다. 수황기녀가 부르는 것도 듣지 못하고 생각에 잠겨 있던 빙휘는 자신의 순번이 다가오는 줄도 모르고 예기들의 재주에 빠져 있었던 것이다.

"이 아이의 검무가 마지막입니다."

수황기녀가 환관에게 말했다. 빙휘가 황기루에 들어온 지 얼마 되지 않아 가장 마지막 순서였다. 앞선 황기녀의 곡조가 끝나자 빙휘가 연석의 중앙으로 들어갔다.

"황기녀 빙휘, 검무를 올리겠습니다."

양손을 가슴 앞에 모으고 무릎을 굽혀 인사를 올린 후에 빙휘가 칼을 들고 자리를 잡았다. 그녀는 연석에 앉은 이들을 잠시도 살피지 않고 눈을 감았다. 앞에서 익숙한 콧소리가 들려와 아마 태제의 것이려니 하는데 뒤쪽에서 누군가가 반상을 걸어찬 듯 그릇들이 부딪히며 작은 소란이 일었다. 무슨 일인가 싶어 움찔하는데, 멀찍이서 악을 담당한 예기들이 연주를 시작하니 빙휘가 칼을 다잡았다.

칼을 쥔 손에 힘이 들어간다. 일자로 곱게 뻗은 손이 천천히 가볍게 돌기 시작한다. 한 바퀴, 두 바퀴에 이르러 무릎이 조금씩 구부러지며 속도가 빨라진다. 손목이 나비 모양으로 돌며 칼이 빠르게 회전한다. 칼날의 옆면이 바닥과 거의 수평으로 붙어 한 바퀴를 돌다가 어느새 하늘을 찌른다. 반대쪽 손끝과 맞닿은 칼날이 빙휘의 머리 위에서 흔들린다.

바람을 가르는 소리에 칼이 진동한다. 가벼운 회전에 펄럭이며 퍼지던 치맛자락이 갑작스레 방향을 바꾸며 빠르게 돌아가는 몸짓에 다리를 감싸며 달라붙는다. 옷깃이 스치는가 싶더니 칼끝이 흔들리고, 옷자락이 나부끼나 싶더니 칼날이 호를 그린다.

한편으로 부드러우면서도 한편으로 매서운 춤이었다. 분명 곡조가 흐르고 있었으나 춤을 보는 순간 더 이상 그 음이 들리지 않았다. 하얗게 굳은 얼굴이 마치 얼음을 조각한 듯 차가워 보여 이 세상의 것이 아닌 것만 같았는데, 반짝 눈꺼풀을 뜨니 연갈색 눈동자가 하얀 얼굴에 생기를 불어넣었다.

짝짝짝.

"훌륭하도다. 검이란 무장들이나 쓰는 흉기라 여기었는데, 이리 아름다운 재기로 태어날 수도 있다니."

빙휘의 춤이 멈추는 순간 박수와 함께 상석의 누군가가 호평을 내렸다. 무심결에 고개를 돌리는데 활짝 웃으며 빙휘를 바라보고 있는 이는 바로 상석의 중앙에 앉아 있는 황제였다.

처음 대면한 황제는 빙휘의 상상과는 다소 차이가 나는 모습이었다. 만약 그저 황궁의 어딘가에서 마주했다면 황제라는 생각은 전혀 하지 못할 것 같은 그는 중앙에 앉아 황금의 용포를 입고 상투관과 비슷하게 생긴 높다란 관을 쓰고 있었다. 관에 가로로 꽂은 기다란 동곳의 양 끝으로 황색과 흑색, 적색의 실이 꼬여 길게 내려와 있었다.

태제가 선이 가늘다면 황제는 왜소했다. 따로 본다면 꽤 호남일 이목구비는 묘하게 조화가 맞지 않아 어딘가 어눌해 보이는 얼굴이 되어버렸다. 쾡하니 깊숙이 들어간 눈 아래가 거뭇한 것을 분칠로 덮으려 했지만 짙은 그늘은 가려지지 않고 덧칠한 분만 도드라졌다.

"이리, 가까이."

황제가 손을 들어 빙휘를 불렀다. 빙휘가 시선을 내리고 상석으로 다가서 탁자 앞에 무릎을 꿇고 앉았다. 황제는 상체를 들어 목을 쑥 내밀고는 이리저리 빙휘를 살펴보았다.

"고개를."

황제가 손가락을 위로 까딱이니 여전히 시선은 바닥에 고정한 채로 빙휘가 고개를 들었다. 멀리서야 황제의 용모를 살펴보았으나 이 지척에서 감히 용안을 바라볼 수는 없었다. 가까이 다가섰다고는 해도 거리가 있었는데, 황제에게서는 달짜근한 미향이 흘렀다. 살 냄새인 듯도 하고 숨 냄새인 듯도 한 그 냄새는 썩 좋은 향은 아니었다.

"기명이 무어라고?"

"빙휘라 합니다."

"말마디가 짧구나."

"입궁한 지 얼마 되지 않은 탓에 아직 황실의 어투에 익숙지 않아…… 송구합니다."

언짢은 투로 내던진 말에도 빙휘는 어미를 늘일 줄을 몰랐다. 그마저도 궁색한 변명을 늘어놓다 못해 제대로 맺지도 않고 송구하다는 말이나 내던지니, 되레 옆에 선 태감이 혹여나 황제의 심기가 틀어질까 조마조마하여 발을 동동 굴렀다.

"그러해 짐이 보질 못한 꽃인가. 태감, 금일 짐의 시중은 이 아이로."

다행히도 그런 빙휘의 태도가 거슬리지 않은 것인지 황제가 흥미를 보이며 태감에게 손짓을 했다. 그 말에 당황한 것은 빙휘만이 아니었는지 옆에서 갑자기 손 하나가 쑥 튀어나왔다.

"황형 폐하."

간지러운 목소리에 황제와 빙휘의 고개가 돌아갔다. 황제의 옆자리에 앉아 있던 태제가 어느새 앞으로 나와 빙휘를 가로막고 서 있었다.

"황공하게도 이 아이, 소제가 즐겨 태제궁으로 불렀던 아이입니다."

"곤 아우가?"

황제가 놀란 눈으로 입술의 양 끝을 아래로 내렸다. 웃음 어린 태제의 말에 앞의 일에는 눈길조차 두지 않고 있던 황후와 태제비까지 빙휘를 훑어보았다. 빙휘를 살펴보던 황후가 알은체를 했다.

"초알현에 태제께서 기명을 알아 뵈던 그 황기녀로군요."

"초알현? 짐이 놓친 초알현이라?"

"폐하께옵선 예기들의 초알현은 받지 아니하시지 않사옵니까."

황기녀가 입궁하여 황족들에게 처음으로 인사를 올리는 것이 초알현(初謁見)이었다. 그날 보았던 황가의 여인이 황후였고 비어 있던 중앙의 자리가 황제의 자리였다. 황후의 나긋나긋한 설명에 황제가 '참, 그래. 예기지, 예기.' 하며 고개를 까닥였고 아쉽다는 듯 혀를 찼다.

"이리 고운 예기가 있을 줄은."

법도가 그러하니 태제가 이미 지명한 황기녀는 취할 수 없으나 그를 알면서도 탐탁지 않아 황제의 표정이 일그러졌다. 그 기색에 태감이 황당하여 빙휘에게 얼른 물러가라 눈짓을 했다. 그리고 거의 그와 동시에 황후가 자리에서 일어났다.

"허면 신후는 이만 물러가겠습니다, 폐하. 연회 즐기시옵소서. 가세나, 태제비."

"예, 폐하. 황제 폐하, 연회 즐기시옵소서."

태제비가 황후의 말에 고개를 숙이며 일어나 황제에게 인사를 올렸다. 이 갑작스러운 퇴장이 대체 무엇인가 했더니, 그녀들이 연루를 뒤로하자 태감이 대기하고 서 있던 미기들에게 빠르게 손짓을 하는 것이었다. 그리고 병풍마냥, 그림마냥 서 있던 미기들이 얼굴 가득 미소를 지으며 연석으로 다가갔다. 궁녀들이 재빠르게 시비들이 건네준 작은 의자를 황제와 태제, 관료들의 옆자리에 놓았다.

황제의 옆에는 요요를 비롯하여 세 명의 황기녀가 달라붙었다. 탁자에 앉아 있는 고위 관료들에게도 황기녀들이 한 명씩 배당되었는데, 그녀들은 황족들의 눈에 들지 않은 지 오래된 미기들이었다. 그렇다고는 해도 여전히 황족의 꽃이라 여느 기녀들처럼 들러붙지 않고 그저 옆자리에 앉아 술을 따르고 음식을 집어주며 시중을 들 뿐이었다. 그리고 반상의 관료들에게는 어느 황기녀도 자리하지 않았다.

"태제 전하께옵서 나서주시어 다행이구나."

예기들의 자리로 돌아와 앉는데 수황기녀가 빙휘에게 말을 걸었다. 의무적인 지시만 내리고 평소에 전혀 대화를 나눈 적이 없던 수

황기녀였기에 빙휘는 처음에 그 말이 자신을 향한 것인 줄 몰랐다.

"예?"

"황궁의 주인이라 하나, 그 눈에 드는 것이 그리 좋은 일만은 아니니 말이야."

수황기녀의 시선이 상석을 향해 있었다. 황제는 조금 전 기분이 상했던 것은 잊은 듯 얼굴이 벌겋게 달아오르도록 웃으며 양옆에 황기녀들을 끼고 농락을 하고 있었다.

가볍게 고개를 가로젓던 수황기녀가 다른 곳으로 가고 나서야 빙휘가 자리에 앉았다. 재예를 마친 예기들은 대부분 돌아가 있었고, 남은 예기들은 배경악을 담당하여 조용한 곡조를 타고 있는 이들이거나 연회의 음식에 관심이 있는 이들이었다. 자리로 돌아온 빙휘에게 한 시비가 몇 가지 음식을 가져다주니 조금 집어 먹던 빙휘가 그만 일어났다.

황기녀들이 옆에 앉으니 연석의 흥취가 달아올랐고, 시비들은 술을 나르기에 바빴다. 뒤쪽 자리의 관료들은 하나둘 자리를 떠서 몇 남지 않았고, 태제 역시 자리를 뜬 후였다. 유흥을 즐길 이들만 남은 연석은 이미 파장의 분위기였다. 이 분위기가 썩 좋지 않아 빙휘는 황기루로 돌아가려 했다. 황기루나 연루나 중앙궁에 속한 지라 약간의 거리가 있기는 했지만 혼자 돌아갈 수 있을 것 같았다.

솟을대문을 지키고 서 있는 금군들은 가까이 다가가니 교묘하게 기대고 서서 졸고 있었다. 황궁 내에 걸음마다 등을 달아놓아 밝은 탓에 시간이 흐르는 것도 몰랐는데 고개를 들어보니 벌써 달이 환하게 비치는 야심한 시각이었다.

"늦었습니다."

멀리서는 연루의 웃음소리와 곡조가 들려오는 황궁의 어느 골목, 아래로 그림자가 길게 늘어졌다. 달빛에 비친 그림자는 흐릿하니 짧은데 담장에 걸린 등에 비친 그림자는 선명히도 길었다. 빙휘의 발 옆으로 관모를 쓴 그림자가 드리워져 있었다. 걸음을 멈춘 것은 갑작스레 뒤에서 들려온 목소리 때문인지 그 그림자 때문인지 알 수 없었다.

"어떻게……."

빙휘의 목소리가 떨렸다. 그 대답에 그림자가 성큼 그녀의 뒤로 다가왔다. 등 뒤로 익숙한 품이 느껴졌다. 와락 껴안은 손은 어찌나 힘이 들어갔는지 감싸 안은 빙휘의 팔소매가 잔뜩 구겨졌다.

누군가가 본다면 남녀상열지사라 혀를 차고 끝날 일이 아니었다. 그럼에도 뒤에서 끌어안은 손은 놓을 줄을 몰랐다. 황궁과는 많은 것이 다른 장소에서 들었던 말과 다정한 목소리, 익숙한 품에도 빙휘는 돌아보지 않았지만 그가 누구인지 알 수 있었다. 빙휘는 뿌리치지도, 맞잡지도 않은 채 가만히 서 있기만 했다.

"서둘러 오지 못했습니다. 서두를 수가 없었습니다. 시간은 멋대로 흘러 버린 후였고, 가능한 한 빠르게 청악으로 돌아갔으나 이미 한발 늦은 후였습니다."

그토록 기다려 온 재회였다. 재회에서의 첫마디가 변명이 되지 않기를 바랐건만 열자마자 쏟아지는 것은 어쩔 수 없었다는 구차한 변명뿐이었다. 그렇게 이어지는 변명에도 빙휘는 한마디 말이 없었다.

"당신을 찾았습니다. 도 공의 도움도 받았습니다. 황궁을 보호는 영기가 이 주위를 감싸고 있기에 영관들의 눈을 피해 황궁에 숨어드느라 조금 지체되었습니다. 그저 가만히 계시어 다행입니다. 전처럼 훌쩍 사라지는 것보단 당신을 다시 찾기 수월하니까요."

마지막 말에는 웃음이 섞여 있었다. 농담조로 말을 흘렸으나 여전히 빙휘는 묵묵부답이었다. 서늘한 밤공기만큼이나 싸늘한 기운이 두 사람을 감싸 돌았다. 멀찍이서 들려오는 연회의 소리와 낮게 울리는 밤새 울음이 스산한 분위기를 더했다.

"무엇 때문에?"

"예?"

"무엇 때문에 이리도 계속 날 다시 찾아오는 거야?"

갑자기 말문을 튼 빙휘의 물음에 그녀를 감싼 손이 움찔했다.

"초사여."

빙휘가 그를 부르며 돌아섰다. 꽉 끌어안고 있던 품은 돌아서며 살짝 미는 빙휘의 손에 쉽게 풀려 물러났다. 그리웠던 품이었다. 그 품에서 벗어나니 밤공기가 더욱 차게 느껴졌다. 다시는 놓지 않을 듯 세게 부여잡고 있던 손은 빙휘의 물음에 힘이 풀려 버린지라, 그녀는 별 어려움 없이 초사여를 마주 볼 수 있었다. 미소를 짓고 있었을 그의 얼굴은 멍하니 풀어져 버린 채였다.

"어떻게 여기에 있는 거야?"

"그건 대체 무슨 말씀이십니까?"

"네가 어떻게, 이곳이 어딘 줄 알고……."

"허면 당신은 제가 찾아올 줄 몰랐단 말씀입니까?"

빙휘가 눈을 내리깔았다. 쏟아지는 초사여의 시선이 따갑게 그녀의 눈꺼풀을 쏘아댔으나 빙휘는 고개마저 돌려 버린 채 그를 외면했다. 빙휘의 눈동자가 아래로 향했고, 초사여의 손이 아래로 떨어졌다.

"기다렸다고 들었습니다."

"그때는 기다리고 있었어."

"그때는, 말입니까?"

"네가 돌아온다고 했으니까 날이 새도록 기다렸어. 아니, 그렇게 똑같은 이레를 기다렸어. 하지만 넌 오지 않았고 나는 지쳤고 눈앞에는 황명이 내려와 있었어. 그렇게 황궁에 들어왔고, 나는 황기녀가 되었어."

"황기녀를, 황궁에 들어온 것을 탓하고자 함이 아닙니다. 어찌 저에 대한 기대를 저버린 건지 당혹스러울 따름입니다. 제가 못 미더웠습니까?"

선선한 밤바람이 불어와 담장 위에 걸린 등을 흔들었다. 흔들리는 등불에 그림자가 너울댔다. 그 끝을 따라 이리저리 나부끼는 눈빛이 정처 없이 떠돌았다.

"그냥 나는 아무것도 생각하고 싶지 않아. 네가 곁에 있는 게 좋지만 하필 네가 자리를 비웠을 때 황명이니 뭐니 일이 복잡해졌고, 삼엄한 구중심처에 앉아 있는데 어떻게 네가 찾아오길 기대할 수 있겠어? 머리 아픈 생각일랑 다 지워 버리고 국으로 있어야지, 그냥 하루하루 수련하고 검무를 추는 데 만족하며 지내야지, 어서 이 생활에 적응해야지, 이곳도 나름 괜찮을 거야, 생각하면서."

"괜찮다고."

한숨 같은 목소리가 흘러나왔다. 낮게 깔린 목소리는 마치 빠르게 빠져나가는 썰물처럼 알싸했다. 그 목소리에 떠돌던 빙휘의 시선이 딱 멈추었다. 그리고 동시에 커다란 외침이 빙휘의 귓전을 때렸다.

"당신은 어째서!"

초사여가 빙휘의 팔뚝을 세게 잡아챘다. 움켜쥔 손가락마다 힘이 잔뜩 들어가 있어 팔뚝은 물론 어깨까지 저려왔다.

"어째서 그리도 자신의 일에 무덤덤하신 겁니까? 제가 찾아오지 않았으면 계속 이러고 계실 참이었습니까?"

"태생부터 글러먹어서 체념하는 법밖에 배우지 못했나 보지."

"설아!"

"겁이 났어!"

오래된 이름으로 부르는 초사여를 마주 보며 빙휘가 마치 그의 목소리에 맞서듯 높다랗게 외쳤다.

"차라리 도망을 쳐버리면 네가 찾아올 수 있지 않을까 싶어서, 이 골목만 지나면, 이 거리만 지나면 도망갈까 속으로만 재다 보니 어느새 황궁에 당도했고. 혹여나 네가 황궁에 숨어들려다 무슨 일이 생기지는 않을까, 몸이 상하지는 않을까 걱정됐고. 아니면 너는 이미 별수 없지 하고 나 같은 건 이미 쉽게 잊어버렸는데 혼자 맘 졸이며 기다리게 될까 무서웠어."

단숨에 쏟아내는 목소리는 빠르고 떨리었다. 그 떨림만큼 눈꺼풀이 흔들려, 빙휘의 눈 안 가득 눈물이 차올랐다. 그녀의 눈썹은 차마 똑바로 서 있을 수 없는지 서로에게 기대어 길게 늘어져 있었다. 그 출렁이는 눈을 마주하고서야 초사여는 아차 싶었다.

조심스럽게 마음을 건넸던 도령도, 얼핏 흔들렸던 사내도, 심지어 오래도록 기대고자 의지하던 이까지 어느 누구 하나 그녀의 곁에 남은 자가 없었다. 그리하여 이별에 익숙할 수밖에 없었던 어린 여인이었다. 호기롭게 가장 귀한 꽃이 될 것이라 외치던 당돌한 소녀도 사실은 피로 얼룩진 악몽에 시달리던 유약한 소녀였다. 모두가 빙휘라는 이름 아래에 제멋대로 해석하고 주석을 단 미사여구를 붙여놓았으나 실상은 온기도 채 품지 못한 봄볕에마저 녹아버리고 마는 설아, 눈의 아이에 지나지 않았다. 담담한 표정 뒤로 숨은 여리고 겁이 많은 속내였다.

그 숨어 있던 마음을 내보이자니 빙휘의 뺨이 붉게 달아올랐다. 붉게 오른 홍조 위로 뜨거운 눈물 한 줄기가 흘러내렸다. 그 열기에 초사여의 손이 자신도 모르는 사이에 조심스럽게 어깨를 타고 올라가 목선을 스치고 뺨을 감싸 쥐다가 갑자기 들려온 기침 소리에 멈추었다.

"거, 뉘 있소?"

졸음에 먹힌 목소리가 몇 번의 갈라진 기침 뒤로 소리 높여 물었다. 조금 전 높아졌던 언성에 졸고 있던 금군이 깬 모양이었다. 빙휘가 당황하여 주변을 둘러보는데 초사여가 그녀를 담장으로 밀어붙였다. 등불과 등불 사이 담장의 어둑한 그림자 안에 두 그림자가 몸을 감춘 것과 거의 동시에 근처 중문에서 금군 한 명이 고개를 내밀었다. 빙휘를 끌어안고 담에 붙어 선 초사여가 고개를 숙여 그 녀의 어깨에 얼굴을 묻었다. 목덜미에서 초사여의 숨결이 느껴져 빙휘가 숨을 들이켰다.

두런두런 금군끼리 나누는 대화가 들렸다. 아직도 연루는 떠들썩하니 시끄러웠다. 달빛 아래 담장 밑만 고요가 깔려 숨소리 한 자락, 심장 고동 한 움큼이 천둥처럼 들렸다. 길게 늘어진 하품 소리가 이어지고도 한참을 숨죽이던 둘은, 고개를 숙인 초사여가 나직이 속삭이고서야 침묵을 깼다.

"죄송합니다. 전부 제가 늦은 탓입니다."

"아니야. 내가 널 믿으려 하지 않았어."

"제가 믿음을 심어드리지 못했습니다."

금군의 눈을 피하기 위해 숨느라 흥분했던 분위기가 빠르게 전환되었다. 한차례 내지르고 나서 찾아온 소강에 두 사람 모두 어느 정도 진정한 듯 조용하게 말을 나누었다. 엇갈린 그리움과 기다림으로 점철되었던 며칠간의 공백이 어딘가 어색하게 남아 한 뼘도 채 떨어지지 않은 둘 사이를 채웠다.

서로가 스스로를 책하는 말에 무언가 울컥하여 차올랐다. 결국 서로 같은 마음으로 애태웠으나 처음부터 솔직하지 못했던 탓에 괜한 언성만 높이고 말았다. 그러나 곧 수그러들어 빠른 반성과 함께 어색하게 차올랐던 공백이 온기에 녹아들었다.

"잘 지내셨습니까?"

"봐, 입성도 퍽 좋잖어? 귀한 것들만 내주고 귀한 것들만 먹어. 이런 호화가 없어."

"다행입니다. 낯선 곳에서 혹여 속앓이를 하진 않을까 걱정되었습니다."

"그저 주어진 대로, 되는대로 그렇구나 하면 그만이지. 속앓이 할 것이 무에 있어."

걱정하는 말에도 대수롭지 않다는 듯 답하는 모습이 평소의 빙휘 같아 안심이 되었다. 새초롬한 답에도 초사여는 다감한 미소를 지으며 그녀를 바라보았다. 보는 것만으로는 충분치 않아 손길이 뻗어 나갔다. 그럼에도 차마 닿는 것이 조심스러워 머리카락의 끝만 매만지던 초사여가 겨우 그녀의 귀밑머리를 쓸어 넘겼다.

"이 차림은 다 뭐야?"

"도 공에게 얻었습니다. 황궁에서 가장 흔한 차람이라 눈에 띄지 않을 것이라고요."

초사여가 어색하게 소맷부리를 쥐고 관복을 흘끔댔다. 품이 큰 적색 관복은 건장한 초사여의 체격에 약간 모자란 듯 빠듯하게 맞았다. 관복에 관모라니, 이런 차림의 그를 보게 될 줄은 상상도 하지 못했던지라 그를 살펴보는 빙휘의 눈에 웃음이 어렸다.

"신기하다. 잘 어울려. 네가 실로 평범한 인간이었다면 이리 관복을 입고 등청했을 수도 있을 텐데."

거기까지 말하고서야 관복을 쓸어보던 빙휘의 손이 멈추었다. 순간 혀가 딱딱해져 입안이 거슬리는 기분이었다. 머리칼이 쭈뼛 서는 느낌에 빙휘가 천천히 고개를 들어 올렸다. 초사여는 언제나처럼 빙휘를 가만히 내려다보고 있었다.

"그런 평범한 삶이 좋겠지요?"

빙휘는 이렇다 할 대답이 없었다. 애초에 초사여가 그녀의 곁을 비운 연유는 바로 이 문제 때문이었는데, 어째서인지 그녀는 그 물음을 피하려는 듯 애먼 소리만 하고 있었다. 그러다가 흘러나온 말에 문제를 당면하니 입이 굳어버렸다. 또 똑같은 겁이요, 두려움이었다.

"무엇을 걱정하시는 겁니까? 제가 이리 당신의 눈앞에 있지 않습니까. 만일 잘못되었다면, 이렇게 당신의 앞에 서 있을 수도 없었을 겁니다."

"그, 그럼?"

빙휘의 목소리가 떨렸다. 놀라 커진 눈동자에 조금 떨리는 손이 서서히 올라와 초사여의 뺨에 살짝 닿았다. 그러나 손끝에는 여전히 온기가 느껴지지 않고 냉기 서린 피부가 닿을 따름이었다.

"아직, 아직입니다. 그러나 방도는 찾았습니다. 하지만 당신을 찾는 것이 급선무였습니다. 당신의 도움이 필요하기도 하고요."

"아……."

섬칫했던 손이 그의 말에 다시 부드럽게 가라앉아 초사여의 뺨을 감쌌다. 이제 어떤 말을 내놓아 보아야 사족이 될 뿐이었다. 하여 초사여는 공연한 말은 묻어두고 빙휘를 꽈악 껴안았다. 빙휘가 초사여를 향해 고개를 돌리니 그의 뺨에 그녀의 입술이 닿았다. 그 입술에 가볍게 힘이 들어가 닫혔다 열리는 것이 느껴졌다. 초사여가 조심스럽게 고개를 돌렸다. 빙휘를 향해 더디게 다가온 그의 입술이 귀에 닿았다 떨어지고 뺨으로 향했다. 그 입술이 뺨을 스치고 눈가를 훑고 코허리를 건너 내려와 빙휘의 입술에 닿았다. 그녀의 입술이 움찔하다가 비켜났다.

위용 찬 궁궐의 기와지붕 끝에 걸려 있는 달에서 휘영청 달빛이 쏟아져 내렸다. 쓰릉쓰릉, 울리던 풀벌레 소리가 거하게 술에 취한 요란한 발걸음에 묻혔다. 황기녀들이 높다랗게 웃으며 흥청거리며 돌아올 때, 빙휘는 이미 처소에 돌아와 소복으로 갈아입고 있었다. 오랜만에 몸에 열이 올라 기분 좋게 떨려왔다.

꼭 단잠에 빠질 것 같았는데 어김없이 새벽녘에 일어난 빙휘였다. 황궁의 아침은 빨라서 궁인들이 돌아다니는 소리가 들리기 시작했다. 지난밤의 여파로 황기녀들은 깨어날 줄을 몰랐으나 빙휘는 평소대로 매무새를 가다듬고 자리에 앉았다.

툇마루에 앉아 바람을 쏘이는 것도, 칼을 손질하는 것도, 수련실에 나가 검무를 추는 것도 어느 것 하나 집중할 수 없었다. 지난밤의 촉감이 선명하게 아로새겨진 듯 몸을 떠나지 않았다. 눈만 감으면 다시 그 느낌이 또렷하게 돋아나 심장이 떨려왔다. 지금도 어딘가에 몸을 숨긴 채 초사여가 자신을 지켜보고 있을 것만 같았다.

"한때는 말이야, 그럴 수 있지 않을까 싶었어. 노예란 것도 기녀란 것도 모두 버리고 누군가의 곁에서 그저 평범한 아낙의 삶을 살수 있지 않을까 생각했어. 그래도 괜찮지 않을까, 춤이니 악이니 하는 것들 애초에 몰랐던 재주일 뿐이니. 모두 잊고 사모하는 마음으로만 살아도 좋을 것 같았어."

기다리던 임이 오지 않아 결국 도망하지도 못하고 끌려와서 눈물로 지새웠던 첫날의 밤이 떠올랐다. 살가운 이 하나 없는 황기루에 이리 붙잡혀 온 것이, 가둬진 것이, 벗어날 수 없는 굴레로 옭아 매고 있었다. 손가락 하나까지 꽁꽁 묶인 듯 갑갑하여 남아 있는 기력도, 의욕도 없었다.

몸은 한가로우니 편안했으나 마음은 그러지 못했다. 황기루는 빙휘를 옥죄어왔다. 할 수 있는 것이라곤 몇 가지의 제한된 허락받은 일들뿐이었고 그 너머로 한 발짝만 내딛으려 하면 금기, 금기, 금기란 말이 달라붙었다. 빙휘에게는 작은 처소 하나, 가지고 온 칼만이 허락되었고, 만일 더 필요하다면 검무용 칼을 요구할 수는 있었다. 그러나 가야금을 탈 수는 없었다. 수련실 역시 검무 등 춤만 출 수 있었지 금을 연주하는 데 쓸 수는 없었다. 빙휘가 검무를 특기로 입궁한 예기인 까닭이었다. 예기임에도 다른 재예는 절대 할 수 없고 오로지 검무만 출 수 있다니, 우스운 제약이었다.

이 답답증도, 말도 안 되는 제약도 전부 빙휘가 환관을 따라 입궁한 탓이었다. 잠시간은 그 탓을 돌아오지 않았던 초사여에게 돌린 적도 있었다. 그러나 곰곰이 생각해 보면 결국 빙휘 자신의 선택이었다. 초사여가 없더라도 얼마든지 혼자서 도망할 수도 있었다. 그러나 그렇게 하지 않은 것은 빙휘의 밑바닥에 깔려 있는 나약함 때문이었다.

집중하지 못하고 가만 앉아 지난 생각들을 되짚던 빙휘는 붉게 물든 태양이 담장 위에 살짝 걸칠 무렵 태제궁으로 불려갔다. 태제궁의 지명도 몇 차례 되니 이제 황기루로 돌아올 때는 혼자 돌아올 수 있을 만큼 황기루와 태제궁 사이의 길이 눈에 익었다.

"가까이 오라."

장지문 앞에서 큰절을 올리면 태제는 언제나 빙휘를 서안 앞까지 불렀다. 이젠 거리낌 없이 올찬 걸음으로 방석에 앉는 빙휘였다. 오늘따라 유난히 생글거리는 태제의 얼굴에 착잡하던 기분이 더욱 뒤섞이어 속이 꼬였다.

황족들이란 대체 무엇을 하는 자들인가. 이리 넓고 화려한 궁에 앉아 호의호식하며 평생을 사는 것일까. 이들은 고생이니 고난이니 하는 것들은 모르고 살겠지. 가만히 앉아 백성들에게서 착취한 돈으로 계집들이나 긁어모아 유흥이나 하며 사는 것이려나.

그런 생각에 빠져 있느라 빙휘는 제 미간이 좁아지는 것도 알지 못했다. 자신의 웃는 낯을 보며 인상을 쓰고 있는 빙휘의 얼굴에 태제가 피식 하고 웃음을 흘렸다. 그의 어깨가 살짝 들썩였다.

"간밤의 밀회는 즐거웠느냐?"

속삭이는 질문에 빙휘가 놀라서 태제의 눈을 마주 보고 말았다. 짙은 눈매가 살짝 굽어 있었다. 불러놓고도 검무고 수발이고 하나도 명하는 바 없던 태제가 대뜸 꺼낸 질문이 의미심장하여 차마 잡아떼지도 못하고 표정에 그대로 드러내고 말았다.

"걱정 마라, 내 아무에게도 이르지 않을 터니."

"무엇을 말씀이십니까?"

아무 말도 하지 않았는데 대답이라도 들은 듯 그리 말하며 눈을 찡긋하는 태제에 빙휘가 모르쇠를 잡았으나 이미 늦은 후였다. 꽉 다문 입술 안으로 이가 떨리어 부딪혔다. 태제는 거의 엎드리다시피 서안에 기대어 턱을 괴고 있었다. 시선을 피하는 빙휘를 빤히 바라보며 웃고 있는 얼굴은 분명 무언가를 알고 있는 눈치였다.

"그이가 정인이냐? 한데 기이하지. 그자는 어느 명부에도 없거든."

태제의 입에서 이어 나오는 말에 빙휘의 얼굴이 하얗게 굳어버렸다. 숨이 턱 막혀 태제를 향해 고개를 돌린 빙휘는 그의 눈에 시선이 박혔다. 휘어 있는 눈꼬리는 분명 웃는 모양이었으나 그 가운데 박힌 새카만 눈동자는 무엇을 말하고 있는지 가늠할 수 없었다. 여유로운 태제의 태도가 빙휘를 숨 막히게 했다.

"고 안에서 아무리 굴려봐야 소용없다."

태제가 턱을 괴지 않은 손으로 빙휘의 이마를 콕 찍었다. 황기녀는 황족만을 모셔야 했고 황족에게만 허락된 기녀였다. 태제가 대체 어떻게 지난밤의 일을 알고 있는 것인지, 어느 정도 알고 있는 것인지는 모르겠으나 이미 그는 중요하지 않았다. 태제가 초사여에 대해서 알고 있다는 것, 초사여의 정체가 위태롭다는 것, 그것만으로도 충분했다.

등줄기가 서늘하여 식은땀이 흘렀다. 온몸에 소름이 돋아 마치 한겨울의 빙판 위에 발가벗고 앉아 있는 기분이었다. 무슨 말을 어떻게 꺼내야 할지 알 수 없어 입안만 바짝 타들어갔다. 머릿속은 하얗고 눈앞은 깜깜했다. 빙휘가 아무런 반응이 없으니 태제가 양손을 턱 아래에 괴고 웃는 낯을 들이댔다.

"무얼 그리 고뇌하느냐? 아무에게도 말하지 않겠다지 않았어? 나를 못 믿는 것이냐?"

"……어찌 아셨습니까?"

"아아, 내가 너에게 관심이 아주 많다. 하여 환관을 하나 붙여두었지."

웃으며 고개를 갸웃거리니 빙휘가 떠듬거리며 물었다. 태제가 손가락을 흔들거리며 눈을 슬쩍 옆으로 굴렸다. 벽 쪽에는 환관 몇이 기둥 뒤의 그림자에 숨어 서 있었다.

"뭐, 그리 걱정할 것도 없다. 황궁에 제대로 된 사내가 몇이나 된다고 그 많은 황기녀들을 거느리겠느냐? 애초에 기녀들을 잡아 놓고 명에 없을 과부 노릇을 강요하는 짓이 우습지. 아마 알게 모르게 황궁 내에서 금군이나 관료들과 내통하는 황기녀들이 꽤 될 게야."

확실히 태제가 초사여의 이야기를 꺼낸 것은 문책하려는 의도가 아닌 모양이었다. 더불어 그의 정체 또한 별달리 궁금해하지 않는 것이 초사여 자체에는 관심이 없어 보였다. 지레 겁먹고 얼음이 된 빙휘를 달래려는 듯 태제가 느리게 말을 이었다.

"다들 알면서도 쉬쉬하며 묻어두는 실상이야. 수면 위로 오르지만 않으면, 굳이 긁어 부스럼 만들 일 없지 않느냐. 무어— 그렇다곤 해도 황형이 알게 된다면 경을 치겠지만 말이다."

심드렁한 얼굴로 느릿느릿 말을 잇던 태제가 황제를 입에 올리며 싱긋 웃었다. 그 웃음에 빙휘는 또 속이 시끄러웠다. 태제의 의중이 무엇인지 짐작조차 할 수 없었다. 아니, 사실 처음부터 이상했다. 일국의 태제라는 자가 화류가 기녀의 기명을 알고 있다는 것부터 수상했다.

"쉰네에게 이러시는 연유가 무엇입니까?"

"해어화인 줄만 알았더니 스스로 물을 줄도 아는구나."

"쇤네의 기명은 어찌 알고 계셨습니까? 어찌하여 쇤네를 지명하신 것입니까? 이리 불러놓고는 어떤 것도 시키지 않으시고 보고만 계셨던 까닭은 무엇입니까?"

겨우 내뱉은 물음을 장난 투로 받아치는 태제의 답에 빙휘가 다시 질의했다. 한 번 터진 물음은 멈출 줄 모르고 계속 이어졌다.

"작야에 황제 폐하의 앞은 어찌하여 막아서신 것입니까?"

웃으며 빙휘의 질문을 듣고 있던 태제가 마지막 물음에 웃음기를 싹 지운 채 턱에서 손을 떼고 정좌하여 앉았다. 웃음을 거두니 딱딱하게 굳은 얼굴이 엄격해 보였다.

"애지중지 지켜낸 꽃이 그런 호색한의 하룻밤으로 꺾이는 것을 보고만 있을 수는 없지."

황제를 호색한이라 칭하는 방자한 언사에 웃음기 없는 얼굴이 사뭇 거만해 보였다.

"지켜내다니, 그것은 무슨 말씀이십니까? ……혹, 일전에 뵌 적이라도 있는지요?"

태제의 의미심장한 말에 빙휘가 조심스럽게 물었다. 그러며 기억을 되짚는데, 아무리 머릿속을 헤집어도 태제의 얼굴은 떠오르지 않았다. 청악에서 빙휘를 찾던 객은 대부분 나이가 지긋한 양반이었다. 여인을 안기보다 재예의 감상을 즐기는 이들. 때문에 젊은 객은 몇 되지 않아 대부분 얼굴을 기억하고 있었는데 개중에 태제와 비슷한 용모의 사내는 없었다.

혹 태제가 오래전부터 자신을 지켜봐 왔고, 때문에 황기루로 불러들인 것일까? 착각일지도 몰랐으나 태제의 말은 빙휘가 오해하

게 만들기에 충분했다. 그리고 빙휘의 어조와 눈빛에서 그녀의 생
각을 읽은 태제가 묘한 얼굴이 되더니 갑자기 굳은 얼굴을 깨트리
고 웃음을 터뜨렸다.

"설마 일국의 태제인 내가 한낱 저자의 기녀를 알고 있었으리라
하는 우둔한 짐작을 하는 것은 아니겠지?"

정통으로 꼬집는 태제의 말에 빙휘의 입가에 힘이 들어갔다. 태
제의 반응에 빙휘는 미간으로 오르는 열을 느꼈다.

"너에 대한 관심을 곡해하진 말거라. 일러주자면 너 정도 미색
이야 황궁에 널리었고, 애초에 근본부터 다른 네가 내 눈에 여인으
로 보일 턱이 없지. 너는 그저 보기 좋은 꽃일 뿐이니라."

"허면 어찌 그리 말씀하십니까?"

비아냥대는 말에 빙휘의 얼굴이 창피와 노기가 섞여 붉게 물들
었다. 한 줄기의 혹여나 하는 마음이 피어오른 것을 들키니 민망하
여 심장이 화끈거렸다. 그러나 그 언사는 흘려듣기에 담긴 의미가
너무 크게 느껴져 제대로 짚고 넘어가야 했다.

"너를 애지중지 지켜준 이를 설마하니 벌써 잊어버린 것은 아니
겠지?"

방금 큰 소리로 웃었던 태제는 어느새 다시 매서운 눈으로 돌변
하여 빙휘를 노려보았다. 그 눈빛 또한 차갑게 식어 있었다.

"나가 봐."

빙휘가 무어라 답하기도 전에, 무심하게 내뱉은 태제가 상체를
뒤로 물러 안석에 기대며 손을 내저었다. 또 그 목소리였다. 낮고
굵어진 음성은 태제의 불편한 심기를 그대로 드러냈다. 그 짧은 말

로 빙휘를 물리고 태제는 다시 눈길을 주지 않았다. 모로 돌린 얼굴선이 날카로웠다. 반쯤 감겨 아래로 향한 시선은 흐릿하고 탁했다.

빙휘는 보지 않는 태제에게 큰절을 올리고 내실을 나왔다. 어느새 태양은 완전히 모습을 감추었고 남은 빛이 푸르스름하게 하늘을 물들이고 있었다. 황기루로 돌아오며 빙휘는 태제의 마지막 말을 곱씹었다. 애지중지 지켜준 이라, 그가 바로 태제와 빙휘의 접점이었다.

초사여를 들켰다는 걱정조차 잊을 정도로 빙휘는 그 의문에 빠져 걸음을 늦추었다. 그 누군가는 아마 태제에게 큰 의미를 지닌 자일 것이었다. 그러지 않고서야 태제씩이나 되는 이가 품지도 않을 황기녀를 불러다 앉혀놓고, 법도를 어긴 것을 눈감아줄 리가 없었다. 그리고 문득 설마 하며 떠오르는 얼굴에 걸음을 멈추는 순간, 갑자기 뒤쪽에서 누군가가 빙휘를 잡아당겼다.

"쉿."

빠르게 빙휘를 담벼락에 밀어붙인 손이 속삭였다. 놀라 덜컥했던 빙휘는 제 입에 닿은 손가락에 살짝 인상을 쓰며 책했다.

"갑자기 이러면 어떡해. 놀랐잖아."

"미안, 미안합니다."

초사여가 웃으며 빙휘의 허리에 손을 둘렀다. 그리 살갑게 구니 빙휘가 계속 인상을 쓰지도 못하고 그만 픽 웃고 말았다. 초사여에겐 그런 면모가 있었다. 영험한 영물이란 정체가 무색하게 사내임에도 애교가 있어 도리어 빙휘보다 어리게 느껴질 때가 있었다.

헐겁게 두른 손이 빙글빙글 돌았다. 그만큼 입술도 빙글거려 초사여의 기분이 그대로 보였다. 그는 여전히 관복을 입고 있었다. 일단 황궁에 잠입하였으니 그 후는 무난하다 여기는 모양인지 초사여는 마치 제집에라도 있는 양 긴장감이 없어 보였다. 그는 정말 단순히 빙휘의 곁이라는 것에 마냥 기뻐하고만 있는 듯했다.

담에 붙어 몸을 가렸다고 괜찮다 생각하는지 초사여가 빙휘를 가까이 끌어당겼다. 그를 따라 허리에 손을 두르려던 빙휘는 태제가 붙여두었던 환관이 떠올라 고개를 돌렸다. 이리저리 둘러보아도 환관의 그림자조차 보이지 않았지만, 지난밤 역시 인기척을 느끼지 못했기에 초사여에게서 한 걸음 물러났다.

"태제 전하께서 지난밤의 일을 알고 계셨어. 내게 환관을 붙여두셨대. 지금도 전하의 환관이 지켜보고 있을지 몰라."

무덤덤한 어조로 빠르게 빙휘가 설명하자 초사여의 표정이 굳어서는 조심스럽게 주변을 훑었다.

"위험한 것 아닙니까?"

"전하의 속내는 모르겠어. 그저 묻어두시려는 것 같다만, 아무래도……."

이 밀회는 위험하다. 언제 깨질지 모르는 살얼음판, 담벼락에도 귀가 있고 그림자에도 눈이 있는 황궁이었다. 아마 환관이 붙지 않았더라도 머지않아 발각되었을지도 몰랐다. 차라리 아직 알아챈 눈이 적은 이 시점에 무언가 다른 방도를 궁리하는 것이 좋을까, 하는 생각이 들었다.

"네 힘으로 황궁을 빠져나갈 수 있을까?"

진즉 물어야 했을 질문이었다. 화색을 띨 줄 알았던 초사여는 어째서인지 당황하며 선뜻 입을 열지 못했다. 그의 기색이 묘했다.

"초사여?"

"황궁 안에서 영력을 사용하기란 다소 힘든 일입니다."

그리 말하며 초사여가 손을 내밀었다. 손을 내려다보던 그의 눈동자가 붉게 변했다. 그러나 손바닥 위에 작은 구슬처럼 붉은 영기가 모여들었으나 그 뿐, 붉은 기운은 손 위에서도 초사여의 눈동자에서도 금세 사라져 버리고 말았다.

"후우."

지친 한숨 소리, 그제야 빙휘는 초사여의 이마에 송골 맺혀 있는 땀방울을 발견했다.

"지금으로선 이 모습을 유지하고 있는 것만으로도 힘에 부칠 정도입니다. 황궁의 터란 오랜 시간을 지내오며 쌓인 무수한 염과 황족들을 지켜내기 위한 수많은 영력으로 뒤덮여 있습니다. 그 흐름을 깨지 않으며 아무도 모르게 숨어드는 일조차 힘들기에 당신을 찾아오기가 그리 오래 걸렸던 것이고……."

고정된 장소에 오랜 시간 동안 쌓이는 염은 그 자체로 특유의 힘과 기운을 지니게 된다. 황궁이란 그런 곳이었고, 황궁에 쌓인 영력은 마치 하나의 유기체와 같기에, 다른 영력을 지닌 존재인 초사여가 그 안에 들어온다는 것은 꽤나 큰 위험을 감수해야 하는 행위였다. 게다가 영관들까지 더해져 이중, 삼중의 영기와 감시가 존재하는 장소였다.

"제가 함부로 이곳에서 영력을 사용할 수 없는 이유입니다."

지금으로선 단지 조용히 바람처럼 공기처럼 숨죽인 채 빙휘의 곁에 머무르는 수밖에 없었다.

"하나도 쉽지 않아."

항상 어려웠다. 그녀를 둘러싼 모든 일이 어렵고 복잡하기만 했다. 머리가 지끈거려 관자놀이를 지그시 누르는데 눈앞이 핑 돌았다. 지친 마음을 추스를 새도 없었다. 잠깐 행복에 젖어 웃고 있다고 생각했는데 정신을 차리고 보니 황궁이란 곳이었다.

잡일을 하지 않아 보드랍던 빙휘의 손은 매일 칼만 쥐는 탓에 손바닥에 굳은살이 박여 딱딱했다. 매일 빙글 돌려대는 칼 손잡이에 엄지와 검지 사이는 살갗이 벗겨지길 반복하여 보기 흉할 정도였다.

황기루의 저녁은 한산하여 마치 홀로 동떨어져 앉아 있는 느낌이었다. 이 화려하고 넓은 곳에 오직 홀로 남아 있는 기분이었다.

'대체 여기에서 무얼 하고 있는 거지?'

멍하니 앉아 적막을 느끼고 있을 때면 그런 질문이 머릿속을 맴돌았다.

"너, 도대체 뭐야?"

눈을 감고 안석에 기대어 있는데 갑자기 장지문이 요란하게 열리며 날카로운 목소리가 날아들었다. 눈꺼풀을 반쯤 들어 올리니 문 앞에 가체를 높게 얹은 요요가 장지문을 양손으로 활짝 밀어젖히고 서 있었다.

"또 무슨 일이야."

봐도 못 본 척 무시하던 요요가 갑자기 들이닥쳐 언성을 높이니 빙휘가 다시 눈을 감고 건성으로 말을 던졌다.

"뭐가 그리도 당당해?"

"당당하지 못할 건 또 뭔데?"

"예기인데 칼조차 챙겨 들고 다니지 않고. 대체 태제궁에서 뭘 하다 나오는 거야? 태제 전하께선 널 안지도 않으시잖아."

높은 목소리가 빨랐다. 요요의 말에야 빙휘는 자신이 요즘 아예 칼을 두고 다닌 것을 깨달았다. 어차피 검무를 보고자 부르는 것도 아니었기에 놓고 다녔는데 그걸 지켜보고 있을 줄은 몰랐다. 아주 무시하는 것만은 아닌 모양이었다. 그리고 동시에 빙휘는 요요의 이상한 태도를 알아차렸다. 그녀는 유독 태제를 운운하며 강짜를 놓았다.

"전하께서 안지 않으신다고 어찌 확신하는 거지?"

빙휘가 눈을 뜨니 요요와 시선이 부딪혔다. 언제 봐도 참으로 아름다운 얼굴이었다. 문자 그대로 백옥 같은 피부에 흑요석 같은 눈망울, 탐스러운 입술이 매혹적이었다.

"넌 황제 폐하께서 가장 아끼는 황기녀잖아. 한데 무엇이 그리 안달일까, 지명조차 받을 수 없는 태제궁의 일에?"

"천박한."

움찔하는가 싶던 요요가 아랫입술을 물어뜯었다. 붉은 연지가 하얀 이에 묻어 마치 피를 머금은 것 같았다.

"부질없으니 눈에 들려 괜한 노력 따위 하지 마. 전하께선 황기녀들 따위 사람 취급도 안 하시니까. 넌 전하께 그저 보기 좋은 꽃일 뿐이야, 몇 번 불려간다고 의기양양할 것 없어. 전하께선 네 털 끝 하나 건들지 않으실 테니."

빠르게 말을 내던진 요요는 갑자기 들이닥쳤던 것처럼 휙 하니 몸을 돌려 가버렸다. 장지문은 활짝 열려 있었고, 그 너머로 요요와의 대화를 흘깃거리던 다른 황기녀들이 보였다. 빙휘는 문을 닫을 생각은 하지 않고 그대로 눈을 감았다.

우스웠다. 아무리 천하의 주인인 황제라고는 하나 용모가 비루하니 부리는 황기녀의 마음 하나 붙잡지 못하는 꼴이라. 게다가 다른 사내에게 안기면 절대 안길 수 없는 사내에게 시선을 두며 시샘하는 모습이라니.

그래, 이곳도 사람이 사는 곳이구나. 이제야 그런 생각이 들며 요요의 얼굴이 떠올라 웃음이 번졌다.

"고록경 대감."

오늘도 어김없이 마주 앉아만 있는 태제에게 빙휘가 대뜸 말을 꺼냈다. 태제가 부르기 전까지 며칠간 계속 생각해 봤지만 태제와의 접점이 될 만한 이는 그뿐이었다. 일국의 태제와 친분이 있을 정도의 인물인 데다 빙휘를 아꼈던 이. 다시 그 이름을 입 밖으로 내기란 힘든 일이었지만 그 이름을 듣자 변하는 태제의 안색을 보고 확신했다.

"쉰네에 대한 이야기를 그분께 들으셨군요."

태제의 눈썹이 꿈틀댔다.

"나의 스승님이시다."

전 상문관 고록경, 문관들의 수장. 그리고 태제의 문사(文師)였다. 태제가 아직 태제가 아니었을 때, 상문관이 아직 상문관이 아니었을 때부터 어린 황자의 교육을 담당했던 문사. 그에게 많은 가르침을 받고 그와 많은 날들을 보냈으며 그와 많은 교감을 나누었다. 태제가 가장 좋아했던 것은 그에게서 듣는 황궁 밖의 이야기, 황궁 안보다 소박하고 빈곤하지만 훨씬 자유롭고 다채로운 삶이 담긴 이야기였다.

그는 때로는 웃고 때로는 울며 많은 이야기를 들려주었다. 그리고 오랜만에 눈을 빛내며, 조금은 주저하며 꺼냈던 이야기가 그 후로 몇 해간 계속되었다. 한 되바라진 기녀의 이야기. 태제로서는 이해할 수 없는 친절을 그녀에게 베푸는 그의 눈은 분명 태제도 잘 알고 있는 감정으로 가득 차 있었다.

"나는 아직도 너를 용서할 수 없지만, 분명 스승님은 널 애틋하게도 아끼셨지."

빙휘의 얼굴이 일그러졌다. 설마 다른 이의 입에서 죽은 고록경 대감에 대한 이야기를 들을 줄은 몰랐던지라 무어라 형용할 수 없는 기분에 휩싸였다. 그런 빙휘의 표정이 태제를 자극했다.

"늙은이의 순정은 불쾌하기라도 하단 게냐?"

태제의 목소리가 날카롭게 섰다.

"그분은!"

감히 태제의 앞에서 언성을 높였던 빙휘는 날카로운 그의 눈을 똑바로 바라보며 한 자 한 자 힘을 주어 말했다.

"쇤네에게도 소중한 분이십니다. 지나친 언사는 삼가시지요. 불쾌합니다.”

“하.”

감히 누군가에게 불쾌하단 말을 들으리라 상상이나 했겠냐만, 분명 그 말은 태제를 향한 것이었다. 신분의 양극, 가장 천한 여인이 가장 존귀한 사내에게 당돌하게도 그리 말하고 있었다. 그럼에도 태제는 노기조차 띠지 않고 맹랑하다는 듯 헛웃음을 터뜨렸다.

“소중하다, 라.”

같은 소중함이나 전혀 비할 수 없는 긴함이었다.

“너는 절대로, 스승님께 네가 얼마나 소중했는지 알지 못할 것이니라.”

그의 어조가 조금 가벼워졌다.

그저 황족, 황가의 일원, 황위 계승 서열의 황자, 후사가 없는 황제의 황태제로만 살았을 그를 유일하게 인간으로, 사내로, 어린아이로 대해준 이였다. 그런 이의 마지막을 추악한 추문으로 얼룩지게 만든 것 중 하나가 빙휘라고 생각했다. 그 위대한 분이 겨우 천한 계집 하나 때문에 그리 허망하게 세상을 등진 것이 태제를 분노하게 했다. 그러나 빙휘가 그에게 어떤 존재인지 알기에 차마 털끝조차 건드릴 수가 없었다. 속으로야 수천 번을 난도질하고 말려 죽이고 태워 죽였으나 항상 그녀를 잡아들일 금군만 소집해 놓고 그 앞에서 하명 한마디 내리지도 못했다.

하늘의 장난인지 빙휘가 황기녀로 들어왔을 때 태제는 대체 그녀의 무엇이 그리도 스승을 휘어잡고 뒤흔들었는지 알고 싶어 처음으로 황기녀를 지명해 태제궁에 들였다. 혹시나 그녀에게서 스승의 모습을 찾을 수 있지는 않을까 기대하기도 했으나, 빙휘는 스승과는 너무나도 달랐다. 제 신분조차 망각한 듯 아양도 교태도 없는 빙휘는 참으로 딱딱하고 재미없는 여인이었다. 태도도 불손하고 무엄한 데다 상대에 대한 일말의 호기심조차 없는지 무언의 지명에 대한 의문조차 내비치지 않았다.

빙휘를 마주하고 있으면 자연스레 함께 떠오르는 스승의 얼굴에 언제나 홀로 분노하여 그녀를 쫓아내고도 마치 그녀가 스승의 마지막 흔적인 양 매일같이 찾게 되었다. 스승은 대체 그녀에게서 무엇을 본 것인가? 절대로 답을 낼 수 없는 질문이었다.

태제를 마주하고 처음으로 빙휘는 그와 긴 대화를 나누었다. 고록경 대감이라는 교점은 끊이지 않는 이야기를 풀어내게 만들었다. 말수가 없는 빙휘조차 입을 쉬지 않을 정도였다. 태제와 빙휘는 서로 먼저 이야기를 꺼내려다 말이 엉켜 버리기를 몇 번이고 반복했다.

설마 태제가 고록경 대감을 알고 있으리라고는 생각하지 못하였으나 다시 생각해 보니 상문관이란 고위관료이니 다른 누군가가 태제와 면식이 있는 사이인 것보다 훨씬 이치에 맞았다.

태제궁에 들어 처음으로 빙휘는 표정을 내보였다. 그리고 처음으로 태제궁의 바닥에 점점이 눈물자국을 남겼다.

"무슨 일이라도 있느냐?"

한참 스승에 대한 이야기를 꺼내며 오랜만에 즐거운 대화를 이어가던 태제는 시간이 흐르자 빙휘가 유난히 창으로 시선을 던지며 하늘을 살피는 것을 알아차렸다. 정다운 이에 대한 이야기를 나누던 탓인지 빙휘는 경계심 없이 그대로 술술 대답하고 말았다.

"해 질 녘이면 만나곤 했는데 시각이⋯⋯."

거기까지 말하고서야 빙휘가 아차 싶어 입을 닫았으나, 이미 태제의 눈은 빛나고 있었다. 약조의 상대가 누구인지는 빤한 일이었다.

"아무리 눈감아주겠다곤 했다만 너무 거리낌 없이 만나는 것 아니냐?"

"⋯⋯송구합니다."

공통의 벗님에 부드러워졌던 분위기에 일순 성에가 돋았다. 긴장한 빙휘의 입술이 일자로 굳었다. 이에 딱 붙어 당겨진 그 입꼬리를 보며 태제가 깊은 눈매를 능글맞게 굴렸다.

"지체될까 걱정되느냐?"

빙휘는 살짝 고개를 숙일 뿐 차마 대답하지 못했다. 양옆에 내려놓은 두 손에 바짝 힘이 들어갔다. 아무리 아끼는 이의 아끼는 이라 하나 지나치게 방심하여 경거망동하였다. 아무리 위해준 이의 위해준 이라 하나 대놓고 법도를 어기는 것을 좋게 넘어갈 리 만무했다. 그러나 이어지는 말에 빙휘는 대체 태제가 어떤 이인지 갈피를 잡을 수가 없었다.

"걱정 마라. 내 환관을 시켜 네 정인에게 네가 태제궁에 있으니 다소 지체될 것이라 연통을 넣어주마."

"그렇게까지 하실 것 없습니다."

"태제궁에 있다는 것을 알리기 싫은 것이냐?"

"⋯⋯예."

빙휘로서는 초사여에 대해 자세히 말할 수 없으니 대충 답한 것이었다. 그러나 에둘러대지도 않고 그러하다고 답하는 빙휘의 모습이 태제에게는 다르게 다가온 모양이었다. 그의 입술 사이로 피식, 하고 웃음이 새 나왔다. 그러다 갑자기 태제가 상체를 쑥 내밀며 물었다.

"금일 태제궁을 나가지 않는 것은 어떠하냐?"

빙휘의 한쪽 눈썹이 미간을 향해 움직였다. 태제의 한쪽 입꼬리가 위로 올라갔다.

"그자가 너를 다정히 대해주느냐?"

"어찌 그런 하문을 하십니까?"

"법도를 어기고 황기녀와의 만남을 계속 이어가는 담은 내 높이 사겠다만, 과연 그가 금기를 어기는 행위에 심장이 뛰는 것인지 너에 대한 연정으로 심장이 뛰는 것인지 가늠하기 어렵구나."

"그는 전하께서 가늠하실 일이 아닙니다."

대관절 태제가 왜 이런 물음을 하는 것인지 이해할 수 없었다. 사실 태제궁의 출입은 모두 태제의 뜻이라 그의 명 없이는 한 발자국도 움직일 수 없는 빙휘였다. 그럼에도 빙휘에게 묻는 것은 고약한 심술이었다.

"어떠냐? 너도 궁금하지 않느냐? 태제궁에서 네가 하룻밤을 지낸 것을 알면, 저치는 어찌 나올까?"

"전혀 궁금치 않습니다."

"그래도 여전히 너를 아낄까?"

그는 막무가내였다. 거부하는 빙휘의 대답은 들리지 않는다는 듯이, 마치 미리 준비한 대사마냥 기어코 말을 이어 나갔다.

"아무 일도 없었다는 네 말을 고이 믿어줄까?"

"전하!"

결국 빙휘가 큰 소리를 내고서야 태제는 짓궂은 언사를 그만두었다. 빙휘의 심장이 빠르고 세차게 뛰었다. 꼭 다문 입술이 파르르 떨렸고, 정돈되지 않은 숨이 코를 넘나들었다. 그러나 여전히 그의 눈은 깊이를 가늠할 수 없을 정도로 패어 있었다. 이미 빙휘의 언사는 태제에게 중요하지 않았다.

평소라면 곧 떠오르는 스승의 얼굴에 기분이 나빠져 빙휘를 내보냈을 태제였다. 그러나 회피하던 스승의 이야기를 한 아름 풀어낸 오늘, 태제는 오히려 빙휘를 붙잡고 놔주질 않았다.

"마치 어린아이의 투정과 같습니다."

"무어?"

"전하께서 이러시는 연유는 쇤네에게서 대감을 찾고 있기 때문이 아닙니까. 떠난 분을 놔드리지 못하고 그 잔영을 찾아 헤매고 또 손에 쥐고 놓치지 않으려 안달하는 모습이, 갖고픈 것을 손에 넣으려는 철없는 아이의 투정과 다른 점이 무엇입니까."

말꼬리가 낮은 억양은 태제의 마음 한구석을 쿡쿡 찌르며 들어왔다. 그의 한쪽 눈썹이 아래로 가라앉았다.

"좋다."

낮은 목소리는 항상 빙휘에게 나가라 명할 때와 같은 억양이었다.

"너는 오늘 태제궁에서 한 발자국도 나갈 수 없다. 여봐라, 황기녀의 침구를 준비하여라."

"전하!"

빙휘의 말은 태제를 자극하고 말았다. 그 어떤 동요도 보이지 않던 빙휘의 얼굴이 깨져서 눈썹이 높이 올라가고 입가에 힘이 들어갔다. 태제는 웃음을 지우고 어둑해진 얼굴로 그런 빙휘를 흘끔하고는 자리에서 일어났다.

"너는 내 손짓 한 번이면 목이 날아갈 수 있다는 실정을 모르는 모양이야."

섬뜩한 목소리에 빙휘가 치맛자락을 움켜쥐었다. 뼈마디가 불거진 빙휘의 손을 한 번, 불타는 두 눈을 한 번 바라보고 태제가 서안 옆으로 걸어 나왔다. 당장 그 뒤를 따라 태제궁을 벗어나고 싶었지만 자신을 내려다보는 매서운 시선에 빙휘는 입술만 물어뜯었다.

태제궁에서 밤을 보내는 것은 지명으로 태제궁을 들락거리는 것과는 차원이 다른 문제였다. 태제는 지금 빙휘의 정인을 평범한 어느 관료라 여기고 이런 놀음을 걸어온 것이었다. 아니, 평범한 관료인가 비범한 영물인가의 문제가 아니었다. 그저 여인과 사내의 문제였다.

이는 믿음의 문제였다. 마치 태제가 시험이라도 하는 것 같았다. 그를 믿는다면, 그가 빙휘를 믿는다면 전혀 문제될 일이 아니었다. 그러나 빙휘의 마음 한구석은 불안하기만 했다. 심장이 세차게 뛰고 가슴 안이 답답했다. 그 안에 무엇이 콱 걸리기라도 한 듯 꽉 막혀 통증이 일었다.

"나가겠습니다."

"어디 나가보아라."

자리에서 벌떡 일어서는 빙휘의 말을 태제가 빠르게 받아쳤다. 태제가 천천히 걸어와 빙휘의 앞에 섰다.

"어디 나가 네 정인 놈에게 달려가 보아라. 황기녀의 몸으로 다른 사내를 찾아가 봐. 이미 내게 들켰을 때 죽을 목숨을 부지해 주었더니, 사리 분별이 안 되느냐? 금야를 잘 보낸다면 그에게 보내 줄 용의도 있어. 태제가 그 정도 힘도 없을 줄 아느냐? 하지만 지금 태제궁을 나선다며 너는 물론 그놈까지 잡아 황궁을 어지럽힌 죄를 톡톡히 물을지어다."

그의 말에 동하지 않을 수가 없었다. 그러나 권력을 무기로 이리 뒤흔드는 태제의 행동은 지나치고도 한참 지나쳤다. 빙휘는 감히 태제의 눈을 똑바로 노려보며 자리에 털썩 주저앉았다. 애초에 그녀에게는 선택권이 없었다.

자리에 앉는 빙휘를 무미건조하게 내려다보고, 태제가 그녀를 지나쳐 내실을 나갔다.

어둑한 내실에 빙휘가 홀로 앉아 있었다. 태제를 마주 보며 앉아 있던 자리에 방석 대신 이부자리가 깔려 있었다. 그러나 빙휘는 포근한 자리에 몸을 누이지 않고 꼿꼿하게 정좌한 채 아무것도 없는 빈 안석을 노려보고 있었다. 벽면에 길게 늘어서 기둥의 그림자에 몸을 가리고 있던 환관과 궁녀들도 모두 밖으로 나간 지 오래였다. 당번을 서는 궁인이 몇 명, 몸을 숨기고 지키고 있을지도 몰랐다. 어찌 되었건 눈에 띄는 이는 한 명도 없었다. 그럼에도 빙휘는 등을 곧추세우고 있었다.

드르르.

내실의 문이 부드럽게 열렸다. 누군가가 들어와 소리 없이 조용한 걸음으로 다가왔으나 빙휘는 고개를 돌리지 않았다.

"빙휘."

태제나 혹은 그의 전언을 전하려는 궁인이겠거니 여기고 있던 빙휘는 제 이름을 부르는 목소리에 순간 귀를 의심했다.

"자네를 이곳에서 보게 될 줄이야."

"현석염 나리?"

빙휘가 고개를 돌렸다. 그녀의 뒤에 검고 간소한 관복을 입은 현석염이 서 있었다. 아니, 관복이라기보다는 활동성을 중시한 무복(武服)이었다. 새카만 무복의 어깨, 심장, 옷자락 끝 따위에 붉은 실로 문양이 수 놓여 있었다. 그는 막 하관을 가리고 있던 검은 천 가리개의 끈을 귀에서 풀어내고 있었다. 현석염의 얼굴을 확인한 빙휘가 자리에서 일어났다. 가볍게 고개를 숙이니 현석염이 예전에 그러했듯 정답게 인사를 받아주었다.

이 시각에 태제궁의 깊숙한 내실에 저런 차림으로 서 있는 현석염이라……. 빙휘가 빠르게 머리를 굴렸다. 수년 만의 의아스런 재회에 당황도 잠시, 빙휘는 곧 그와 나누었던 대화들을 기억해 냈다.

"나리께서 호위하신다던 '그분'이 태제 전하셨습니까?"

"그렇다네."

시간이 흐른 만큼, 현석염은 이제 더 이상 나리가 아닌 영감의 칭호를 듣는 자리에 있었으나, 그는 굳이 빙휘의 호칭을 고쳐주지 않았다. 이 때 만큼은 그 시절, 나리라 불리던 그 때 그 순간에 있고 싶었기 때문이었다.

"세상이 참 좁습니다."

"그대의 행보가 참으로 넓은 것이 아닐까."

체격에 맞지 않게 어딘가 가벼우면서 조곤조곤한 목소리는 여전했다. 그러나 그의 눈빛은 그간의 세월을 머금어 많이 변해 있었다. 빙휘를 바라보는 현석염의 눈에는 더 이상의 설렘도 당황도 담겨 있지 않았다. 언제나 그녀를 마주하면 갈피를 잡지 못해 흔들리던 시선이 지금은 그녀를 똑바로 바라보며 여유로운 웃음을 짓고 있었다.

"처음 자네를 황궁에서 보았을 때는 참으로 놀랐으이. 재예가 뛰어난 줄은 진즉 알고 있었다만, 황궁에 들어올 정도라니. 무어 그렇게나 유명하였으니 당연한 수순이려나. 어찌 되었건 몇 해 만에 다시 보니 많은 것이 놀라워."

"무엇이 말입니까?"

"많이 변했으이."

"나리께서도 변하셨습니다."

"아니, 아니. 정말 많이 변했어."

현석염이 웃으며 손사래를 쳤다.

"나는 태제 전하를 가장 가까운 곳에서 아무도 모르게 섬기고 있다네. 그러니 그분의 모든 말을 듣고, 모든 행동을 살피고 있지. 처음에는 그저 오랜 세월의 변화라 생각했어. 그 좋아하던 금을 놓고 검무를 추게 된 연유와도 관계가 있지 않을까 예상해 보았는데."

대체 무엇이 변했다는 말을 하고자 이리 사설이 길어지는지 빙휘가 의아하여 현석염을 바라보았다. 현석염은 그 빙휘의 눈빛마저 신기하게 여기는 듯했다. 현석염이 기억하는 빙휘와 현재 마주하고 있는 지금의 빙휘, 둘 사이의 변화는 그저 시간 때문만은 아니었다.

"정인이 생겼다고."

"……예."

"황궁에 출입하는 관료라면 알 수도 있음 직한데."

"나리께선 모르는 이입니다."

현석염이 관심을 보이니 빙휘가 빠르게 말을 끊었다. 그리고 이어서 그녀가 화제를 돌렸다. 현석염을 다시 보는 순간 묻고 싶었던 말이었다.

"연지는 잘 지내고 있습니까?"

"잘 지낸다네."

그는 조금 놀란 표정이 되었다가 싱긋 웃으며 답했다.

"연지 덕에 집안의 분위기가 밝아. 그녀에겐 미안한 것도 고마운 것도 참 많으이. 그래, 이젠 자네가 황궁에 있으니 연지를 만나보겠나?"

"연지를 볼 수 있을까요?"

"뭐, 쉽지는 않지만 아주 어려운 것도 아니야."

생각지 못한 제안에 빙휘의 표정이 밝아졌다. 현석염은 씩 웃으

며 고개를 끄덕였다. 그 후로 잠시 연지의 이야기를 이어가던 현석
염이 주변을 살폈다.

"흠, 아무래도 자리를 더 비우는 것은 힘들 듯하이."

시간이 많이 지체되었다. 그림자 호위가 직무인지라 항상 숨어
서 지켜볼 수밖에 없었는데 이런 기회에 빙휘와 잠시나마 이야기
를 나누고 싶은 마음이었다. 오랜만에 만난 것이 반갑기도 했고,
그 오래전의 시간에 그녀에게 가졌던 좋은 감정이 그립기도 했다.
현석염이 이루 말할 수 없는 묘한 눈길로 빙휘를 지긋이 바라보았
다.

"언제 한번 자리를 마련해 봄세."

한쪽 귀에만 걸어놓았던 천 가리개를 다시 제대로 고쳐 쓰니 현
석염의 부리부리한 눈밖에 보이지 않았다. 빙휘가 고개를 살짝 숙
여 인사를 했다. 그가 몸을 돌려 걸음을 옮기다 말고 잠시 멈칫하
고는 가리개 너머로 말을 건넸다.

"오늘의 처사에 너무 섭해하지 말게. 전하께선…… 내가 아는
황족 중에 가장 좋으신 분이야."

입을 가리고 있는 천 가리개 때문에 말소리는 조금 웅웅거렸지
만 그의 목소리가 똑똑히 귀에 들렸다. 현석염은 올 때처럼 조용한
걸음으로 내실을 나섰다. 내실의 문을 바라보고 서 있던 빙휘가 다
시 이부자리 위에 앉았다. 그녀는 여전히 자리에 눕지 않고 꼿꼿이
등을 펴고 앉아 있었다.

"지금 나오십니까?"

빙휘는 대답하지 못하고 고개만 끄덕였다. 머리 위로 태양이 높이 떠 있건만 유난히 공기가 차게 느껴졌다. 태제궁에서 밤을 지새우고 나온 황기녀라……. 그 모습을 본 이는 백이면 백 같은 생각을 할 터였다.

초사여의 표정을 보고 싶지 않았기에 빙휘가 고개를 모로 돌렸다. 돌아선 빙휘의 얼굴은 좁아진 미간과 굳게 다문 얇은 입술에서 냉기가 흘렀다.

"기다리고 있었습니다."

"……밤새?"

대답하지 않고 손을 내민 초사여가 그녀의 뺨을 감싸려는데 빙휘가 반대로 고개를 돌려 버렸다.

"어찌 피하십니까?"

"왜 아무것도 묻지 않아?"

모로 고개를 돌리고만 있던 빙휘가 결국 초사여를 똑바로 바라보며 물었다. 매서운 시선에는 물기가 어려 있었다.

"물을 것이 없습니다. 저는 단지 당신이 태제궁에서 나오길 기다리고 있었을 뿐입니다."

"태제의 처소에서 밤을 보내고 나왔는데 물을 것이 없어?"

"임이여."

그녀를 부르는 목소리가 안타까웠다. 당차고 굳센 척하고 있었지만 빙휘는 언제나 스스로에 대한 자신과 확신이 부족했다. 그녀는 제 발이 저려서는 겁에 질려 잔뜩 가시를 세우고 있었다. 그러면 이제 초사여가, 그녀가 안심할 때까지 수백, 수천 번이고 일러

줄 차례였다.

"개의치 않습니다. 그 어떤 밤도 걱정하지 않습니다."

"내가 어떤 사내에게 안기든 상관없다는 거야?"

"당신이 다른 사내에게 안기는 것을 제가 보고만 있으리라 여기십니까?"

이제 빙휘의 얼굴에 의아함이 떠올랐다. 날카롭던 그녀의 눈빛이 조금 누그러들었다.

"모두 지켜보고 있었습니다. 귀한 임을 어찌 홀로 낯선 사내의 처소에 들여보내리까? 저는 속 좁고 옹졸한 사내입니다."

지켜보고 있었다니, 어떻게? 라는 물음이 머릿속에 피어오르자마자 빙휘는 아차 하며 깨달았다. 줄곧 초사여로 마주하고 있어 잠시 잊었으나, 그의 본체는 작은 뱀이었다. 그 모습이라면 어느 곳에든 쉬이 숨어들 수 있을 터였다. 어째서인지 초사여는 직접적으로 뱀의 모습에 대하여 말하지 않았으나 빙휘는 그러마고 예상했다.

"일단 지금이야 당신과 같은 장소에 있는 것으로 만족하고 있으나, 계속 방도를 찾고 있습니다. 황궁의 영기를 거슬러 당신과 황궁을 나설 방도를 궁리하고 있습니다."

초조한 것은 빙휘만이 아니었다. 여유로워 보였으나 사실 가장 속을 태우고 있는 이는 초사여였다. 빙휘의 앞에서는 언제나 나긋이 웃고 있었으나, 그는 어서 한시라도 빨리 빙휘를 이 삼엄한 황궁에서 빼내고 싶었다. 황궁에 잠입한 지 이제야 나흘째였으나 작일 빙휘의 말대로 이곳에 오래 머무는 것은 위험했다. 조금 더 서

둘러야겠다는 결심을 다지며 초사여가 빙휘의 양손을 감싸 쥐었다. 그녀의 표정이 평소처럼 가라앉았다. 그 부드러운 시선이 초사여를 어루만지다가 문득 멈추었다. 빙휘가 손을 들어 초사여의 이마께를 매만졌다.

"식은땀……."

손끝이 서늘해질 정도로 싸늘한 땀방울이 맺혀 있었다. 항상 부드러운 표정으로 웃고 있었기에 몰랐는데 그의 땀을 닦아주려다 보니 황궁의 영기를 버티는 일이 그리도 힘겨운가 싶어 속이 울컥했다.

"이곳이 많이 힘든 거야?"

"괜찮습니다."

미소를 지어 보였으나 도리어 그 웃음이 힘겨워 보였다.

"영력을 쓰는 게 힘들다고 했잖아. 그러고 보니 이 모습으로 있으려면 영력을 사용해야 할 터인데, 고되지 않아? 그냥 초아의 모습으로 있는 건—"

"싫습니다."

빙휘의 말이 끝나기도 전에 초사여가 딱 잘라 말하며 그도 모자란지 고개까지 내저었다. 한 번 눈에 띄니 그의 눈동자에 어린 피곤하고 지친 기색이 확연히 드러났다. 그러나 초사여는 그 고단함을 떨쳐 내듯 휘휘 고개를 젓고 단호하게 말했다.

"당신의 앞에서만은 그 모습으로 돌아가기 싫습니다."

"왜? 이리 힘들어하면서."

걱정을 담은 손이 다시 초사여의 이마를 쓰다듬으려는 순간 초사여가 그 손을 움켜쥐었다. 가볍게 잡은 손은 빙휘의 손을 입가로 가져갔다. 조금 차가운 입술이 손가락을 스쳤다. 가벼운 입맞춤에 빙휘의 얼굴이 부끄러움에 물들었고, 곧 초사여의 품에 갇혀 가려졌다. 가볍게 스치는가 싶던 입맞춤이 빠른 포옹으로 이어졌다.

"뱀의 몸으로는 당신을 안을 수 없으니까."

평소와 달리 무게감이 느껴지는 품이었다. 그 무게만큼 초사여의 고단함이 느껴졌다. 그럼에도 꿋꿋하게 사내의 모습으로 빙휘에 앞에 서 있었다. 백은산에서의 재회 이후로 초사여는 단 한 번도 빙휘의 앞에 뱀의 모습을 드러낸 적이 없었다. 그녀의 시선이 닿지 않는 곳에서는 뱀으로 움직이기도 하였으나 그녀의 시야 내라면 반드시 사내로만 서 있었다. 별것 아닐지 몰라도 초사여에겐 중요했다. 치기 어린 사내의 우스운 자존심이라 해도 빙휘의 앞에 서만은 뱀이 아닌 사내의 모습이고자 했다.

빙휘를 감싸고 있는 초사여의 손에 힘이 들어갔다. 꽉 끌어안은 손에 조금의 틈도 없이 몸이 맞닿았다. 고개를 들어 초사여와 눈을 맞추고 있던 빙휘가 슬며시 고개를 내렸다. 두 눈을 감은 채 빙휘가 초사여의 가슴팍에 머리를 기대었다. 커다란 어깨와 튼실한 팔이 다정하게 빙휘를 감싸고 있었다. 그의 품에 모로 기대어, 귓가에 그의 심장 소리를 들었다.

"내가 어리석었어."

얌전히 안겨 있던 빙휘가 초사여의 팔 아래로 손을 내밀어 그를 마주 안았다.

"너를 기다리겠다는 핑계로 널 시험했나 봐. 맞서보지도 않고 얌전히 환관을 따라 입궁한 탓에 일을 더욱 어렵게 만들었어."

"지난 일을 후회하여 무엇 하겠습니까. 책망하지 마십시오."

떨리는 목소리를 초사여가 다독였다. 그의 품이 빙휘를 달래주었다. 시선을 피하여 인적이 드문 뒷길을 찾아 담벼락에 몸을 숨긴 채라고는 하지만 한낮의 황궁이었다. 게다가 태제가 붙여두었다는 환관이 계속 지켜보고 있을지도 모를 일이었다. 그러나 빙휘와 초사여는 쉬 몸을 떨어뜨리지 못했다. 시간도 장소도 잊은 양 그리 둘이 맞붙어 그러안고 있었다.

그 품이 좋았다. 그 널찍한 어깨가 든든했다. 한 품에 쏙 들어가 폭 안겼다. 몸을 기대면 머리가 닿는 가슴팍이, 귓가에 들려오는 심장 소리가 그녀를 편안하게 어루만져 주었다. 머리 위로 그의 느린 호흡이 느껴졌고, 그 숨에 오르락내리락하는 가슴이 그녀의 오르내리는 가슴과 겹쳐 마치 한 쌍처럼 움직였다. 팔을 겹쳐 허리를 감싸 쥔 손의 느낌이 생생했다. 골반 위의 허리 언저리 어딘가에 놓인 커다란 손은 가볍게 그녀의 몸을 감싸고 있었다. 그의 등을 마주 안고 있던 그녀의 손이 가볍게 흘러내렸다. 옷자락에 숨겨진 그의 등, 등 가운데의 움푹 들어간 척추의 자리를 손가락으로 매만지며 따라 내려왔다. 그렇게 몇 차례, 가볍게 등을 쓸어내리던 빙휘가 고개를 들었다.

"밤새 생각했어."

"어떤 생각을 하셨습니까?"

"언젠가……."

빙휘가 답지 않게 말꼬리를 흐렸다. 초사여를 빤히 올려다보던 그녀가 입술을 굳게 닫고 한 번 힘을 주고는 다시 입을 떼었다.

"언젠가 네게 온전히 안기고 싶어. 내가 누군가에게 처음 안긴다면, 그건 너일 거야."

그런 말을 건네면서 빙휘의 눈에는 흔들림이 없었다. 언제나처럼 올곧은 눈빛으로, 분명한 시선으로 빙휘는 초사여를 바라보고 있었다. 초사여 역시 그녀의 시선을 피하지 않았다.

"언젠가 당신이 온전히 제게로 올 때, 그날을 기다리겠습니다."

빙휘가 고개를 끄덕였다. 그녀의 입술이 부드럽게 물결쳤다. 그 파동을 따라 그녀가 초사여의 품에서 빠져나왔다. 그러나 여전히 손을 꼭 붙잡은 채, 그녀는 그에게서 온전히 떨어지지는 않았다. 그에게서 거리를 두어도 손끝은 이어져 있었다.

"이젠 들어가야겠어. 이 시각엔 황기루 근처에는 사람이 없으니 솟을대문까지는 괜찮지 않을까?"

"당신이 좋다면 저도 좋습니다."

방금 건넸던 부끄러운 말은 잊어버린 모양인지, 빙휘는 치맛자락을 나풀거리며 초사여의 손을 꼭 잡고 걸어 나갔다. 황기루가 황궁 내 은밀한 곳에 자리한 데다 황궁을 출입하는 외부인들은 그 근처를 다가가는 것조차 금지되어 있었다. 게다가 한낮이라는 시간은 만인이 직무로 바쁠 시간이었으나, 그렇기에 황기녀들에겐 휴식과 같은 시간이었다. 따라서 황기루 근처는 한적할 시기라 빙휘는 조금 방심하여 솟을대문 앞의 골목까지 초사여를 끌고 갔다.

"여기까지."

황기루의 솟을대문이 보이자 빙휘가 걸음을 멈추었다. 빙글 돌아서 초사여를 마주 보며 아쉬운 듯 짧은 말을 뱉으며 그녀가 그의 어깨를 슥슥 쓸어내렸다. 쉽사리 걸음을 돌리지 못하는 빙휘에, 그녀를 마주 보며 미소를 짓고 있던 초사여가 한 걸음 뒤로 물러섰다. 그제야 빙휘가 초사여에게서 손을 떼고 몇 번 주먹을 쥐었다 펴며 손을 주억거리다가 팔을 내렸다.

"한적할 때 다시 찾아오겠습니다."

"어차피 그럴 때를 기다리며 어딘가에서 날 보고 있겠지?"

초사여가 고개를 끄덕였다. 그 대답에 빙휘가 만족스럽다는 미소를 짧게 던지고 몸을 돌렸다. 뒤에서 자꾸 발걸음을 붙잡는 기분이었으나 그녀는 자박자박 걸음을 내디뎠다.

황기루로 들어서려는데 솟을대문 옆에 시커먼 그림자가 서 있었다. 그 그림자에 문득 잊어버리고 있던 아주 오래전의 어느 날이 떠올라 빙휘가 멈칫했다. 그녀가 걸음을 멈추니 그림자가 앞으로 걸어와 모습을 밝혔다.

"저 사람, 뭐야?"

"어쩐 일로 이 시각에 나와 있어?"

"내가 먼저 물었어. 저 사람 누구야?"

날카롭게 물으며 나타난 이는 요요였다. 고집 있는 목소리는 충분히 만족스러운 대답을 내놓지 않으면 끈질기게 물고 늘어질 것 같았다.

"태제 전하도 이미 알고 있는 이야."

"그걸 물은 게 아니잖니?"

"알아 무얼 하게. 너와는 관계없어."

답할 일이 곤란했기에 대충 넘어가려고 차갑게 대답하며 요요를 지나쳐 황기루로 들어서려던 빙휘는, 그녀의 손목을 낚아채는 요요의 매서운 손아귀에 걸음을 멈출 수밖에 없었다. 요요의 악력은 대단했다. 아무리 비틀어도 손목을 빼낼 수가 없었다. 결국 빙휘는 짧은 숨을 내쉬고 몸을 돌려 그녀를 마주 보았다.

"내 오랜 정인이야."

"정인?"

원하는 답을 간결하게 내주었건만 요요의 표정은 도리어 믿을 수 없다는 듯 일그러졌다. 그녀는 기가 막힌 얼굴로 헛웃음을 내뱉었다.

"어이가 없어선. 황기녀 주제에 정인이라구? 그 같잖은 말은 뭐다니?"

"들병이라 낮잡더니, 날 황기녀라 여기기는 했나 보구나?"

"지금 날 놀려?"

말꼬리를 잡는 빙휘의 말에 요요의 얼굴이 대번에 발개졌다. 어떤 속사정인지는 몰라도 요요는 유난히 빙휘를 탐탁찮아 하며 눈엣가시로 여겼다. 그녀는 미기인지라 예기들에게는 크게 신경을 쓰지 않았는데 빙휘에게만은 달랐다. 처음에는 빙휘의 출신 탓인가 싶었고 후에는 태제가 빙휘를 지명한 탓인가 싶었다. 어찌 되었건 요요는 나서서 빙휘에게 부딪혀 왔다. 그랬건만 빙휘는 그런 요요가 딱히 싫지 않았다.

빙휘와 달리 표정이 금세 얼굴에 드러나는 요요, 그녀가 빙휘를 괴롭히는 것은 사실이었지만 모두가 무시하는 황기루에서 유일하게 먼저 말을 걸어오는 황기녀였다.

"내가 태제궁에서 밤을 지내고 나왔기에 날 기다리고 있었던 거지?"

정곡을 찌르는 말에 요요가 움찔했다. 그녀는 모든 것이 빤히 보였다. 황제의 황기녀임에도 태제를 품은 마음이, 빙휘의 눈에도 빤히 보였다.

"걱정할 것 없어. 네가 전에 내게 말한 대로, 그분은 내 털끝 하나 건드리지 않으셨으니."

빙휘가 툭 던진 말에 요요의 손에서 힘이 풀려, 빙휘는 그녀의 손에서 손목을 빼낼 수 있었다. 속내를 들켰기 때문인지 요요가 짧게 욕지거리를 내뱉으며 괜한 성질을 부리고는 먼저 황기루 안으로 쏙 들어가 버렸다. 빙휘는 그저 그런 요요의 모습을 바라보며 가볍게 어깨를 들썩였다.

연정에 빠진 여인을 미워할 수는 없는 노릇이었다.

요요가 앞서 들어간 후 황기루로 들어선 빙휘는 바로 처소로 향했다. 처소 안은 찬 기운이 돌았다. 방 안에 들어선 빙휘가 서안을 짚고 보료 위에 옆으로 기대어 앉았다. 서안에 팔꿈치를 기댄 채 발을 뻗고 반쯤 누워 있던 빙휘는 곧 상체마저 보료 위로 넘어뜨려 드러눕고 말았다. 처소에 들어오니 그제야 피곤이 밀려들었다. 천장은 깔끔했고 보료는 서늘했다. 잠시 눈을 감고 그 싸한 느낌을 맛보던 빙휘가 천천히 몸을 돌렸다.

서안 옆의 바닥에 칼이 놓여 있었다. 사람을 베기 위해 태어난 칼이었으나 주인을 잘못 만난 탓에 애석하게도 빈 허공만 베어내고 있었다. 빙휘는 물끄러미 칼을 바라보았다. 긴 검신이 살짝 휘어 있었다. 그 곡선이 아래로 오목하게 휘어 웃는 모양인 것인지 위로 볼록하게 휘어 찡그린 모양인 것인지, 빙휘는 한참 칼등을 노려보고 있었다.

빙휘가 손을 내밀어 칼을 쥐었다. 손바닥에 칼자루를 동여맨 천의 굴곡이 느껴졌다. 물집이 잡히고 피가 터질 때까지 휘둘렀던 칼이었다. 그랬던 칼을 요새 한동안 내려놓고 있었다. 어딜 가든 몸에서 떼지 않았던 칼이었는데, 이제는 너무나도 자연스럽게 방에 두고 나오곤 했다. 칼자루를 몇 번 움켜쥐던 빙휘가 빠르게 일어나선 칼을 왼손으로 옮겨 쥐었다. 습베 아래의 칼집을 잡고 있던 빙휘가 빠르게 칼을 빼내며 오른쪽 가슴 옆으로 칼을 세워 들었다. 왼손은 어느새 오른손을 따라 칼자루를 쥐고 있었다. 직각을 그린 왼팔과 사선으로 기울어 있는 오른팔에 절도가 넘쳤다.

"격법(擊法)."

짧게 외침과 동시에 칼이 머리 위로 올라갔다. 똑바로 떨어지던 칼은 다시 재빠르게 머리 위로 올라가 사선으로 휘어지며 앞으로 떨어졌다. 떨어지는 순간 가볍게 양손을 쥐어짜듯 칼자루를 잡으니 칼끝에 흔들림이 없었다. 짧게 끊어치는 동작은 곧 양어깨에서 한 번씩 정면을 내려치더니 허리선에서 수평으로 쳐내고 아래에서 위로 올려치고는 마지막으로 다시 머리 위에서 짧게 끊어 치는 것으로 동작을 멈추었다.

"세법(洗法)."

그러나 바로 뒤이은 외침에 칼이 다시 빠르게 내질렀다. 조금 전과 비슷하지만 짧게 내려치지 않고 길게 베어내는 칼놀림이 이어졌다. 몸을 완전히 돌려 아래에서 깊숙이 올려 베는 동작 후로 역시나 마지막으로 머리 위에서 길게 베어내니 물로 씻어내듯 유려한 칼의 움직임이 멈추었다.

"자법(刺法)."

빙휘가 빠르게 검을 왼쪽 옆구리로 잡아당기며 손목을 돌려 칼날이 위로 가도록 칼을 돌려 쥐었다. 그리고 손을 쭉 내밀며 칼끝이 아래를 향하도록 사선으로 기울며 날래게 정면을 찔렀다. 날을 거꾸로 들어 배를 찌르는 탄복자(坦腹刺)였다. 이어 목을 노리는 역린자(逆鱗刺)를 내지를 차례였으나 빙휘는 칼을 회수하지 못하고 있었다. 날을 거꾸로 세워 든 칼끝이 파르르 떨렸다.

"착검(着劍)."

발검하며 칼집을 바닥에 떨어뜨린지라 빙휘는 왼손의 엄지와 검지 사이로 칼등을 대어 부드럽게 칼을 흘려 넣었다. 슴베 아래로 칼집을 쥐고 있어야 할 왼손은 엉뚱하게도 슴베를 잡고 있었다. 둥근 슴베를 넓게 잡고 있던 빙휘가 손을 살짝 풀었다가 재차 쥐며 가뿐하게 칼자루로 손을 옮겼다.

재빠르게 몇 번 칼을 휘두르던 빙휘의 감은 눈 위로 살짝 인상이 쓰였다. 그녀는 무언가를 떨쳐 내려는 듯 짧게 몇 차례 고개를 흔들고는 칼자루를 쥔 왼손에 힘을 주었다. 뒤로 칼을 잡은 왼손이 가슴팍으로 올라오며 빙휘의 몸을 축으로 작은 원을 그렸다. 그러다가 팔을 점점 앞으로 펼치며 동심의 커다란 원을 그리면서 빙휘가 한자리에서 빙글 돌았다. 오른팔이 엇갈려 칼날에 손끝을 얹었다. 그리고 왼손이 칼자루를 놓는 순간 오른손이 칼을 밀어 돌려 다시 왼손이 칼자루를 잡았을 때 손은 칼을 제대로 쥐고 있었다.

이제 시작이었다.

빙휘는 조금 전 양손으로 바르게 칼을 잡고 격법이며 세법 따위를 내지를 때보다 더욱 활기차게 칼을 휘둘렀다. 검법의 기본기에 맞춘 움직임이 아니었다. 같은 칼이었으나 다른 동작이었다. 매일 갈고닦아 날카롭게 벼린 칼이었으나 베는 것은 허공뿐이었다. 칼은 높게 혹은 낮게 다양한 곡선을 그리며 날렵하게 흔들렸다. 칼끝에 시원한 바람이 불었다.

오랜만에 혼신을 다한 검무였다. 칼을 쥐고 이리저리 어지럽게 나부끼던 빙휘는 맑은 땀을 흘리며 그대로 몸을 뉘었다. 처소의 주인이 돌아온 것을 알고 시비들이 방의 불을 땐 모양인지 맨바닥인데도 온기가 돌았다. 빙휘는 아무렇게나 방바닥에 널브러진 채로 숨을 골랐다. 여전히 손에는 칼자루를 꼭 쥐고서 잠시 눈을 감고 숨을 고르던 빙휘는 그대로 잠이 들고 말았다. 한바탕의 긴 춤사위로 이완된 몸에 따스한 온기와 고단함이 그대로 몰려온 탓이었다.

시간이 얼마나 지났을까, 빙휘는 문득 자신의 몸이 떠오르는 것을 느끼며 어렴풋하게나마 잠에서 깨었다. 아직 몽롱하여 시야가 흐렸다. 널따란 가슴팍과 몇 가닥 흘러내린 하얀 머리카락이 보였다. 초사여였다. 그가 바닥에 누워 잠이 든 빙휘를 안아 들어 미리 깔아놓은 이부자리로 옮기고 있었다.

"으음."

"이대로 주무십시오. 감환이라도 들까 염려되어 자리에 뉘어드리려 했습니다.”

곧 몸에 시원하고 폭신한 이불의 감촉이 느껴졌다. 등과 다리를 감싸고 있던 손이 천천히 빠져나가고 있었다.

“가지 마.”

힘없이 풀린 목소리가 가느다랗게 새어 나왔다. 빙휘는 여전히 눈을 제대로 뜨지 못하고 있었다. 반쯤 감은 눈을 느릿느릿 깜빡이며 애써 눈을 맞추려고 노력하고 있었다.

“조용히 다녀가려 했는데.”

“흐응.”

잠에 취한 탓인지 빙휘가 전에 없이 콧소리를 냈다. 불분명하게 흘리는 잠긴 목소리는 어딘가 모르게 매혹적이었다. 빙휘가 고개를 가로저으며 손을 꼼지락거렸다. 손가락에 초사여의 옷자락이 잡혔다. 그 옷자락을 잡아당기며 손을 들어 올린 빙휘가 그의 손목을 움켜쥐었다.

“가지 마.”

“그새 밤이 깊었습니다.”

“가지 마.”

“다른 이의 눈에 띄기라도 한다면…….”

초사여는 더 이상 말을 잇지 못했다. 반쯤 잠을 자는 것 같던 빙휘가 어디에서 힘이 나온 것인지 초사여를 세게 잡아당겼다. 그 바람에 방심하고 있던 초사여가 빙휘의 위로 쓰러졌다. 겹쳐진 상체에 당황하기도 잠시, 빙휘는 자연스럽게 초사여의 목을 끌어안았다.

"가지 마. 옆에 있어."

달콤한 목소리가 귀 바로 옆에서 속삭였다. 길게 내쉬는 숨이 귀 끝에 닿았다. 얼어붙은 듯 멈춰 있던 초사여가 숨을 깊게 들이쉬고는 빙휘의 어깨와 등 아래로 손을 집어넣었다. 빙휘를 마주 끌어안은 초사여가 가뿐하게 몸을 반 바퀴 돌렸다. 이제 상황은 조금 전과 정반대가 되었다. 초사여가 이불에 등을 대고 누워 있었고, 그의 위에 빙휘가 올라타 있었다.

"제 인내심을 시험하십니까?"

"시험이라니?"

"이 어둑한 곳에서 그런 목소리로 가지 말라 안으시면 저는 어찌하리까?"

"가지 않으면 되지."

"가지 않는 것으로 끝나지 않을 겁니다."

이번에는 초사여의 목소리가 속삭였다. 달짝한 어조가 뜨거운 바람을 불었다. 칼끝에서 불어오던 서늘한 바람과는 다른 열기가 불어왔다. 빙휘는 눈을 감고 있었다. 눈을 감으니 촉감과 청각과 후각이 예민해졌다.

팔을 둘러 감싼 초사여의 목과 손끝에 닿아 있는 양어깨가 또렷하게 그려졌다. 그리고 어깻죽지와 허리 언저리에 올라와 있는 그의 손, 살짝 힘을 주고 있는 그 손은 마치 바스러져 깨져 버릴 것만 같은 귀중한 무언가를 품고 있는 듯했다. 코끝에 무언가 설명하기 어려운 초사여의 향이 맴돌았다. 시원하면서도 따뜻한 느낌의 묘한 향, 마음이 낙낙해져 자꾸 들이켜며 계속 맡고 싶은 향이었다.

귓가에 또 달달하게 내리 깔은 목소리가 들려왔다.

"이리 붙잡으시면 책임을 지셔야 합니다."

"지금 붙잡고 있는 건 초사여인걸."

"예, 이렇게 붙잡고 있습니다."

빙휘를 감싸 안고 있던 초사여의 손이 빠르게 옷 속으로 파고들었다. 그 바람에 치맛자락이 조금 들려 위로 올라갔다. 가슴과 허리를 두르고 있던 폭 넓은 천은 어느새 풀려 버렸고, 저고리 안으로 들어온 손에 쉽게 상의가 벗겨졌다. 가느다란 맨 어깨가 그대로 손바닥에 닿았다. 초사여가 빙휘의 목과 어깨 사이에 얼굴을 묻고 숨을 들이쉬었다. 그녀의 미향이 폐부 깊숙이 닿았다.

"이래도?"

"옆에 있어, 계속."

빙휘가 짧게 끊어 말했다. 그녀의 음성에 초사여가 입술 끝으로 빙휘의 목 언저리를 훑어 내렸다. 목선을 따란 내려와 쇄골에 닿은 입술은 그대로 쇄골을 따라 어깨로 향했다. 그 흐름은 입술이 어깨에 닿는 순간 움찔하며 멈추고 말았다. 왼쪽 어깨였다.

"나의 어린 임이여."

낮은 목소리가 슬프게 들렸다. 가만히 멈춰 있던 초사여가 빙휘를 들어 올리며 벌떡 일어나 앉았다. 그는 어느새 빙휘의 뒤로 돌아서 있었다. 아니, 초사여가 빙휘를 반 바퀴 돌려 등을 돌리게 하여 제 앞에 앉힌 것이었다. 초사여는 빙휘의 어깨 근방의 팔을 살포시 잡고 있었다. 빙휘의 어깨가 움츠러들었다.

왼쪽 어깨, 한시도 잊은 적 없는 위치였다. 빙휘가 절대로 손대지 못하게 했던 곳이기도 했다. 다른 매끈한 피부와 달리 우둘투둘 살결이 일그러져 있었다. 왼쪽 어깨의 약한 화상 자국, 수년을 묵은 유일한 상흔이었다. 그것은 죄의 낙인이었다. 허망하게 보내 버리고 말았던 지난 인연에 속죄하는 마음으로 품고 있던 상처였다.

"이제 제가 만져도 되겠습니까?"

빙휘는 입을 열지 않고 고개만 끄덕였다. 뒤에서 보니 그녀의 몸이 더욱 가냘파 보였다. 초사여가 조심스럽게 손가락으로 화상 자국을 매만졌다. 상처에서 목소리가 들리는 것 같았다. 혼란스러웠던 그 여름의 끝물, 자가당착적 악의로 점철된 여인의 핏기 어린 외침이 들렸다. 그녀의 엇나간 원망과 분노 속에서 스스로 죄를 끌어안고 벌을 자청하던 빙휘의 슬픔이 상처에 스며들어 있었다.

"이로 충분합니다. 오래 견디셨습니다. 그만 내려놓으셔도 좋습니다."

초사여가 고개를 숙였다. 그의 입술이 상흔에 닿았다.

"당신의 어깨에 얹혀 있던 죄책감, 짐, 그 무게, 이제 모두 떨쳐 내십시오."

왼쪽 어깨의 화상 자국 위에 입을 맞추고 있던 초사여가 살며시 입술을 열었다. 그의 반쯤 감아 내린 눈동자가 붉게 빛났다. 눈을 감고 있던 빙휘의 눈썹이 가운데로 높게 치켜 올라갔다. 저도 모르게 작게 벌어진 입술에서 짧은 탄성이 흘렀다.

"아!"

빙휘의 몸이 살며시 떨렸다. 그녀를 끌어안는 초사여의 손에 힘이 들어갔다.

"오늘은 당신에게 짐이 되었을 이 상처를 덜어드리고 싶었을 뿐입니다. 당신이 제게 내어주신 그 마음은 언젠가 온전히 당신을 마주할 수 있을 날에 받도록 하겠습니다."

초사여가 빙휘의 옷고름을 매어주었다.

잠에서 깨었지만 빙휘는 한참 동안 이불 속에 누워 있었다. 가만히 눈을 감고 있던 빙휘가 왼쪽 어깨를 쓰다듬었다. 어깨는 무슨 일이라도 있었냐는 듯 멀쩡했다. 아무런 굴곡도 느껴지지 않는 매끈한 맨살이었다. 이제 이 어깨를 매만지며 누군가를 부를 일도 없었다.

"황기녀 빙휘."

그리고 그런 빙휘의 생각을 타박하기라도 하듯 태제의 부름이 내려왔다. 어쩔 수 없이 자리에서 일어난 빙휘가 빠르게 단장을 마치고는 방을 나섰다. 방을 나서기 전 잠시 망설이던 그녀는 이전과 달리 칼을 챙겨 들었다.

태제의 내실, 언제나처럼 태제는 서안 뒤에 앉아 가만히 빙휘를 바라보고 있었고, 빙휘는 그 앞에 가까이 다가가 앉아서 고개를 반쯤 숙인 채 정좌하고 있었다. 평소와 다른 점이라면 얌전히 앉아 있는 빙휘의 옆에 칼이 놓여 있는 정도였다. 이 침묵을 깰 수 있는 것은 오직 태제뿐이었다.

"네 정인은 무어라 하더냐?"

"무엇 말씀이십니까?"

"전날, 너는 태제궁에서 밤을 보내지 않았더냐."

그 물음이 짓궂었다. 그러나 빙휘는 아무렇지 않게 답을 올렸다.

"별일 없었습니다. 그는 개의치 않습니다."

"참으로 못난 이로다. 못나고도 못났어. 사내가 어찌 저리 못날까?"

태제가 기다렸다는 듯이 혀를 찼다. 비아냥거리는 어조에 빙휘의 눈썹이 움찔했다. 그 움직임을 놓치지 않고 태제가 계속 말을 이었다.

"제 계집을 지킬 줄도 모르고 지킬 수도 없는 미숙한 사내로다. 어찌 그런 사내를 믿고 기댈 수 있으리오."

"그만하십시오."

"그래도 기둥서방이다 편드는 것이냐?"

"뉘 무어라 하여도, 쉰네의 정인입니다. 또한 전하께 그런 말을 들을 만한 이가 아닙니다. 그가 개의치 않은 까닭은 전하가 두려워 권력에 순응하였기 때문이 아닙니다. 걱정할 만한 어떤 일도 일어나지 않음을 알고 있기 때문입니다."

빙휘의 말을 들으며 태제의 입가에 떠올랐던 짓궂은 미소가 사그라졌다. 빙휘가 말을 마치지 잠시 그녀를 바라보던 태제가 시선을 돌리며 말을 툭 던졌다.

"거참, 장한 믿음 나셨구나."

"예, 장합니다. 전하의 애먼 장난질에도 전혀 흔들림 없을 만큼 장합니다."

비아냥대는 목소리에 예상외로 대놓고 맞부딪히는 빙휘였다. 그 태도에도 태제는 별말을 하지 않고 입을 다물었다. 또다시 어느 정도 침묵이 맴돌았다.

"미안하다."

전혀 생각지 못한 말이었다. 그 의외의 말을 건네는 태제의 얼굴이 머쓱함으로 물들어 있었다.

"그자를 농락하고 싶었다."

이해하기 힘든 말이었다. 일국의 태제가 황기녀의 정인에게 관심을 둘 만한 이유는 떠올릴 것이 없었다.

"너를 가지고 싶으나 가지지 못하는 마음을 강제로라도 느껴보게 하고 싶었다."

"혹 고록경 대감의 이야기를 하시는 것입니까?"

태제의 말에 뇌리를 스친 이름자, 빙휘는 망설임 없이 물었다. 그녀는 태제를 똑바로 바라보고 있었다. 그의 얼굴이 딱딱해졌다.

"너는 스승님을 그리 가벼이 입에 올려서는 아니 된다."

"이 칼이 가벼워 보이십니까?"

빙휘가 옆에 놓여 있던 칼자루를 쥐고 칼을 횡으로 들어 보였다. 그녀의 두 눈 아래로 살짝 휜 칼날이 길게 뻗어 있었다. 칼을 사이에 두고 마주한 눈빛이 매서웠다.

"그분을 차마 보내지 못하여 집어 든 칼입니다. 분기를 억누를 수 없어 진검을 들었으나 그분의 성정을 알기에 차마 검술을 행할 수 없었습니다. 하여 춤과는 어울리지 않는 진검으로 검무를 춘 것입니다."

"겨우 그 검무가 네 변명이냐?"

"그분께 끼친 죄를 평생 품고 가려 했습니다. 죽을 때 까지 이 벌을 끌어안고 가려 했습니다."

칼을 내려놓은 빙휘의 손이 왼쪽 어깨로 향했다. 그녀가 어깨를 움켜쥐고 말을 이었다.

"차마 떨쳐 내지도 못하고 매일 매시간을 그분의 그림자에 갇혀 있었는데, 절 꺼내준 이가 저의 정인입니다. 그이가 이제 충분하다, 그만 내려놓으라 하였습니다. 그제야 내려놓을 수 있었습니다."

이제 지워진 벌이었다. 초사여에 의해 지워진 벌이었다. 과거에 얽혀 있던 빙휘를 현재로 끌어내어 미래로 이끌어준 이였다. 빙휘는 계속 왼쪽 어깨를 움켜쥐고 있었지만, 태제는 왜 그 어깨를 잡고 있는지 절대 모를 터였다. 더는 그 누구도 알 수 없을 터였다.

"오래도록 붙잡고만 있는 것이 그분을 위하는 일은 아닙니다."

흔적 없이 지워진 상흔이 마치 고록경 대감에 대한 마음을 말끔히 걷어갈 것만 같았다. 그러나 여전히 남아 있는 잔상이 빙휘의 눈가를 달아오르게 만들었다.

"전하께서도."

잔상이 목에 엉겨와 더 이상 말을 이을 수 없었다. 빙휘는 그만 입을 닫았지만 태제는 그 말이 어떤 의미인지 충분히 알아들은 모양이었다. 태제는 내내 죽은 스승을 끌어안고 있었다. 스승의 그림자에 갇혀 애먼 황기녀를 불러다 앉히고 스승의 자취를 찾으려 애쓰고 있었다. 어미의 손을 놓지 못하는 어린아이와 같은 강짜였다. 침묵하던 태제가 입을 열었다.

"스승님께 들어 네가 화초를 올리지 않은 기녀란 것을 알고 있었다. 스승님께서 그리 지켜내시고도 정작 당신은 품어보지도 못한 이가 엉뚱한 치에게 안기는 것을 도저히 보고 있을 수가 없었느니라."

태제를 바라보는 빙휘의 눈에 눈물이 맺혔으나 그녀의 눈꺼풀은 조금의 떨림조차 없었다. 보료에 앉아 있던 태제가 상체를 일으키더니 서안을 짚고 팔을 뻗었다. 가까이 다가오는 손에도 빙휘는 꼼짝하지 않고 앉아 그를 응시했다. 태제의 손가락이 가만 빙휘의 눈물을 따라 흘러내렸다. 눈가에서 볼을 지나치고 턱까지 내려온 손은 턱밑에서 잠시 머물다가 소매 속으로 사라졌다.

"곧 추수기를 맞이하여 큰 연회가 열릴 것이다. 행사의 일환으로 황기녀들의 재예를 겨루는 경연이 열리지. 그 경연에서 가장 뛰어난 성적을 낸다면 내 너를 출궁시켜 주마."

태제는 다시 안석에 몸을 기대고는 고개를 돌렸다.

"나가 봐."

그날 이후로 태제는 빙휘를 찾지 않았다.

그리하고 얼마 지나지 않아 황궁이 소란스러워졌다.

유희를 즐기는 황제로 인하여 연회가 잦은 황궁이었다. 그런 황궁에서도 특히 거하게 열리는 연회 중의 하나가 바로 가을의 추수기에 열리는 사직연(社稷宴)이었다. 본디 사직연은 토지의 신과 곡식의 신에게 감사를 올리는 제사를 지낸 후 여는 조촐한 연회였으나, 작금에 와서는 제사의 의미는 퇴색되고 가을 특수의 성대한 잔치로 전락하고 말았다. 그러한 일례로 사직연의 중요한 행사로 자리매김한 황기루의 경연을 들 수 있겠다.

황기루의 경연은 예기들의 재예를 선보이는 자리였다. 노래와 춤, 연주 등 분야를 불문하고 재예를 선보여 으뜸을 뽑아 포상을 내렸다. 그 포상이 꽤나 컸기에 예기들이 눈에 불을 밝히고 준비를 하곤 했다. 평소에는 미기들이 황기루의 분위기를 장악하였으나 이때만은 예기들의 수련으로 황기루가 소란스러워졌다.

여기저기에서 노래와 연주 소리가 들렸다. 수련실을 하나씩 꿰차고 앉은 선임 예기들 때문에 말단의 황기녀들은 처소에서 연습을 하거나 황기루 내의 적당한 장소를 찾아 헤맸다. 빙휘 역시 마찬가지의 상황이었다. 아침 일찍 일어나 수련실에 자리를 잡았던 빙휘는 당연하다는 듯이 들어와서 빙휘를 내쫓아 버리는 선임 예기 탓에 황기루 이곳저곳을 기웃거리고 있었다. 그러나 웬만한 장소는 이미 다른 예기들이 장악한 뒤라 마땅한 곳이 없어 이대로 방으로 돌아가야 하는가 싶었던 빙휘는 황기루 뒤편의 후원으로 걸음을 옮겼다.

후원은 꽤 넓었지만 따로 반석이 깔려 있지 않고 온통 꽃잔디를 깔아놓았기에 어느 황기녀도 후원에서 수련을 하지 않았다. 반석과 풀이 깔린 땅의 느낌이 다를뿐더러 후원의 땅은 평평하지도 않아 울퉁불퉁한데다가 경사가 져서 수련에 적합하지 않았기 때문이다. 그러나 몇 년간 산속에 살며 검무를 갈고닦았던 빙휘에게는 아무런 문제가 되지 않았다.

"이 정도면 되려나."

빙휘가 적당한 장소를 보고 중앙에 서서 주변을 둘러보았다. 각기 배정된 처소가 있었지만 수련을 위해 굳이 밖으로 나오는 사정은 연회장의 넓이와 비슷한 곳에서 수련하기 위해서였다. 야트막한 언덕에 가장자리에 꽃나무들이 우거져 있었지만, 이 정도면 검무를 연습하기에 충분한 장소였다.

칼집에서 장도를 꺼낸 빙휘가 머리 위로 커다랗게 원을 그렸다.

오른손으로만 가볍게 칼자루를 쥐고 빙휘가 심호흡을 했다. 숨을 내쉬며 눈을 감은 그녀가 머릿속으로 무보를 그렸다.

"경연에서 가장 뛰어난 성적을 낸다면 내 너를 출궁시켜 주마."

얼마 전 태제와의 마지막 독대에서 들었던 말이 떠올랐다. 그는 다시는 빙휘를 부르지 않았다. 빙휘에게 붙여놓았다던 환관이 아직도 그녀를 지켜보고 있는지도 알 수 없었다. 태제가 그저 황기녀일 뿐인 빙휘를 계속 기억하고 있을지 모를 일이었다. 하지만 빙휘는 태제의 약조를 믿는 수밖에 없었다. 출궁을 시켜주겠다는 약조, 무엇보다 빙휘가 지금 가장 원하는 것이었다. 초사여와 함께 안전하게 황궁을 나가는 것. 그러기 위해서 빙휘는 반드시 경연에서 장원을 차지해야만 했다.

"경연이라……."

춤을 추고 금을 타는 것이 좋았고 재주 또한 뛰어난 빙휘였다. 그러나 그녀는 경연이나 시험처럼 점수를 매기고 순위를 정하는 것을 싫어했다. 그렇다고 빙휘가 낮은 순위인 것은 아니었다. 오히려 대부분 장원을 하고 못해도 차등에 들고는 했지만 그녀는 재예에 우열을 가리는 평가 일체를 탐탁찮아 했다. 재예는 단지 재예로만 즐기고 싶었다. 그런 빙휘가 처음으로 승부에 욕심을 가지고 경연을 준비하고 있었다. 때문에 장원을 탐하는 자신의 마음이 어색하게 느껴져 기분이 묘했다.

한참 멀뚱히 서서 생각에 잠겨 있던 빙휘가 손을 가볍게 털어 칼을 흔들었다. 칼끝이 박자를 맞추듯 진동 추처럼 호선을 그리며 흔들렸다. 머릿속으로 무보가 어지럽게 흩날렸지만 빙휘는 한 치도 움직이지 못했다.

'무엇을 해야 잘할 수 있을까.'

조금 전 수련할 곳을 찾아 헤매면서 보았던 다른 황기녀들의 모습이 떠올랐다. 유명세를 떨치던 기녀들을 모아놓은 곳이 바로 황기루였다. 각 화류가의 으뜸들을 모아놓았으니 그녀들의 재예란 어느 곳에서도 쉬이 볼 수 없는 훌륭한 솜씨였다. 그런 재녀(才女)들의 틈바귀에서 장원이라. 전에 없이 긴장한 빙휘가 마른침을 삼켰다. 결국 그녀는 오래도록 멀뚱히 서 있기만 하고 칼 한 번 휘둘러 보지 못한 채 후원을 떠나고 말았다.

후원을 나선 빙휘는 허리춤에 칼을 차고 황기루 이곳저곳을 돌아다녔다. 간간이 미기들이 몇 모여 담소를 나누기도 했지만 대부분 예기들이 자리를 잡고 수련을 하고 있었다. 수련실은 문을 꼭꼭 걸어 잠그고 있기 때문에 구경할 수 없었지만, 황기루의 이곳저곳에 흩어져 수련을 하고 있는 황기녀들은 고개만 돌려도 몇몇씩 눈에 들어왔다.

"염탐하니?"

담장에 기대서서 황기녀들을 둘러보고 있던 빙휘는 갑자기 옆에서 불쑥 나타난 요요의 목소리에 고개를 돌렸다.

"다른 예기들은 한시가 아까워 수련하기 바쁜데, 넌 뭐 그리 여유로와 구경하고 섰어?"

"황기루에 와서는 다른 이들의 재예를 제대로 본 적이 없어서."

"이제 와 본다고 뭘 알겠어."

요요가 비아냥거리며 팔짱을 꼈다. 코웃음을 치던 그녀는 자리를 뜨지 않고 빙휘의 옆에 서서는 다른 예기들을 바라보았다.

"알다시피 전국에서 날고 긴다는 애들 다 모여 있지."

홍홍거리며 눈을 돌리던 요요가 턱짓을 하며 예기 하나를 가리켰다. 그녀는 황기루 안의 정자 위에서 해금을 연주하고 있었다.

"저 언니가 해금으로는 여기 있는 아이들 다 이기고도 남아. 친부가 유명한 악공이라더라. 해금 실력은 핏줄을 이어받은 덕이기도 하고, 친부가 저 언니 자라는 걸 계속 옆에서 지키며 연주를 가르쳤대."

그리고는 고개를 휙 돌려 이번에는 마당의 중앙을 떡하니 차지하고서 넓게 이리저리 움직이며 춤을 추고 있는 예기를 턱짓했다.

"쟤 좀 재수 없긴 한데, 춤 하나는 끝내줘. 작년 경연 때 사 등이랬던가, 오 등이랬던가. 아무튼 손가락 안에 들었어."

다시 휙 돌려서는 또 다른 예기를 턱짓하기를 반복하며 요요는 이런저런 설명을 붙였다. 재주가 특출 나서 빙휘도 눈여겨보고 있던 황기녀들이 요요의 입방아에 올랐다. 한참 재잘거리던 요요가 입을 딱 다물고는 이번에는 빙휘를 돌아보았다.

"이 정도야 여기서 잘난 애들이고, 실상 경연에서 손꼽힐 이들은 수련실 하나씩 꿰차고 앉은 언니들 중에 있으니까."

"일전에 연회에서 보긴 했는데."

"뭐, 황제의 술맛이나 돋우려고 대충 흉내만 내던 그 연회들?"

높다란 비소(誹笑)가 빙휘의 말을 끊었다.

"연회 때야 대충 흥이나 나게 구색만 맞춰 춤추고 노래하고 연주하지, 누가 거기서 혼신을 다한담?"

요요의 도톰한 입술이 사선으로 기울었다. 한쪽 입꼬리를 높게 잡아당긴 요요는 여전히 팔짱을 낀 채로 눈을 반쯤 감고 빙휘를 내려다보았다.

"경연 때나 제대로 실력 발휘하니, 네가 가늠하는 수준은 훨씬 웃돌걸? 그러니 아서라. 그만 나대고 처소에나 틀어박혀 있어. 입궁한 지 한 달도 채 안 된 풋내기 따위가 노려볼 만한 자리가 아니다, 이 말씀이야."

"그러는 너야말로 내 실력을 본 적이나 있어?"

"뭐?"

"내가 추는 검무를 제대로 본 적이나 있냔 말이야."

동그랗게 눈을 뜬 요요가 긴 속눈썹을 깜빡였다. 별소리를 다 듣는다는 듯 그녀의 입가에 조소가 어렸다.

"없지. 길거리에나 굴러다닐 들병이가 추는 검무 따위 시야에 담고 싶지도 않거든. 거, 안 봐도 빤하지 않아?"

"한 번도 본 적 없으면서 속단하지 마."

"네까짓 게 검을 휘두르면 얼마나 휘두른다고?"

어쩐 일로 살갑게 말을 건다 싶었더니, 역시나 요요는 들병이를 운운하며 빙휘를 무시하기 시작했다. 그녀는 빙휘가 눈에 띄기라도 하면 바로 쫓아와 깔아뭉개 줘야만 직성이 풀리는 모양이었다. 고운 얼굴로 내뱉는 말이 독설에 비하뿐이라 절로 한숨이 나왔다.

"내게 뭐가 그리 꼬인 걸까?"

"너 따위 게 황궁에 있다는 것부터가 말도 안 되게 어처구니가 없잖니?"

"글쎄. 네가 그리 싫어하는 내 출신, 그 출신에도 불구하고 입궁하게 될 정도로 내 재예가 출중하리란 생각은 해본 적 없어?"

"뭐?"

요요가 기막혀하며 눈살을 찌푸렸다. 대놓고 싫은 티를 내는 요요를 바라보면서도 빙휘는 평온한 얼굴이었다. 빙휘는 잠시 뜸을 들이다가 한 번 더 수련 중인 다른 예기들을 둘러보고는 입을 열었다.

"재예를 평가하는 거 싫어하지만, 적어도 지금 이 자리에서 보이는 예기들은 내가 이길 수 있어."

"하!"

요요가 기찬 웃음을 터뜨렸다.

"아둔해서 상대의 실력조차 가늠 못하니? 그 얼토당토않은 자신감은 어디서 나온 거람."

"가늠하지 못하는 건 오히려 네 쪽인 것 같은데?"

"어이가 없어선."

까르르 웃어젖히며 조롱하던 요요가 빙휘의 말에 정색을 하고 몸을 돌렸다. 그녀는 나타났을 때처럼 갑자기 돌아섰다.

"언제 내 검무를 제대로 봐봐. 그럼 알겠지."

멀어지는 뒷모습에 그리 말을 던졌으나 요요는 반응이 없었다. 그녀는 여전히 팔짱을 낀 채 미기들이 모여 담소를 나누고 있는 곳으로 향했다. 잠시 그녀를 바라보던 빙휘도 곧 시선을 돌렸다.

수련에 있어 스스로의 실력을 갈고닦는 것도 중요했지만 다른 이들의 재예를 보는 것도 중요했다. 하루 종일 담장에 서서 예기들의 솜씨를 구경하고 있던 빙휘는 이제야 칼을 들어 경연을 준비할 생각이 들었다. 해가 반쯤 저물어 예기들이 하나둘 처소로 돌아가는데, 빙휘는 다시 후원으로 걸음을 옮겼다.

가을도 제법 지난 시기라 해가 떨어지니 제법 날이 쌀쌀했다. 무복은 나풀거리는 얇은 소재라 바람의 찬 기운이 그대로 살갗에 닿을 텐데도 빙휘는 아랑곳하지 않고 종전에 봐두었던 자리를 잡고 섰다.

멀리 보이는 서산의 능선에 반쯤 몸을 담근 해가 하늘을 붉게 물들였다. 붉은색은 빙휘에게 많은 생각을 하게 했다. 무섭고 싫으면서도 좋고 다정한 색이었다. 그렇기에 빙휘는 그만 눈을 감아버렸다. 흐리게 빛이 번지는 어둠이 시야를 뒤덮었다.

"후우."

잠시 숨을 고르고 빙휘가 칼을 꺼내 들었다. 허리춤에 묶여 있던 칼집은 왼손에 들고, 오른손으로 칼자루를 쥔 채 마치 쌍검무처럼 양손을 휘두르기 시작했다. 두 손과 손끝에 매달린 긴 칼과 칼집이 가볍게 엉키었다가 풀어지면서 맞부딪혔다. 머리 위에서 혹은 허리 아래에서, 칼과 칼집이 맞부딪히는 위치는 제각각이었으나 챙하는 소리가 울리는 간격, 박자는 일정했다. 일정한 박자와 소리의 강약을 즐기며 빙휘가 계속 손을 놀렸다.

빠르게 내리 앉았다가 일어나며 챙, 치맛자락이 넓게 퍼지도록 회전하며 머리 위에서 챙, 빠르게 반대로 돌아 치맛자락이 몸을 말게 하며 가슴 앞에서 챙. 어지러운 듯 질서 있는 동작이었다. 그 사위는 챙 하고 울리는 칼 소리에 유사성을 얻었다.

하나의 완성된 춤사위 같았던 동작은 박자를 맞추기 위한 몸풀기였다. 빠르게 휘두른 칼과 칼집에 몸이 적당히 달아올랐다. 기분 좋은 열기가 온몸을 감싸 돌았다. 온몸에 완전히 힘을 빼고 두 손을 축 늘어뜨린 채 심호흡을 하던 빙휘가 칼집을 내려놓았다. 칼집이 무대 중앙의 표지였다.

발뒤꿈치를 살짝 들고 발끝으로 땅에 크게 원을 몇 번 그리면서, 빙휘는 머릿속에서 무보를 넘겼다. 어떤 무보를 택할 것이냐, 어떤 보법으로 어떻게 칼을 휘두를 것인가. 아직 무보를 정하지 못한 채 빙휘가 가볍게 몸을 움직였다. 머릿속으로 무보를 한 장 넘길 때마다 첫 장의 춤사위를 추면서, 한 장 한 장 신중하게 무보를 넘겼다.

'어떤 춤을 출까.'

빙휘는 선뜻 결정을 내리지 못하고 계속 첫 사위들만 춰 내려갔다. 그러나 그 연결이 어찌나 매끄러운지, 서로 다른 무보의 첫 사위들이었으나 마치 하나의 무보를 따라 추고 있는 듯 자연스럽고 멋들어졌다.

그렇게 길고 긴 춤사위가 이어졌다.

"언제까지 추고 계실 요량입니까?"

"초사여."

뒤편에서 말을 걸어 빙휘가 빙그르르 몸을 돌려 답했다. 그녀는 머리 위로 칼을 크게 돌려 원을 그리고는 칼을 거두었다. 바로 발 아래에 칼집이 놓여 있었다. 눈을 감고 여러 보법을 밟으며 춤을 추었으나 그녀는 기가 막히게 중앙을 찾아 돌아왔다. 빙휘가 춤을 끝맺자 초사여가 다가와 그녀의 팔을 감싸주었다. 춤을 멈추니 그제야 밤공기가 서늘하게 스며들었다.

"아무리 황궁 내라고는 하지만 시각이 너무 늦었습니다."

"네가 지켜주고 있는데, 뭘."

한기에 몸을 부르르 떨면서도 빙휘는 대수롭지 않게 답했다. 보이지 않았지만 초사여는 당연히 자신을 지켜보고 있으리란 것을 알고 있었다.

"낮에도 보고 있었지?"

초사여가 고개를 끄덕였다. 빙휘가 그에게 바짝 붙어서 손을 들어 그의 뺨을 감쌌다. 가을의 한기는 빙휘뿐만 아니라 초사여에게도 스며들어 있었다. 아니, 한기 때문인 건지 냉혈의 본체 때문인 건지 알 수 없었다. 어찌 되었건 초사여의 뺨 역시 빙휘의 손만큼이나 서늘했다. 빙휘가 붙어서니 초사여가 가볍게 그녀를 끌어안았다.

"아무도 없었는데 옆에 오지 않고."

"황궁은 사방이 눈이고 귀인지라 보이지 않고 느껴지지 않아도 누군가 있을 것만 같은 탓에 아무래도 낮에는 몸을 사리게 됩니다."

"그래, 이해해. 영관들이 상주하고 있으니까."

황궁 안에서는 영력을 사용하는 데 제약이 있었다. 심혈을 기울여 영력을 써야만 했다. 그렇지 않으면 황궁의 영기를 주시하며 흐름을 기록하는 업무를 맡고 있는 영관에게 들켜 일이 요란해질지도 몰랐다. 그렇기에 쉽게 쉽게 초사여와 초아의 모습을 넘나들 수 없어서 그는 몸을 사렸다. 또한 빙휘의 앞에서 초아의 모습으로 돌아가기 싫어하는 초사여의 고집 역시 하나의 이유였다.

빙휘가 초사여의 품에 머리를 기대었다.

"이번 경연, 꼭 잘해내고 말 거야."

"당신이 아니면 누가 장원을 하겠습니까?"

당연하다는 듯 건네는 말에 무겁던 마음이 조금 가벼워지는 기분이라 빙휘가 미소를 지었다.

"태제 전하께서 출궁을 약조해 주셨으니 반드시 해낼 거야. 내 힘으로 출궁을 얻어내고 말겠어."

"예, 저는 그저 지켜보며 기다리고만 있겠습니다."

"응. 이곳에 오게 된 게 내 탓이니 꼭 내가 데리고 나갈게."

빙희가 재차 다짐했다. 죽어서 밖에 나갈 수 없다는 황궁이었다. 그런 황궁에서 출궁을 약조 받은 황기녀는 빙휘 한 명뿐이지 않을까 싶었다. 그렇게 그 약조를 얻어내고 싶었다. 얻어내야만 했다. 스스로의 힘으로 출궁을 하는 것, 그것이 빙휘가 초사여에게 가기 위해 내딛는 첫걸음이 될 터였다.

밤이 깊어 처소로 돌아와서도 빙휘의 머릿속에는 온통 무보뿐이었다. 이런저런 무보를 펼치고 넘기며 사위들을 연결해 보고 다시 짜깁기에 바빴다. 저녁때를 놓치고 들어와 시비를 불러 간단한 야참을 준비시켜 먹으면서도 제대로 맛을 느끼지도 못하고 무보 생각에만 잠겨 있었다.

"일단은 무엇이든 춰보자."

하나의 무보를 선택하지도, 새로운 무보를 짜깁지도 못하고 잠자리에 들면서 빙휘가 중얼거렸다. 무엇이든 출 수 있는 춤을 추다 보면 느낌이 올 것이라고 믿었다.

그렇게 잠이 들어 빙휘는 꿈속에서도 춤을 추었다. 마치 황기루의 후원과 비슷한 정원 같은 곳이었지만 좀 더 경사지고 꽃나무가 우거진 곳이었다. 처음에는 후원이라 생각했는데 계속 춤을 추다 보니 후원이 아니라 어느 들판인 것 같았다. 아니, 들판이라고 생각하자마자 그곳은 산중이 되었다.

"펄럭이고, 한 번 더 감고. 흔들고 다시 감고."

누구의 목소리인지 모를 목소리가 들렸다. 가파른 경사를 빠르게 넘나들며 빙휘는 버선발을 들었다 놓았다 춤을 추었다. 칼자루를 쥐고 있다고 생각했는데 칼은 곧 부드러운 천자락으로 바뀌었다. 천은 점점 길어져 산 아래까지 흘러내렸다. 빙휘는 그 천을 흔들면서 산을 감싸며 내내 춤을 추었다.

날이 밝아 잠에서 깨었을 때, 빙휘는 밤새 꾸었던 꿈을 기억하지 못했다. 그녀는 기지개를 켜고 나서 가볍게 몸을 움직여 풀고는 수련을 나갈 차비를 했다. 칼을 들고 처소를 나선 빙휘는 오늘은 수련실을 기웃거리지도 않고 곧장 후원으로 향했다.

작일의 그 자리를 찾아 선 빙휘가 양손에 각각 칼과 칼집을 들고 손을 들어 올렸다. 오늘도 역시 챙챙거리는 소리를 내며 박자를 맞추면서 몸을 푸는 것으로 수련을 시작했다.

정오에 잠시 휴식을 취하고 나서 오후에 다시 수련을 시작하여 한창 춤을 추던 빙휘가 사위를 마무리 짓기가 무섭게 불쑥 말을 던졌다.

"보니까 어때? 자신만만해할 만하지?"

그 물음에 나무 뒤에 몸을 숨기고 서 있던 요요가 앞으로 나섰다. 빙휘가 이마에 맺힌 땀을 닦으며 그녀에게 다가갔다.

"이렇게 바로 보러 올 줄은 몰랐는데."

"딱히 네 검무를 보러 온 거 아니거든? 후원에 산책이나 할까 왔더니 네가 검무를 추고 있었을 뿐이야. 그냥 내 시야에 네가 들어온 것뿐이라고."

"뭐, 어찌 되었건."

빙휘가 어깨를 으쓱하며 우겨대는 요요의 말을 받아냈다. 춤을 보러 온 것이면 어떻고 산책 중에 우연히 보게 된 것이면 어떠랴만, 요요는 끝끝내 자신은 볼 생각이 없었다고 우기고 있었다. 빙휘는 재촉하지 않고 조용히 요요를 바라보았다. 그 시선이 더욱 부담스러웠는지 우물거리던 요요가 얼굴이 붉어져서는 눈을 감고 빽소리를 쳤다.

"제법 봐줄 만하다만, 그 정도 가지고는 턱도 없어!"

요요가 앙칼지게 외치고는 돌아섰다. 그녀는 빠른 걸음으로 후원을 벗어났다.

요요가 자리를 뜨자 빙휘는 다시 수련을 시작했다. 빙휘는 장검의 특징을 살려낼 수 있는 사위를 이것저것 엮어보고 있었다. 그러면서 사이사이 가벼운 사위들을 섞어 긴장감을 풀어주었다. 아무리 부드러운 동작을 춰도 애초에 날카롭게 벼린 진검을 들고 추는 춤인지라 기본적으로 매섭고 간담이 저릿할 정도로 긴장되었다.

그 살 떨리는 조임을 검무의 매력이니 묘미니 하기도 하지만, 산속에 파묻혀 폭포를 배경으로 검무를 단련했던 빙휘는 보다 부드럽고 편안한 검무를 원했다.

한 손으로는 칼자루를, 다른 손으로는 칼끝을 잡고 빙글 돌면서 뛰어오르며 큰 원을 그리던 빙휘가 다섯 번째 착지에 뜀박질을 멈추었다. 사선으로 들어 올리고 있던 칼을 내리고 그녀가 불만스런 표정으로 칼날을 응시했다.

날카로운 칼날에 빙휘의 얼굴이 비쳤다. 조금씩 좌우로 기울이니 햇빛이 반사되었다. 빛이 빙휘의 얼굴 오른편을 비추었다 사라지길 반복했다. 묵묵히 칼날을 응시하던 그녀가 손목을 8자로 몇 바퀴 돌리며 칼을 휘둘렀다.

'너무 힘이 들어갔어.'

손에 힘을 풀어주려 했으나 칼 자체에서 뿜어져 나오는 기운은 어쩔 도리가 없었다. 춤사위는 나름 흡족하였으나 자꾸만 무언가가 마음에 걸렸다. 까슬까슬하게 걸리적거리는 그 무언가가 무엇인지 제대로 알 수 없기에 마음만 답답해지고 춤에 집중할 수 없었다.

"무언가……."

이대로는 답을 찾을 수 없을 것 같았다. 사위는 만족스러웠으나 마음이 영 껄끄러웠다. 무언가가 부족했다. 한참 칼을 물끄러미 바라보던 빙휘가 칼을 칼집에 넣었다. 수련을 이어간다 하더라도 껄끄러운 느낌이 해소될 것 같지 않기에 차라리 더 생각을 해보는 편이 낫겠다 싶었기 때문이다.

후원을 나온 빙휘는 황기루를 지나쳐 무작정 걸었다. 황기루의 주변은 외부인의 출입이 금지되어 있었으나 황기녀는 따로 운신에 제약이 없었다. 그렇다고 해도 황기녀를 향한 궁인들의 시선이 곱지 않기에 황족의 부름 없이 황기루 밖을 돌아다니는 황기녀는 없었다. 그러나 빙휘는 주변의 지나치는 궁녀들의 수군거림에도 개의치 않고 여기저기 둘러보며 소요(逍遙)했다.

수련도 하지 않고 황궁을 돌아다니길 벌써 며칠째였다. 머지않아 해가 저물 것 같았지만 아직 하늘은 붉게 물들지 않은 그런 시각이었다. 바쁜 하루 일정은 끝나가고 하루의 마무리를 하기에는 아직 이른 시각, 어느 정도의 어수선함과 차분함이 섞인 몽환적인 시각이었다. 누군가는 아직 헤매고 있고 누군가는 여유롭게 시간을 보내고 있었다.

길을 보지도 않고 걷다 보니 어딘지 모를 장소가 나타났다. 각지게 물길을 내놓은 장소였다. 옆으로는 길게 늘어선 장대 위에 색색의 천들이 늘어뜨려져 있었다. 건듯 불어온 바람에 천들이 휘날렸다. 네모반듯한 물길을 따라 흐르고 있는 물의 표면에 잔주름이 자글자글했다. 긴 천 하나9가 바람에 날리다가 빙휘의 손등을 스쳤다. 반대편이 비칠 정도로 얇은 아사면 천이 부드럽게 나부꼈다. 손등에 스친 천은 매끈한 듯 보드라웠다. 그 부드러움에 문득 천으로 시선이 쏠리는데 뒤에서 누군가가 빙휘를 불렀다.

"빙휘."

"현석염 나리 아니십니까?"

아쉬운 듯 천에서 시선을 돌리며 돌아선 빙휘가 현석염을 향해 얌전히 고개를 숙였다.

"태제 전하의 호위을 하셔야 하는 분께서 어찌 이런 곳에 계십니까?"

"전하의 호위는 교대일세. 난 주로 태제궁의 저녁에서 새벽을 지키고."

언젠가 태제궁에서 봤을 때와는 달리 그는 평범한 무관의 복식을 하고 있었다. 아무래도 검은 가리개와 검은 복장은 은신하여 호위할 때에만 입는 복식인 모양이었다.

"자네가 세답청에는 어쩐 일인가?"

"이곳이 세답청입니까?"

세답청은 황궁의 빨래 등을 담당하는 곳이었다. 그러고 보니 네모지게 난 물길이나 옆에 널려 있는 천들이 빨래터의 모습이었다. 황궁이라 빨래터도 이리 정갈한 것인지 신기한 눈으로 둘러보는 빙휘를 보며 현석염이 웃음을 지었다.

"어딘지도 모르는 곳까지 어찌 흘러든 겐가?"

"검무에 대해 생각하느라 걸음이 멀리까지 흘렀습니다."

"검무?"

"곧 사직연에 열릴 경연 때문에……."

"열심일세. 자네가 경연에도 욕심이 있는 줄 몰랐으이."

"태제 전하께서 약조하셨으니까요."

태제의 약조는 현석염 역시 알고 있었다. 가장 가까운 곳에서 태제를 지키는 것이 현석염의 직무였기에 태제의 근방에서 일어나는 일은 모르는 것이 없었다. 태제의 제안은 파격적이었다. 지금까지 어느 황기녀도 제 발로 황궁 밖을 나간 적이 없었다.

"전하께선 좋은 분이시네."

"황기녀에게 마음 써주시는 것만 보아도 그런 듯합니다."

"정이 많으신 분이야. 외로움도 많이 타시고. 자네는 상상도 못 하리만큼 살벌한 황궁에서 태제 자리를 지켜내시며 기댈 곳이라곤 오직 그분뿐이셨지."

그분, 굳이 이름을 언급하지 않아도 누군지 알 수 있었다. 황궁에서 마주친 적은 없고 청악기방에서나 몇 번 인사를 나누었을 뿐이지만, 현석염은 태제와 고록경 대감의 사이를 잘 알고 있었다. 태제의 어린 시절부터 이어진 유대까지 알지는 못하였으나 태제궁에서 나누던 돈독한 담소는 기억하고 있었다. 고록경 대감과 마주할 때의 태제는 평소와 달랐다. 주군의 편안한 표정과 그 위에 번지는 미소, 그 안에는 태제가 종종 현석염에게 말없이 건네던 배려의 뿌리가 담겨 있었다.

"전하께선 어떤 신분에 있는 자라도 이유 없이 무시하거나 박대하지 않는다네. 자네에게 그리하셨던 것도 자네를 희롱하려던 것은 아니셨을 게야. 단지 그분에 대한 그리움이 지나쳤을 뿐이지."

"알고 있습니다. 그리고 괜찮습니다."

"전하의 곁을 지키다 보면, 알게 모르게 은신 호위하는 나를 많이 배려해 주신다네."

작금의 황제가 폐정(弊政)을 일삼고 있다는 것은 호위장인 현석염조차 알고 있는 바였다. 그러나 현석염은 믿고 있었다. 주군인 태제가 황위를 물려받는다면 지금 이 나라의 상황이 많이 달라질 것이라고, 믿어 의심치 않았다. 그가 지켜본 태제는 그러했다.

생각이 깊어진 현석염의 얼굴에 빙휘는 말없이 가만히 있었다. 그녀는 현석염을 앞에 두고 세답방을 둘러보았다. 정확히는 장대에 널려 있는 천들을 바라보았다. 세답청, 선선한 바람, 그 모든 것이 마치 시간이 멈춘 듯 평화로웠다.

"나리."

"응?"

"바람에 흔들리는 저 천들 말입니다."

빙휘가 손가락을 들어 장대에서 나풀거리는 천들을 가리켰다.

"참으로 평화롭지 않습니까?"

"평화롭다?"

"여린 가을바람에 순응하며 나부끼며, 날아오를 듯 펄럭이다가도 가볍게 떨어지며 물결치는 저 곡선이 참으로 부드러워 마음이 편안해지지 않습니까?"

"예인의 눈에는 그런 것이 보이나 보이."

현석염이 멋쩍게 웃었다. 그의 눈과 빙휘의 눈은 같은 물체를 마주하고 있었으나 서로 다른 현상을 보고 있었다. 불어보던 바람이 조금 강하여 천이 다시 한 번 빙휘를 스치고 지나갔다. 굳게 선 빙휘의 몸에 닿은 천이 매끄럽게 흔들리며 그녀를 감쌀 듯 풀어 내리고 스쳤다. 천이 다시 제자리로 돌아가려는데 빙휘가 천 끝을 움켜쥐었다. 매끈하고 부드러운 아사면의 촉감에 빙휘가 엄지로 가볍게 천을 매만졌다.

"부드럽습니다."

"황궁에선 최상품만 쓰니까 좋은 옷감일 걸세."

"아니, 그런 것이 아니라. 이 천 말입니다. 바람에 흔들리는 천의 모습이 참으로 부드럽지 않습니까? 거스르지 않고 물결치는 그 요동이 날카로운 칼날마저 부드럽게 감싸줄 것 같지 않습니까?"

이미 빙휘는 현석염에게 묻고 있지 않았다. 그녀는 스스로에게 질문을 던지며 스스로 답을 내리고 있었다.

"찾았습니다."

빙휘의 얼굴에 미소가 번졌다. 그 웃음에 현석염의 얼굴에 놀라움이 떠올랐다. 그가 기억하는 빙휘는 저리 얼굴 가득 웃음을 담을 줄 모르는 여인이었다.

"찾았습니다, 나리. 그리 궁리하던 답을 찾아냈습니다."

한 손에 천을 움켜쥐고 있는 빙휘가 현석염을 바라보며 눈까지 휘도록 웃어 보였다. 그 모습이 설렐 만도 하건만 오히려 씁쓸한 기분이 몰려오는 현석염이었다. 보지 못했던 시간만큼 그녀는 많이 변해 있었다.

"답을 찾았다니 축하하네. 이제 자네의 검무를 기대하고 있으면 되는 건가?"

"예. 보다 좋은 검무를 선보일 것입니다."

다시 들고 있던 천을 바라보며 들떠 있던 빙휘가 아차 하며 고개를 들었다.

"그러고 보니 현석염 나리께선 세답청엔 어쩐 일이십니까?"

"아, 그게."

빙휘가 세답청까지 오게 된 것도 이상한 일이었지만 무관인 현석염이 세답청을 찾은 것보다야 그럴듯했다. 그 당연한 궁금증에 현석염은 어쩔 줄 몰라 하며 머뭇거렸다.

"그냥 이곳에 볼일이 있어서……."

"무어 빨랫거리라도 있으십니까? 하면 내주십시오. 세답청 궁녀들만은 못하겠지만 나리보단 제 손이 낫지 않겠습니까?"

"남에게 보일 만한 것이 아니라, 내 알아서 조용히 처리하려던 것이라……."

현석염의 기색이 이상했다. 궁녀에게 시키지도 않고 직접 세답청까지 찾아오기까지 한데다 머뭇거리는 기색이 부끄럽다기보다는 난처하다는 느낌이 강했다. 그는 살짝 얼굴이 굳어서는 어쩔 줄 몰라 하며 혼자 진땀을 빼다가 천천히 품에서 무언가를 꺼냈다.

그것은 붉은 실로 자수가 놓인 검은 천이었다. 검은 천에 붉은 자수라……. 빙휘는 곧 태제궁에서 마주쳤을 때 현석염이 입고 있던 무복이 생각났다. 은신 호위의 복장이라 남에게 보일 수 없었던 것인가 싶던 빙휘는 대수롭지 않게 여기며 현석염의 손에서 검은 천을 받아가려 했다. 그러나 빙휘의 손이 무색하게 현석염이 손을 피하며 검은 천을 내주지 않는 것이었다.

"아, 그것이……. 그게, 그냥 내가 하겠네."

"예, 뭐. 정히 그러시다면."

싫다는데 굳이 뺏을 생각은 없었지만 그의 태도가 내심 마음에 걸렸다. 현석염은 어색하게 웃으며 말을 돌리려 했다.

"이게, 손목에 대는 천인데. 참, 여기 놓인 붉은 자수를 연지가 놓아준 걸세. 그래서 빨아 쓰려는데, 그게, 지난밤에 일이 있어서

퇴궁을 하지 못하여 자가에 가질 못했거든. 어서 빨아야 깨끗해질 텐데."

횡설수설하는 현석염의 말속에 연지의 이름이 지나갔다.

'잘 지내고 있구나.'

끝까지 걱정뿐이던 연지였다. 엇갈린 마음을 뻔히 알면서도 현석염의 곁으로 가겠다고 나서는 연지가 언제나 마음 한구석에 박혀 있었는데, 지금 현석염의 모습을 보니 안심이 되었다. 손목에 대는 천이야 더러워지면 버리고 새것을 구하여 쓰곤 하는 소모품이나 마찬가지였다. 그런데 연지가 수를 놓아주었다는 이유로 직접 빨아 쓰려는 마음이 애틋했다.

"예, 하오면 전 물러가겠습니다. 잘 마무리하시고 살펴 가십시오."

"그래, 다음에 봅세."

빙휘가 인사를 하고는 현석염을 지나쳤다. 아무래도 사내가 직접 빨래를 하는 모습을 보이기 싫은 모양이라 여기며 조금 전 이상했던 그의 태도를 수긍하여 고개를 끄덕였다. 빙휘가 세답청을 떠나면서 옆으로 계속 이어져 있는 물길을 구경했다. 뒤에서 현석염이 물가로 다가가 검은 천을 담그는 소리가 들렸다.

찰박이는 물소리와 그 소리에 담긴 사내의 마음이 기분 좋게 보들거렸다. 세답청의 물길은 중문까지 쭉 이어져 있었다. 중문을 막 넘어서려던 빙휘가 자신이 아사면 천을 그대로 들고 왔다는 것을 깨닫고 걸음을 멈추었다. 천을 다시 장대에 널어놓으려 몸을 돌리는 순간, 빙휘는 물길에 이상한 것이 흘러오는 것을 발견했다. 현석염은 등을 돌리고 앉아서 열심히 빨래를 하고 있었다. 그리고 그가 빨고 있을 검은 천에서 흘러나온 것이 분명한 무언가가 물 위에 번지고 있었다.

세답청의 물길이 붉게 물들고 있었다. 그것은 분명 피였다.

'지난밤에 일이 있었다고 했는데.'

무슨 일인지는 모르겠지만, 그 일로 인하여 피가 묻은 모양이었다. 맑은 물길을 물들이는 핏자국을 보아하니 검은 천은 피에 흠뻑 절어 있었던 게 분명했다. 대체 무슨 일이 있었기에 태제의 호위를 하는 현석염의 손목대가 저리도 피에 젖은 것일까. 빙휘가 애써 불안한 상상을 떨쳐 내려 별일 아니겠거니 되뇌고는 다시 뒤를 돌았다. 무관이니 진검 대련이라도 하다가 상흔이라도 입은 모양이지, 여겼지만 그 이면에서 자꾸만 황궁 내에서 저리 피를 볼 일이 무에 있겠는가 하는 생각이 자꾸만 피어올랐다.

빙휘는 가만히 처소에 앉아 있었다. 세답청의 천에서 해답을 얻었을 때에는 돌아오자마자 검무에 심취하리라 생각했다. 그러나 돌아서 보고 만 붉게 물든 세답청의 물길 때문에 마음이 심란하여 그녀는 처소로 돌아와 버리고 말았다. 손에는 여전히 세답청에서 가져온 아사면 천을 쥐고 있었다.

'이 천을 마음대로 가져와 버려도 괜찮은 걸까? 돌려놔야 하지 않을까?'

다른 생각이 피어오를까 봐 빙휘는 계속 천에 대한 생각만 붙잡고 있었다. 붉은색은 그녀에게 모순된 감정을 불러일으켰고, 이번에 마주한 붉은색은 나쁜 쪽의 생각을 떠오르게 했다. 빙휘는 애써 아사면에 시선을 고정했다. 한 뼘보다 좀 더 넓은 폭의 천은 꽹장히 길었다. 세 겹으로 겹쳐 있었기에 처음에 빙휘는 그 천이 어두운 자색인 줄 알았는데, 한 겹으로 펼치고 보니 맑은 보라색이었다. 천은 얇고 부드러워 반대편이 흐릿하게 비쳤고 작은 움직임에도 곧잘 흔들렸다.

"걱정이 깊으십니다."

분명 혼자 있던 방에 문조차 열린 적 없는데 갑자기 목소리가 나타났다. 그러나 빙휘는 전혀 놀라지 않고 태연스레 말을 받았다.

"황궁과 피는 전혀 어울리지 않으니까."

"글쎄요, 황궁보다 피가 어울리는 곳이 있을까요?"

"좋지 않아."

"당신에겐 그 어떤 해도 없을 겁니다."

불쑥 나타난 초사여가 빙휘의 곁으로 다가와 그녀를 뒤에서 끌어안았다.

"제가 곁에 있는데 무슨 걱정이 있겠습니까?"

"황궁에선 힘도 제대로 쓰지 못하면서."

"그건 괜한 소란을 일으키기 싫어 조심하기 때문입니다."

"알아. 황궁의 영기를 거스르지 않도록 네가 주의를 기울이느라 그렇다는 거. 편하게 영력을 사용하면 황궁의 영관들이 네 영기를 알아차리고 소동이 벌어질 테니 조심하는 거잖아."

"예. 그러니 피바람이 불 정도로 큰일이 벌어진다면 눈치 따위 보지 않고 맘껏 영력을 쓸 수 있지요."

빙휘가 고개를 돌려 초사여를 노려보았다. 그의 품에 안겨 있어 몸까지 돌릴 수가 없었다. 그녀가 손을 들어서는 초사여의 입술에 검지를 가져다 댔다.

"말이라도 그런 소리 하지 말아. 그런 일 없을 거야."

"예, 실언하였습니다. 아무 일 없을 것입니다."

"응응."

빠르게 반성하는 초사여에 빙휘가 만족스러워하며 고개를 끄덕였다. 그리고 고개를 돌린 탓에 맞닿아 있던 두 얼굴은 곧 자연스레 겹쳐졌다. 새의 부리가 부딪히듯 가벼운 입맞춤이었다. 몇 번 빙휘의 입술에 닿았다 떨어지던 초사여의 입술이 그녀의 코와 눈과 이마를 타고 올랐다.

"그간 그리 머리를 싸맸었는데, 막혀 있던 방도를 찾아 다행입니다."

"응, 이제 내일부턴 검무에 열중해야지."

"이 안에서는 분명 바쁘게 무보를 짜고 있겠지요?"

초사여가 다시 이마에 입을 맞추었다.

"이전에 춘 적 없던 검무니까."

"저는 당신이 재예에 빠져 있는 모습이 참 좋습니다."

"나도 아무 생각 없이 검무를 출 때가 참 좋아."

맞장구를 치며 답하던 빙휘가 초사여의 어깨에 기대었다. 그의 턱선과 목울대가 보였다. 빙휘가 초사여의 목울대를 손가락 끝으로 쓰다듬어 내리면서 속삭였다.

"그래도 역시 너의 품에 안겨 있을 때가 제일 좋아."

버들잎 같은 긴 눈매가 곡선을 그렸다. 초사여와 빙휘가 눈을 마주치며 미소를 지었다. 바라보고만 있어도 절로 미소가 번졌다. 빙휘를 안고 있는 초사여의 손가락이 꼼지락거리며 그의 손에 힘이 들어갔다. 빙휘가 그의 어깨에 더욱 깊숙이 고개를 파묻고 눈을 감았다.

"임이여."

초사여의 낮은 목소리가 빙휘를 감쌌다. 어둑한 밤, 호롱으로 불을 밝힌 방 안에서 연인은 한참 얼싸안고 있었다.

내리 품에 안겨 있던 빙휘가 잠이 들고서야 초사여가 자리에서 일어났다. 그녀는 종일 황궁을 배회하느라 고단했던 모양인지 단잠에 빠져 있었다. 잠든 빙휘의 얼굴을 바라보며 미소를 짓던 초사여의 얼굴이 가늘게 일그러졌다. 그가 깊은 숨을 내쉬면서 몸을 돌렸다.

"크으."

낮은 신음이 흘러나오자 초사여가 빠르게 입을 틀어막았다. 다행히도 빙휘는 세상모르고 잠에 빠져 있었다. 어떻게 버티고 있었는지 놀라울 정도로 빠르게 식은땀이 맺혔다. 초사여가 벽면으로 치워놓은 서안에 손을 짚으면서 다른 손으로 이마를 감쌌다. 그의 영력은 머리로 모였다.

고유의 영기로 가득 찬 황궁 안에 있는 것만으로도 초사여는 매 순간 엄청난 압박을 받아내야만 했다. 차라리 자신의 영력을 꺼낼 수 있다면 편하게 지낼 수 있으련만 몰래 숨어들어 있기 때문에 영력을 꺼낼 수조차 없었다. 그렇기에 영기를 아무런 방어 없이 온몸으로 맞고 있어야 했다. 그것은 빙휘가 상상할 수 없으리만치 굉장한 고통을 수반했다.

초사여가 숨죽여 심호흡을 했다. 천천히 깊게 들이쉬고 내쉬는 숨에 조금이라도 소리가 새어 나올까 봐 극도로 신경을 쓰고 있었다.

"여 공께선 정말 아둔하리만치 그녀의 생각밖에 하지 않는군요. 조금 더 자신을 살피실 순 없습니까?"

영물의 몸으로 황궁에 잠입하겠다고 말했을 때 도이서가 초사여에게 했던 말이었다. 영력을 가진 존재가 자신과 다른 영력으로 가득 찬 공간에 들어선다는 행위, 언젠가 초사여의 영기로 둘러싸인 적이 있었던 도이서는 그 느낌을 어렴풋하게나마 예상할 수 있었다. 그럼에도 초사여는 기어코 빙휘를 찾아 황궁으로 들어오고 말았다. 그리고 빙휘가 스스로 출궁을 허락받겠다고 결심하니 그녀가 결실을 맺기를 기다리고 있었다.

"하아."

초사여가 다시 숨을 내쉬었다. 참지 못하고 목소리가 흘러나오니 그가 고개를 돌려 빙휘를 바라보았다. 이부자리에 누워 있는 빙휘는 여전히 아무것도 모른 채 잠에 빠져 있었다. 그녀의 입술이 몇 번 달싹이더니 얕은 숨소리를 뱉었다. 그 모습에 초사여는 괴로운 줄도 모르고 미소를 지으며 빙휘를 바라보았다.

사직연이 사흘 뒤로 다가왔다. 황기루뿐만 아니라 황궁 전체가 들썩였다. 가장 바쁜 이들은 궁녀들과 말단의 관리들이었다. 황기녀들도 수련에 박차를 가하고 있었다. 사직연 준비라고는 당일의 치장을 위해 피부를 관리하는 게 전부인 미기 요요는 한가한 시간을 보내고 있었다. 다른 미기들과 담소를 나누며 놀기도 하고 툇마루에 앉아 마당에서 수련하는 예기들을 구경하기도 하면서 평소와 다를 것 없던 나날을 보내던 요요는 춤을 추고 있는 예기를 보다가 문득 빙휘가 떠올랐다.

요요는 미기이긴 했으나 황기루에 있다 보니 많은 예기들의 수준 높은 재예를 지켜보았고 재예를 보는 눈도 자연 높아졌다. 그래봐야 대략적인 흉내 내기 식의 평이나 몇 마디 할 줄 아는 수준이었으나 잘하고 못하는 정도는 분간할 줄 알았다. 검무라면 이전에도 본 적이 있었다. 그러나 빙휘의 검무를 보고 나니 그간 봐왔던 검무란 가짜 칼을 가지고 노는 장난질에 불과했다.

"베일 것 같았어."

몰래 지켜봤던 빙휘의 검무를 떠올리며 요요가 저도 모르게 중얼거렸다. 빙휘의 검무는 단순한 춤이 아니었다. 그녀의 검무는 실로 허공을 베어버릴 듯한 예도(銳刀)였다. 요요가 몸을 부르르 떨었다. 검무를 떠올렸을 뿐인데도 한기가 돌았다.

"그래 봐야, 그런 춤으로는 절대로 장원을 차지할 순 없지."

스스로 감탄했다는 사실이 못마땅한지 요요의 입에서 볼멘소리가 흘러나왔다. 불만이 어린 뿌루퉁한 표정으로 예기의 춤을 노려보던 요요가 발딱 일어섰다. 도톰한 입술에 힘이 들어가 얇게 오므

라들었다. 살짝 부풀린 볼은 공기를 마치 불만인 양 머금고 있었다.

"제깟 게 아무리 잘나봐야 백 일도 찍지 못한 갓난쟁이 황기녀 아냐? 예기 언니야들 실력이 얼마나 뛰어난데."

그리 말하면서도 요요는 후원으로 향하고 있었다. 빙휘가 수련을 하는 황기루 뒤편의 후원. 설마, 혹시나 하는 불안감이 걸음을 이끌었다. 그녀는 연신 그래 봐야 예도, 그래 봐야 예도라며 중얼거렸다.

후원을 들어서자 벌써부터 허공을 찢는 칼날의 소리가 들렸다. 소리만으로도 절로 긴장감이 몰려왔다. 심장이 두근거리기 시작했고 요요의 걸음이 좀 더 느려졌다. 그녀는 빙휘가 눈치챌까 조심스럽게 다가갔다. 후원에는 드문드문 커다란 나무가 심어져 있었고, 요요는 빙휘가 수련하는 공터와 가장 가까운 상수리나무에 몸을 숨기고 빙휘의 검무를 구경할 요량이었다. 두툼한 줄기에 가리어 간간이 칼끝이나 옷자락 정도만 보였다. 감칠맛에 상수리나무에 딱 붙어서 고개를 빠끔히 내밀었던 요요는 눈이 함지박만 해져서는 숨을 헉 들이켰다.

이전에 요요가 봤던 춤과 크게 달라진 점은 없었다. 사위나 보법에 혁신적인 변화를 주었다거나 새로운 방식을 보인다거나 하는 것도 아니었다. 그러나 그녀의 춤은 이전과 확실히 달랐다.

"저건……."

빙휘는 웬 긴 천을 들고 있었다. 처음에는 한삼(汗衫)을 손에 끼고 있는 것인가 했더니 그도 아니었다. 살짝 비치는 긴 천이었다.

빙휘는 한 손에는 칼을 들고 다른 한 손에는 천을 들고 춤을 추고 있었다. 천을 들고 추는 검무라니, 생각지도 못한 조합이었으나 그렇다고 이질적이지도 않았다.

보랏빛의 긴 천이 나풀댔다. 춤사위에 바람에 이리저리 요동을 쳤다. 그러나 그 흔들림이 조금이라도 난잡해질까 싶으면 곧 칼등이 천 자락을 내리누르거나 잡아당겼다. 자유분방한 움직임을 사위에 맞추어 다루는 동작이 꽤 자연스러웠다. 칼날이 허공을 날카롭게 찌르면 천 자락이 부드럽게 휘감았다. 매서운 듯 보드라운 듯 이루 말할 수 없이 아름다운 춤이었다.

한참을 멍하니 바라만 보던 요요는 빙휘의 춤사위가 정리되자 빠르게 몸을 돌려 후원을 빠져나갔다.

빙휘가 칼을 내렸다. 물결치던 천 자락이 느릿하게 흘러내렸다. 모든 것이 가라앉았다. 한순간의 침강 후에 찾아온 것은 다정한 품이었다.

"언뜻 요요를 본 것 같았는데."

"돌아갔습니다."

"갔어?"

"예, 춤이 끝나기가 무섭게 가버렸습니다."

빙휘는 눈을 감았다. 뒤에서 어깨를 감싼 초사여의 팔뚝이 더욱 또렷하게 느껴졌다. 이 품에 안길 때면 빙휘는 눈을 감았다. 초사여의 손길을 보다 절절하게 느끼고 싶었다. 품에 잠기기를.

"어디에 있었어?"

"당신의 눈에 띄지 않는 곳, 당신이 잘 보이는 곳."

귓가에 초사여의 목소리가 맴돌았다. 그의 체취가 코끝을 간질였다. 무어라 이를 수 없는 초사여만의 향이었다. 처음에는 제대로 느끼지도 못할 미향이었으나 이제 빙휘는 그 향을 분명하게 느낄 수 있었다. 뱀을 닮아 온기가 돌지 않는 몸이었다. 때로 서늘함에 소스라칠 때도 있었으나 이제 빙휘는 이 시원한 손길이 얼마나 따스한 다정을 담고 있는지 알았다. 빙휘가 눈을 감고 초사여의 품에 폭하니 안겨 있으니 초사여가 그녀의 목덜미에 고개를 뉘었다. 시선을 내리고 있던 초사여가 손을 내밀어 빙휘의 손에 들려 있는 천을 손끝으로 잡았다.

"이제 좀 익숙해졌습니까?"

빙휘가 고개를 끄덕였다. 처음 천을 들고 춤을 추었을 때는 그야말로 가관이었다. 산들바람에도 쉽게 휩쓸려 버리는 천 자락에 칼이 꼬이고 사위가 꼬이고 난리도 아니었다. 천을 신경 쓰다가 칼을 놓치고, 칼에 몰두하다가 천을 잘라 버리기도 했었다. 그래서 더욱 춤에 몰두하였다. 실수를 연발하는 수련은 동기 시절 이후로 처음이었기에 당혹스럽기도 했지만 수련에 더욱 흥이 올랐다. 실력이 나아지는 모습이 눈에 확연히 들어왔기에 재미가 붙었고 동시에 오기도 붙었다.

자유자재로 천을 나부끼고 칼을 휘두르는 모습을 머릿속으로 그렸다. 눈을 지그시 감고 몇 번이고 반복하고 머릿속에서 춤을 추면서 손짓 하나 보폭 하나에 정신을 기울였다. 그렇게 한참 머릿속에서 그림을 그린 후에 한 사위 움직이고 천천히 다음 사위를 이어나갔다. 조금도 서두르지 않았다. 빠르기 보다는 완벽함에 집중한 수련이었다. 이전에도 한삼을 끼고 춤을 춘 적이 없었다. 그런데 한삼도 아닌 평범하고 긴 한 겹의 천을 들고 추는 것은 난도가 훨씬 높았다. 조금씩 익혀가면서 빙휘는 점차 천을 다룰 수 있게 되었다.

그리하여 지금은 갑자기 바람이 불어와 천의 진로가 갑작스레 바뀐다 하여도 자연스럽게 사위를 변용하여 춤을 이어갈 수 있을 정도가 되었다. 천과 함께하는 검무라, 계속 빙휘의 마음에 걸렸던 날 선 검무의 매서운 느낌이 어느 정도 중화되었다. 만족스러웠다. 빙휘가 눈을 슬며시 뜨고는 미소를 지었다. 초사여가 천의 끝을 잡고 있었다. 그가 미처 인지하기도 전에, 빙휘가 몸을 빙글 돌리면서 손을 번쩍 들어 천을 바깥쪽으로 흔들었다. 여전히 초사여의 품 안에 갇혀 있었으나 빙휘는 이제 그를 마주 보고 있었다. 그리고 바깥을 향해 흔들었던 천은 빙휘의 의도대로 초사여의 몸에 한 바퀴 감기었다.

"아무도 없어?"

"지금 말입니까?"

"응, 여기 후원에."

"느껴지는 기척은 없습니다만……."

초사여가 말을 맺지 않았으나 빙휘는 더 듣지 않고 손을 올렸다. 정확하게는 천 자락을 위로 올려 초사여의 머리를 감쌌다. 그리고는 가볍게, 천천히 손을 잡아당겼다. 천을 잡아당기면서 동시에 빙휘가 뒷걸음질을 치며 무릎을 굽혀 자세를 낮추었다. 천으로 초사여를 당기면서 빙휘가 자세를 낮추니 자연 초사여가 빙휘를 따라 몸을 숙이게 되었다.

"어엇."

결국 중심을 잃은 초사여가 풀썩 빙휘의 위로 넘어지고 말았다. 그 바람에 빙휘가 살짝 엉덩방아를 찧으며 꽃잔디 위에 주저앉았다. 빙휘가 동그란 눈으로 초사여를 바라보다가 쿡쿡대고 웃었다. 여전히 천을 쥐고 있는 손을 작게 말아 주먹을 쥐고선 입가를 가리고 웃는 모습이 소담스러웠다.

"무얼 하려 하신 겁니까?"

"이렇게."

당황한 기색을 숨기지 못하고 멋쩍게 묻는 초사여였다. 빙휘가 다시 천을 잡아당겼다. 초사여는 천이 당기는 힘을 거스르지 않고 그대로 끌려갔다. 그러나 이번에는 빙휘가 몸을 뒤로 빼지 않았다. 그녀는 가만히 초사여를 바라보며 웃고 있었다. 빙휘와 초사여 사이의 거리가 점점 좁혀졌다.

밝은 보랏빛의 천은 너머가 살짝 비치는 얇은 아사면이었다. 환한 햇살이 후원 가득 내리쬐고 있었다. 햇빛이 천 너머의 형체를 그림자로 비추었다. 까만 인영 두 개가 살짝 포개져 있었다. 두 그림자는 마치 하나인 양, 얇은 천으로 가리운 채 떨어질 줄을 몰랐다.

궁녀들의 움직임이 부산스러웠다. 그녀들은 양손 가득 무언가를 들고는 바삐 걸음을 놀렸다. 그럼에도 어느 누구 하나 걸음이 꼬이거나 부딪히는 이 없었다. 어수선하지만 질서정연하고 능숙한 움직임이었다. 그러나 그 바쁜 걸음도 어디까지나 궁의 뒤편에서나 그러했다. 치맛자락이 정신없이 앞뒤로 휘날릴 정도로 세찬 걸음도 어느 중문을 넘는 순간이면 언제 그랬냐는 듯이 얌전하게 가라앉았다. 중앙궁의 내부에 들어서기만 하면 그녀들의 걸음은 잔잔한 호수 위를 파동 없이 걸을 모양새로 얌전해졌다.

중앙궁의 가운데에는 두 단의 월대(月臺) 위에 커다란 정전(正殿)이 있었다. 정전의 앞, 두 단의 월대 아래의 반석이 깔린 마당에는 대소신료들이 자신의 자리를 지키고 길게 늘어서 있었다. 평소에는 황궁에 드나드는 고위 관료나 특수직의 관료들만 입궁하였으나 오늘은 달랐다. 도성의 중앙관청에 등청하는 관료들까지 전부 자리를 지키고 있었다. 게다가 그들의 복식 역시 평소와는 달랐다. 평범한 관복이 아닌 더욱 화려하고 어떻게 보면 거추장스러울 예복을 입고 있었다. 관모 역시 관료들의 품계에 따라 장식이 요란했다.

부, 부, 부우.

어린아이만 한 커다란 나각이 세 번 울리고, 중앙궁의 솟을대문 가운데 문이 열렸다. 문이 열리고 금장옷을 차려입은 가마꾼이 들어섰다. 그리고 그들이 들고 있는 커다랗고 위용이 넘치는 황금 가마가 문을 넘는 순간, 마당에 서 있던 모든 관료들이 일제히 허리를 숙이며 합창했다.

"만세, 만세, 만만세."

삼 만세 인사, 커다란 가운데 문은 오직 황제만이 지날 수 있었다. 가마 위에는 백색 용포의 황제가 백색의 호피로 감싼 용좌에 몸이 거의 파묻혀서 앉아 있었다. 황제의 가마가 중앙의 길을 지나고 월대 위로 올라가서야 관료들이 몸을 일으켰다. 두 단의 월대 위, 정전 앞에 가마가 멈추고 가마꾼들이 가마를 내려놓았다. 황제는 움직이지 않았다. 가마 자체가 곧 당가(唐家)였고 황제의 자리였다.

황제가 자리에서 일어났다. 중앙궁 내의 모든 이들의 시선이 황제를 향했다. 근엄한 정전이 더욱 고요하게 가라앉았다. 황제가 양손을 들어 올렸다. 그리고 곧 사직연의 시작을 알리는 조례가 진행되었다.

중앙궁에서 사직연이 진행되어 대다수의 궁인들이 중앙궁에 집중되어 있었다. 그들은 중앙궁의 조례에 이어 황궁의 서편에 있는 사직단으로 향하여 몇 시간에 걸친 제사까지 진행하고서야 복귀할 터였다. 빈 궁을 지키는 궁인들이 몇 명 남아 있을 뿐이었다. 유일하게 복작거리는 곳이 황기루였다.

"이제 조례를 시작했대."

황기녀 하나가 환관에게 이야기를 전해 듣고 와서는 말을 전했다. 그녀는 방 이곳저곳을 돌아다니며 소식을 알렸고, 그 이야기에 그제야 이부자리에서 일어나는 황기녀들도 있었다. 그런 황기녀들은 대다수 미기였다. 예기들은 저녁에 있을 경연을 대비하여 새벽부터 일어나 마지막 수련을 하고 있었다.

"슬슬 치장이나 해볼까."

대청에 모여 앉아 시간을 보내고 있던 미기들 중 하나가 팔을 쭉 뻗어 길게 기지개를 켜며 말했다. 그러니 옆에 있던 미기가 말을 받았다.

"대충해, 대충. 아무리 곱게 꾸며봐야 우린 또 병풍 노릇이나 할 텐데 뭐."

"혹 알아? 이번엔 폐하의 눈에 띄어서 수청이라도 들게 될지."

"아서라."

"폐하는 좀 그렇지 않아?"

"하긴, 하늘 아래 가장 높은 분이시다만."

"그분께 안기고프다기보단 그 용포에 안기고픈 게지."

"거 말 잘하네. 용포에 안기고파."

미기 하나가 팔로 스스로를 껴안으며 몸을 베베 꼬았다.

"딱하지, 사내가 어찌 그리 잘으실까?"

"체구만 그러해? 그 용안도 용안이지."

누군가의 귀에 들어간다면 당장에라도 목이 날아갈 말이었으나 그녀들은 아무렇지 않게 깔깔거리며 입을 놀렸다.

"그 말 전해 드릴까?"

미기들이 모인 자리에 그림자가 생겼다. 그녀들이 고개를 들어 그림자의 주인을 확인하고는 당황하여 어쩔 줄 모르는 얼굴이 되었다.

"하늘 아래 가장 높은 분인 걸 알면서 잘도 입을 놀리셔들?"

"요요, 그게 아니라……."

미기들은 하나같이 입을 가리고는 눈치를 봤다. 치장을 모두 마친 화려한 복식의 요요가 하얀 얼굴로 그녀들을 내려다보았다. 요요의 얼굴에는 그 어떤 노기도 떠오르지 않았건만 미기들은 그녀가 격노라도 한 듯이 몸을 사리고 있었다. 그도 그럴 것이 요요는 황제가 가장 총애하는 황기녀였기 때문이다.

"요요."

"그냥 한탄한 거야. 황궁에 처박혀 남자 품은 꿈도 못 꾸고 있으려니 어찌나 좀이 쑤셔야지."

"폐하께선 항상 너만 찾으시잖아."

"그냥 생각 없이 꺼낸 말인 거 알지, 요요? 응?"

얼어 있던 입들이 빠르게 달싹였다. 팔자로 기울은 눈썹들이 처량한 눈빛을 가장하며 요요에게 쏟아졌다. 요요는 알고 있었다. 저들이 황제를 흉보듯 자신 또한 흉본다는 것을. 황기루에서 제일가는 미모라 자타가 공인하지만, 황제라는 무소불위의 권력에 취한 추남에게나 안길 뿐인 처지였다. 요요 스스로도 제 상황이 원망스러웠다.

"입조심들 해."

짤막하게 툭 던지고 돌아섰지만 요요 또한 그 자리에 껴서 입방아를 찧고 싶었다. 그러나 황제의 황기녀라는 딱지에 차마 그럴 수는 없었다. 모두의 선망을 받는 자리인 동시의 시기를 안고 가야 하는 자리인지라, 요요가 조금이라도 불순한 태도를 보인다면 당장에 입에서 입으로 전해져 사달이 날 터였다.

돌아서는 요요의 주먹에 힘이 들어갔다. 평정, 평정, 평정을 되뇌며 마음을 가라앉히려 했지만 열이 올랐다. 황제의 황기녀, 그 꼬리표가 지겹도록 싫었다. 못난 황제의 얼굴이 떠올랐다. 그리고 곧 절대 잡을 수 없는 사내의 얼굴이 떠올랐다. 짙은 눈매에 말끔한 인상, 황궁에서 가장 해사한 사내. 요요는 그의 발치에도 다가 갈 수 없는 몸이었다. 황제의 굴레란 그런 것이었다.

"빙휘 년."

무심코 욕지거리가 튀어나왔다. 요요는 절대 닿을 수도, 쳐다볼 수도 없는 사내의 지명을 받고 그와 가장 가까운 황기녀, 미기도 아닌 예기 주제에 '황태제의 황기녀'라는 수식어가 슬며시 붙고 있는 고까운 계집.

어느새 예기들도 하나둘 수련을 그만두고 단장을 위해 처소로 들어갔다. 나름의 예로써 아침부터 신중하게 치장을 했던 요요는 툇마루에 걸터앉아 황기녀들을 지켜보았다. 모든 황기녀들이 처소로 돌아가고 한참이 지나서야 빙휘가 황기루에 들어섰다. 그녀는 수련을 군이 뒤편의 후원에서 했다. 요요와 빙휘는 눈이 마주쳤으나 누구 하나 가볍게 고개를 끄덕인다던가 살짝 미소를 지으며 알은체를 하지 않았다. 서로를 인식하였으나 인사를 나누지 않는 것은 요요가 그은 선이었다. 빙휘는 요요의 앞을 지나쳐 처소로 향했다.

"그래 봐야 네깟 게 장원이 될 수 있을 성싶니?"

빙휘가 다 지나치고서야 요요가 얄미운 투로 말을 던졌다. 빙휘는 돌아서지 않았으나 걸음은 멈추었다.

"넌 절대 안 돼."

단정 지으며 이죽거리는 목소리가 빙휘의 귀를 긁어댔다. 그녀가 막 입을 열며 고개를 돌리는데, 어느새 그녀의 뒤까지 다가와 있던 요요가 속삭이듯 말을 뱉으며 빙휘를 지나쳐 갔다.

"노예 출신 주제에."

뒤에서 들려오는 목소리는 없었다. 이유 없는 비난이었으나 빙휘는 대응하지 않았다. 그것이 더욱 요요의 신경을 거슬렸다. 그 길로 처소로 돌아간 요요는 수황기녀가 황기녀들을 소집할 때까지 처소에 틀어박혀 있었다.

날이 저물어 등을 밝힐 때가 되어서야 황기녀들은 황기루를 나설 차비를 했다. 아무리 그 의미가 퇴색된 사직연이라고는 하나 부정을 탄다 하여 황기녀들은 해가 저물 때까지 운신을 저지당했다. 그러나 달리 말하자면 해가 지는 순간부터 그 어느 때보다 떠들썩하게 황궁을 휘젓는다고 할 수 있었다.

요요는 여느 때처럼 황제의 바로 옆자리에 앉아 시중을 들었다. 예기들의 재예를 곁들인 저녁 만찬과 가벼운 술자리였다. 그리고 만찬이 끝난 후 모든 예기들이 기다리던 경연이 시작되었다. 황태제가 앞으로 나섰다. 그가 경연을 주관하고 있었기에 나서서 사직연의 의미와 경연에 대한 이야기를 짤막하게 했다. 황제는 황태제의 말을 제대로 듣고 있지 않았다. 궁녀들이 자리를 정돈하고 예기들이 길게 늘어섰다. 평소라면 경연에는 눈길조차 주지 않고 황제의 수발에서 집중했을 요요였다. 그러나 오늘따라 그녀의 시선이 어지러웠다. 시간이 더뎠다. 온갖 유려한 곡조와 춤사위, 노래를 들으면서도 늘어지게 하품을 해대는 황제의 술잔을 채우면서 요요는 계속 눈을 흘끔댔다.

누군가는 춤을 추었다. 한삼을 나부끼기도 하고 혹은 맨손으로 손가락 끝까지 정성 들여 휘저으며 가락을 탔다. 또 누군가는 고무

(鼓舞)를 추었다. 커다란 북을 두드리며 장단을 맞추고 몸을 기이하게 뒤틀면서 묘기를 부렸다. 다른 누군가는 악을 연주했다. 가야금이나 아쟁이나 해금 등을 연주하며 줄을 뜯고 타고 문댔다. 그리고 누군가는 스스로 악기가 되었다. 깊은 곳에서부터 우러나는 소리를 목청을 통해 내뱉으며 노래를 불렀다. 그렇게 예기들의 차례가 한 명씩 돌아갔다.

"황기녀 빙휘."

환관의 호명에 빙휘가 중앙으로 나섰다. 빙휘는 가벼운 차림의 무복을 입고 있었고 가체를 올리지 않고 맵시 있게 틀어 올린 머리에는 간소하게 몇 개의 장식만 달았을 뿐이다. 그녀가 중앙에 자리를 잡고 눈을 감았다. 그리고 동시에 요요가 술병을 내려놓았다. 그녀는 옆에 황제가 앉아 있다는 것도 잊어버린 듯 몸을 완전히 돌려 정면을 바라보았다. 빙휘는 예의 그 천을 들고 있었다. 그녀는 허리를 꼿꼿이 편 채 가만히 서 있었다. 악공의 음을 고르자 그녀가 손을 들어 올렸다.

'노예 주제에.'

요요의 시선이 불타올랐다. 그리고 빙휘의 춤이 시작되었다.

느릿한 회전에 치맛자락이 부드럽게 물결친다. 사뿐한 발걸음이 둥글게 바닥을 스치고 버선코가 한차례 들어 올려졌다가 가볍게 바닥을 톡 건드리고는 다시 둥근 원을 그린다. 잔잔한 봄바람처럼 나부끼는 손짓과 고운 곡선으로 꺾인 손가락이 하느작거린다. 그 손끝에서 보랏빛 천이 연장되어 물결마냥 흔들린다.

동작은 크지 않으나 그 미미한 움직임이 수려하다. 손에 들린 긴 천 자락이 하늘거리며 둥글게 부풀어 올라 몸을 감싼다. 칼등으로 천 자락을 길게 스치며 팔을 길게 뻗은 채 몸이 느릿하게 회전한다. 바닥을 스치는 가벼운 걸음과 나부끼는 천 자락과 허공을 부드럽게 가르는 손끝, 칼끝이 온 감각을 사로잡는다.

그리고 떨어지지 않는 저 시선— 천 자락에, 팔에, 칼에 가리었다가 다시 드러날 때 여전히 마주 보며 꽂혀 있는 그 눈빛에 마주한 이의 심장을 떨린다.

눈을 뗄 수 없었다. 몇 차례 훔쳐보던 춤과는 또 달랐다. 요요는 입을 살짝 벌리고는 빙휘의 춤에 빠져들었다. 요요뿐만 아니라 그곳에 있는 모든 이가 그러했다. 매서운 칼끝이 섬뜩하게 가슴을 베어 오면 곧 부드러운 천이 마음을 감싸 달랬다. 분명 바람이 불고 있는데 그 천에 저 사위에 조금의 흔들림도 없었다. 마치 빙휘의 사위에서 바람이 불어 나오고 있는 것만 같았다.

요요가 가슴팍을 움켜쥐었다. 쿵덕이는 심장이 느껴졌다. 빙휘가 춤을 마무리하고 악이 끝났다. 그러나 요요의 눈에는 빙휘가 추었던 검무의 잔상이 남아 있었다. 다른 이들도 요요와 다르지 않았다. 예기들의 경연에 눈길조차 주지 않던 황제까지 입을 헤 벌리고 있었다.

"다음!"

차례를 넘기는 황태제의 말에 그제야 정신이 들었다. 멍하니 홀려 있던 환관이 서둘러 다음 황기녀의 기명을 불렀다. 그러나 그 이후로 어느 예기들의 재예를 보아도 감흥이 돌지 않았다. 머릿속에서 보라색 천이 빙글빙글 돌았다. 요요가 분하다는 듯 입술을 깨물었다. 다른 황기녀들을 보지 않아도 결과가 빤했다. 이번 경연은 빙휘의 검무로 끝이 난 판이나 마찬가지였다.

'이럴 수는.'

그런 생각을 하던 찰나였다. 어딘가 멀리에서 와아아 하는 고함이 들리는 것 같았다. 그저 연회의 소란 정도로 생각하고 있었다. 모든 이들이 그렇게 생각하는 것 같았다. 그러나 그 고함은 연회 따위의 그것이 아니었다.

피슝.

"꺄아악!"

찢어질 듯한 비명이 연루를 가득 메웠다. 차례를 마치고 대기하고 있던 빙휘가 놀라 고개를 번쩍 들었다. 그리고 방금 무슨 일이 일어난 것인지 채 인식하기도 전에 다시금 바람을 가르는 날쌘 소리가 귓전을 때렸다.

피잇— 슝! 슈슈슝. 슝!

"꺄아악!"

"폐하!"

"호위장!"

"폐하를!"

"꺄아아아아아아!"

"금군!"

"무슨 일이냐!"

한가롭던 연루가 갑자기 괴성으로 뒤덮였다. 하늘에선 화살비가 쏟아져 내려와 투박한 소리를 내며 바닥과 연석에 무수히 꽂혔다.

담장에 둘러서 있던 금군들이 앞으로 튀어나오며 방패를 들었다. 쇠붙이가 부딪히는 소리가 고막을 울렸다. 그 사이로 사내들과 여인들의 외침이, 비명이 터져 나왔다.

지금 무슨 일이 일어나고 있는 것인지 헤아릴 수도 없었다. 눈먼 화살에 맞은 관료들과 황기녀 등 궁인들이 피를 흘리며 쓰러져 나뒹굴었다. 귀가 먹먹해지고 등골이 싸늘해지며 머리가 어지러웠다. 외침은 웅웅거리고 동작은 느릿하여 현실감이 없었다. 이 공간에 속하지 못한 낯선 타인의 눈이 되어 바라보는 것 같았다.

빗발치던 화살을 시작으로 연루의 중문을 넘어 흑색 무복의 괴한들이 들이닥쳤다. 이미 연루 안은 금군들과 괴한들로 뒤섞여 있었다. 핏방울이 튀고 칼들이 뒤엉켰다. 그들은 궁인이나 황기녀들에게는 일체 관심이 없었다. 오로지 중앙의 인사들, 금군만을 노리고 있었다.

"폐주를 잡아라!"

폐주(廢主), 그들에게 황제는 이미 폐군이었다.

"생포하라!"

"폐하를 뫼셔라!"

"호위장!"

흑색 무복의 괴한, 황제를 폐주라 일컫는 반역도는 일사불란하게 움직이며 연루를 장악했다. 그들은 수월하게 금군을 제압했다. 금군과 반역도의 함성이 뒤섞였다.

"가! 도망쳐!"

"피해!"

어느 손이 빙휘를 밀었다. 얼떨결에 떠밀려 엉거주춤 일어나 발을 떼는데, 누군가가 시야에 들어왔다. 어지럽게 움직이는 사람들의 사이로 유일하게 또렷하게 보이는 인영. 난잡하게 움직이느라 불분명하게 보이는 형체들과 달리 흔들림 없이 곧게 빙휘를 향해 달려오는 그는 정신없이 흰 머리카락을 흩날리며 무어라 외치고 있었다.

"설아!"

"초…… 사여……."

그의 이름이 맞던가?

어떤 사고도 제대로 할 수 없었다. 자신도 모르게 나직이 음절을 흘리던 빙휘는 우악스러운 손길에 떠밀렸다. 중심을 잃고 쓰러지면서 빙휘는 빠르게 달려오던 초사여의 진로가 날아오는 화살에 꺾이는 것을 보았다. 화살은 중앙에 집중되어 있었다. 빙휘를 비롯한 예기들은 연루의 가장자리에 줄지어 앉아 있었기에 그녀들의 자리로는 화살이 닿지 않았다. 그러나 그녀를 향해 달려오는 누군가는 화살이 빗발치는 중앙을 지나야만 했다.

그제야 빙휘는 이것이 꿈이나 환상이 아니라 현실임을 인지할 수 있었다. 하나의 화살에 초사여의 어깨가 뒤로 밀렸다. 둘의 화살에 그의 무릎이 푹 꺾였다. 그럼에도 그는 여전히 빙휘에게 시선을 고정한 채로 그녀의 이름을 외치며 달려왔다. 빙휘의 심장이 쿵 내려앉으며 발기발기 찢겼다. 속 깊은 곳 어딘가가 뜨겁게 타올랐다.

"초사여! 오지 마!"

얼굴이 뜨거워졌다. 달아오르는 것이 눈시울인지 코끝인지 그도 아니면 온몸인지 알 수 없었다. 단지 뜨거웠다. 뜨겁게 타올랐다.

"오지 마!"

빙휘의 목청이 찢어졌다. 그러나 그녀의 끊어질 듯한 비명은 하늘을 뒤흔드는 함성과 맞부딪치는 쇳덩이들의 요란함에 묻혀 버렸다. 빙휘의 몸이 자꾸만 떠밀렸다. 초사여를 놓치지 않으려 하는데 시야가 자꾸만 흐려졌다. 눈물이 차올라 제대로 볼 수 없었다. 얼굴 한가득 눈물이 쏟아졌다. 하늘에서도 화살이 쏟아졌다. 연루의 사람들이 난잡하게 섞였다.

어느 환관의 얼굴이 보였다. 황제가 보였다가 금군이 보였다. 얼핏 황태제를 본 것 같기도 했는데 금세 반역도로 변해 버렸다. 어느 궁녀의 울부짖는 얼굴이 빠르게 스쳤다. 핏방울이 튀다가 싸늘한 바람이 불었다. 얼핏 현석염의 얼굴도 보았다고 생각했다.

"설아."

그리고 다시 고개를 들었을 때 빙휘의 눈앞에는 옷깃이 보였다. 어느새 다가온 초사여가 그녀를 끌어안고 있었다.

"오지 마, 오지 마……."

"여기 있습니다. 제가 왔습니다. 바로 앞에 있습니다."

빙휘의 몸이 떨렸다. 그 떨림만큼 눈동자가 흔들렸다. 빙휘는 초사여를 마주 보고 있으면서도 그를 제대로 인지하지 못하는 듯 오지 말라는 말만 하염없이 중얼거렸다. 떨리는 손이 초사여의 옷깃을 쥐었다가 제 손을 쥐었다가 그를 매만지다가 양손을 쓰다듬었다. 그렇게 손을 가만 놔두지 못하다가 문득 초사여를 어루만지던 빙휘는 손에 붉은 무언가가 묻어나는 것을 알아차렸다.

"초사여?"

그제야 정신을 차린 빙휘가 동그랗게 눈을 뜨고 고개를 들었다. 초사여가 웃고 있었다. 가늘게 미소를 지은 그의 입술 끝에서 비릿한 핏자국이 한 줄기 흘러내렸다.

"초사여!"

"괜찮습니다. 저는 괜찮습니다."

빙휘의 손이 빠르게 초사여를 더듬었다. 어깨에 하나, 등에 두 개, 다리에 하나, 살이 부러지지 않은 화살이 그대로 꽂혀 있었다. 다리에 박힌 화살은 살이 반쯤 꺾여 있었다. 그 외에도 여기저기 스치고 베인 상처들이 많았다. 너덜너덜해진 옷자락 사이로 붉은 피가 묻어났다.

"이게, 어떻게, 이런."

빙휘는 차마 말을 잇지 못했다. 그녀의 손이 바들거리면서 초사여를 훑어 내렸다. 상처에서 피가 흘러내렸다. 그럼에도 초사여는 웃고 있었다. 그는 자신의 몸에 난 상처에는 신경조차 쓰지 않은 채 빙휘를 향해 내달렸다. 피가 나는 걸 알고는 있는지, 초사여는 빙휘를 끌어안을 뿐이었다.

"괜찮습니다, 전 괜찮습니다. 지금입니다. 이 혼란을 틈타 빠져나간다면."

"그게 지금 할 소리야?"

여전히 사방은 혼돈이었다. 그러나 빙휘와 초사여는 서로밖에 보이지 않았다. 바로 옆에서 아수라장이 펼쳐지고 있는데도 둘은 딱 붙어 앉아 서로만 바라보고 있었다.

"널 봐. 네 상태를 봐."

"아무렇지 않습니다."

그러나 그 말이 무색하게도 초사여는 바로 기침을 하다가 피를 튀겼다. 그가 소매로 입을 슥 닦았다.

"지금, 빠져나간다면."

"그만해!"

울컥, 빙휘가 소리쳤다. 그녀의 표정이 전에 없이 험하게 일그러졌다. 새빨갛게 달아오른 눈두덩 위로 흘러내리는 눈물이 그칠 줄을 몰랐다.

"제발, 제발 그만. 초사여, 지금 널 좀 봐. 이런 상태로 대체 뭘 어쩌겠다는 거야? 왜 이랬어. 무슨 생각으로 여기에 온 거야!"

"미처 알아차리지 못했습니다. 제 불찰입니다. 당신이 위험에 빠질까 걱정되어 가만있을 수 없었습니다."

"그렇다고 널 위험에 빠뜨려?"

초사여는 아무런 대답을 하지 못했다.

"바보야, 아무리 그렇다고 널 위험하게 만들면 어떡해. 왜 생각을 하지 않아, 너 자신을 좀 생각하란 말야."

"임이여……."

"바보, 바보. 이게 뭐야……."

작은 주먹이 초사여의 품을 토닥거렸다. 빙휘는 곧 그 품에 얼굴을 묻고 울음을 터뜨렸다. 초사여가 다시 기침을 했다. 핏방울이 튀어 빙휘의 고운 무복에 잔무늬를 찍어냈다. 그의 숨소리가 거칠어졌다. 빙휘의 손이 초사여의 허리를 감쌌다. 축축하게 젖은 옷이 느껴지자 그녀의 손에 힘이 들어갔다.

"이래선 무슨 소용이야, 네가 다쳐선……."

제대로 이을 수 있는 말이 없었다. 초사여 역시 대답하지 못했다. 자신이 생각이 짧았다며 뉘우칠 뿐이었다. 온몸이 욱신거렸다. 아무리 영물이라고 해도 제대로 영력을 발휘하지 못하는 상황에서 무력이 가해진 터라 타격이 이만저만이 아니었다. 초사여의 얕은 기침 소리가 이어졌다.

초사여가 무어라 말을 건네려던 순간이었다. 빙휘도 초사여도 지금이 어떤 상황인지, 자신들이 어디에 있는 것인지 너무 오랫동안 잊어버리고 있었다. 그들은 주변을 잊고 있었으나 둘러싼 상황은 그들을 잊지 않고 있었다.

짧은 기합 소리와 함께 허공을 가르는 바람 소리가 들렸다. 그러나 그 바람 소리는 허공만 가르지 않고 끝에 가서는 옷과 살갗을 함께 베어냈다. 초사여의 상체가 들썩였다. 정확하게는 등이 뒤로 휘며 가슴이 벌어졌다. 그의 고개가 뒤로 넘어갔다. 그는 소리를 지르지 않았다. 그 어떤 단말마도 뱉지 않았다. 때문에 빙휘는 처음에 알아차리지 못했다. 단지 초사여의 몸이 요동친다고 느꼈을 뿐이다. 그러나 누군가의 억센 손이 빙휘의 머리채를 휘감고 들어 올리자 초사여의 품에 안겨 있던 빙휘는 무슨 일이 일어난 것인지 두 눈으로 똑똑히 바라보게 되었다.

"초사여!"

분명 누군가에게 머리채가 붙들려 끌려가고 있는데, 그 어떤 고통도 느껴지지 않았다. 육체의 고통은 아무것도 느껴지는 것이 없었다. 모든 것이 둔하고 멀었다. 그러나 마음 깊은 곳 어딘가부터 바사삭하고 바스러져 가루가 되어 떨어지고 있었다. 뜨겁게 타오르는 것 같기도 하고 차갑게 얼어붙은 것 같기도 했다.

빙휘의 입에서 그 어떤 말마디도 아닌 악다구니가 흘러나왔다. 몸이 반석에 쓸려 살갗이 벗겨지는 것도 모르고 빙휘는 초사여를 향해 손만 내밀었다. 그러나 그녀의 몸은 반대쪽으로 끌려가 점점 그에게서 멀어질 뿐이었다. 빙휘가 손을 내저었다. 초사여에게 손을 내밀었으나 닿지 않았다. 초사여, 뒤로 쓰러져 있는 초사여, 그의 눈동자는 여전히 빙휘를 향해 있었으나 그의 몸은 일어날 줄을 몰랐다.

초사여의 잿빛 눈동자가 빙휘를 향해 있었다. 그의 눈동자가 붉게 빛나는가 싶었으나 그 붉은 기운은 곧 사그라지기를 반복했다. 화살에 맞은 부위는 아무것도 아니었다. 모로 쓰러져 드러누운 그의 등에서 흘러나온 핏자국이 반석 위에 둥그렇게 큰 원을 그리며 퍼져 나갔다. 그의 옷이 검붉게 물들어갔다.

"설아⋯⋯."

바람의 속삭임보다도 작은 숨소리에 가느다랗게 실려 나온 목소리가 빙휘를 불렀다. 그 부름이 빙휘에게 닿을 턱이 없었으나 빙휘는 그 목소리를 듣기라도 했는지 더욱 거세게 반항하며 손을 내밀었다. 그러나 빙휘를 끌고 가는 손의 악력을 거스를 순 없었다. 시야가 점점 흐려지고 정신이 아득해지는 상황에서도 빙휘는 끝까지 초사여만 바라보고 있었다.

그들이 잊고 있던 사이에 주변은 빠르게 정리되어 있었다. 황궁은 속수무책으로 너무나도 쉽게 반역도당에 점령당하고 말았다.

❋　❋　❋

죽고 싶었다. 눈앞에서 부모가 죽고 동기생이 죽고 고록경 대감이 죽었을 때도 이런 기분은 아니었다. 참으로 죽음을 많이 목격했는데, 그것이 모두 지금을 위한 준비인 것 같았다. 그러나 아무리 많은 죽음을 봐왔어도 오늘의 죽음과는 너무나 달랐고, 그 죽음에 적응할 수 없었다.

그의 뒤를 따라 죽고만 싶었다.

그가 죽었다?

번쩍.

정신을 잃고 쓰러져 있던 빙휘가 순간 눈을 떴다. 그녀의 온몸이 식은땀에 흠뻑 젖어 있었다. 빙휘가 몇 차례 눈을 깜빡였다. 그녀는 지금 자신이 어디에 있는 것인지 알지 못했다. 눈을 떠도 시야가 어두웠다. 침침한 어둠이 가득했다.

"초사여?"

나오는 말은 이게 전부였다. 어딘가에서 부스럭거리는 소리가 났다.

"초사여? 거기 있어? 여긴 어디야?"

목이 갈라지고 온몸이 욱신댔지만 빙휘는 그에게 먼저 물었다. 그러나 돌아오는 대답은 없었다. 정신을 잃기 전 눈에 들어왔던 그의 모습이 떠올랐다. 빙휘의 눈이 다시 눈물로 차올랐다.

'그가 죽었을 리가 없어.'

속으로 되뇌었으나 차오르는 눈물은 막을 수 없었다. 눈을 꽉 감자 눈꼬리로 뜨뜻한 눈물이 흘러내렸다. 지금 무슨 일이 벌어진 것인지 생각할 시간이 필요했다. 갑자기 너무 많은 일들이 벌어져 받아들이기 힘들었다.

황궁이었다. 사직연이 있었고 예기들의 경연이 진행되고 있었다. 경연. 거기까지는 모든 것이 순탄했다. 대체 어디서부터 일이 틀어진 것인가. 경연 중에 갑자기 들이닥친 피바람, 핏자국. 핏자국. 핏물. 순간 빙휘는 맑은 물 사이로 흘러오던 핏줄기가 떠올랐다. 시뻘건 핏물, 현석염의 손목 끈에서 흘러나오던 핏물, 피로 흠뻑 젖어 있던 무복. 거기서부터였다. 일이 틀어지기 시작한 것은 세답청의 빨랫물에 핏물이 흘러내리던 때부터였다. 그때 이미 징조가 있었던 것이다.

"정신 차린 건가?"

"몰라, 헛소리하던데."

"차라리 나도 정신이나 잃었으면. 대체 이게 뭐래."

"어느 쪽이 이기든 이 난리가 빨리 끝났으면 좋겠다. 여긴 너무 더럽고 불쾌해."

"좀 참아."

두런두런 숨죽인 말소리가 들렸다. 익숙한 목소리들은 황기녀들의 것이었다. 눈을 감고 있던 빙휘가 가만히 눈을 뜨고 시각에 집중했다. 어둠이 눈에 익으면서 점점 형체가 드러나기 시작했다. 낮은 흙 천장, 매캐한 공기, 딱딱한 바닥과 따갑게 몸을 찌르는 짚더미.

"여긴 어디야?"

누구에게랄 것 없이 빙휘가 질문을 던졌다. 누군가가 답해 주리라는 생각이었다. 잠시의 적막 후에 바로 머리 옆에서 목소리가 들렸다.

"황궁의 지하 감옥 정도? 모두 하옥됐어, 연루에 있던 사람들은 전부 다."

지하 감옥이라. 그러고 보니 언젠가 하옥되었을 때와 느낌이 비슷했다. 그때보다 더욱 어둡고 눅눅하기는 했지만. 빙휘가 천천히 몸을 일으켰다. 상체를 들고 나서 그녀는 다리를 몸 쪽으로 잡아당겨 끌어안았다. 장딴지부터 발끝까지 시큰하니 아렸다. 손으로 더듬어보니 따갑고 끈적였다. 끈적이는 이유는 아마 피 때문일 터라 절로 인상이 쓰였다.

울화가 치밀었다. 또다시 통제할 수 없는 상황에 휘말리고 말았다. 초사여, 빙휘의 머릿속은 초사여의 생각으로 가득했지만 어찌할 도리가 없었다. 지금으로서는 막연히 그에게 아무 일도 없기만을 바랄 뿐이었다.

'초사여.'

빙휘가 옷섶을 움켜쥐며 몸을 조그맣게 말았다. 다시 눈에서 눈물이 떨어졌다. 아무렇게나 쓰러져 있던 초사여의 모습이 떠올랐다. 춥고, 자꾸만 몸이 떨렸다. 그 떨림이 추위 때문인지 슬픔 때문인지 모르겠지만 자꾸만 몸이 떨렸다. 아무 일도 없을 것이라, 괜찮을 것이라 믿고 싶었지만 불안감이 엄습했다. 그녀는 다시 힘을 잃고 찬 옥 바닥에 몸을 뉘었다.

시간이 얼마나 흘렀는지 알 수 없었다. 어두운 지하 감옥에서는 시간을 가늠할 수 없었다. 빈속은 허기를 넘어서 속이 쓰리다 못해 더는 아무런 느낌도 느껴지지 않았다. 온몸에 힘이 하나도 들어가지 않고 아무렇게나 축 늘어져 있을 따름이었다. 이런 시간이 언제까지 계속되는 것인가 싶을 때쯤 땅바닥이 울렸다. 점점 크게 다가오던 울림은 머리 위에서 목소리로 들려왔다.

"전부 끌어내."

"네!"

짧은 명에 다수의 목소리가 동시에 답하며 외쳤다. 그리고 곧 녹슨 경첩 소리와 함께 땅이 울리면서 거친 손들이 아무렇게나 널브러져 있는 황기녀들을 하나씩 잡아끌었다. 빙휘 역시 누군가에 의해서 밖으로 끌려 나왔다. 쓰러질 것 같았으나 그녀들에게는 그조차 허락되지 않았다. 며칠의 시간이 지났는지 알 수 없었으나 그동안 한 끼도 먹지 못한 그녀들은 곧 쓰러질 듯 위태로운 걸음으로 어딘가로 끌려갔다.

"아."

얼마나 걸었을까, 앞에서 누군가가 짧은 탄성을 흘렸다. 그리고 그 탄성은 차례로 뒤로 넘어갔다. 빙휘 역시 저도 모르게 바짝 마른 입술을 열었다.

햇살, 빛. 따스한 온기가 빙휘를 비추었다. 얼마 만에 마주하는 햇빛인지 몰랐다. 그러나 또 왈칵 눈시울이 붉어졌다. 잠시의 햇살로 생기가 돌기 시작하니 다시 떠오른 초사여에 대한 생각 때문이었다. 그의 비범한 존재를 떠올리며 괜찮으리라 스스로를 다독였지만 직접 온전한 그를 마주하지 않는다면 진정할 수 없을 것 같았다.

'초사여.'

타박.

'초사여.'

걸음 하나에 초사여의 이름 한 번이 따라붙었다. 어디로 향하는지도 모르고 그저 앞사람의 뒤를 따라가면서 빙휘는 마치 가시밭을 걷는 기분이었다. 목이 타들어가고 온몸이 주체할 수 없이 떨렸다.

'초사여.'

그가 보고 싶었다. 자꾸만 초점을 놓치는 시야를 애써 붙잡으며 빙휘가 겨우 행렬을 따랐다.

상황은 그녀들이 마지막으로 기억할 때와 크게 달라지지 않았다. 황궁은 반역도가 완전히 점령하였고, 모두 정리가 끝났다. 그들은 황족들과 금군을 제외한 궁인들은 최대한 건드리지 않았다. 때문에 그 피 튀기던 연루에서 빙휘를 비롯한 황기녀들은 대다수 무사할 수 있었던 것이다. 처음에 무작위로 날아온 화살에 재수 없게 맞은 황기녀들이 아니고서는 다들 다친 곳 하나 없이 멀쩡했다.

며칠간 지하 감옥에 갇혀 있었던 그녀들은 아무런 변고 없이 황기루로 돌아올 수 있었다. 이전과 다를 것 없었지만 묘하게 황궁을 감싼 분위기가 달랐다.

"새로운 하늘이 열릴 것이야."

황기녀들을 황기루로 인도한 군병이 그런 말을 남기고 돌아갔다. 황기루의 궁녀들이 그녀들에게 몸을 단장할 것을 요구했다. 전과 다를 바 없었으나 모두가 조심스럽고 어딘가 어두워 보였다. 그런 와중에 모두가 쉬쉬하면서 조금씩 이야기를 전했다.

모든 것이 달라진 바로 '그날'에 황족은 모두 반역도에게 붙잡혔고, 다음날 아침 일찍 황제는 효시되었다고 했다. 황후를 비롯한 여타 황족들은 지하 감옥에 하옥되었으며, 아직은 궁인이나 관료들 중에서 전조의 잔재를 솎아내는 중이라고 했다. 매일 누군가가 붙잡히고 누군가가 죽었다. 비릿한 피 냄새가 황궁을 감쌌다.

"향락과 사치에 물들었던 전조의 그림자를 모두 걷어낼 것이다."

누군지 모를 반역도의 수장이 그리 말했다고 했다.

방 안은 싸늘했다. 빙휘가 이부자리조차 깔지 못하고 서안 뒤에 펼쳐져 있던 보료에 그대로 몸을 뉘었다. 옥에서는 아무 일도 없었지만 옥으로 끌려가는 동안 여기저기 까지고 다쳐서 온몸이 욱신댔다. 사실 몸의 상처보다는 마음의 충격이 더 커서 손가락 하나도 움직이고 싶지 않았다.

보료에 엎드려 누운 채로 진이 다 빠져 완전히 몸을 내려놓고 있던 빙휘는 등을 쓰다듬는 손길에 움찔했다. 이젠 더 이상 흘릴 눈물이 남아 있지 않을 것이라 생각했는데 어김없이 뜨뜻한 물줄기가 주르륵 흘러내렸다.

"괜찮아?"

"괜찮으십니까?"

돌아보지 않았지만 알 수 있었다. 겨우 힘겹게 말을 내뱉는데 동시에 겹친 물음이 같은 내용이라 다시금 눈가가 달아올랐다. 또, 또, 저이는 매번 저런 식이었다. 대체 누가 누구에게 괜찮냐고 묻는 것인지 기가 찰 정도였다.

빙휘가 힘겹게 몸을 돌렸다. 엎드려 있던 그녀가 모로 누워서 위를 바라보았다. 초사여, 그가 곁에 앉아 있었다. 빙휘를 향해 상체를 숙인 채로 그녀의 등을 가만히 쓸어내리며 바라보고 있었다. 시선이 마주치자 초사여가 빙휘의 얼굴을 감쌌다. 그녀의 얼굴 위로 쏟아져 내리는 눈물 줄기를 닦아냈다. 그가 천천히 몸을 숙였다. 빙휘의 바로 옆자리에 딱 붙어서, 초사여가 몸을 뉘었다. 그의 팔이 그녀를 감쌌다.

"괜찮아?"

"황궁이 혼란스러워 영기가 많이 흩어졌습니다."

"그래서 괜찮아?"

"예, 영력으로 인한 상처가 아니고서는 제게 별것 아닙니다."

왈칵, 빙휘가 입술을 깨물고 그의 가슴팍에 주먹질을 했다.

"별게 아니긴. 내가 얼마나 무서웠는데. 나한텐 별거야. 얼마나 걱정했는데."

빙휘의 옷과 손에는 아직 그때의 핏자국이 남아 있었다. 검붉게 물든 소매와 손바닥에 옅게 배어 있는 핏자국이 눈에 들어오니 다시 심장이 철렁했다.

"당신은 괜찮으십니까?"

"아무 일도, 그냥 옥에 갇혀 있었을 뿐이야."

"옥이라면."

"중앙궁 북쪽의 어딘가, 지하 감옥에. 그런 곳이 있는 줄은 몰랐어."

"지하 감옥⋯⋯. 당신을 계속 찾으려 했지만 찾을 수 없었습니다. 하여 이곳에서 기다리고 있었습니다."

"그랬구나."

그랬구나, 그 목소리에 힘이 없었다. 초사여가 빙휘의 뺨에 입을 맞추었다. 그녀의 입에 희미한 미소가 올랐다.

"곤하다."

"눈을 붙이십시오."

"너도."

이 모든 상황이 갑작스러울 따름이라 둘은 겨우 서로의 안부를 묻고 끌어안은 채 눈을 감았다. 무슨 일이 벌어지고 있는지, 어떻게 될 것인지 고민하고 싶지 않았다. 그저 지금은 쉬고 싶었다.

"황기녀들은 정렬하라!"

바깥에서 소요가 일었다. 초사여의 품에 안겨 있던 빙휘는 창밖에서 들려오는 목소리에 잠이 깨어 눈을 떴다. 초사여는 고단했던 모양인지 세상모르고 잠에 빠져 있었다.

"정렬! 기적을 가져와. 명부를 확인할 것이다!"

다시 외치는 소리에 빙휘가 느릿하게 몸을 일으켰다. 누군가가 지나가며 빙휘의 방문을 탕탕 두드리고 갔다. 황기녀들이 수군거리는 말소리가 어렴풋하게 들렸다. 초사여를 잠시 바라보던 빙휘가 일어나 밖으로 나갔다.

관복을 입은 사내와 환관이 툇마루 앞에 서 있었다. 그들의 앞에 황기녀들이 나란히 줄을 지어 있었다. 그녀들의 뒤편으로 가서 빙휘가 서고, 몇몇의 황기녀가 더 모인 후에 환관이 대충 눈짐작으로 수를 세어보더니 입을 열었다. 그는 기적을 들고 황기녀들의 이름을 하나하나 호명했다. 아무리 반역도가 궁인들을 건드리지 않았다고는 하지만, 그 혼란한 상황 속에서 어느 정도의 희생은 불가피했다. 환관은 난리 속에서 목숨을 잃거나 부상을 입은 황기녀들을 하나하나 기록했다. 이 집합이 대체 무슨 의미인가 생각하던 빙휘는 문득 '새로운 하늘이 열릴 것'이라던 군병의 말이 떠올랐다.

새로운 하늘. 폐주의 향락과 사치를 욕하며 일어난 반역, 그에 생각이 미치자 빙휘의 가슴이 두근거렸다. 무언가 달라질지도 모른다. 몸은 고단하고 기운이 없어 곧 쓰러질 것 같았지만, 점점 마음이 가뿐하니 기분이 들떴다.

'무언가 달라질지도 몰라.'

주변의 황기녀들을 둘러보았다. 그녀들의 얼굴에도 빙휘와 비슷한 의아함이 번져 있었다. 어쩌면 이 반역이 천한 아랫것들에게는 큰 전환점이 될지도 모르겠다고 빙휘는 조심스럽게 기대를 품었다.

"금일부터……."

명부를 모두 확인한 환관이 기적을 덮으며 입을 열었다. 그의 뒤에 서 있는 관리는 길게 미소를 짓고 있었다. 흡족하다는 얼굴로 황기녀들을 바라보고 있는 관리, 그 표정이 인자하게 느껴졌다. 환관의 입에서 무슨 말이 나올 것인지 모든 이의 귀와 눈이 집중되었다.

"열흘간 새로운 황제 폐하의 즉위를 경하하는 연회가 열릴 것이다."

연회.

"속히 치장을 하고 수황기녀의 통솔하에, 그 어느 때보다 화려하고 훌륭한 연회를 준비하도록 하라."

치장, 연회.

그 후로도 환관은 온갖 수식어를 나열하며 황기녀들을 장려했다. 그러나 그 어떤 말도 빙휘의 귀에는 들리지 않았다. 어쩌면 가장 당연한 수순이었으나 낯설고 이질적으로만 느껴졌다. 무언가 일이 잘못 흘러가고 있었다. 아니, 애초에 제대로 흘러갈 수 없는 일이었는지도 모르겠다. 관리는 만족하여 고개를 끄덕이면서 황기녀들을 내려다보고 있었다. 그의 눈빛이 음흉했다. 환관은 수황기녀를 불러 긴 설명을 늘어놓더니 관리를 안내하며 황기루를 빠져나갔다. 환관이 서 있던 자리에 수황기녀가 나서서 황기녀들을 돌아보았다.

"이러고 정신 빼고 있을 시간 없어. 서둘러 목욕재계들 하고, 미기들은 요요가 책임지어 준비시키고, 예기들은 날 따르도록."

"예."

황기녀들이 고개를 조아리며 답했다. 그녀들은 곧 바삐 움직이며 옥에서 묻은 때를 씻어내러 갔다. 그러나 빙휘는 선뜻 걸음을 뗄 수 없었다. 다른 황기녀들은 당연하게 받아들이고 있는 상황이 빙휘에게만 어색했다. 오도카니 서 있는 빙휘를 요요가 돌아보았다. 그때 빙휘와 요요의 눈이 마주쳤다.

"전조의 폐단을 없애겠다는 게 저들의 구호 아니었어?"

허탈한 목소리가 흘러나왔다. 요요는 웃었다. 빙휘가 무슨 기대를 한 것인지 눈치챈 모양으로, 그녀는 정말 우습다는 듯이 입꼬리를 올리고 그녀를 비웃었다.

"하늘은 바뀌지 않아. 단지 다른 태양이 떠오를 뿐이지."

그 당연한 것을 몰랐냐는 듯한 말이었다. 멋모르는 순진한 반편이와 낭비할 시간은 없다며 요요가 고개를 돌렸다. 허탈했다. 결국 그녀들에게 변하는 것은 없었다. 모시는 황족이 달라졌을 뿐이다. 황기루나 황기녀들이 제자리로 돌아가는 일은 없었다. 아니, 그들에게는 이곳이 그녀들의 제자리였다. 결국 허울 좋은 권력 쟁탈일 뿐이었다. 빙휘의 입에서 헛웃음이 흘렀다.

"무슨 일입니까?"

방으로 돌아오니 초사여가 일어나 기다리고 있었다.

"달라진 게 없어."

"예?"

"그 난리가 벌어졌는데, 아무것도 달라진 게 없어. 황제가 죽고 하늘이었던 황족들이 나락으로 떨어졌는데, 아무것도 달라진 게 없어. 단지 그 자리가 다른 사람들로 채워졌을 뿐이야."

자신의 일조차 무관심하던 빙휘였다. 그랬던 빙휘가 갑자기 망

연자실하여 읊조리는 말에 초사여는 씁쓸한 미소를 지을 수밖에 없었다. 빙휘가 마주한 모습을 이미 그는 긴 세월 동안 수없이 보고 있었다.

"앞으로도 계속 그럴 것입니다. 인간들은 크게 변하지 않습니다. 낮은 이들을 보듬기보다는 보다 높은 자리를 바라볼 뿐입니다."

빙휘는 말이 없었다. 그녀는 가만히 초사여의 앞으로 다가가 그의 얼굴을 몇 번 쓰다듬었다. 그리고는 나갔다. 다른 황기녀들과 마찬가지로 연회를 위해 치장을 하기 위해 목욕재계를 하기 위해. 초사여는 빙휘가 돌아와 무복을 입고 단장하는 모습을 가만히 지켜보고만 있었다. 그녀의 얼굴에 생각이 많아 보였다.

곧 수황기녀가 예기들을 소집했다. 그녀는 시비들이 연루에서 가져온 악기들을 예기들에게 수습하라 일렀다. 그 틈에 빙휘의 칼도 있었다. 그러나 천은 보이지 않았다. 한 손으로 칼을 쥐고 서 있으니 천을 들고 있어야 할 반대쪽 손이 허전했다. 무언가를 잃은 것 같았다.

빙휘가 연신 손을 쥐었다 펴길 반복했다. 그녀의 얼굴이 새하얗다. 아무것도 담지 않은 얼굴은 하얗게 비어 있었다.

"칼은 놓고 와."

칼을 들고 서 있는 빙휘에게 수황기녀가 일렀다. 빙휘가 무슨 말인지 모르겠다는 얼굴로 물끄러미 바라보고만 있으니 수황기녀가 재차 말했다.

"오늘은 재예는 필요 없어. 주연이 있을 거야. 공신들의 수발을 드는 자리가 될 게다."

"전 예기입니다."

"예기, 미기 구분이 어디에 있어. 잔말 말고 술잔이나 채우고 어르신들 기분이나 맞춰 드려."

싸했다. 다른 예기들은 그 어떤 꼬투리도 달지 않고 순순히 수황기녀를 따랐다. 다시 빙휘는 홀로 남겨졌다.

죽은 황제는 야외에서 연회를 즐겼다. 새로운 황제는 실내를 좋아했다. 죽은 황제는 의자에 앉아 높은 탁자에 상을 차렸다. 새로운 황제는 낮은 상을 두고 푹신한 보료에 드러눕다시피 하길 원했다. 새로운 황제는 생각보다 나이가 많았다. 그는 자신보다 더 늙은 공신들과 자신보다 어린 신출내기 관리들을 앉혀놓고 번지르르하게 말을 늘어놓았다.

"제국은 다시 태어날 것이니라."

길게 늘어 빼는 말투에서 그의 허영이 느껴졌다. 그가 술잔을 들었다.

"어제까지의 제국은 죽었느니."

대소신료들이 그를 따라 술잔을 들었다.

"모든 것이 새롭고 보다 찬란한 제국이 펼쳐지리라. 전조의 폐단, 악습을 모두 철폐하고 지워낼 것이야. 실로 건실한 태평성대의 황금 제국을 이루어낼 것이니, 공들이 짐을 보필하여 주시게."

"만세, 만세, 만만세."

무엇이 다른가. 다른 것은 없었다. 아니, 오히려 더욱 악화되고 더러워졌다. 폐단과 악습을 철폐하고 지워내겠다, 빈 껍데기 같은 말이었다. 망가질 대로 망가지고 더러워질 대로 더러워진 제국에서 나도 한 번 권력을 잡아보겠다며 나섰을 뿐이었다.

병풍이던 황기녀들은 관리들의 옆자리마다 두어 명씩 앉아 그들의 수발을 들고 있었다. 황제의 옆에는 한쪽에 두 명씩 넷이 앉아 있고, 뒤에도 세 명의 황기녀가 대기하고 있었다. 늙은 손이 어린 계집들을 더듬었다. 술과 음식이 오가고 달짝한 술 내음이 진동했다.

"전조의 그 더러운 사치와 향락!"

"지긋지긋했습지요."

"정사를 돌볼 줄은 모르고 매일 계집년들의 치마폭에 안겨 있던 폐주를 내 똑똑히 기억하고 있지."

그리 말하는 황제의 손은 황기녀의 치맛자락을 헤집고 있었다.

"망측하고 난잡하기 이를 데 없었습니다."

"어찌 그런 자를 황제로 모시겠습니까."

"유흥밖에 모르는 아둔한 치였지."

"오죽하면 후사를 잇지도 못하였겠습니까."

"그렇지요, 황제로서 많이 부족한 자였습니다."

황제가 한마디를 하면 옆에서 두어 마디가 날아들었다. 죽은 자를 욕되게 하던 중 황제가 돌연 떠올랐다는 듯 입을 열었다.

"폐태제는 어찌 되었는가?"

"그라면 지하 감옥에 하옥되어 있습니다."

"다른 황족들과 그의 측근까지 모두 하옥하여 엄중히 감시하고 있습니다."

폐태제. 무기력하게 술잔을 채우고 있던 빙휘의 귀가 쫑긋 섰다. 폐주는 죽었으나 폐태제는 살아 있었다. 순간 그가 빙휘에게 약조하였던 말이 떠올랐다. 그리고 동시에 초사여의 말이 떠올랐다.

그 후로 연회에서는 시답잖은 대화만 오고 갔다. 황기녀들은 새벽녘에야 황기루로 돌아올 수 있었다. 방으로 돌아온 빙휘는 그녀를 맞이하는 초사여에게 빠르게 다가갔다.

"넌더리가 나."

초사여의 품에 안긴 빙휘가 그의 가슴팍에 머리를 기댔다.

"낮은 이를 보듬는 이가 있다면 어떨 것 같아?"

"무슨 말씀이십니까?"

"그는 황기녀인 내게 약조를 걸었어. 낮은 이를 보는 유일한 자였는데."

"황태제 말입니까?"

그녀가 고개를 끄덕였다. 다시 말을 잃은 그녀는 무슨 생각을 하는 건지 한참 동안 눈을 감고 있었다. 그렇게 밤이 깊어갔다. 빙휘는 여전히 말이 없었고, 초사여 역시 얌전히 그녀를 기다릴 뿐이었다. 창밖에서 부우거리는 밤새 소리가 들렸다.

"떠나자."

"네?"

"지금 당장 떠나자. 황궁에 더 이상 있을 이유가 없어. 아직 혼란이 수습되지 않았으니까 수월할 거야."

빙휘가 초사여의 목을 팔로 감아 매달렸다.

"떠나자. 황궁을 나가서 우선 청악으로 갈 거야. 화류가를 먼저 떠나게 되면 금장 비녀를 해주기로 적화 언니랑 내기를 했거든. 언니에게 비녀를 주고, 인사를 하고, 둘밖에 없는 곳으로 떠나서 살자. 이제 정말 다 싫어. 넌더리가 난다."

"당신이 좋다면, 저는 좋습니다."

초사여가 빙휘를 마주 안았다. 그녀의 잘은 어깨가 고되어 보였다. 이 어깨에 얹어진 무게를 덜어주고 싶었다. 항상 소망하던 일이었다. 어떻게 살아가야 할지, 무엇을 하며 살아야 할지, 정해진 것도 정할 것도 없었지만 아무런 걱정은 없었다. 몸 사는 일보다 마음 사는 일이 중했다. 그렇기에 어디에서 무얼 하든 둘이 함께라면 괜찮으리라 생각했다.

잠시 그렇게 안고 있던 연인은 곧 짐을 챙겼다. 아니, 챙길 짐이랄 것도 없었다. 빙휘는 치장을 지우고 간소한 치마저고리를 입었다. 화려한 무복이나 장신구는 하나도 필요가 없었다. 몇 가지 생필품을 꾸려보니 작은 보따리 하나만 나왔다. 빙휘에겐 언제나 작은 보따리 하나면 충분했다.

모두가 잠들었을 으슥한 시각이었다. 동이 트려면 아직 어느 정도 남아 있을 때라 하루를 열기 위해 움직이는 누군가와 마주칠 염려도 없었다. 빙휘와 초사여는 발소리를 죽여 조심스럽게 황기루를 빠져나왔다. 보따리와 칼 하나가 전부인 단출한 움직임이었다. 황기루의 솟을대문을 나와 담장을 꺾어 돌아서려는데 초사여가 갑자기 걸음을 멈추었다.

"누군가 옵니다."

그는 그 말만 남기고는 훌쩍 담장을 밟고 옆의 나무 위로 올라가 몸을 피했다. 곧 작은 발소리가 들렸다.

"이 시각에 어딜 다녀와?"

발자국의 주인은 미처 빙휘를 발견하지 못했던 모양인지 소스라치게 놀라며 입을 틀어막았다. 그 바람에 품에 들고 있던 보자기가 떨어졌다. 흙바닥이긴 했지만 둔탁한 소리를 내며 떨어진 보자기에서 수저와 넓은 대접이 몇 개 쏟아졌다.

"너, 너."

"이건 뭐야?"

꼬투리를 잡히지 않으려 먼저 말을 걸었던 빙휘였다. 그러나 의외로 요요가 심하게 당황하였다. 게다가 그녀의 품에서 쏟아진 대접과 수저들, 요요는 입을 뻐끔거리며 쉬 말을 잇지 못했다. 빙휘가 몸을 숙여 쏟아진 것들을 주웠다. 대접과 수저가 각각 여섯 개씩이었다. 여섯, 여섯이라는 숫자와 죽을 담았던 것 같은 뚜껑이 있는 대접들. 이 의미심장한 숫자와 그릇을 보니, 저녁의 연회 때 들었던 말이 떠올랐다.

"너, 설마……."

"그래, 황태제 전하께 다녀왔어."

"거길 다녀왔다고? 어떻게?"

요요가 빙휘에게서 보자기를 뺏어 들었다. 이미 들통이 났으니 막 나가자는 것인지 요요는 턱을 내밀며 앙칼지게 답했다.

"옥지기를 구슬리는 것쯤이야 이 요요에게 어려운 일도 아니지."

보자기를 물끄러미 바라보던 빙휘가 잠시 위를 바라보았다. 초사여가 몸을 숨겼을 나무 위 어딘가를 향했던 빙휘의 시선이 다시 내려와 요요에게 꽂혔다. 꾹 다문 입술, 차분한 눈빛으로 요요를 응시하는 빙휘의 모습에 요요가 움찔하고 숨을 들이켰다.

"왜, 뭐."

생각이 깊었다. 빙휘는 입술에 힘을 준 채 입을 열지 못하고 있었다.

"전하께선 어찌하고 계셔?"

"그걸 네가 알아 무엇하게?"

"……나, 떠날 생각이었어."

요요의 동그란 눈이 더욱 커졌다. 그러고 보니 빙휘의 차림이 지나치게 간소했다. 황궁에서 입을 법한 복식이 아니었다.

"그런데 계속 그런 생각이 들었거든. 낮은 이를 볼 수 있는 자가 있다면 그가 높은 자리에 앉는 것이 맞지 않을까."

"그건 웬 먹물쟁이 같은 말이라니?"

"전하께선 어떨까 하는 생각이 들었어."

'그라면 어쩌면 낮은 곳을 굽어보지 않을까.'

요요는 빙휘의 말을 이해하지 못하는 눈치였다. 빙휘의 설명은 불친절했다. 그녀의 머릿속에 맴도는 생각을 단편적으로 내뱉을 뿐이니, 이해하기 어려운 게 당연했다. 그러나 나무 위에서 그녀들을 내려다보고 있는 초사여는 빙휘가 무슨 생각을 하고 있는지 어렴풋이 짐작할 수 있었다.

"원한다면 제가 도와드리겠습니다."

나무 위에서 초사여가 말했다. 갑자기 들려온 목소리에 요요가 화들짝 놀라며 하늘을 쳐다보았다. 빙휘의 얼굴이 환해졌다.

"뭐야? 누구야?"

"내 정인."

요요가 이리저리 두리번거렸다. 그러나 빙휘는 더 설명해 주지 않고 그녀를 잡아끌었다.

"좀 더 이야기해 봐. 어떻게 들어간 거야?"

"알면 뭐, 어쩌려고?"

"내가 할 수 있는 걸 해보려고."

요요가 입을 삐죽거렸다. 빙휘의 눈빛에 무게가 실렸다.

빙휘가 장신구와 가락지 등의 금붙이 몇 개를 쥐어주자 옥지기는 별말 없이 쉽게 물러섰다. 전조의 폐단을 없애겠다며 들고 일어선 반역도였으나 그들은 실패했다. 결국 그들이 울부짖던 반역의 명목 역시도 뜬구름 같은 입발림에 지나지 않았다. 이 아랫것들에 겐 단지 윗대가리 몇 명이 바뀐 것에 지나지 않았다. 썩은 뒷구멍은 하나도 변하지 않았다.

우려했던 것이 허망할 정도로 너무나 쉽게 빙휘는 지하 감옥에 들어갈 수 있었다. 계단을 한참 내려가자 음습하고 퀴퀴한 냄새가 코를 찔렀다. 이런 곳에 그가 있다니, 안타까우면서도 우스웠다. 우스운 노릇이었다. 황궁의 주인이라며 떵떵거리던 사람들은 모두 피폐한 꼴로 손과 발이 묶여 더러운 옥에 뒹굴고 있었고, 황궁에서 가장 천한 황기녀들은 이전과 크게 다를 것 없는 대접을 받으며 자유롭게 지내고 있었다.

지하 감옥 가장 깊숙한 곳에 들어가 옥 몇 개를 살피니 폐태제를 찾을 수 있었다. 그곳은 황기녀들이 하옥되었던 곳보다 더욱 상태가 나쁜 곳이었다. 폐태제는 앉은 자세로 벽에 살짝 기대어 눈을 감고 있었다. 옆 옥에는 다른 황족들이 있었다.

"계속 찾아올 것 없다지 않았는가."

발소리에 누군가 왔다는 것을 알았는지 눈도 뜨지 않은 채 폐태제가 말했다. 그는 아마 요요가 찾아왔다고 여긴 모양이었다. 요요는 폐태제와 더불어 다른 황족들도 챙기고 있었다. 그는 곧 죽을 명에 처해 있는데도 요요는 지극정성이었다.

"요요가 아닙니다, 전하."

폐태제가 눈을 떴다. 그는 조금 놀란 모양이었다.

"네가 어찌 왔느냐?"

"여쭐 것이 있습니다."

"무엇 말이냐?"

"전하께선 낮은 곳을 돌보실 수 있으시겠습니까?"

한낱 황기녀가 건네는 말이라기엔 그 말의 내용이며 무게가 기묘했다. 그러나 빙휘의 어조는 그 물음에 딱 맞는 무게를 지니고 있었다. 어두운 지하 감옥에서 모든 것을 잃은 폐태제에게 묘한 물음을 건네는 빙휘의 눈빛이 진득했다.

"낮은 곳이라."

폐태제가 다시 눈을 감았다.

"내가 어찌하여 낮은 곳을 굽어봐야 하지?"

그의 입꼬리 한쪽이 올라갔다. 그새 해지고 더럽혀진 옷과 헝클어진 머리에 겨우 상투관이나 얹고 씻지 못해 까칠하고 어둑한 낯이었으나, 폐태제의 표정과 음성은 태제궁의 보료에 앉아 있을 때와 다름이 없었다. 가만히 그를 바라보던 빙휘가 입을 뗐다.

"저들의 명분을 들으셨습니까? 전조의 폐단을 문제 삼아 들고일어난 저들이, 지금 무얼 하고 있는지 아십니까?"

"이는 이미 예견된 바였느니."

"저들은 다시 전조의 전철을 밟고 있습니다. 위에서야 어떤 이야기가 오가는지 황기녀에 지나지 않은 저는 모르겠지만, 매일 밤 연회를 열고 술과 계집에 취하는 모습은 하등 다를 바 없단 말입니다."

"그래서 분한 게냐? 그 분을 어이하여 내게 성토하느냐."

"노예가 없는 세상을 만드는 것은 힘들겠지요."

폐태제의 깊은 눈이 번뜩이며 그녀를 노려보았다. 그 눈을 바라보며 덤덤하게 이야기를 늘어놓는 빙휘의 입술 위에 기대 않는 웃음이 흘렀다. 그저 말이나마 꺼내봤을 뿐이라며 고개를 젓고는 다시 입을 여는 빙휘였다.

"창녀가 없는 세상을 만들어주시겠습니까? 웃음을 팔고 몸을 파는 여인이 더는 없었으면 합니다."

"기녀인 네 신세를 한탄하는 게냐?"

"예인은 그저 예인으로, 단지 재예만을 선보이며 살 수 있었으면 합니다."

폐태제가 조용히 빙휘를 응시했다. 감히 천한 기녀 따위가 얼토당토않은 말이나 늘어놓는다며 무시할 수도 있었다. 그러나 폐태제는 그러지 않았다. 그는 쉽게 입을 열지 못하며 빙휘의 이야기를 곱씹고 있었다. 그 점이 다른 이들과 달랐다. 그 부분에서 빙휘는 폐태제에게 다시 한 번 마음이 갔다.

"욕심이 과하다."

"쉬울 것이라 생각하지는 않았습니다."

"애당초 가능하지조차 않아."

"알고 있습니다."

너무나 쉽게 답하는 빙휘에 폐태제의 얼굴이 꿈틀했다. 어이가 없다는 듯 살짝 벌어졌던 입이 다시 닫히자 빙휘가 말을 덧붙였다.

"쉽게 약조하였다면 오히려 믿지 않았을 것입니다."

"감히 나를 시험한 건가?"

"단지 전하와 같은 분도 계시단 것을 알고 싶었을 뿐입니다."

낮은 이의 말이나 하찮게 여기지 않고 진지하게 받아주는 모습이 보고 싶었다. 폐태제는 그런 자였다. 말의 무게를 알고 있었다.

"기녀에 지나지 않는 제 말을 이리 진지하게 들어주실 분이 어디 있겠습니까?"

"그도 그렇지. 네가 무슨 힘이 있겠느냐. 그저 지금 옥에 갇혀 있는 나보단야 나을 뿐."

빙휘의 입가에 미소가 올랐다. 저런 생각을 한다는 것, 할 수 있다는 것. 그에게서 고록경 대감의 모습이 비쳤다. 에두른 말은 더 이상 불필요했다. 빙휘가 침을 한 번 꿀꺽 삼키고는 낮은 목소리로 물었다.

"지금의 상황, 엎고 싶지 않으십니까?"

순간 감옥이 얼어붙었다. 그들의 대화를 엿들으며 조용히 앉아 있던 황족들의 시선이 그녀에게로 집중되었다. 모두의 표정에는 같은 경악이 어려 있었다. 그리고 잠시 말을 잃었던 폐태제가 갑자기 웃음을 터뜨렸다.

"파하하하!"

고개를 젖히며 목청이 보이도록 터뜨린 폐태제의 파안대소가 호쾌했다. 그의 웃음소리가 마치 동굴처럼 울렸다. 웅웅거리며 퍼지던 웃음이 멎자 폐태제의 높은 언성이 빙휘를 향했다.

"당돌하다, 당돌하다 여기기는 했다만 이 정도일 줄이야! 내 아무리 지금 옥에 갇혀 있다곤 하나 제국의 황태제였느니. 이리 순순히 당하고만 있을 줄 알았더냐? 네 생각이 참으로 기특하구나. 난리 중에 호위장을 보내두었음이야. 우리는 적기를 기다리고 있느니라."

그는 경계가 없었다. 스승이 총애하던 기녀였기 때문일까, 빙휘에게는 말이 편하고 쉬웠다. 줄줄이 읊어내는 폐태제의 말에 빙휘는 고개를 끄덕이게 되었다. 제국의 황가였다. 아무리 속부터 썩어가 타락했을지언정 그 모두가 썩어 문드러진 것은 아니요, 쉽게 무너질 것도 아니었다.

"적기라……. 그 시기를 앞당겨 드릴까 합니다."

"뭐라?"

"반역도 수장의 목이면 되겠습니까?"

폐태제가 자리에서 일어났다. 그가 무서운 얼굴로 옥의 창살 가까이 다가왔다. 그의 발목에 매달려 있는 쇠사슬이 둔탁한 쇳소리를 내며 질질 끌렸다. 두툼하고 더러운 나무 창살을 사이에 두고 폐태제와 빙휘가 지척에서 마주했다.

"네년이 무슨 황탄한 언사를 입에 담느냐?"

"단순한 허언이 아닙니다. 전하께서 말씀하셨다시피, 지금 상황에서는 옥에 갇혀 계신 전하보다야 운신이 자유로운 제가 수월하지 않겠습니까."

수월하다니, 무엇이? 분명하게 밝히지는 않았으나 무엇을 언급하는 것인지는 두 사람 모두 잘 알고 있었다. 창살에 폐태제의 얼굴이 반 가려 보였다. 노려보는 것인지 그저 응시하는 것인지 모를 눈빛이었다. 빙휘는 그 눈을 피하지 않고 똑바로 마주 보았다.

"……대체 무슨 생각이냐?"

"전하께 해가 되지는 않을 것입니다."

그녀의 목소리에도 눈빛에도 흔들림이 없었다. 대놓고 마주 보는 빙휘를 무엄하다 나무라지도 않고, 폐태제는 그녀와 시선을 이어갔다. 긴 눈싸움이었다. 숨소리마저 셀 정도로 고요하게 얽혀 있던 시선 속에 폐태제가 고개를 끄덕였다. 빙휘가 그에게 고개를 숙여 깊이 인사를 하고는 돌아섰다. 뒤돌아 멀어지는 빙휘를, 폐태제는 창살에 딱 붙어 선 채로 계속 지켜보았다. 계단을 올라가는 빙휘의 치마 끝자락이 완전히 사라지고서도 그는 자리로 돌아갈 줄을 몰랐다.

"스승님, 저 아이는 대체 뭡니까?"

답할 수 없는 이에게 질문을 던지며 폐태제가 눈길을 거두었다.

조심스레 걸음을 내딛으며 빙휘가 황기루로 돌아왔다. 행여나 누가 들을까 염려하여 장지문이 드륵거리는 소리마저 조심하며 천천히 문을 밀어 닫은 빙휘를 빠른 손이 잡아당겼다. 한발 빠르게 방에 들어와 그녀가 방에 들어서기만을 기다리던 초사여가 빙휘를 와락 끌어안고 손에 힘을 주었다.

"도와드리겠다고는 했지만, 대체 무슨 생각이신 겁니까?"

"세상을 바꾸는 데에, 네가 할 수 있는 일이 있다면 어떻게 하겠어?"

"무슨 말씀입니까?"

"물론 네가 아무것도 하지 않아도 일은 일어나게 되어 있어. 하지만 그 일에 끼어들 수 있다면? 네가 무언가 할 수 있는 게 있다면?"

빙휘의 가정이 계속 이어졌다. 그녀가 무슨 말을 하고 싶은 것인지 초사여는 분명하게 알 수 있었다. 하지만 그러면서도 그런 그녀가 낯설게 다가왔다. 초사여의 그녀와는 다른 그녀의 모습이었다. 언제나 하루를, 그 순간을 살던 그녀가 먼 시간대를 바라보고 있었다. 긴 시간을 앞서 내다보는 그녀의 모습이, 초사여에게는 어색하기만 했다. 미래를 사는 것은 초사여에게는 생각하기 어려운 일이었다. 그의 생은 지나치게 길었기에 내일을 생각하면 지칠 수밖에 없었다. 내일을 생각하지 않는 초사여에게 미래를 위한 빙휘의 기대는 공감하기 어려웠다.

"하지 않았습니다. 하지 않을 것입니다. 저는 언제나 그랬습니다."

초사여가 빙휘의 어깨를 잡고 그녀에게서 몸을 떨어뜨렸다.

"제겐 힘이 있고, 빤한 어리석음이 들여다보였으나 아무리 일러 주어도 인간들은 변하지 않습니다. 그들의 아집과 잘못을 반복하는 아둔함은 한 번 이르고 행동한다고 달라지지 않습니다."

"그래, 그럴 수도 있어. 하지만 그렇다고 아무것도 하지 않고 방관만 하진 않을 거야."

무엇이 그녀를 달라지게 한 것일까. 황궁에서 그녀는 대체 무엇을 본 것인지, 초사여는 그간의 날들을 되짚으며 빙휘를 응시했다. 그녀의 얼굴은 굳건했다.

"당신은……."

떨리는 숨소리가 길게 흘러나왔다.

"언제나 당신은 제게 멀리 계십니다."

멀다. 그녀는 멀었다. 언제나 멀리 도망갈 뿐이었다. 다가가는 것은 언제나 초사여의 몫이었다. 그녀를 찾아가고 손을 내밀고, 또 숨어버린 그녀를 찾아 헤매고 온 산천을 뒤진 것은 언제나 초사여였다. 빙휘의 팔을 붙잡고 있던 초사여의 손이 흘러내렸다. 그녀의 팔을 천천히 타고 내리던 초사여의 손끝이 완전히 빙휘에게서 떨어지고 말았다. 함께 내려간 눈동자에 빙휘가 혀로 입술 끝을 다셨다.

"화났어?"

"제가 어찌 당신에게 화를 낼 수 있겠습니까."

"미안, 미안해, 초사여. 그렇지만 말야…… 난 단지 하루를 살 뿐이었어. 내가 좋아하는 걸 하고 싶었고, 그래서 재예를 닦았고,

쉽게 떠나 버리고 숨고 잠적하고. 그랬던 것 같아."

조근조근 말을 이으며 빙휘가 초사여의 손을 양손으로 붙잡고 천천히 쓰다듬었다.

"이번에도 그랬어. 넌더리가 나서, 또 실망과 한숨뿐이라 버릇처럼 도망하려 했던 것 같아. 떠난다는 게 결국 도망이지 뭐겠어. 그러다가 문득, 아주 찰나에 스친 생각이 이곳에서 내가 무엇을 할 수 있을지 떠올리게 했어. 저들의 가당찮은 명목을 비웃어주고 싶어. 사치와 향락을 운운하며 결국 매일 연회에 빠져 있는 반역도들, 그 모순된 행태를 내가 나서서 꼬집어주고 싶어."

"직접 하셔야겠습니까?"

"할 수 있다면."

빙휘가 고개를 끄덕였다.

"할 줄 아는 건 말뿐인 저치들에게 보여줄 거야. 저들이 천하다며 얕보는 황기녀가 무엇을 할 수 있는지, 똑똑히 보여줄 거야."

빙휘의 결심은 도저히 흔들 수 없을 것 같았다. 그녀의 심지 굳은 말에 초사여의 어깨가 축 내려갔다. 애초에 먼저 도와주겠다며 나선 것도 자신이었다. 그랬기에 빙휘가 황궁을 나서려던 걸음을 돌린 것이었으니 이제 와 번복할 수도 없었다. 결국 초사여가 그녀를 따라 고개를 끄덕였다.

"어떻게 하고 싶으신 겁니까?"

"때가 되면 말해줄게."

열변을 토하던 빙휘가 그만 입을 다물었다. 대체 무슨 의도인 건지, 그녀는 초사여에게 전부 말해줄 생각이 없어 보였다. 빙휘는 초사여의 시야에서 비켜서며 그를 지나쳤다. 소리 나지 않는 조용한 걸음, 춤을 추는 무희의 발놀림이었다. 그렇게 조용히 방을 가로지른 그녀가 서안 옆의 촛대로 다가갔다.

탁, 탁, 화악.

어둑하던 방에 환하게 호롱이 밝았다. 호롱불은 부싯돌을 손에 쥐고 있는 빙휘를 가장 밝게 비추었다. 빙휘가 미미하게 흔들리는 호롱불을 내려다보았다. 손가락 마디 같은 작은 불빛이 제 몸집에 비하면 수십 배도 더 될 커다란 방을 환하게 했다. 저 작은 형체에서 번져 나오는 커다란 확장, 그 불빛을 보고 있는 빙휘는 어딘가 호롱과 닮아 있었다. 빙휘는 가장 환한 것이 호롱불이라 생각했지만, 초사여의 눈에는 불을 밝힌 빙휘가 가장 빛나고 있었다.

다음날부터 빙휘는 칼을 손질했다. 전보다 더욱 한가해진 낮 시간에 다른 황기녀들은 모두 할 일 없이 뒹굴고 있는데, 빙휘만은 여전히 바빴다. 그녀는 전보다 더욱 열성으로 칼을 손질했다. 이미 매끄러운 칼날은 거울을 대신하여 얼굴을 비춰볼 정도로 윤이 났지만 그녀는 손을 잠시도 쉬지 않았다.

슥슥.

서릿발 같은 칼 가는 소리가 황기루의 뒤꼍을 울렸다. 한 번의 손짓에도 힘이 잔뜩 들어가 있었다. 차분하게 손을 다잡고 천천히, 그러다가 힘 있게 칼을 밀어내는 동작은 무희의 것이 아니었다. 날카롭게 벼리고도 무엇이 그리 아쉬운지 빙휘는 연신 숫돌에 칼을 갈고 물을 끼얹고 무명천으로 정성껏 닦아냈다. 그녀의 칼은 바람결에 날려온 꽃잎조차 둘로 나눌 정도로 날카로웠다.

벌써 수일째, 밤마다 술자리는 계속되었고 낮이면 빙휘는 칼을 갈았다. 그녀는 첫날처럼 수황기녀에게 예기를 언급하며 반항하지 않았다. 얌전히 명에 따라 술 시중을 들었으나, 그럼에도 꼬박꼬박 춤에 대해 물었다.

"춤은 언제쯤 선보일 수 있겠습니까?"

"아직 재예를 준비하란 하명은 없었네."

물을 때마다 같은 답이었으나 빙휘는 끈질기게도 물었다. 그에 수황기녀는 그저 빙휘가 어서 춤을 추고 싶은가 보구나, 여길 뿐이었다. 그녀 딴에도 예기이나 술 시중이나 들고 있는 그녀가 딱한 모양인지 환관이 황기루를 찾을 때면 넌지시 운을 띄우기도 했으나, 여전히 재예에 대한 이야기는 없었다.

빙휘가 매일 반복하는 일은 칼을 손질하는 것과 수황기녀에게 재예를 묻는 것뿐만이 아니었다. 그녀는 적어도 하루에 두 번은 초사여를 시켜 일을 보고 있었다.

"여기 있습니다."

뒤꼍에 앉아 날이 저물 때까지 일어날 줄 모르는 빙휘를 찾아온 초사여가 손을 내밀었다. 그의 손에는 작은 서찰이 들려 있었다. 이제 초사여는 관복이 아닌 평복을 입고 있었다. 더는 조심할 시선이 없기도 했지만 조심할 필요도 없어졌기 때문이다.

"고마워."

"고신이 있었던 모양입니다. 그자의 상태가 좋지 않았습니다."

서찰을 펼치는 빙휘의 손이 멈칫하였으나 그녀는 무심한 얼굴로 마저 종이를 펼쳤다.

"그것까지는 내가 신경 쓸 바가 아니야."

"그런 상태로 제대로 힘이나 쓸 수 있겠습니까? 기껏 차려놓은 판이 수포로 돌아가기라도 한다면 어찌합니까."

"어차피 직접 힘을 쓸 이들은 그분이 아니니까. 그분이야 판도를 다시 엎을 명분이 되어줄 뿐이야. 직접 움직일 이들은 현 나리 쪽이니까."

"그건 그렇지요."

초사여가 빙휘의 말에 수긍하며 날카롭게 일어나려던 대화가 수그러들었다. 정확하게 지칭하지도 확실하게 표현하지도 않는 빙두른 대화였다. 서로는 확실히 통하고 있었으나 다른 이들이 듣는다면 대관절 무슨 이야기인지 갈피를 잡지 못할 대화였다.

서찰을 빠르게 훑어본 빙휘가 다시 접어 초사여에게 건넸다.

"그래도 일은 확실히 진행되고 있는 것 같아."

"이대로 전하면 됩니까?"

"응. 고마워. 번거로울 텐데 연락책을 도맡아주어."

"당신의 일이 곧 제 일이니까요."

당연하다는 듯 답하며 초사여가 가볍게 빙휘의 뺨에 입을 맞추었다. 그녀의 입가에 미소가 올랐다.

"하면 다녀오겠습니다."

몇 발자국 멀어지던 걸음은 곧 소리 없이 사라져 버렸다. 빠른 이동을 위하여 본체로 돌아간 모양이었다. 돌아보지 않아도 빤한 그의 거취에 빙휘는 칼을 몇 번 살피다가 자루를 쥐었다. 습베의 바로 아래를 움켜쥔 오른손 아래로 약간의 간격을 두고 왼손이 자루를 쥐고 있었다. 자루를 쥠과 동시에 자리에서 일어난 빙휘가 단전 위로 주먹 두 개 정도의 간격을 두어 칼자루의 높이를 맞췄다. 칼끝은 정확하게 목 높이로 기울어 있었다. 칼을 앞으로 한 대수롭지 않은 자세였으나 분명 무희의 자세는 아니었다.

그녀의 앞에서는 그리 돌아가기 싫어하던 본체였으나 요새 초사여는 부쩍 본체로 자주 돌아갔다. 그 편이 운신이 용이했고, 누군가의 이목을 피하기에도 좋았기 때문이다. 황궁의 영기가 혼란한 탓에 거리낌 없이 편하게 영력을 사용하며 빠르게 움직이면서 그는 어느새 황궁을 빠져나와 북쪽의 산기슭으로 향했다.

황궁의 지붕이 되고 있는 산속에는 현석염을 위시로 한 전조의 복권 세력이 숨어 있었다. 초사여가 빙휘에게 건넸던 서찰은 폐태제와 현석염 사이의 밀서였다. 그는 지금 전조의 복권 세력의 연락책 역을 맡고 있었다. 본체의 모습으로 지하 감옥에 숨어들어 황족들이 하옥된 층의 계단에서 인간화하여 폐태제에게 다가가 밀서를 주고받았다. 빙휘를 직접 들여보내기가 싫어서 자처한 역할이었다. 그러나 그를 처음 마주하였을 때 초사여는 빙휘가 어찌하여 '낮은 곳을 보는 자'란 말을 했는지 조금이나마 이해할 수 있었다.

"자네가 그녀의 정인인가?"

비루해진 차림과 외양에도 그는 전혀 주눅 들지 않고 약간의 거만이 섞인 어조였다. 장신의 백발 사내를 바라보면서도 폐태제는 조금도 놀라지 않았다. 그뿐만 아니라, 관복도 융복도 하다못해 양반의 복식도 아닌 평복의 초사여가 황궁의 깊숙한 곳에 숨겨진 지하 감옥에 떡하니 서 있는데도 그는 의아해하지 않았다. 그저 대뜸 저리 물을 뿐이었다. 그녀의 정인인가?

"그렇소."

"기이한 자로다."

평은 그것이 전부였다. 평대를 내뱉는 초사여를 대수롭지 않게 넘기는 폐태제는 이미 초사여에 대해서 무언가를 알고 있는 것인가 싶기도 했다.

"그녀는 참으로 굉장한 여인이야."

여인. 하나의 사람. 신분의 구분이 뚜렷한 제국에서 기녀가, 노예 출신의 기녀가 하나의 사람으로 대우받는 것이 어떤 의미인지, 줄곧 빙휘의 곁을 지켜온 초사여는 잘 알고 있었다. 바로 이것이었구나. 빙휘가 왜 갑자기 걸음을 돌렸는지, 그 연유를 짐작할 수 있을 것 같았다.

그 짧은 대화 이후로 초사여는 폐태제와 말을 섞지 않았다. 빙휘의 말을 전하고 폐태제의 말을 전하고, 미리 빠져나가 세력을 모으고 있던 현석염과의 밀서를 전달할 따름이었다. 그렇게 각자의 일에 충실하던 어느 날이었다.

"내일 성대한 연회를 준비하라시며 재예를 선보여도 좋다 하네. 어느 정도 시국이 정리된 모양이야."

"그렇습니까?"

"그간 꾸준히 준비하던 모양인데, 그 갈고닦던 솜씨를 보여보거라."

"예, 보여 드리기만을 기다리고 있었습니다."

수황기녀가 빙휘를 독려하며 그녀의 어깨를 두어 번 두드리고 돌아섰다. 멀어지는 수황기녀의 뒷모습을 지켜보는 빙휘의 심장이 떨렸다. 매일 황기루의 뒤꼍에 숨어 연습하던 '춤'을 드디어 선보일 수 있었다.

두근거리는 가슴 위에 손은 얹고 빙휘가 평소처럼 뒤꼍으로 향했다. 그녀가 자리에 앉기가 무섭게 초사여가 나타났다.

"이제 말씀해 주십시오."

"드디어 내일이야. 어서 이 소식을 전하와 현 나리께 전해줘."

"예, 전하겠습니다. 그전에 우선 당신의 계획이 무엇인지 말씀해 주십시오."

눈을 빛내던 빙휘가 단호한 초사여의 어조에 고개를 들었다. 그는 짐짓 엄한 표정으로 그녀를 내려다보고 있었다. 빙휘의 어깨를 움켜쥔 초사여의 손에 힘이 들어갔다.

"바로 다음날로 다가왔는데도 말씀해 주지 않으실 참입니까?"

"아니, 네게도 말해줘야지. 네 도움이 필요하니까."

빙휘가 절레절레 고개를 젓고는 초사여를 빤히 바라보았다. 그녀의 가라앉은 눈동자가 무섭도록 까맣기에 초사여마저 긴장이 되었다. 잠시 숨을 고르고 나서 빙휘는 굉장히 꺼내기 어려운 말을 뱉으려는 모양으로 입술을 몇 번이나 달싹이다가 겨우 입을 벌렸다.

"날 죽여줘."

정적. 초사여와 빙휘 사이의 공기가 차갑게 얼어붙었다. 놀란 것도, 분한 것도, 슬픈 것도 아닌 묘한 표정으로 굳어버린 초사여의 모습에 빙휘가 고개를 흔들며 말을 이었다.

"아니, 진짜로 죽여달라는 소리가 아니야."

"그럼 무슨 말씀이십니까?"

흥분한 초사여의 언성이 높아졌다. 그는 빙휘가 자신에게 그런 말을 꺼냈다는 것 자체를 이해할 수 없었다. 울컥하며 눈시울이 뜨거워졌다. 초사여의 손아귀에 힘이 잔뜩 들어가 빙휘의 어깨를 아프게 내리눌렀다. 빙휘는 어깨를 움츠리며 손바닥으로 초사여를 가볍게 쓸며 토닥였다.

"난······."

긴 이야기가 이어졌다. 초사여와 시선을 맞추고 천천히 또박또박 읊는 빙휘의 계획은 한편으로는 어마어마하면서 한편으로는 말도 안 되는 우스갯소리 같았다. 대범하면서도 어이가 없었다. 생각보다 구체적이기는 했지만 대책 없어 보였다.

"이게 내가 하고 싶은 거야. 해내 보이고 싶은 거야. 하지만 문제는, 여기까지는 알겠는데 그 뒤를 어떻게 해야 좋을지 모르겠어. 도통 답이 나오질 않아. 현석염 나리 쪽에서 때맞춰 들이닥친다면 가장 좋겠지만, 그 찰나를 정확하게 맞출 수가 없으니 난해해."

"그래서 생각한 방안이······."

"응. 내겐 네가 있으니까. 네 힘이라면 가능하지 않을까 싶어서 물어본 거야."

죽은 것으로 보이나 죽지 않는 독. 빙휘가 초사여에게 요구한 것이었다. 영력을 사용하여 독을 이용하는 다양한 능력을 펼칠 수 있는 초사여였다. 그런데 굳이 '죽음'을 가장하고자 하는 빙휘의 속내를 짐작하기 어려웠다. 대수롭지 않다는 듯 대답할 저 작은 입술이 두려워 왜 굳이 죽음이냐며 물을 수도 없었다. 단지 덜컥하고 내려앉은 심장을 부여잡고 애먼 물음만 던질 따름이었다.

"이렇게까지 하면서 제국의 일에 매달리는 연유가 무엇입니까?"

옅게 어려 있던 미소가 사라진 얼굴로 빙휘가 지긋이 초사여를 응시했다. 어쩐지 그녀의 눈꼬리가 처진 듯 보였다.

"허탈하잖아."

그녀의 표정이 차갑게 굳었다. 초사여 너머를 바라보는 눈동자는 어딘가 먼 곳을 응시하고 있었다.

"어이가 없고, 열이 나. 열불이 난단 말야. 기껏 황궁을 뒤집어 엎어 놓고는, 저들이 하는 작태를 봐. 저들이 비난하는 전조와 대체 무에가 다르단 거야. 전부 다 헛것이야. 똑같은 반복일 뿐이라고."

먼 곳을 바라보는 눈동자는 비단 장소만이 아니라 시간까지 넘나들고 있었다. 침묵했던 시간, 외면했던 시간을 넘어서 그 어떤 항변조차 해보지 못하고 받아들일 수밖에 없었던 시간들이 역순으로 떠올랐다. 그리고 언제나처럼 마지막은 부모의 죽음이었다. 기억의 첫머리에서부터 박혀 있는 소위 높으신 분들의 타락한 짓거리. 그들에겐 벼슬 냄새만 진동했다.

"아무것도 하지 않는 것이 반항이라 생각했어. 하지만 그게 아니야. 아무것도 하지 않는 건 말 그대로 아무것도 아닌 거야. 저들이 무시하는 민초가 대체 무슨 일을 할 수 있는지 보여주겠어."

빙휘가 굳은 표정으로 초사여의 손에서 빠져나왔다. 그녀는 기단 위에 올려놓았던 칼을 집어 들었다. 그러자 초사여가 다가와 칼자루를 쥔 빙휘의 손을 감쌌다.

"그도 좋지만, 부디 몸조심하십시오. 제가 곁에서 지키긴 하겠지만, 당신이 스스로 당신의 몸을 생각하지 않는다면 제가 나서서 지키기도 어려울 터이니."

"걱정 마."

함께 맞잡은 칼자루를 향했던 빙휘의 시선이 위로 올라가 초사여를 마주했다. 그녀가 손을 뻗어 초사여의 뺨을 어루만졌다. 그러니 언제나처럼 초사여의 손이 그녀의 손 위를 포개었다. 빙휘의 양손이 모두 초사여의 손에 감싸졌다.

"내 안위를 가장 우선시할게."

"꼭 그러셔야 합니다. 아니면 제가 무슨 짓을 할지 모릅니다."

"무슨 짓?"

"제국도, 정권 다툼도, 명목도 제 안중에는 없습니다. 가장 중요한 것이 바로 당신이니, 전 당신이 조금이라도 위험해지기라도 한다면 이 계획 따위 무시해 버리고 당신을 빼낼 것입니다."

그 단호한 어투에 빙휘가 조금 놀란 얼굴이 되었다가 웃으며 고개를 끄덕였다.

드디어 새로운 날이 밝았다. 거사의 날. 지금의 황궁을 장악하고 있는 반역도들은 오늘을 '역성혁명'이 완전히 기틀을 다잡아 마무리되는 날이라 생각하고 있을 터였다. 하지만 오늘이 그들에게 끝이 될 것임을 빙휘는 확신했다. 폐태제의 복권으로 무언가 달라질 것이라고 기대하지는 않았다. 그저 그가 지금까지의 집권자들과는 조금 다르다는 점을 인정할 뿐이었다. 내일은 오늘과는 조금 다른 세상이 되리라는 소망 정도면 충분했다.

그런 생각에, 잠에서는 깼지만 여전히 눈을 감은 채 깊게 숨을 들이쉰 빙휘가 초사여의 품을 파고들었다. 한결같은 그. 그는 잠에 빠질 때와 마찬가지로 빙휘를 꼭 껴안고 있었다. 코를 통해 초사여의 체취가 한가득 들어왔다. 빙휘가 가슴팍에 얼굴을 묻자 초사여가 그녀의 등을 쓸어주었다.

"깨셨습니까?"

"응."

빙휘는 자신의 뒤척임에 초사여도 잠에서 깬 모양이라 여기고 짤막하게 대답했다. 하지만 기실, 초사여는 밤새 한잠도 자지 못했다. 거사를 앞두고 빙휘는 단잠을 자건만, 초사여는 조금도 눈을 붙일 수 없었다. 정작 당사자는 여유가 넘치는데 옆에서 지켜보는 이만 안달인 꼴이었다.

곧 잠자리에서 일어난 빙휘가 빠르게 준비를 시작했다. 초사여는 옆으로 돌아누워선 머리를 괴고 빙휘가 준비하는 모습을 지켜보았다. 아침의 냉수로 세안하여 하얘진 얼굴에 가볍게 미안수를 바르고는 장을 열어 무복부터 골랐다. 새하얀 무복도, 검은 무복도, 푸른 무복도, 어느 것 하나 빙휘의 마음에 차지 않는 모양이었다. 무복을 몇 번이고 휙휙 훑어 넘기던 손가락이 어느 무복에서 멈추었다. 어두운 자줏빛, 거의 갈색으로 보일 정도의 붉은빛이 도는 긴 저고리였다. 노란 동정과 하얀 깃이 도드라지는 저고리를 꺼내 든 빙휘가 이어 새빨간 치마를 골랐다.

"붉군요."

"빨갛지."

짧게 던진 말에 역시 짧게 답하고는, 이어서 꺼내 든 천 역시 검은 꽃 자수가 그려진 붉은 천이었다. 붉은색. 하필 붉은색을 고른 것은 필연, 혹은 필연을 꾸며내고자 하는 빙휘의 억지일지도 몰랐다. 치마와 저고리를 입은 빙휘가 저고리 앞섶을 여미고는 붉은 천으로 가슴을 동여맸다. 폭이 넓은 천은 가슴부터 허리께까지 팽팽하게 몸을 감싸 딱 몸매의 굴곡을 여실히 드러냈다.

무복을 입고 나서 서안 앞에 앉은 빙휘는 경대를 펼치고 머리를 매만졌다. 하나로 땋아 묶어놓은 머리를 가체 올리듯 맵시 있게 틀어 올려 고정한 후 몇 가지 머리장식을 간단히 꽂았다. 온통 붉은 무복에 도드라지는 노란 동정에 맞춰 금장 장식과 붉은 구슬로 치장을 마치고서, 경대의 서랍을 열어 몇 가지 화장 도구를 꺼냈다. 피부 결부터 꼼꼼히 정리하여 분이며 연지며 평소보다 배로 공을 들이는 손이 굉장히 느렸다. 특별한 날의 정성스런 단장이었다.

화장까지 마치고 모든 준비를 끝내자 양손을 가지런히 무릎 위에 모은 빙휘가 가만히 경대를 들여다보았다. 경대의 작은 테두리 안에 들어 앉은 곱게 치장한 여인. 한참을 그 여인과 눈싸움하던 빙휘가 붉게 칠한 입술을 열었다.

"이제 끝이야."

끝.

무엇의 끝을 이르는지 알 수 없었으나, 그 단어가 무겁게 가슴을 억눌렀다. 내내 모로 누워 있던 초사여가 손을 뻗어 빙휘의 옷자락을 움켜쥐었다. 그리고 몸을 일으킨 그의 손이 빠르게 빙휘의 목선을 타고 올라가 그녀의 뺨 아래를 붙잡고 품 안으로 그녀를 잡아당겼다. 힘없이 뒤로 당겨진 빙휘는 입술을 덮치는 초사여의 입술을 순순히 받아들였다. 깊게 내리감은 눈으로 얌전히 초사여의 입맞춤에 응하던 빙휘는 그의 입술이 슬며시 떨어지자 천천히 눈을 떴다.

"갑자기 왜?"

"갑자기, 당신이 사라져 버릴 것만 같았습니다."

"그래, 사라질 거야. 오늘부로 이곳에서 영영 사라질 거야. 네 곁으로, 너와 함께."

빙휘가 초사여의 뺨을 감싸고 그를 끌어당겼다. 방금 칠한 붉은 연지가 초사여의 입술로 옮겨가 있었다. 빙휘의 조고만 입술이 달싹이며 초사여의 입술에 묻는 연지 자욱을 조금씩 조금씩 지워갔다.

이곳, 그녀가 이르는 이곳의 범위가 어디까지인지 초사여는 미처 알지 못했다.

길고 긴 입맞춤을 마치고 바깥이 점차 소란스러워지자 빙휘가 초사여를 향해 눈짓을 했다. 평소와 다른 그 눈빛에 담긴 뜻을 알고 초사여가 불만스런 얼굴로 짧게 한숨을 내쉬며 눈을 감았다.

"정렬!"

수황기녀의 목소리가 황기루의 마당에 울려 퍼졌다. 삼삼오오 모여 있던 황기녀들이 나붓한 걸음으로 마당의 중앙으로 모여 수황기녀 앞에 종대로 섰다.

"금일은 중요한 날이다. 금일의 연회는 전에 없었던 특별한 의미를 지녔으니, 새로운 하늘을 맞이하는 데에 우리가 설 수 있음을 광영으로 알아야 할 것이야."

중요한 날. 수황기녀의 말마따나 오늘은 참으로 중요한 날이었다. 굳은 얼굴로 그녀의 긴 연설을 듣는 빙휘의 귀에는 더 이상 그녀의 목소리가 들리지 않았다. 며칠간 수천, 수만 번을 되새겨 온 계획을 다시 또 머릿속으로 그려내느라 바빴다. 수황기녀의 당부와 독려가 뒤섞인 긴 연설이 끝나고 나서 미기와 예기들이 차례로 한 명씩 호명되며 소임을 배정받았다. 오늘도 역시나 예기의 반절은 시중을 들게 되어 적당한 인사들에게 붙여졌다. 전부터 지속적으로 암시를 준 덕인지 빙휘는 검무를 선보이도록 배정되었다.

곧 황기녀들이 줄지어 중앙궁으로 향하는데, 빙휘가 은근슬쩍 미기 쪽으로 다가가 요요의 옷자락을 잡아당겼다. 여느 때처럼 인상을 찌푸린 채 빙휘를 돌아본 요요는, 일전의 일들 때문인지 별말 없이 빙휘를 따라 무리의 뒤쪽으로 물러났다. 황기녀들과 어느 정도 사이가 벌어지자 빙휘가 목소리를 죽여 요요만 겨우 들을 정도로 빠르게 말을 뱉었다.

"내 순번이 세 차례 뒤로 다가오면 아무도 눈치채지 못하게 중앙궁을 빠져나가 곧바로 태제 전하께 가."

"무슨 소리야?"

요요는 새 황제의 시중을 맡게 되었다. 그런 요요에게 연회장을 빠져나가라는 얼토당토않은 말을 건네는 빙휘를 보며 질색을 하던 그녀는 이어지는 빙휘의 말에 입을 다물고 말았다.

"그리고 지체하지 말고 무슨 수를 써서라도 그분을 빼내."

걸음마저 멈춘 채 경악하여 빙휘를 바라보던 요요가 겨우 혀를 몇 번 굴려 입안을 축이고는 낮게 속삭였다.

"너, 대체 무슨 생각이야?"

태제와 같은 물음이었다. 빙휘는 요요의 물음에 처음으로 그녀에게 싱긋 웃어 보였다.

"아무도 상상하지 못하지만 내가 할 수 있는 걸 하려는 거야."

알아들을 수 없었다. 그런 뚱딴지같은 말만 남기고 빙휘는 황기녀들을 따라 걸음을 재촉했다. 그러나 어쩐지 지금 그녀를 보내면 다시는 저 담담한 얼굴을 볼 수 없을 것만 같았기에, 이번에는 요요가 빙휘의 옷자락을 잡아당겼다.

"널 싫어한 건 아냐."

뜬금없는 고백이었다.

"내 어미가 노예 출신의 기녀였어. 그래서 널 보면 어머니가 떠올라……. 내게도 노예의 피가 흐른다는 사실을 네가 되새기는 기분이어서, 그래서 그랬어."

노려보듯 빙휘를 바라보던 요요는 말을 이을수록 시선을 떨구더니 마지막에 가서는 겨우 제 발끝을 바라보며 고개를 푹 숙이고 있었다. 그래서 그랬다는 말을 몇 번이고 되뇌던 요요가 기어들어 가는 목소리로 말을 맺었다.

“미안.”

“괜찮아. 네가 날 노예 출신 기녀로만 보는 것은 당연한 거야. 난 아무렇지 않아. 내가 그 때문에 괴로운 적도, 창피한 적도 없었으니까.”

모두가 얽매이고 마는 출신의 굴레에서 빙휘만은 자유로워 보였다. 어쩌면 그랬기에 그녀가 지금과 같은 결심을 하고 계획을 세울 수 있었는지도 몰랐다. 자신의 자리에 대한 한계를 그어놓지 않았기에, 그녀는 무엇이든 할 수 있었다.

“그리고 이 황기루에서, 그나마 내게 말을 붙여주는 이는, 나름 친우랄 수 있는 이는 너뿐이었어.”

사실 그 연유는 요요가 다른 황기녀들을 억압하여 빙휘를 따돌렸기 때문이었음에도, 빙휘는 아무것도 모른다는 얼굴로 요요에게 미소를 보냈다.

“그건 내가 시켰기 때문에…….”

“알아. 그럼에도 불구하고, 너만이 내게 다가왔는걸.”

요요는 가슴 한구석이 시큰했다. 빙휘는 다시 입꼬리에 힘을 주어 보이고는 냴름 돌아서 가버렸다. 뒤에 남은 요요가 계속 제 뒤통수만 바라보고 있는 것을 느끼면서도 빙휘는 절대 뒤를 돌아보지 않았다. 낯설기만 했던 황기루에서 유일하게 정이나마 붙일 수 있었던 이였다.

중앙궁으로 향하는 길, 유난히 칼이 무거웠다. 문득 끊임없이 빙휘를 따라다니던 악몽이 떠올랐다. 어린 시절의 첫 기억. 그때부터 이날이 예견되어 온 것은 아닐까 싶었다. 서로를 향해 긴 칼을 겨누고 있던 부모, 그리고 지금 빙휘 역시 그들과 마찬가지로 긴 칼을 누군가에게 겨누려 했다. 내내 따라다니던 붉은 악몽과 유난히 잦았던 붉은 피와의 조우는 그녀에게 오늘을 언질해주고 있었던 것일지도 몰랐다. 그런 생각이 들었다.

빙휘의 긴장이 전해진 모양인지 품 안의 초아, 아니, 초사여의 본체가 꿈틀거렸다. 그는 빙휘의 앞에 조그만 뱀의 모습을 보이길 싫어했지만, 결국 그녀의 계획에 동의할 수밖에 없었다. 일이 틀어질까 걱정이 이만저만이 아니었지만 기어코 무언가를 해 보이고 말겠다는 빙휘를 막을 수 없었다. 일을 벌이고 말 것이라면 초사여가 그녀의 곁에 붙어 있는 편이 훨씬 안전하겠다 싶었다. 만약 틀어진다 해도 초사여가 바로 수습을 할 수 있으니, 빙휘를 홀로 보내는 것보다 이편이 나았다.

중앙궁은 이미 소란스러웠다. 한 차례의 행사가 끝난 모양이었다. 황기녀들을 부르는 연회는 중앙궁에서 여는 것은 황기루가 생긴 이후로도 처음 있는 일이었다. 그 퇴폐적인 폐주도 정사를 펼치는 중앙궁의 정전까지 황기녀를 부르는 일은 없었다. 공식적으로는 처음으로 황기녀 무리가 중앙궁 정전의 중문을 넘어 널따란 반석이 깔린 조회장을 지나 긴 계단을 올라가 정전의 문지방을 넘었다.

"황기녀 입시요!"

간드러지는 목소리의 환관이 황기녀들의 등장을 알렸다. 입시(入侍)라는 단어에 속이 메슥거렸다. 역성혁명이랍시고 하는 꼴이란. 빙휘는 넓은 정전을 빙 둘러앉은 고관대작들을 훑어보며 어금니를 꽉 깨물었다. 위선, 위선, 위선, 하나같이 위선 덩어리들이었다. 자꾸만 찌푸려지려는 미간에 애써 힘을 넣어 당기며 빙휘가 예기들의 대기열에 섰다.

연회는 여느 때처럼 화려하고 풍성했다. 그 자리에 재예까지 더하니 난잡하기 이를 데 없었다. 바로 이 자리가 계획을 펼칠 그 자리라 생각하니 스멀스멀 긴장감이 올라왔다. 목이 타들어갈 듯 입 안이 메말랐지만, 빙휘는 물 한 방울 입에 대지 않았다. 차분히 앉아 한 차례, 한 차례 지나가는 예기들의 재예를 지켜보며 순번을 꼽는 데 집중하고 있었다.

'여섯.'

정전의 모든 이들의 눈과 귀를 사로잡는 재예도 빙휘에겐 들어오지 않았다.

'……다섯…… ……넷.'

그때가 되어서야 중앙의 무대에 고정되어 있던 시선이 비스듬히 올라가 황제의 옆자리를 살폈다. 거하게 술에 취한 황제는 실실 웃음을 흘리며 무희의 옷 사이로 흘끔흘끔 드러나는 속살을 훔쳐보는 데 정신이 팔려 있었다. 그리고 양옆에 둘씩, 넷의 미기와 뒤에 셋의 미기를 대동하던 그의 곁에는 왼편의 한 자리가 비어 있었다. 요요의 모습이 보이지 않았으나 그 누구도 황기녀 하나가 사라진 것을 눈치채지 못했다.

'셋.'

빙휘가 옆에 놓아둔 칼과 새로 구한 천을 움켜쥐었다.

'둘……'

그녀가 마른침을 삼켰다.

'……하나.'

뒷골이 당겼다. 목을 따라 척추로 식은땀인지 싸한 기운이 흘렀다.

'지금!'

"다음으로 황기녀 빙휘의 검무를 진상하나이다."

환관의 호명에 빙휘가 천천히 몸을 일으켰다. 황제를 향해 몸을 틀어 인사를 올리고 나서 중앙으로 향하며 빙휘가 대뜸 작게 읊조리며 품 안의 초사여에게 말을 걸었다.

"하필 왜 하고많은 방도 중에 죽음을 가장하는 것인지 궁금했지?"

쥐 죽은 듯 몸을 움츠리고 품에 숨어 있던 초사여가 빙휘의 말에 당황한 모양인지 꿈틀거렸다.

"인세란 한심하기 짝이 없어, 더 이상 이곳에 내 자리를 남겨놓기 싫어."

많은 설명을 하지 않았지만, 초사여는 그제야 빙휘가 왜 죽음을 가장하고자 했는지, 세상에 죽은 존재로 남고자 하는지 대략적으로나마 이해할 수 있을 것 같았다. 완전한 단절. 세상에 모든 존재의 흔적을 지워내고자 함이었다. 이곳. 빙휘가 이르는 이곳이란 인간 세상 전부를 이르는 것이었다.

정전의 중앙, 중앙궁의 중심부, 곧 제국의 요체(要諦)에 선 빙휘가 낮은 단 위에 드러눕듯 앉아 있는 황제를 똑바로 바라보았다. 무엄의 경계에 닿을 무렵에야 고개와 허리와 무릎을 굽히며 인사를 올리고, 칼과 천을 양손에 각각 쥐고는 빙휘가 자세를 잡았다.

첫 사위의 시작 자세로 멈춰 있자, 곧 악공들이 연주를 시작했다. 그리고 그 가락을 따라 빙휘의 몸이 흐르듯 부드럽게 풀리며 움직였다. 마치 가락에 몸을 얹은 것 같았다.

손이 빠르게 허공을 내질렀다. 그 손을 따라 천 자락이 길게 흩날리며 허공에 날렸다. 그 뒤를 칼날이 빠르게 베어내고, 또 다른 허공에 물결이 일렁였다. 베고 휘두르는 칼날이 일렁이는 천의 뒤를 쫓았다. 아니, 쫓는가 싶으면 어느새 먼저 나서고 있었다. 선후를 분간할 수 없는 연속적인 동작이었다.

그 어지러운 춤사위에 좌중의 시선이 쏠렸다. 그들은 술잔을 기울이는 것도 잊고 멍하니 빙휘의 춤사위에 빠져들었다. 황제는 상체를 앞으로 쭉 내밀어 거의 빙휘를 향해 굴러떨어질 기세였다. 만인의 시선을 현혹하는 춤을 추면서, 빙휘의 머릿속은 그 춤만큼이나 어지러웠다.

사는 일은 뜻대로 되지 않았다. 그대로 안착할 수 있으리라 생각하면 갑자기 예상치 못한 폭풍이 불어와 정돈된 만사를 엉망으로 뒤흔들어 놓았다. 이 갑작스러운 바람은 때로는 절망을 안겨주고 때로는 새로운 길을 열어주었다. 때로는 불행이 따랐지만 믿을 수 없는 행운이 따르기도 했다. 그러나 언제나 빙휘는 쉬 받아들이지 못하고 답답해만 했다.

마치 그 상황에 갇혀 버리는 것만 같았다.

큰 상처를 받았다고 생각했지만 누구나 그 정도 굴곡쯤은 지니고 있을지도 몰랐다. 객관적으로 보자면 빙휘는 오히려 선택받은 쪽이라 할 수 있었다. 세상에 어떤 노예가 황궁에 들어갈 수 있을 것이며, 어떤 기녀가 정절을 지킬 수 있을 것이며, 어떤 여인이 원하는 것만 하며 살 수 있을 것인가.

빙휘에게는 당장 떠오르는 두 존재가 있었다. 한 사람은 일생을 가로질러 가장 큰 영향을 끼친 이였다. 빙휘조차 이해할 수 없는 진정을 보이며 그녀를 위해주었고, 그의 사후에도 그 그림자를 벗어날 수 없었다. 이 사람이 산들바람이요, 안개 같은 연(緣)이라면 다른 이는 마치 돌풍이요, 폭우였다. 첫 만남도 품은 감정도 재회도 그 후로도 모든 것이 갑작스레 들이닥쳐 더 짙을 수 없는 연이었다.

"잘 보십시오. 이곳에서의 마지막 춤입니다."

빙휘가 마치 조금 전 초사여에게 이르던 것처럼 조그만 목소리로 속삭였다. 그러나 그 말은 품 안의 초사여를 향한 것은 아니었다. 품 안의 초사여는 빙휘의 춤을 볼 수 없었고, 빙휘는 초사여에게 존대를 하지 않았다. 이곳에 없는 누군가를 향한 읍(泣)이었다.

어지럽게 휘날리던 천을 천장 높이 던져 올리자, 모든 이들의 시선이 자연스럽게 천을 따라 위로 향했다. 턱을 들어 올려 하늘, 천장을 바라보는 얼굴들은 시야에 빙휘를 전혀 담지 못했다.

천이 가장 높이 떠올랐을 때, 모두의 시선이 하늘 높이 닿았을 때, 빙휘는 이미 정전의 중앙에 자리하지 않았다. 새 황제가 입식을 꺼리고 좌식을 선호한 것은 빙휘에게 더없이 좋은 취향이었다. 그 덕에 빙휘는 탁자도, 그 위의 자질구레한 그릇들도,

그 어떤 방해물도 없이 황제를 향해 내지를 수 있었다. 빙휘는 어느새 칼자루를 고쳐 잡아, 검무가 아닌 검법의 자세를 취하고 있었다.

참으로 많은 죽음을 목격했는데, 그것이 모두 지금을 위한 준비인 것 같았다. 오래도록 쫓아다니던 어린 시절의 악몽, 그 붉은 하늘, 이어지던 붉은색의 향연이 모두 하나로 닿았다. 칼에 찔려 죽은 부모의 딸이 칼을 들고 누군가를 찌르는 것은 운명의 장난일까.

"끄허억!"

연회의 연주와 전혀 어울리지 않는 괴성이 울렸다. 허공을 베어내던 빙휘의 칼이 황제를 꿰뚫고 있었다. 그녀는 손목을 비틀어 칼날을 틀어내려 했지만 깊숙이 박힌 장검을 비틀기란 빙휘의 힘으로 역부족이었다. 그 시도가 황제에게 어느 정도의 고통을 더 주기는 했는지, 그의 입에서 목청을 짜내는 비명이 이어졌다. 칼을 비틀지 못한 빙휘는 대신에 칼자루 뒤쪽을 손바닥으로 힘껏 밀어 칼을 더욱 깊게 꽂았다.

옆에 있던 황기녀의 비명에 이어 온갖 아우성이 빗발쳤다. 그러나 그 어떤 소리도 빙휘의 귀에 들리지 않았다. 정전의 벽면에 붙어 서 있던 관군들이 빙휘를 향해 달려들었다. 몇몇 고위 관료들도 벌떡 일어나 빙휘를 향해 무어라 고함을 지르며 단상 위로 올라왔다. 그들은 저희들의 황제를 시해하는 대역죄를 지른 황기녀를 붙잡아 온갖 고신과 극형을 내리고자 했다.

"가자."

황제의 피를 뒤집어쓴 빙휘는 자신을 향해 달려드는 관군들을 바라보며 희미한 미소를 짓고 짧게 말했다. 그리고 그 말이 끝나기가 무섭게 여민 저고리 사이에서 흰 뱀이 빠르게 기어 나와 그녀의 손목을 콱 깨물었다. 고함치는 늙은 노인들과 둔한 갑옷을 입고 무기를 휘두르며 달려드는 사내들, 빙휘의 의식이 점점 흐려지며 이명이 울렸다.

빙휘가 쓰러지는 것과 동시에 정전의 모든 장지문이 발칵 열렸다. 갑작스러운 황제의 죽음에 정신을 차리지 못하는 관료들과 관군들을 향해 백색의 융복을 입은 군병들이 달려들었다. 그 선두에는 현석염이 서 있었다.

열흘 남짓한 반란은 그렇게 진압되었다. 향락을 꾸짖으며 일어났으면서 역설적으로 스스로도 향락에 물들어 버린 탓에 쉽게 진압된 반역도들은 이미 그들이 황제로 내세웠던 수장을 잃은 탓에 그대로 공중분해 되어 버리고 말았다.

그 혼란한 과정 속에도 호위장 현석염이 수습한 빙휘의 시신은 새 황제로 즉위한 폐태제— 황태제에 의하여 성대한 장례가 준비되고 있었다. 그러나 장례가 치러지기 바로 전날이었다.

"그게 무슨 소린가?"

"아뢰옵기 황공하오나, 황기녀 빙휘의 시신이 감쪽같이 사라져 버렸나이다."

환관이 바들바들 떨며 고개를 조아렸다. 시신을 지키는 것은 그의 책무가 아니었으나 황제가 직접 명을 내린 장례가 그 주인을 잃어버렸으니 황제의 분노를 받아낼 생각에 오금이 저렸다.

"시신이, 사라져."

황제가 띄엄띄엄 힘을 주어 말했다. 말끝이 떨리는 그의 목소리가 어쩐지 웃고 있는 것만 같았다.

"장례는 대충 진행하도록 하고, 물러가 보라."

"만세, 만세, 만만세."

걱정과 달리 황제가 별말 없이 물리니, 환관이 빠르게 삼만세 인사를 올리고는 내실을 빠져나갔다. 환관이 나가자 황제가 묘한 미소를 지으며 입가를 쓰다듬었다.

"시신이 사라져?"

다시 되뇌며 황제는 그리 오래되지 않은 지난날을 회상했다.

"시신이 사라졌다, 이 지엄한 황궁에서!"

곧 커다란 웃음이 이어졌다. 목청이 보일 정도로 크게 웃음을 터뜨리는 황제의 머릿속에 기이한 하얀 머리칼의 건장한 사내가 떠올랐다. 사라진 시신의 정인이라던 자, 지하 감옥을 제집 드나들듯 그 누구의 눈에도 띄지 않고 넘나들던 자. 기껏 반역도의 수장을 죽여 큰 공을 세워놓고 허망하게도 스스로 목숨을 끊어버린 계집. 도통 이해할 수 없는 이들이요, 행태였다. 그러나 그 조합이, 황제는 어쩐지 납득되는 것이었다.

시신은 사라졌으나 빙휘의 장례는 예정대로 진행되었다. 위정자들에 의해 빙휘의 검무는 전조에 대한 충정 어린 마음으로 포장되었고, 그녀는 역사에 의기(義妓)로 기록되었다. 그러나 그녀가 느낀 허무와 인세에 대한 넌더리는 가리어져 그 어느 곳에도 남지 않고 그 누구도 기억하지 못했다.

기녀로 운명 지어졌으나 기녀로 살지 않은 여인이었다.

맺는

이야기

12. 단미, 그린비

창으로 햇빛이 길게 새어 들어왔다. 창 아래의 긴 서랍장을 거쳐 바닥을 지나 이불보를 지나친 빛줄기는 곤히 잠에 빠진 여인의 얼굴까지 닿아 있었다. 푸르스름하니 옅던 빛줄기가 점점 환하고 밝아졌다. 점차 동이 트고 날이 밝아오니 햇빛이 그녀를 괴롭혔다. 잠에 취해 있던 여인은 눈가를 가로지르는 햇살에 눈썹을 몇 번 꿈틀거리더니 팍 인상을 쓰며 고개를 홱 돌렸다. 그러나 방향이 좋지 못했다. 햇살이 정면으로 쏟아지며 눈이 부시자 그녀가 짜증 섞인 신음을 흘리며 반대 방향으로 돌았다. 아예 몸까지 틀며 반대쪽으로 웅크리던 그녀는 반대편에 누워 있던 사내의 몸과 부대꼈다.

"그래, 그래."

역시나 반쯤 꿈속을 헤매고 있는 목소리가 몸짓을 해대는 그녀를 습관처럼 토닥이며 끌어안았다. 어린아이를 재우려는 듯 토닥대는 느린 손동작이었으나, 그녀에게는 역효과를 불러일으킨 모양이었다. 미간의 골이 점점 깊어지더니 여인이 바락 소리를 내지르며 발딱 상체를 일으켰다.

"잠잘 땐 건들지 말랬지?"

손을 크게 휘두르며 일어난 탓에 그녀와 사내를 함께 덮고 있던 이불이 펄럭이며 뒤집어졌다. 아직은 새벽 공기가 찬 시기였다. 밤새 체온에 데워져 있던 이불이 순간 사라지며 찬 공기가 밀어닥치자 사내 역시 잠에서 깨어 얼굴을 온통 구기며 이불을 끌어 당겼다.

"아, 적화야. 그래, 잘못했어. 안 건드릴게. 잠 좀 자자."

적화. 화류가 최고의 기방인 청악기방의 차기 행수로 지목받고 있는 명기였다. 명석한 두뇌와 입담과 재치로 도성을 쥐락펴락한다는 숨은 뒷골목의 실세라는 게 그녀에 대한 평이었다. 막 잠에서 깨어났음에도 꽃잎마냥 보드라운 피부와 온갖 짜증을 실어 인상을 찌푸렸음에도 눈길을 사로잡는 미모, 잠투정에 이리저리 헝클어졌음에도 윤기가 돌아 곧 찰랑이며 흘러내릴 것만 같은 머리칼까지, 스물 초의 묘녀(妙女)라고 해도 믿을 만한 외모였으나 그녀는 이제 곧 불혹을 바라보는 삼십대 중반이었다.

"시끄러. 됐어. 당장 나가."

"뭐?"

"나가라고!"

빽 소리를 내지르며 적화가 베개를 집어 던졌다. 얼굴에 직격으로 베개를 맞은 사내가 코를 움켜쥐고 떼구루루 굴렀다.

"저 성질머리. 아오, 내가 간다, 가."

사내가 상투를 대충 쓸어 만지고는 방바닥에 떨어진 저고리를 주워 걸치며 밖으로 나갔다.

"새벽에 또 한잔하이."

"외상값 안 가져오면 이번엔 공짜 술 없을 줄 알아."

"거, 우리 사이에 뭘 그리 박하게 구나?"

장지문을 붙잡고 깐죽거리던 사내는 적화가 한 번 더 인상을 쓰며 옆에 있던 베개를 집어 들자 화들짝 놀라 장지문을 급하게 닫고는 달음박질을 쳤다. 조용한 아침이라 장지문 너머로 마당을 가로지르는 급한 뜀박질 소리가 울렸다. 사내를 향해 던지려 들었던 베개를 옆에 내려놓은 적화의 얼굴에 일순 쓸쓸한 바람이 스쳤다.

그녀의 방에는 하루도 사내가 끊긴 날이 없었다. 빠짐없이 매일 밤마다 객을 들이고, 취한 양반들을 끌어들이고, 그마저도 없을 때면 평민이고 천민이고 가리지 않고 불러들였다. 조금 전 방을 나간 사내도 그런 치였다. 매일 밤 누군가를 곁에 두고 매일 아침 누군가와 해를 맞이했지만, 지금처럼 그들을 보내고 나면 더욱 큰 외로움이 밀려왔다. 고즈넉한 방에 홀로 멍하니 앉아 있는 적화의 몸이 가늘게 떨렸다. 아침의 한기에 밀려오는 떨림과는 다른 떨림이었다.

"썩을 년."

툭, 적화의 입에서 누군가를 향한 원망이 쏟아졌다.

"몹쓸 년, 나쁜 년."

흰 속곳 자락을 쥐어뜯는 적화의 손등 위로 물방울이 뚝뚝 떨어졌다. 아무리 사내를 끌어안고 있어도 채워지지 않는 외로움이 있었다. 그 허전함을 포옥 하고 한숨으로 내쉬고는, 적화가 이불 끝자락을 잡고 발랑 드러누웠다. 머리끝까지 이불을 덮고 몸을 웅크린 그녀는 다시 잠을 청했다.

그러나 몇 차례 꿈틀대던 적화는 결국 다시 잠들지 못하고 발딱 일어났다. 이불이 다시 크게 펄럭였다. 적화는 겨우 상체만 일으켜 앉은 채 어깨를 축 늘어뜨리고 눈을 몇 번 꿈뻑였다. 잠시 눈을 감고 있던 적화가 순간 바닥을 박차고 일어나 이불 위에 섰다.

"저 망할 햇빛 같으니. 잠 다 깨버렸네."

일부러 높다랗게 활기찬 목소리로 투덜대며 적화가 길게 기지개를 켰다. 팔을 옆으로 쭉 펴고 몇 바퀴 붕붕 돌리던 적화는 발로 대충 이불을 툭툭 차고는 허리춤까지 흘러내린 치맛말기를 잡아당겼다. 앙가슴을 조이고 치마끈을 제대로 묶은 후에, 저고리도 걸치지 않고 장지문을 다라락 밀어젖힌 적화가 발을 내디뎠다. 버선도 신지 않은 맨발에 새벽 내 찬 기운을 잔뜩 머금고 있던 툇마루의 냉기가 그대로 전해졌다. 오소소 소름이 돋아 몸을 한 번 바르르 떨고 나서 어깨를 활짝 펴고 흡 하고 숨을 들이쉬려는데, 적화의 눈에 이상한 것이 들어왔다.

툇마루의 끝, 기둥 옆에 길고 반짝이는 무언가가 놓여 있었다. 처음 그것을 보았을 때 적화는 심장이 철렁했다. 작고 가느다란 막대였다. 아침햇살을 반사하며 제 존재감을 있는 힘껏 드러내고 있는 조그만 막대. 적화는 그대로 툇마루 위에 털썩 주저앉고 말았다.

"썩을 년⋯⋯."

겨우 입술 사이를 비집고 흘러나오는 목소리가 떨렸다. 그만큼이나 적화의 손이 떨렸다. 입 앞을 포개어 가리고 있던 손 하나가 바들바들 떨리며 겨우 툇마루 끝에 놓인 막대를 향해 다가갔다. 한참을 허공에서 주저하던 손가락은 다가설 듯 말 듯 가까이 갔다가 물러나기를 반복했다. 머뭇거리다가 겨우 그것을 움켜쥐고, 적화의 눈이 함박만 하게 커졌다. 차디찬 툇마루 위에 놓여 있던 막대는 방금 전까지 누군가의 품에 있었던 모양으로 미미한 온기를 지니고 있었다.

움켜쥔 손에 힘이 들어갔다. 휘청거리며 다급하게 일어선 적화는 디딤돌을 건너뛰고 단박에 기단 밑으로 뛰어내렸다. 흙바닥이 그대로 맨발에 닿았다. 신조차 신지 않은 적화가 어쩔 줄을 몰라 이리저리 맴돌았다. 그 발걸음보다 더욱 정신없이 고개가 획획 돌아가며 눈동자가 빠르게 허공을 훑었다.

"빙휘! 빙휘야!"

콱 막혀 있던 목청이 터졌다. 그와 함께 눈물보도 터져 버렸는지 그렁그렁 맺히다 못 해 줄줄 흘러내리는 눈물이 얼굴을 잔뜩 적셨다. 쏟아지는 눈물을 주체하지 못하고 눈물에 메어 막히는 목을 겨우 짜내어 '빙휘'를 외치면서, 적화가 마당을 배회했다. 팔 자로 가파르게 기운 눈썹으로 눈 주위가 붉게 물들어갔다. 그러나 답하는 이도 돌아서는 이도 한 명 없이, 적화의 애타는 외침한 찬 아침 공기 사이로 흩어졌다.

난데없이 날아들었던 비보, 시신조차 사라졌다던 비화, 그 어떤 이야기도 적화는 믿지 않았다. 두 눈으로 직접 보지 않는다면 믿을 수 없었다. 그리고 지금 적화는 확신할 수 있었다. 그녀에 대해 전해지던 이야기는 모두 거짓이라는 것, 적화의 믿음이 사실이란 것을.

　그 언젠가의 재잘거리던 대화가 떠올랐다.

　"먼저 화류가를 떠날 시에 원하는 것은 무엇이든 해주고 가야 하는 거야."

　"나는 금장 비녀. 금으로 만든 비녀대에 황옥이랑 비취 장식이 달린 비녀가 갖고 싶어."

　"난 그냥 좋은 금 하나면 족해."

　"가야금? 그래, 너답고나. 자자, 약조!"

　티 없는 맑은 목소리로 나누던 대화가 화창하게 갠 하늘 위로 떠돌았다. 저 구름 너머에는 방긋 해맑은 미소를 지은 채 마주 본 앳된 여인 둘이 장난스레 내기를 약조하며 새끼손가락을 걸고 흔드는 모습이 보일 것만 같았다.

　적화의 손에는 붉고 노랗고 푸른 보석이 알알이 박힌 금장 비녀가 들려 있었다.

❊　❊　❊

깊은 산속, 인적조차 닿지 않는 심심산중이었다. 때는 봄이라 색색의 봄꽃들이 만개하여 지천에 널려 있었다. 들판이며 숲이며 온통 알록달록한 색동옷을 차려입어 화려하게 타올랐다. 그러나 그 화려함에도 전혀 묻히지 않는 이가 있었다. 아니, 오히려 봄의 정취도 잊을 만큼 시선을 빼앗는 이가 있었다.

"흐노니, 흐노니, 아, 내 그리운 글온님아."

맑은 목소리가 봄바람에 실렸다.

"달곰하디 달곰하니, 단미라. 네 그리운 그린비는 어데 두고."

가느다랗고 부드러운 목소리는 맑게도 노랫가락을 흥얼거리고 있었다. 봄이 만연한 산중에 들꽃이 흐드러지게 핀 들판에 치맛자락을 둥글게 펼치고 앉은 어린아이가 근방의 꽃들을 줄기째 꺾어 엮고 있었다.

"어째 홀로 앉아, 어이. 흐노니, 흐놀아, 아, 내 어린 임아."

아이는 이제야 대여섯 살쯤이나 되어 보였으나, 어림에도 그 미색이 남달랐다. 마치 속이 비칠 듯한 투명하고 깨끗한 피부는 하얗게 윤이 났고, 짧게 댕기를 드린 머리칼은 비단마냥 부드러웠다. 동그란 눈 위에 길게 뻗은 속눈썹은 아이가 눈을 깜빡일 때마다 따라 흔들렸고, 앙증맞은 입술에는 붉은 기가 돌았다. 아직 어려 젖살이 통통하니 오른 뺨 위에 붉게 얹은 홍조가 아이의 귀염성을 더했다.

이런 산중에 이다지도 사랑스러운 아이가 홀로 앉아 있는 것이 기이했지만, 아이는 마치 제 집인 양 편하게 앉아서는 노래를 흥얼대며 꼼지락거리고 있었다. 아이는 갖가지 색의 꽃들을 따서는 둥글게 잇고 있었다. 노란 꽃, 붉은 꽃, 푸른 꽃 등이 어지러이 섞여 있었다. 조고만 손끝으로 이리저리 꽃줄기를 엮는 모습이 퍽 진지했다. 꽃을 엮는 데에 열중한 아이는, 집중한 나머지 제 근처로 다가오는 위험을 알아차리지 못했다.

들판 근처의 풀숲에 노란 눈동자 두 개가 아이를 지켜보고 있었다. 눈동자의 뜨뜻한 숨결에 풀잎이 흔들렸다. 살랑이는 바람을 따라 몸을 움직인 눈동자는, 부스럭거리는 풀 소리를 바람에 묻었다. 발톱을 숨긴 발이 조심스럽게 들판 위를 내디뎠다. 몸을 잔뜩 낮추어 천천히 한 발씩 내딛는 몸짓은 사냥감이 눈치채지 못하도록 조용히 발을 옮기는 맹수의 그것이었다. 아이의 뒤로 천천히 다가선 맹수가 몸을 한껏 움츠리더니 크게 도약했다.

맹수의 앞발이 아이를 감쌌다. 그제야 맹수의 존재를 알아차린 아이가 몸을 돌리면서 입을 크게 벌렸다.

"꽃치!"

그러나 어찌 된 일인지 아이는 마치 동무라도 만난 듯이 환하게 웃으며 맹수를 반겼다. 심지어 맹수 역시 여전히 발톱을 내놓지도, 송곳니를 드러내지도 않고 흡사 아이를 껴안은 모양으로 아이를 감싸고 있었다. 아이의 손이 맹수의 등허리를 쓸었다. 둥근 점박무늬가 마치 꽃 모양처럼 어우러진 표범의 몸통을, 아이는 아무런 두려움 없이 매만졌다.

"꽃치, 어딜 갔다 왔어? 뭐 하다 왔어?"

꽃치라 불리는 표범이 수염을 늘어뜨리며 가르릉댔다. 마치 아이의 말에 대답이라도 하는 것 같았다. 순간 아이의 검은 눈동자에 붉은 기운이 은은하게 어렸다. 그러나 그 붉은 기는 잠깐의 혼동이 었나 싶을 정도로 금세 사라져 버렸다.

"우와! 좋겠다. 나중에 나도 데려가. 나도 태워줘."

마치 표범의 말을 알아듣기라도 한 모양으로 말을 이어가는 아이였다. 아니, 실로 아이는 꽃치와 말이 통하는 것만 같았다. 꽃치의 꼬리가 흔들거렸다. 아이처럼 꽃치 역시 어린 표범이라 몸체가 크지 않았다. 노랗게 빛나는 눈동자와 사이사이 보이는 날카로운 송곳니, 온몸을 감싸고 있는 매화 모양의 무늬가 없었다면 그저 덩치가 굉장히 큰 개로 보일 정도였다. 게다가 하는 행동은 이미 맹수의 위엄 따위는 날려 버린 지 오래, 꼬리로 아이를 빙 감싸 돌아 안기도 하고 뺨을 부비기도 하며 온갖 아양을 떨고 있었다.

그런 장난을 자연스럽게 받으며 꺄르르 웃고 있는 아이의 모습을 보아, 꽤나 친근한 사이인 모양이었다. 한참 장난을 치고, 엮고 있던 꽃 뭉치를 꽃치의 귀며 다리며 꼬리에 걸어주면서 노는 아이와 꽃치의 분위기가 화기애애했다. 그러나 그 화기애애한 분위기는 아이와의 장난에 빠져 있던 꽃치가 문득 고개를 들며 귀를 쫑긋이면서 깨지고 말았다. 꽃치가 아이에게 낮게 그르렁댔다. 그러자 또 아이의 눈에 일순 붉은 기가 돌았다.

"정말? 으앙, 큰일 났다."

아이가 우는소리를 내며 발딱 일어났다. 꽃송이 몇 개가 흐트러지며 떨어졌다.

"안 돼. 너랑 노는 걸 어머니께 들키면 큰일 나."

꽃치가 아이에게 무어라 그르렁대니 아이가 단번에 고개를 휘휘

저었다. 아이는 언젠가 어머니의 앞에서 산새에게 말을 걸었을 때, 어머니의 하얗게 질리던 얼굴을 기억하고 있었다. 그녀는 무슨 큰일이라도 난 것처럼 아이의 양어깨를 아프게 쥐고는 한참 동안 아이의 얼굴을 들여다보았다. 아니, 정확히 아이의 눈을 무섭게 노려보았다. 그때 이후로 아이는 절대로 어머니의 앞에서 동물과 대화할 수 있다는 사실을 밝히지 않았다.

"해야."

어딘가 멀리에서 여인의 목소리가 들렸다. 그 목소리에 아이가 화들짝 놀라며 꽃치를 풀숲으로 밀었다.

"어서 가. 다음에 봐."

꽃치는 아이를 떠나기가 못내 아쉬운지 한참을 주저하다가 겨우 풀숲에 몸을 숨겼다.

"해야!"

"어머니!"

재차 들려오는 어머니의 부름에 아이가 답했다. 해. 그것이 아이의 이름이었다.

해는 엮고 있던 꽃뭉치를 들고, 또 옆에 쌓아놓았던 꽃다발을 움켜쥐고 빠르게 들판을 내려갔다. 저 멀리에서 어머니와 아버지가 나란히 서서 해를 찾고 있는 모습이 보였다. 아버지가 먼저 해를 발견하여 손을 흔들었다. 멈춰 서서 마주 손을 흔들던 해가 이어서 걸음을 놀렸다.

제 엄마에게 달려가던 해가 순간 꽃더미를 발견하고는 방향을 바꿔 털썩 주저앉았다. 해는 부모에게 돌아가던 것도 잊고 아예 자리를 잡고 앉아 이리저리 고개를 돌리며 꽃을 땄다. 한 뭉치 들고 있던 꽃다발이 점점 풍성해졌다. 멀리에서 해의 부모가 다정히 서서는 흐뭇한 표정으로 딸을 바라보고 있었다.

어린 해의 부모, 그들은 바로 빙휘(氷徽)와 초사여(草巳蜧)였다. 무명 치마저고리를 입고 있었지만 빙휘의 미색은 여전했다. 그녀는 나무 비녀로 단정하게 머리를 쪽지고 있었다. 그리고 빙휘의 어깨를 끌어안고 옆에 서 있는 초사여는 이전과는 분위기가 상당히 달랐다. 그를 감싸고 있던 영기가 완전히 사라진 것처럼, 묘한 기운이 전혀 느껴지지 않았다. 그러나 그 은백발만은 여전하여, 높이 묶어 길게 늘어뜨리고 있었다.

어린 딸이 꽃을 따는 데에 여념이 없는 것을 바라보던 빙휘가 초사여를 올려다보며 미소를 지었다. 아무도 없는 산중에서 오로지 세 가족만의 나날, 이날들이 바로 빙휘가 찾던 행복이었다. 그녀에게 필요하고, 그녀가 원하는 것은 이로 충분했다. 다른 것은 아무것도 필요하지 않았다. 커다란 기와집이니 곳간마다 넘치는 재물이니 하는 것은 의미 없는 무용의 장물일 뿐이었다.

"다행이야."

문득 그녀가 그런 말을 했다.

"무엇이 말입니까?"

"해와 당신, 이날들이 참 다행이야. 해도 저리 건강하게, 아무런 일 없이 자라고 있고."

일. 빙휘와 초사여는 행여나 해에게 '어떤 일'이 일어날까 항상 노심초사했다. 빙휘와 초사여가 단둘이 지내게 된 것은 오래된 일이었다. 그러나 이 연인이 두 '사람'이 된 것은 그로부터 수백 일이 지나서야 가능했다. 과거의 영험한 영물이 남긴 기록인 서책에는 요물이 인간이 되는 방법에 대하여 상세하게 기록되어 있었다. 빙휘의 도움과 기나긴 시간의 인내를 통하여 초사여는 드디어 염원하던 소망을 이룰 수 있었다. 그리고 그와 동시에 그에게 있던 모든 영력을 품고 서책은 사라져 버렸다.

그런 와중에 빙휘에게 찾아온 선물인 해는, 초사여가 아직 영물일 때에 태어난 것인지, 아니면 인간이 된 후에 태어난 것인지 확실히 알 수 없었기에 부부의 걱정일 수밖에 없었다.

"해는 어려움이란 걸 모르고 행복하게 살았으면 좋겠어."

빙휘가 초사여의 손을 꼭 움켜쥐었다. 그녀의 불안을 읽었는지, 어깨를 감싼 초사여의 손에 힘이 들어갔다. 두 사람의 사이에 해가 있는 것은 축복이었으나, 초사여의 이전의 삶이 어땠는지 알고 있기에 그들은 해가 평범한 생을 살기를 바랐다.

그런 부모의 마음을 아는지 모르는지, 해는 돌아볼 생각은 하지 못하고 풀을 헤집으며 꽃을 하나씩 따서 모으고 있었다.

모두가 잠든 고요한 밤이었다. 이따금 풀벌레 소리나 밤새 우는 소리, 산짐승의 긴 울음소리가 들려와 시간이 멈추지 않았다는 것을 알려주었다. 그런 야심한 시각, 잠자리에 들어 있던 초사여가 슬그머니 몸을 일으켰다. 잠이 들면 언제나 빙휘를 품에 꼭 안고 그녀가 깨어날 때까지 놓아주지 않던 그였다. 그러나 그런 그가, 빙휘가 깊은 잠에 빠졌을 무렵에 몰래 일어나 이불을 빠져나온 것이었다.

이불이 들썩여 한기가 들지 않도록 조심히 빠져나온 그는 세상 모르고 잠들어 있는 빙휘를 사랑스레 바라보며 그녀의 턱 아래까지 이불을 끌어당겨 덮어주었다. 그녀의 곁에는 해가 나비잠을 자고 있었다. 양손을 머리 위로 번쩍 들고 입을 오물거리고 있는 해의 얼굴에는 미소가 걸려 있었다. 곤히 잠든 빙휘와 해의 얼굴은 닮아 있었다. 그녀들을 바라보는 초사여의 얼굴에도 같은 미소가 걸렸다.

모녀가 잠에서 깨지 않도록 조심하며, 초사여가 서안 앞에 앉았다. 어둠에 익숙한 눈이 움직이는 것은 무리가 없었다. 하지만 서안 앞에 앉으니 초를 켜야만 했다. 초사여가 촛대 화선(火扇)을 돌려 이부자리를 향한 불빛을 막았다. 당초 문양의 화선이 촛불에 비쳐 긴 당초 그림자를 만들었다. 이리저리 물결치듯 부드럽게 구부러진 넝쿨 문양이 까맣고 길게 늘어졌다.

촛불을 밝힌 초사여가 서랍 안에서 서책과 필묵을 꺼냈다. 서책은 백지였다. 초사여는 서책을 펼치고 책장을 꾹꾹 눌러 접고는 고개를 들어 화선 그림자에 가려진 빙휘를 한참 바라보았다. 묵묵히 먹을 갈던 초사여가 세필붓을 들었다.

"나의 어린 임."

잠든 빙휘를 바라보는 초사여의 얼굴이 보드라워졌다. 빈 서책을 한참 들여다보던 그가 심호흡을 하고는 천천히 첫 장을 채워 나갔다.

─나는 세 번 태어났다. 일생(一生)은 보잘것없는 미물이요, 이생(二生)은 승천을 꿈꾸던 영물이요, 마지막 삼생(三生)은 한 여인만을 위한 인간이라. 여기, 세상 그 누구도 제대로 알지 못하고, 알려고조차 하지 않았던 여인이 있다. 이는 나를 다시 태어나게 한 어느 여인에 대한 기억이다.

빈 첫 장의 하단에 그렇게 써 내려간 초사여가 비어 있는 상단에 글자를 크게 썼다.

─몽매빙휘(蒙昧氷徽), 作 초사여.

또 다른 이야기

13. 붉은 꽃

　황궁의 어느 뒤꼍. 셀 수 없이 많은 궁인들을 부리는 황궁이라 이런 외진 뒤꼍의 기단 사이사이조차 먼지 하나 끼지 않고 말끔했다. 하지만 궁인들의 야무진 손끝도 건물 뒤편과 담장 사이의 스산함, 그리고 높게 자란 나무의 무성한 나뭇잎이 만들어낸 그림자의 어둠은 지워낼 수 없었다. 그 서늘한 장소와는 전혀 어울리지 않는 호화로운 복식의 두 소년이 마주하고 있었다. 아니, 한 소년이 일방적으로 구박을 당하고 있었다.

　"방자한 것."

　왜소하고 키가 작은 소년이 앞에 서 있는 소년의 발치에 침을 퉤 뱉었다. 앞에 서 있는 소년은 침을 뱉은 소년보다 키가 크고 체격도 건장했으나 고개를 푹 숙인 채 손을 축 늘어뜨리고 있었다. 관례를 치른 지 다섯 해도 되어 보이지 않는 열댓 살 무렵의 소년들은 고급의 비단옷을 입고 있었다. 옷에 놓인 수 역시 굉장히 화려하고 잔뜩 공이 들어간 것으로, 그들의 신분이 꽤 높다는 것을 알려주었다. 그들은 황가의 일원이었다. 평범한 황족이 아닌 적통의 황자들. 소년은 제국의 황태자였고, 고개를 숙인 소년은 둘째 황자 곤이었다.

"게서 네놈이 그리 답한 것은 필시 이 태자를 농락하고 함이렷다?"

"아닙니다, 형님."

"아니긴 뭐가 아니야?"

"아닙니다."

묵묵히 황태자의 타박을 듣고 있던 곤이 결국 울컥한 모양인지 목소리에 힘을 주었다. 그가 고개를 들고 황태자를 똑바로 바라보았다.

"소제(小弟)는 단지 스승님의 질의에 답했을 뿐입니다."

"내가 답하지 못한 질문에 네놈이 답하면, 그것이 태자를 농락하는 것이 아니고 무어겠느냐?"

"형님께서 답하지 못하였다 하여 알고 있는 답을 함구해야 한다는 말씀이십니까?"

"나는 제국의 태자다!"

황태자가 허리춤에 손을 얹고 어깨를 쭉 내밀며 호통을 쳤다.

"곧 제국의 주인이 될 몸이란 말이다!"

"예, 형님은 황태자이십니다. 하오나 형님이 황태자이신 것과 스승님의 질의에 소제가 답해서는 안 된다는 것이 무슨 관계가 있단 말입니까?"

"이놈이 그래도?"

황태자의 억지를 듣고만 있던 곤은 도저히 참을 수 없었다. 황태자의 억지 논리를 이해하지 못하는 척하며 캐물으니, 역시나 황태자는 얼굴이 새빨갛게 달아올라서는 손을 올렸다. 저 마른 막대기 같은 손을 피하지 못할 곤이 아니었다. 생각 같아서는 손모가지를 콱 움켜쥐고 한 바퀴 돌려 꺾어버리고 싶었다. 그러나 그의 말마따나 상대는 황태자였다. 같은 적통의 황자라고는 해도 황태자와 평범한 황자의 사이에는 견줄 수 없는 차이가 존재했다. 결국 곤은 빤히 보이는 손찌검을 눈을 꼭 감은 채 그대로 맞을 수밖에 없었다. 앙상하게 말라 뼈마디가 드러난 손바닥에 뺨을 내주며, 곤은 주먹을 콱 움켜쥐었다.

"태자가 모르는 건 네놈도 모르는 것이야! 태자가 아는 것 또한 네놈은 몰라야 할 것이고. 네가 아는 것을 물어도 답하지 말아야 할 것이며, 모르는 것을 물으면 더더욱 답을 궁리해서는 안 될 것이야!"

곤은 대답하지 않았다. 다시 고개를 푹 숙이고 뺨이며 목덜미를 내려치는 황태자의 손찌검을 가만히 맞고 있을 따름이었다.

"겨우 황자들의 교육이나 담당하는 문사 따위의 입바른 칭찬에 기고만장해서는 아니 될 게다. 네놈이 아무리 학문을 깨우쳐 봐야 겨우 황자 나부랭이에 지나지 않음이라. 내 발끝에도 못 미친단 말이다. 똑똑히 새겨두어라."

마지막으로 손가락으로 곤의 뺨을 톡톡 두드리고는 황태자가 몸을 돌렸다. 뒷짐을 지고 가슴을 쭉 내밀어 편 채 거들먹거리며 걸어 나가는 황태자의 뒷모습에서 자만이 뚝뚝 떨어졌다. 곤은 황태자가 떠나고 난 뒤에도 한참 동안 고개를 푹 숙이고 있었다. 있는 힘껏 주먹 쥔 그의 손이 제 힘을 못 이겨 파르르 떨렸다.

"후……."

길고 낮은 한숨이었다. 겨우 열댓 살의 어린 소년이 내쉬기에는 지나치게 무거운 한숨, 그러나 곤에게는 너무나도 익숙한 것이었다. 곤은 눈을 감았다. 어지럽게 끓어오르는 머릿속을 차분히 정리하며, 스스로를 다독이고 가라앉혔다. 황궁, 황족, 적통, 황태자, 황자. 그를 괴롭히는 단어들이었다. 좋은 아우이고 싶었으나 그의 형은 처음부터 곤을 마음에 들어 하지 않았다. 황태자인 자신보다 외모도 능력도 뛰어난 아우. 단지 장자라는 이유로 책봉된 황태자 자리라는 것을 스스로도 아는 모양인지, 그는 시종일관 곤을 경계하고 타박했다.

황태자의 말도 안 되는 이유로 이어진 괴롭힘으로 곤의 옷이 구겨지고 더럽혀졌다. 그는 어깨며 옷자락을 가볍게 쓸어 털고, 흙이 튄 목화의 앞코로 바닥을 툭툭 쳐 흙을 털어냈다. 의습을 대충 정돈하고 나가려던 곤이 갑자기 우뚝 멈춰 서서는 입술을 깨물었다. 아무래도 분이 풀리지 않았다. 얌전히 네, 네, 하고 말도 안 되는 괴롭힘을 받아들이기에는 곤의 성정이 지나치게 곧았다. 좀 더 유약하고 여렸더라면 스스로를 탓하며 황태자의 구박을 순순히 받아들였을 텐데, 곤은 그럴 수도 없었다.

"후."

그렇다고 해도 내뱉을 수 있는 것은 좀 더 거칠어진 한숨뿐이었다.

"후."

휘익, 퍽! 데구루루.

결국 곤은 쓰고 있던 사모를 집어 던졌다. 사모는 기단에 맞아 튕기어 바닥을 굴렀다. 데굴 구르던 사모가 멈추었을 때, 곤은 이미 자취를 감춘 후였다.

곤은 마구 달렸다. 지금 지나는 곳이 어디인 줄도 모르고 무작정 달렸다. 목적지는 따로 없었다. 그저 어딘가로 사라지고만 싶었다. 이곳을 벗어나고 싶었다. 황태자의 말도 안 되는 억지도, 적통 황자로서의 의무도, 구박도, 책임도 없는 곳으로 떠나 버리고만 싶었다. 그러나 아무리 달려도 곤은 황궁 안일 수밖에 없었다. 달린다고 해도 황궁을 벗어날 수는 없었으나, 그래도 그는 달렸다. 벗어날 수 없다면 그래도 저 지긋지긋한 동궁과는 가장 먼 곳으로 가고 싶었다.

마구 휘젓는 두 다리에 도포 자락이 어지럽게 휘날렸다. 상투관은 아슬아슬하게 머리 꽁지에 매달려 있었다. 허리에 걸친 금각대가 거추장스러워 벗어 던졌다. 숨이 가빠오고 열이 올라 겉에 입은 도포를 벗어 던졌다. 곤은 금장 상투관에 옥빛의 바지저고리, 흑목화 차림으로 황궁을 가로질렀다. 황태자가 있는 동궁에서 가장 먼 곳을 향해, 서쪽으로, 서쪽으로 내달렸다. 그런 곤을 보고 소스라치는 환관과 궁인들을 피하여 인적이 드문 뒷길로 빠지고, 담장을 빙 둘러 달리다 보니 한적하고 으슥한 곳이 나왔다.

셀 수 없이 많은 궁인을 부리기에 외진 뒤꼍마저 먼지 하나 끼지 않고 깨끗한 황궁이었다. 그런 황궁에서 처음 마주하는 난장판이었다. 언제 떨어진 것인지 모를 낙엽이 바짝 말라 뒹굴고, 흙먼지가 뽀얗게 끼어 발을 옮길 때마다 먼지구름이 풀썩였다. 빠르게 내딛던 곤의 걸음이 가라앉았다. 곤은 천천히 주변을 둘러보며 조심스럽게 발을 떼었다. 근처의 담장과 전각에서 풍겨져 나오는 기운이 음침하기 이를 데 없었다. 쓸고 닦는 것이 일인 말단의 궁인들마저 버려두는 장소라, 순간 온몸에 소름이 돋아 곤이 멈칫했다. 그리고 거의 그와 동시에 맞은편의 담장 골목에서 웬 여자아이가 튀어나왔다.

획.

튀어나왔다고 생각하는 순간 여자아이가 빠르게 몸을 돌렸다. 치마의 끝자락이 꺾인 담장 뒤로 사라지려는 순간 곤이 다시 걸음을 놀렸다.

"누구냐? 멈추어라."

다급하게 쫓아가려던 곤은 담장을 도는 순간 놀라며 멈추었다. 아니, 멈추려고 했다. 그러나 그새 속도가 붙은 몸은 미처 멈춰 서지 못하고, 돌아선 담장 바로 앞에 멀뚱히 서 있는 소녀의 뒤통수에 그대로 부딪히고 말았다. 난데없이 뒤를 맞은 소녀는 휘청거리며 넘어지려 했고, 당황한 곤이 소녀를 잡아당기려다가 함께 바닥으로 굴렀다. 고운 비단옷에 흙먼지가 잔뜩 묻었다.

"게 그리 멈춰 서 있으면 어찌하느냐?"

"멈추라니까 멈춰 있었지."

괜히 바닥으로 굴러 날카롭게 말이 튀어 나가는데, 소녀는 당연하다는 듯이 대답했다. 곤은 어이가 없어 품 안의 소녀를 바라보았다. 곤에게 옷자락이 잡히는 바람에 그의 품으로 넘어진 소녀는 곤을 깔고 엎드려 있음에도 일어날 생각을 하지 않고 말똥말똥한 눈으로 그를 내려다보고 있었다.

열 살 남짓해 보이는 소녀는 굉장히 작고 말랐다. 곤은 지금까지 황태자만큼 마른 사람을 본 적이 없었는데, 소녀는 그보다 더 앙상했다. 곱게 빗어 땋아 내린 머리카락은 이 또래의 궁인들처럼 새앙머리로 틀어 올리지 않고 길게 댕기를 드리고 있었다. 황궁의 웃전들이 가체에나 꽂는 금장 장식을 옆통수에 몇 개 꽂고, 곤의 것만큼이나 좋아 보이는 비단옷을 입고 있었다.

"너, 누구냐?"

"아차!"

댕기 머리에 뒤꽂이를 꽂고, 황족들이나 입을 법한 의복을 걸치고 있는 소녀였다. 황궁 안에 존재할 수 없을 것 같은 기이한 소녀의 등장에 정체를 물으니, 소녀는 그렇게 큰 소리로 외치고는 발딱 일어나 방금처럼 도망을 치려 했다. 그러나 순순히 보내줄 곤이 아니었다. 곤은 소녀의 치맛자락을 콱 움켜쥐고 잡아당겼다. 앙상하게 마른 만큼 소녀는 힘없이 끌려와 곤의 품에 풀썩 주저앉고 말았다.

"너는 누구냐고 물었……."

"쉿!"

소녀가 빠르게 손가락을 치켜들었다. 소녀의 한 손은 그녀의 입 앞에, 그리고 다른 한 손은 곤에게 향했다. 가느다란 손가락이 곤의 입술 앞에 닿았다.

"아무에게도 말하면 안 돼."

짐짓 엄한 표정을 지으며 소녀가 곤을 노려보았다. 소녀는 당돌하게도 황자인 곤을 똑바로 마주 보며, 그와 눈을 맞추었다. 또래의 여자아이들을 본 적은 많았다. 황궁의 대다수를 채우고 있는 것이 궁인이라, 요만한 궁녀들이야 차고 넘치게 봐온 곤이었다. 그러나 저 또래의 궁녀들 중 어느 누구도 눈앞의 소녀처럼 자신을 똑바로 마주 본 적은 없었다. 그렇기에 또래 여자아이의 시선은 처음 마주하는 곤이었다. 곤은 자신도 모르게 고개를 끄덕이고 말았다.

"좋아. 착하구나."

방긋, 활짝 웃는 소녀의 입꼬리가 묘하게 말려 올라갔다. 꼬리가 동그랗게 말리는 웃음을 어디선가 본 적이 있었는데, 라는 생각을 하는 순간 소녀의 손이 곤의 이마를 쓸어 넘겼다.

"착하다, 착해. 그래, 넌 어디서 왔니? 왜 여기 있는 거야? 너만한 아이는 본 적이 없는데."

소녀는 곤의 머리를 쓰다듬었다. 감히 황자의 머리를 쓰다듬다니? 곤이 어처구니가 없어 잠시 넋을 놓고 있다가 발끈하여 소리쳤다.

"무엄하구나!"

갑작스러운 외침에 소녀가 깜짝 놀라 움찔하며 손을 거두었다.

그러나 곧 자신이 놀랐다는 것과 곤이 소리를 쳤다는 것에 골이 난 모양인지 미간에 힘을 팍 주고는 따라 목청을 높였다.

"무엄은 무슨! 너거 머리엔 금이라도 발라났냐?"

"감히 어느 안전이라고 언성을 높이느냐?"

"안전? 어느 안전? 예가 어느 안전인데?"

"나는 제국의 황자다."

이렇게 말하면 버릇없게 굴던 소녀가 아연실색하여 땅바닥에 넙죽 엎드릴 것이라 생각했다. 그러나 소녀는 되레 큰 소리를 내는 것이었다.

"황자? 화앙자? 너가 황자믄 난 황녀다, 황녀."

배짱을 부리며 그리 말하고, 소녀가 까르르 웃어젖혔다. 그녀는 먼지투성이인 땅바닥에 털썩 주저앉아서는 발을 동동 굴렀다. 자신을 비웃으며 황자라는 말을 믿지 않는 소녀의 모습에 곤의 얼굴이 붉어졌다. 그는 자리에서 일어나 흙먼지를 탈탈 털고는 목소리를 낮게 깔았다.

"네가 치도곤을 당해야 정신을 차리겠느냐? 어서 예를 갖추지 못할까?"

"우와, 말투는 제법 그럴싸하네?"

그러나 소녀는 곤의 뜻대로 놀라줄 용의가 없어 보였다. 그녀는 재차 까르르 웃더니 그를 따라 발딱 일어나서는 치마를 흔들어 털고 허리춤에 손등을 얹었다.

"야, 그래도 너무했다. 그 꼴로 황자는 좀 아니지 않아? 나 정도는 입고 나서 황자타령이라도 하란 말이여. 꼴이 그게 뭐람."

"내 어디가 어떠……."

곤은 말을 끝까지 맺을 수 없었다. 그러고 보니 정신없이 달리면서 하나둘 벗어 던진 탓에 곤은 지금 밋밋한 옥빛의 바지저고리 차림이었다. 황자의 위용을 드러내 줄 사모도, 흉배가 수놓인 도포도, 금으로 조각된 각대도 없었다.

"내 비록 사정이 있어 정복을 갖추지 못하고 있으나 필시 황자이거늘."

"계속 우기네?"

소녀가 바람을 넣어 볼을 잔뜩 부풀리더니 몸을 휙 돌려 맞은편 담장이 꺾이는 곳을 가리켰다.

"너, 그럼 저쪽으로 가면 어디가 나오는지 알아?"

"저쪽 말이냐?"

"그래, 저 담장을 돌아서 쭉 가면 뭐가 나오는지 아냐고."

곤은 말문이 막혀 멍하니 소녀의 손끝만 바라보고 있었다. 지금 여기가 어디인지도 모르는데, 저 담장을 돌아 나가면 무엇이 나오는지 어찌 알쏘냐. 당황하는 바람에 입술 끝에서 혀가 꼬였다.

"내, 내가 저기가, 저기. 저기가 어딘 줄 어찌 아느냐?"

"황자면 황궁의 주인이나 마찬가지면서, 그런 것도 모르니?"

곤의 말이 끝나기가 무섭게 소녀가 치고 들어왔다. 소녀는 턱을 하늘 높이 치켜들고 어깨를 크게 한 차례 들썩이고는 눈을 감고 뻐기듯 읊었다.

"저짝으로 계속 쭈욱 가면 세답청의 뒷문이 나오고, 가다가 처음 나오는 갈림길로 빠져서 중문을 넘어 뒤안길을 가로지르면 침

수청이 나오고, 두 번째 갈림길에서 빠지면…….”

소녀가 눈을 감고도 훤하다는 듯이 잘잘 읊었다. 그녀가 외는 길들은 전부 황궁의 뒷길이었다. 황자인 곤은 절대 다닐 일이 없을 길이었으나, 그는 그리 황궁의 길을 잘 아는 그녀에 대하여 궁금증이 솟기 시작했다.

“너는 대체 누구기에 그리도 황궁의 길을 잘 아느냐?”

“나? 난 홍이.”

홍.

“황궁에는 어찌 들어왔느냐?”

“들어온 적 없는데? 난 황궁에서 태어났어. 태생부터 쭈욱, 황궁에서 나고 자랐지비.”

“황궁에서 태어났다고?”

“응, 그러니 황녀가 아니고 뭐야.”

소녀, 홍은 해맑게 웃으며 그리 말했다. 스스로가 대체 얼마나 무서운 말을 내뱉고 있는지 모르는 모양이었다. 황궁에서 태어났다. 황가의 피가 흐른다면 알려지지 않을 리가 없었다. 게다가 이리 으슥한 곳에서 천방지축으로 자라지도 않을 터였다. 그렇다면 그 외의 부정한 관계에서 태어났다는 말인데, 십여 년의 세월이 흐를 동안 발각되지 않고 자랄 수는 없을 터였다. 그것이 곤이 알고 있는 상식이었다. 때문에 곤은, 자신의 상식이 깨질 수 있다는 생각은 하지도 못하고 그저 홍의 치기 어린 허풍이라고만 여겼다.

“그래, 그럴듯하구나.”

“그치?”

어이가 없어 터진 웃음을 홍이 따라 웃었다. 본 지 얼마나 지났다고 벌써 홍에게는 경계심이 허물어졌다. 저 어이없는 허풍과, 댕기에 뒤꽂이라는 어울리지 않으면서 묘하게 어울리는 듯한 이상한 차림새며, 온갖 지방의 방언이 뒤섞인 출처를 알 수 없는 말투 등으로 인하여 그녀에게선 어떠한 이미지가 풍겼다. 눈앞에 있으면서도 없는 듯한, 존재하면서도 존재하지 않는 듯한, 황궁에 있지만 황궁의 일원이 아닌 듯한.

"그래서 너거 이름은 뭐야?"

이름, 어느 누구도 곤에게 이름을 물은 적은 없었다. 그래서 당연한 통성명이 곤에게는 낯설고 어색했다. 이름을 밝히는 것뿐인데도 곤의 얼굴은 점점 붉게 달아올랐다.

"곤."

"곤?"

"그래, 내 이름은 곤이다."

황자를 떼어낸 곤이라는 이름. 그리 이름을 밝히며 곤의 가슴에 뭔가 모를 뿌듯함이 차올랐다.

"곤. 나랑 똑같은 외자 이름이네?"

홍이 까르르 웃음을 터뜨리며 손을 내밀자, 곤은 얼결에 손을 맞잡았다. 손을 맞잡고 가볍게 흔들며 고개를 끄덕이던 홍이 슬쩍 턱짓을 하며 신호를 주더니 뜀박질을 시작했다. 앙상하게 마른 계집아이의 손아귀는 가볍게 내칠 수 있었지만 곤은 가만히 그녀를 따라갔다. 조금 전까지 홀로 뛰었던 곤은, 이제 홍과 손을 잡고 뛰고 있었다.

홍은 곤을 끌고 조용한 웃음을 흘리며 달렸다. 머리카락을 흩날리고 귓가를 스치는 바람이 부드러웠다. 담장이며 꽃나무들을 빠르게 지나칠 때마다 홍이 돋았다. 맞잡은 손에 땀이 배는 것도 모르고 홍과 곤은 팔을 번쩍 들고 뛰었다. 황궁은 어린아이 둘이 맘껏 뛰기에도 한없이 넓었다.

그렇게 한참을 뛰다가, 홍이 가쁜 숨을 몰아쉬며 천천히 걸음을 멈추었다. 그러니 자연스레 곤도 그녀를 따라 걸음을 멈추고 심호흡을 했다. 밖으로 뛰어 오를 듯 쿵덕거리는 심장은 여전했지만, 몰아쉬고 들이켜던 숨이 어느 정도 차분해지자 곤이 주변을 둘러보았다. 분명 황궁 안일 텐데, 주변의 경치는 무언가 황궁이 아닌 것 같았다.

야트막한 언덕이었다. 언덕배기로 길게 이어져 뒤쪽으로 사라지는 담장이 없었다면 황궁을 빠져나오기라도 한 것일까 착각할 법한 경관이었다. 발아래로 황궁의 전각들이 끝이 보이지 않도록 길게 놓여 있었다.

"와아!"

"좋지? 좋지? 좋아할 줄 알았어."

홍이 곤의 앞으로 고개를 기울여 내밀고는 갸웃거렸다. 그녀의 입꼬리가 둥글게 말려 올라갔다. 그녀는 또 풀이 무성한 언덕에 그대로 풀썩 주저앉았다. 맨땅에 앉는 것이 어색한 곤은 냅다 앉아버리는 그녀를 보고는 머뭇거리며 서 있었다. 그러자 홍이 곤의 손을 확 잡아당겼다. 그 바람에 엉거주춤하니 엉덩이를 붙이게 된 곤이 에라 모르겠다며 그녀의 옆에 자리를 잡았다.

조금 높이 올라왔을 뿐인데도 바람이 한결 시원했다. 앞으로는 전각과 분주하게 움직이는 궁인들이 보이고, 옆으로는 다가오는 여름을 맞이하는 푸른 잎들이 무성했다. 그렇게 멍하니 앉아 있던 곤은 순간 아차 하며 정신을 차렸다. 방금까지 황태자의 억지에 그리 분노하였으면서, 정체 모를 낯선 소녀와 함께 유유자적하는 꼴이라니. 홍에게 한마디 하려고 그녀를 돌아본 곤은, 그러나 입을 열지도 못했다.

홍은 곤이 돌아보기를 기다리고 있던 것인지, 우연히 때가 맞아떨어진 것인지, 곤이 고개를 돌리는 그 순간에 홍이 웬 꽃 한 송이를 불쑥 내밀었다. 홍은 이전처럼 활짝 웃으며 곤에게 꽃을 내밀었다.

"이거 알아?"

곤은 고개를 저었다. 그럴 줄 알았다는 듯이 홍이 이어 말했다.

"하늘매발톱. 여기 꼬리를 빨면 달아."

홍이 받으라는 듯 재차 꽃을 내밀었다. 하늘매발톱이라는 이름의 꽃은 다섯 잎의 노란 꽃잎이 피어 있고, 그 사이로 붉은 꽃잎이 다섯 잎 꽃받침마냥 펼쳐져 있었다. 노란 꽃잎에서 꽃뿔이 뒤로 길게 뻗어 있었다. 홍은 그 기다란 것을 꼬리라 부르더니 잡아당겨 꽃잎을 하나 똑 떼더니 입으로 가져갔다.

쪽.

짧은 입소리가 울렸다. 곤은 괜히 얼굴이 달아올랐다. 꽃뿔을 빨아 먹고 아쉬운 듯 입맛을 다시던 홍이 하나를 더 따서 입으로 가져갔다.

"달아."

곤이 꽃을 받지 않으니 홍이 직접 꽃뿔을 따서 내밀었다. 자꾸 권하니 미심쩍은 표정으로 받아 든 곤이 조심스럽게 꽃뿔에 입을 댔다.

"······달다."

"그치?"

홍이 또 까르르 웃음을 터뜨리고는 가볍게 몸을 흔들었다. 그녀는 이곳이 편하고 익숙해 보였다. 그런 홍을 보고 있자니 곤의 기분도 점점 가벼워졌다.

"넌 정말 뭘 하는 아이냐?"

"뭘 하냐니?"

"의습을 보아하니 궁녀는 아닌 듯한데, 고관의 여식이냐?"

홍이 곤을 빤히 바라보다가 고개를 저으며 어깨를 으쓱했다. 홍은 다시 고개를 돌려 버렸다. 그녀는 정면을 바라보며, 발아래로 펼쳐진 황궁을 바라보며 말했다.

"그냥 난 여기서 사는 홍이야."

"황궁에서 산다고?"

"응."

"황족도 아니고 궁녀도 아닌데 어찌 황궁에서 산단 말이냐?"

곤은 끈질겼다. 입술을 동그랗게 오므리고 있던 홍이 고개를 돌려 생글 웃으며 말했다.

"글쎄, 뭐 같아?"

"······금군에게 이를 테다."

"안 돼!"

한들거리며 여유롭던 홍이 금군 소리에 화들짝 놀라며 곤의 팔에 매달렸다. 부드럽고 여린 소녀의 살결이 가까이 닿았다.

"절대 말하면 안 돼. 아무한테도 말해선 안 돼. 날 본 거, 내가 있는 거, 내가 이곳에 있다는 거."

그 목소리가 너무나도 절박하여 곤은 알겠다며 몇 번이고 다짐할 수밖에 없었다. 그렇게 하지 않으면 홍은 당장에라도 눈물을 터뜨릴 것만 같았기 때문이다. 몇 번이고 고개를 끄덕이고 약조하여 손가락을 걸고 나서야 홍은 다시 전처럼 해맑은 얼굴로 돌아왔다.

"나랑 놀자. 나랑 놀아줘. 그럼 내가 누군지 말해줄게."

그녀가 들뜬 목소리로 장난을 걸었다. 황궁에서 재미난 일이라곤 하나도 없던 곤이었다. 이 당돌한 소녀가 어쩐지 거슬리지 않았다. 매일 치이는 무거운 서책 더미와 날 선 황태자의 경계에서, 곤은 새로운 숨구멍을 찾은 기분이었다.

그날 이후로 곤은 종종 홍을 찾아갔다. 무작정 내달려 당도했던 더러운 골목을 찾을 수는 없었지만, 북서편의 언덕을 올라가면 홍을 만날 수 있었다. 어쩌면 정말로 홍은 무언가 신비로운 존재일지도 모르겠다고, 곤은 생각했다. 그러지 않고서야 홍을 떠올릴 때마다 이리도 심장이 뛸 리가 없었다.

어느 것 하나 즐거운 일이 없던 나날에 홍은 새로운 안식이었다. 유일한 안식처였던 학문도 홍에 비할 수는 없었다. 동궁에서 황태자와 함께 듣는 시강이 끝나고 나면, 곤은 곧장 홍을 찾았다. 스승인 문관 고록경 영감은 물론 황태자까지 그런 곤의 변화를 알아차릴 정도였다. 고록경 영감은 빠르게 동궁 밖으로 사라지는 곤의 뒷모습을 걱정 어린 눈으로 지켜보았으며, 황태자는 비린 미소를 짓고 곤을 흘끔이며 다른 무언가에 정신이 팔린 듯한 곤의 상태에 내심 만족하고 있었다.

"곤! 곤!"

언덕배기를 반쯤 올라가면 위에서 홍이 팔짝팔짝 뛰며 손을 흔들었다. 그녀는 항상 댕기머리였으나, 머리에 꽂는 장신구와 화려한 수가 놓인 비단옷은 매일 바뀌었다. 홍의 차림은 황궁에서도 보기 힘들 정도로 호화로웠으나, 곤은 더는 궁금해하지 않았다. 첫날 이후로 곤은 그녀에게 그녀가 누구인지, 무엇을 하는지, 왜 황궁에 있는지에 대하여 하나도 묻지 않았다. 그리고 그것은 홍 역시 마찬가지였다. 곤은 첫날과 달리 사모를 쓰고 정복을 갖춘 채 홍을 찾아왔지만, 그녀는 단 한 번도 곤에 대해 묻지 않았다. 둘은 단지 서로와의 만남 자체를 즐길 따름이었다.

오늘, 홍은 목단 꽃잎처럼 붉은 치마를 입고 있었다. 성질 급한 목단 꽃은 이미 오래전에 피었다가 지고 점차 불어오는 여름 바람에 연둣빛의 열매가 열린 지 오래였건만, 그녀에게서 달달한 목단 향이 은근하게 풍겨날 것만 같았다.

"곱다."

"응? 뭐가, 뭐가?"

"네 치마."

"흥. 뭐, 그래. 곱지, 빨간 치마."

고개를 좌우로 갸웃거리며 달라붙어 묻던 홍은 기대하던 답이 아닌지 잔뜩 실망한 얼굴이 되어서는 풀썩 주저앉았다. 발을 쭉 펴고 앉은 홍은 접힌 치마 끝단을 매만지며 입술을 삐죽였다. 그녀가 기대하던 말이 무엇인지 단박에 알 수 있는 반응이었다. 그 반응에 곤은 웃음이 터지려는 것을 애써 참으며 언제나처럼 그녀의 옆자리에 앉았다. 그의 손이 들판의 풀 사이를 훑었다.

"황궁에서는 붉은색을 싫어한다."

"왜?"

"붉은색은 사특하다고 하여 꺼리는 경향이 있어. 주로 백색과 금색을 귀이 여기지."

곤의 말에 안 그래도 시무룩하던 홍의 표정이 더욱 뾰루퉁해졌다. 곤이 뜬금없이 색에 대한 이야기를 하는데도 홍은 얌전히 들었다. 곤의 입가에 장난기가 어렸다.

"하지만 난 붉은색이 좋다."

"나도 빨간색이 좋아."

"홍의 이름처럼 붉은색이 참 좋다."

치마 끝단을 만지던 홍의 손이 멈췄다. 곤은 가만히 홍의 옆얼굴을 바라보면서 계속 말을 이어갔다.

"홍의 이름은 참 잘 어울린다. 붉은 이름 말고 어떤 이름을 너에게 붙일 수 있겠느냐."

들판에는 자그마한 꽃들이 어지럽게 피어 있었다. 곤은 그중에 손톱만 한 발간 꽃 하나를 꺾어 홍의 귀에 꽂아주었다. 곤의 손이 귓가에 닿자 홍이 놀라 그를 돌아보았다. 한 뼘을 겨우 넘는 지척의 거리에서 홍과 곤이 마주 보았다. 어느 누가 먼저랄 것도 없이,

곧 두 사람의 얼굴이 발간 여름 꽃송이처럼, 홍의 치마처럼 붉게 물들었다.

해가 저물 무렵이었다. 언제까지 돌아가야 한다는 제약은 없었지만 곤은 그 무렵이면 자리에서 일어났다. 오늘도 서편에서 중앙궁 쪽으로 돌아가던 길이었다. 곤의 처소는 황궁의 동편 지역을 이르는 동궁의 남쪽에 있었다. 전각 사잇길을 잘 모르기 때문에 큰길을 따라 돌아가던 곤은 길 반대편에서 반갑지 않은 그림자를 발견했다.

"곤 아우가 이곳은 어쩐 일인가?"

"형님."

곤이 고개를 숙였다. 황태자는 환관 하나만 대동하고 있었다. 평소라면 마주쳐도 멈춰 선 곤의 인사를 무시하고 스쳐 지나갈 황태자가 먼저 말을 거는 것이 꺼림칙했다. 그러나 곤은 내색하지 못하고 얼굴을 굳힌 채 그의 앞에 얌전히 서 있을 뿐이었다. 황태자의 흐린 눈동자가 곤을 위아래로 훑었다.

"의습이 흐트러졌구나."

키득거리듯 비소가 어린 목소리가 곤을 찔렀다. 언덕에 아무렇게나 앉아 있던 탓에 도포가 구겨지고 약간의 풀잎과 흙이 군데군데 묻어 있었다. 황태자의 지적에 곤이 미간에 살짝 힘을 주고 도포를 손바닥으로 쓸었다.

"아하하하!"

갑자기 황태자가 웃음을 터뜨렸다. 저리 커다란 웃음소리는 처음이었다. 곤이 당황하며 살짝 인상을 쓴 채 황태자를 바라보았다. 황태자의 얼굴이 묘하게 일그러져 있었다. 유난히 한쪽으로 높이 치켜 올라간 입꼬리가 거슬렸다.

"학문밖에 모르는 백면서생인 줄 알았는데. 어쩐지 요새 동궁 너머로 나도는 것 같더라니 그런 연유였나? 곤 아우도 사내는 사내였군, 그래."

"그게 무슨 말씀이십니까?"

"지금 서궁 쪽에서 오는 것이 아니냐?"

"……북서의 언덕에 다녀오는 길입니다."

"언덕이라! 자연에서의 흥취라니, 그 또한 운치가 있지. 제법 풍류를 즐길 줄 아는구나?"

"풍류라니요?"

껄끄러웠다. 웃는 황태자의 얼굴을 마주하는 것도, 그와 이리 긴 대화를 나누는 것도 곤에게는 불편하기 짝이 없었다. 대체 그가 무슨 생각을 하는지 조금도 짐작할 수 없었다. 그러나 황태자는 마치 곤의 머릿속을 전부 꿰뚫고 있다는 듯 은근한 눈빛을 보냈다.

"사내가 되어 그럴 수도 있지, 뭘 그리 모른 척하느냐?"

"형님께서 대체 무슨 말씀을 하시는지, 소제, 그 뜻을 헤아릴 수가 없습니다."

"서궁의 황기루에 다녀온 것이 아니더냐?"

"황기루라니요?"

"황궁의 기녀들 말이다. 황기녀와 시간을 보내다 온 것이 아니더냐?"

"그런 것 아닙니다. 황기녀에는 일절 관심이 없습니다."

놀리듯 비아냥거리는 황태자의 말을 곤이 딱 잘라냈다. 이제야 곤은 황태자가 무슨 상상을 하며 자신에게 말을 걸어온 것인지 알아차릴 수 있었다. 그와 동시에 불쾌함이 밀려들었다. 겨우 그런 상상이나 하고 있는 황태자가 한심하여 한숨이 나오려는 것을 겨우 참으며 입술에 힘을 줬다.

그러고 보니 황궁의 서편을 통틀어 이르는 서궁 지역에는 황기루가 있었다. 곤이 황기루의 존재에 대하여 모르던 바는 아니었으나, 황족들의 유희를 위한 황기녀에 대하여 기억하고 떠올릴 만한 인물이 아니었다. 그에게 황기녀를 비롯한 궁인들은 그저 황궁을 구성하는 배경 중의 하나로 관심 밖의 존재들이기 때문이었다.

단호하게 부정하는 곤의 모습에 황태자가 어깨를 들썩이고는 표정을 싹 지운 채 그를 지나쳤다.

"젠체하긴."

황태자가 곤을 지나치며 속삭였다. 아니꼬운 것, 곤을 곁눈질로 흘기는 황태자의 눈에는 분명 그런 감정이 실려 있었다. 곤이 어금니에 힘을 주고 황태자를 돌아보았다. 그는 곤이 지나쳐 온 길을 향해 걸어가고 있었다. 서궁에서 황태자가 갈 만한 장소는 딱히 떠오르지 않았다. 그는 황기루로 향하는 길인 모양이었다.

황기루. 조금 전에 홍과 시간을 보내며 부드러워졌던 곤의 표정이 다시 딱딱하게 굳었다. 아직 어린 나이임에도 벌써부터 황기루를 들락거리며 여인들을 희롱하며 노는 황태자라니. 절로 고개를 젓게 만들면서도, 그런 황태자의 모습이 황제를 쏙 빼닮았다고 느껐다. 황태자는 황제와 많은 면모가 닮아 있었다. 곤과는 전혀 다른 면모들이었다.

동궁의 황자궁으로 돌아온 곤은 평소처럼 오후 일과를 보내고 밤이 깊어 잠을 청했다. 그러나 침상에 누워서 아무리 눈을 감고 있어도 잠은 오지 않았다. 한참을 뒤척이던 곤이 억지로 잠을 청하던 것을 그만두고 자리에서 일어났다. 속에 무엇인가 얹힌 듯 답답했다. 곤은 가벼운 비단포를 두르고 밖으로 나왔다. 곧 여름이었지만 아직 저녁의 공기는 쌀쌀했다. 천천히 산책을 하는 곤의 머릿속이 어지러웠다.

황자궁의 뜰을 헤매던 걸음이 중문을 벗어났다. 동궁의 중앙에는 황태자의 처소인 태자궁이 있었다. 그 아래에 황자들의 처소인 황자궁이 있었고, 태자궁과 황자궁의 사이에는 넓은 후원이 하나 있었다. 평소에는 후원을 찾지 않던 곤이었지만, 근래에 홍과 북서의 언덕에서 지내면서 나무와 꽃과 바람의 향에서 심신의 안정을 찾게 되었기에 어지러운 그의 발걸음이 자연스레 동궁 후원으로 향했다.

"하하하하!"

"호호호."

동궁 후원에 들어서던 곤의 걸음이 딱 멈추었다. 안쪽에서 들리는 사내와 여인들의 웃음소리 때문이었다. 반사적으로 미간에 힘이 들어가 인상이 쓰였다. 걸음을 돌리려던 곤은 이어 들려온 목소리에 돌아가지도 못하고 그대로 굳어버리고 말았다.

"폐하도 차암 짓궂으시옵니다."

폐하. 이 황궁에서 폐하라 불릴 사내는 단 한 명밖에 없었다. 곤의 심장이 거칠어졌다. 그는 다시 몸을 돌려 발소리를 죽이고 천천히 목소리들이 들려오는 곳으로 다가갔다.

동궁 후원의 안쪽에 있는 작은 정자였다. 정자 가득 등불이 걸려 있었다. 그 위에 두 사내와 한 무리의 여인들이 앉아 있었다. 작은 주안상을 사이에 두고, 그들은 웃고 떠들고 있었다. 왜 불안한 예감은 틀리는 법이 없는 것일까. 황제의 맞은편에는 황태자가 앉아 있었다. 그들은 양옆에 황기녀를 하나씩 끼고, 술잔을 기울이며 담소를 나누고 있었다.

"아바마마, 소자의 잔을 받으시옵소서."

"하하, 장성한 태자가 따라주는 술이라니. 참으로 달겠구나."

"폐하께서 복이 많으시옵니다."

"태자 전하께서 참으로 효성스러우십니다."

"당연하지, 누구 아들인데!"

술에 취한 음성은 드높았다. 곤은 후원의 그림자에 몸을 숨긴 채 정자를 지켜보았다. 황제는 입꼬리가 동그랗게 말려 올라가도록 활짝 미소를 짓고 있었다. 황제와 황태자, 아비와 아들의 행복한 시간이었다. 그러나 그 안에 곤은 존재할 수 없었다. 태자궁도 아니고, 굳이 동궁 후원에서 작은 주석을 열면서 오직 황태자만을 대동하고 있는 황제에 마음 한구석이 시큰한 것은 어쩔 수 없었다. 근엄한 체하고 있었지만 곤은 아직 열댓 살의 소년에 불과했다. 어미의 품과 아비의 눈길이 아직은 필요한 나이였다.

한참을 물끄러미 지켜보던 곤이 조심스럽게 몸을 피했다. 동궁 후원을 빠져나온 그는 처소로 돌아가지 않았다. 그의 발걸음은 아주 익숙하게 황궁을 가로질러 먼 길을 걸어갔다. 찬 밤공기가 대충 걸친 비단포 자락을 서늘하게 스쳤지만, 목적지를 향하는 거친 걸음은 조금도 수그러들지 않았다.

길을 밝히는 등불이 사라지고서도 곤은 계속 걸어갔다. 오직 달빛에만 의지한 채 숲길을 헤쳐 나갔다. 어디선가 불효조가 길게 울었다. 홍과 만나던 북서의 언덕이었다. 항상 낮에만 오던 장소를 밤에 찾은 것은 처음이었다. 어째서 이곳에 온 것인지는 곤 자신도 몰랐다. 그저 곤의 걸음이 이곳으로 그를 인도했을 뿐이었다. 멍청히 서 있던 그가 그 자리에 털썩 주저앉았다. 뒤쪽에서 야단스레 풀 밟는 소리가 들렸다.

"이 시각에, 여기엔, 왜?"

가쁜 숨을 몰아쉬며 익숙한 목소리가 물었다. 그 목소리에 곤이 고개를 돌리자, 어디서부터 그를 보고 뛰어온 것인지 숨을 헥헥거리던 홍이 눈을 동그랗게 뜨고 입술을 일자로 굳게 다물었다.

"왜……."

그녀가 천천히 다가왔다. 열 살 남짓한 어린 손가락이 곤의 눈가를 훔쳤다. 곤의 얼굴이 따뜻한 품에 묻혔다. 코 끝에 보드라운 어린 분내가 났다.

"울지 마."

홍이 곤의 머리를 부드럽게 매만졌다. 언제나 정갈하게 틀어 올리고 있던 상투관이 비듬했다. 조금 헐렁하게 풀린 뒷머리를 쓸어 올리며 홍이 곤을 달랬다. 홍보다 키도 체격도 한참 큰 곤이었지만, 그녀는 주저앉아 있는 곤을 향해 상체를 살짝 기울이고 그의 얼굴을 껴안고 있었다.

울지 말라는 말에, 눈가를 스치는 손가락에, 곤은 그제야 자신이 울고 있었다는 것을 깨달았다. 그에게 울음이란, 눈물이란 낯설었다. 얼굴 한가득 닿는 따스한 품에 잠시 눈을 꿈뻑이던 곤은 곧 눈시울이 찡하여 눈을 질끈 감고 말았다. 그의 눈썹이 미간을 향해 높이 모였다. 울음소리는 없었지만, 홍의 가슴팍이 점점 젖어갔다. 그럴수록 홍의 손길이 느릿하고 다정해졌다. 소리 없는 울음이 더욱 아팠다.

귓가를 스치는 것은 바람 부는 찬 공기의 소리와 나뭇잎이며 풀잎들이 흔들리는 소리, 작은 밤짐승들의 울음소리가 전부였다. 적막 속에 한바탕 눈물을 쏟아내고 나서, 곤은 멋쩍어 홍을 쳐다보지 못했다. 홍은 별말 없이 곤의 옆에 앉아 무릎을 세워 감싸 안았다.

어느 누구도 입을 열지 않았다. 그저 조용히, 곤은 고개를 숙이고 있었고 홍은 고개를 들고 있었다. 공통점은 둘 다 턱을 무릎 사이에 괴고 있다는 점이었다. 그렇게 시선을 보내기를 한참, 홍은 곤을 기다리고 있었다. 캐묻지 않아도, 재촉하지 않아도 기다리다 보면 곤이 말해주리라고. 적당한 때에 그가 스스로 입을 여리라고. 홍은 어렸지만 기다림을 알았다.

"내겐 형님이 있다."

그 기다림에 응답하듯 곤이 입을 열었다.

"그는 황태자, 나는 일개 황자. 그래도 나름 적통이란 자부심이 있었다. 어마마마, 황후 폐하의 소생은 나와 형님뿐이니까."

곤이 황자라는 말에 언제나 딴죽을 걸던 홍이 오늘은 얌전했다. 그녀는 여전히 고개를 들고 시선을 올린 채 가만 곤의 말에 귀를 기울이고 있었다.

아무에게도 말한 적 없던 이야기를, 곤은 홍에게 털어놓았다. 황태자와 곤의 사이라든지 시강에서의 일이라든지, 황태자의 괴롭힘이나 구박 따위도 모두 꺼내놓았다. 황궁의 그 누구에게도 하지 못하는, 해서는 안 되는 황태자에 대한 불평불만. 곤은 마음껏 황태자를 깎아내렸다. 아니, 단지 사실 그대로를 말해도 충분히 흉이 되었다.

"세상에나. 그런 치가 황태자라고?"

곤의 말이 끝나기가 무섭게 홍이 흥분한 목소리로 외쳤다.

"왜? 너가 더 잘나고, 너가 더 영특하고 한데 왜 그런 얼치기가 황태자인 건데?"

"입조심해라."

어쩌면 당연할 반응이었다. 하지만 입 밖으로 내서는 안 될 말이었다. 덜컥하는 두려운 마음에 곤은 생각지도 못하게 단호하고 거친 말을 내뱉고 말았다. 홍이 꽁하여 입술을 오므렸다. 그녀는 하늘을 살피기에 여념이 없어 보였다. 그러나 조금 전과는 미묘하게 다른 어색한 침묵이었다. 곤이 주저하다가 입을 열었다.

"난 폐하와 닮은 구석이 없다."

홍에게 지나치게 쌀쌀맞게 말했던 것 같아 미안한 마음이었는지 곤의 어조가 조금 누그러들어 있었다. 무언가 체념 어린 기죽은 말투였다. 속내가 담겨 있었으나, 홍은 무어 그리 대수냐며 곤을 달래려 했다.

"그럴 수도 있지. 어찌 제 부모를 쏙 빼닮니? 나도 좀 봐. 울 어머니는 키가 아주 크시거든. 여장부시거든. 근데 난 이래 조고맣고 빼빼 말라서 영 볼품이 없다야. 뭐, 울 어머니가 금을 아주 잘 타시어, 그 재주는 좀 닮긴 했다만. 이리 닮은 구석이 있는가 하면 또 닮지 않은 구석도 있고 그런 거지 모."

그러나 그 위로에도 곤은 가만히 고개를 저었다.

"그런 게 아니야. 그런 게 아니라, 나는 정말로……."

황궁의 모두가 알고 있지만 모두가 쉬쉬하는 이야기였다. 황족은 대대로 유약하여 몸이 마르고 키가 작았다. 게다가 외모 역시 어딘가 일그러진 듯 묘하게 이목구비의 조화가 맞지 않았다. 그 외형의 유전은 금대에서도 이어졌으나, 딱 한 명— 둘째 황자 곤만이 그 내력을 피해 태어났다. 곤은 도리어 체격이 좋고 외모도 반듯하니 해사한 편이었다. 그렇다고 황후를 닮은 것도 아니었다. 모두가 암암리에 황후의 숨겨진 정부(情夫)에 대하여 수군거렸다.

곤은 말을 잇지 못했다. 그의 목소리가 떨리고 시선이 불안하게 아래로 떨어졌다. 곤 역시 알고는 있었다. 아무리 뒤에서 수군대는 이야기라고 해도 당사자인 곤의 귀에 들리지 않을 리가 없었다. 입이 많은 만큼 귀도 많은 것이 황궁이었다.

"나는 어쩌면 정말로……."

따스한 품이 곤을 감쌌다. 조금 전에 부드럽게 감싸던 손길보다 더욱 다정한 손길이었다. 두근거리는 심장박동이 느껴졌다. 어린 소녀의 가슴은 작았지만, 곤을 품기에 충분했다.

"그게 뭐 어떻다는 거야. 곤은 그냥 곤인걸."

목에 매달리듯 곤을 끌어안은 홍의 목소리가 귀 바로 옆에서 울렸다. 그녀는 이제 곤이 황자라는 것을 인정하는 모양이었지만 처음처럼 여전히 곤이라 부르며 평대를 했다. 아니, 어쩌면 홍은 처음부터 곤이 황자인 것을 알고 있었는지도 몰랐다. 홍은 조금의 놀람도 동요도 없이 곤을 받아들였다.

곤은 눈을 감았다. 황궁의 나날은 언제나 너무 바빴다. 조금의 긴장도 늦출 수 없었다. 그랬던 나날에, 홍은 그에게 안식을 주었다.

긴 포옹 뒤에, 홍과 곤은 바짝 붙어 앉았다. 별다른 대화를 나누지는 않았다. 낮의 떠들썩한 잡담은 없었지만, 오히려 이 고요가 더욱 친근하게 느껴졌다. 둘은 나란히 앉아서 하늘을 올려다보고 있었다. 구름 한 점 끼지 않은 맑은 밤하늘에는 별이 총총히 박혀 있었다. 커다랗고 환하게 달이 빛나고 있었지만, 시선은 달을 잠시 스치기만 할 뿐 별 사이를 이리저리 헤맸다.

밤하늘 가득 흩뿌려진 별들을 바라보는데, 그 사이로 빠르게 별똥 하나가 떨어졌다. 짧고 얇은 별똥별의 잔상이 반짝인 순간, 곤이 홍의 손을 가볍게 잡았다. 홍은 손을 빼지 않았다.

"이젠 말해다오."

"뭘?"

"넌 대체 누구냐?"

홍이 고개를 내렸다. 하늘에, 별에 고정되어 있던 시선이 멍하니 앞을 바라보다가 곤을 향했다. 홍의 손을 잡고 있는 곤의 손에 힘이 들어갔다. 곤은 진심으로 홍이 누구인지 묻고 있었다. 그전까지는 웃어넘기며 대충 둘러대던 홍도 이번은 다르다는 것을 느낀 모양인지 쉽사리 입을 열지 못했다. 그녀는 망설였다. 그에게 솔직히 말할 것인가. 그러나 말한다면 분명 그는 떠나 버리고 말 터였다. 홍은 확신했다. 솔직히 말한다면 곤은 자신을 떠나 버릴 것이라고, 다시는 찾아오지 않을 것이라고.

붙잡힌 손의 느낌이 너무나도 도드라져, 온 신경이 손으로 향했다. 홍은 차마 힘을 주어 맞잡지 못하건만, 곤은 그녀의 손을 꽉 잡고 있었다. 그 손아귀가 설레었다. 무슨 말이든 해야 한다고 생각하면서도 모든 신경이 손에 쏠려 있는 탓에 아무런 말도 떠오르지 않았다.

"홍아?"

"홍."

목 메인 소리가 터져 나왔다.

"너거가 그냥 곤인 것처럼, 나도 그냥 홍."

끝맺은 말이 아니었다. 그러나 홍은 거기까지 말하고 발딱 일어났다. 눈이 너무나 저릿해서 금방이라도 눈물이 흐를 것만 같았다. 그래서 홍은 도망치고 말았다. 언덕 자리에 곤을 내버려 두고, 뒤 한 번 돌아보지 않고 발에 휘감기는 치맛자락을 애써 걷어내며 빠르게 내달리고 말았다.

"흐끅."

홍의 입에서 작은 울음소리가 흘렀다. 그러자 그녀는 급하게 입을 틀어막아 소리가 새어나지 못하도록 했다. 눈물이 그렁그렁 맺혀서는 뜻대로 울지도 못하고 홍은 달렸다. 그 나이면 제멋대로 울음을 터뜨릴 만도 하건만, 홍은 끝까지 울음을 속으로 삼켰다. 어린 얼굴이 잔뜩 달아오르고, 작은 손은 뼈마디가 튀어나올 정도로 힘을 주며 입을 막았다.

빠르고 익숙한 뜀박질은 어느 전각에 들어서 서서히 멈추었다. 홍의 어깨가 들썩였다. 그녀는 전각의 마당에 오도카니 서서는 달리느라 급해진 숨을 몰아쉬고 있었다. 늦은 시각이었으나 긴 전각의 방방에는 환하게 불이 켜져 있었다.

"이 시각에는 돌아다니지 말랬지."

갑자기 뒤에서 누군가가 홍의 팔을 잡아챘다. 억세고 거친 손이 홍을 잡아끌었다. 홍은 울상이 된 얼굴로 팔을 잡아챈 여인을 올려다보며 억지로 그녀에게 끌려갔다. 여인은 홍이 입고 있는 옷만큼이나 화려한 옷감으로 지은 치마를 입고 있었다. 단지 치마뿐이었다. 넓은 천으로 감싼 앙가슴이 두드러져 시선을 어디에 두어야 할지 난감할 지경이었다.

"어머니."

"들어가."

화려한 차림의 여인이 어느 구석방 문을 열고는 홍을 떠밀었다. 홍이 고개를 들어 여인을 올려다보았다. 높다랗게 가체를 틀어 올린 여인은 얼굴이 새하얗게 보일 정도로 분칠을 하고 있었다. 가체에는 치렁치렁한 뒤꽂이들이 어지럽게 꽂혀 있었다.

"요새 왜 이리 속을 썩여? 국으로 가만 틀어박혀나 있으랬더니. 그새 또 바람이 들었어?"

"죄송해요."

"낮엔 다녀도 좋지만, 밤엔 꼼짝 말고 있으랬지!"

"그게……."

야단치는 말에 변명을 하려던 홍은 다시 입을 다물었다. 변명은 변명일 수 없었다. 그 변명을 꺼냈다가는 오히려 더 큰 사달이 날지도 몰랐다. 어린 홍도 그 정도는 알고 있었다.

"금당 언니!"

"곧 갈게!"

바깥에서 부르는 목소리가 들렸다. 여인, 금당이 고개를 돌려 크게 답하고는 다시 홍을 돌아보았다. 그녀는 눈물로 범벅된 홍의 얼굴을 바라보다가 한숨을 내쉬고는 치맛자락으로 아이의 얼굴을 닦아주었다.

"늦을 거야. 먼저 자고 있으렴."

홍은 울음에 목이 잠겨 대답하지 못하고 고개만 끄덕였다. 금당은 홍의 머리를 몇 번 쓰다듬더니, 방 안에 세워져 있던 금을 꺼내 들고 나갔다. 홍은 금당이 꼭 닫은 장지문의 문고리를 바라보다가 조심스럽게 한 번 잡아보고는 손을 놓아버렸다. 매일 밤, 홍을 가두고 있는 장지문, 절대로 잡아당겨서는 안 되는 문고리.

바깥에서 높다란 여인들의 웃음소리가 들렸다. 재잘거리는 목소리는 점점 멀어졌다. 그 안에 금당, 홍의 어미도 함께 어울려 있을 터였다. 홍은 다시 눈물이 흐르려는 것을 옷소매로 슥 닦고는 작은 방의 구석에 몸을 뉘었다. 앞에는 금당이 깔아놓은 이부자리가 홍을 기다리며 펼쳐져 있었지만, 그녀는 찬 바닥에 몸을 웅크렸다.

"홍, 황기녀의 딸이야."

홍은 차마 곤에게 이어 말하지 못했던 말을 이제야 내뱉어보았다. 홍의 몸이 더욱 작게 움츠러들었다. 황궁에서 태어난 것에 별 생각이 없었다. 아이를 배는 것도, 낳는 것도 절대로 허락되지 않는 황기녀의 딸로 태어났어도 홍은 황법을 어기고 있다는 것에 대한 그 어떤 실감도 느끼지 못했다. 그러나 지금, 홍은 자신의 처지가 싫었다. 없는 존재로 숨어 살아야만 하는 황기녀의 딸로 태어난 것이, 황족에게만 안기도록 허락된 황기녀의 딸로 태어난 것이, 황제의 황기녀인 금당의 딸로 태어난 것이 지독하리만치 싫고도 역겨웠다.

보통 해가 저물어야 지명이 시작되었기에, 황기녀를 부르러 오는 환관이 유일한 방문객인지라 낮의 황기루는 한적했다. 이때가 홍의 운신이 자유로운 시각이었다. 그러나 요 며칠간 홍은 낮에도 방에서 꼼짝하지 않았다. 항상 뒤편의 언덕에 올라가서 시간을 보내던 홍이었다. 굉장히 활달한 성격의 홍이었기에, 금당은 홍이 얌전히 방에만 틀어박혀 있는 것이 걱정되었다. 며칠 전 돌아다니지 말라며 야단을 쳤던 것 때문인가 싶기도 했다. 하지만 전에도 돌아다니는 것 때문에 혼냈던 적도 있었는데 이렇게 홍이 주눅 들었던 적은 없었다. 유난히 한숨이 잦아지고 넋을 놓을 때가 많았다. 야밤의 마실로 야단을 맞은 일 때문이 아니었다. 다른 무언가가 있는 게 분명했다.

"요새 홍이가 이상해."

금당이 친한 황기녀인 월향에게 걱정을 털어놓았다. 월향 역시 최근 들어 낮의 황기루를 떠들썩하게 채우던 홍의 웃음소리가 사라져 마음에 걸리던 차였다. 월향이 힐끔, 금당의 처소 창문을 바라보았다. 조용한 방 안에는 홍이 답지 않게 얌전히 앉아 있을 터였다. 누가 먼저랄 것 없이, 금당과 월향의 입에서 걱정 어린 한숨이 새어 나왔다.

홍은 금당이 그리 걱정하는 줄은 모르고, 온종일 곤의 생각에 잠겨 있었다. 매일 몇 번이고 밖을 나서려다가 해가 지면 포기하고 자리에 누워버리기 일쑤였다. 이러지도 저러지도 못하고 며칠을 하릴없이 보내고 말았지만, 더는 견딜 수가 없었다. 자꾸만 곤의 얼굴이 눈앞에서 아른거렸기 때문이다. 계속 이리 피할 수만은 없었다. 결국 홍이 오랜 고민을 떨치고 마침내 자리에서 일어났다.

오랜만에 언덕으로 향하는 걸음은 걱정이 반, 설렘이 반이었다. 어쩌면 곤이 없을지도 모른다고, 말없이 사라져 버린 자신에게 화가 나서 다시는 언덕을 찾지 않을지도 모른다는 두려움이 언덕에 가까워질수록 점점 커졌다. 홍은 차마 고개를 들어 앞을 보지 못하고, 푹 숙여 발끝만 바라보며 언덕을 올랐다. 둥근 마루의 꼭대기였다. 조금만 더 앞으로 가면 항상 함께 앉아 있던 자리였다. 홍은 천천히 고개를 들었다. 그러나 여전히 두 눈은 꽉 감은 채였다. 있을까, 없을까, 터질 듯 요동치는 심장을 움켜쥐며 홍이 확 눈을 떴다.

"아."

허탈한 웃음이 흘렀다. 언덕에는 파란 풀잎만 바람에 흔들릴 뿐이었다. 그러면 그렇지, 어느 정도 예상은 했지만 직접 마주하니 눈물이 차올랐다. 그런데 그 순간, 누군가가 뒤에서 어깨를 잡아당겼다.

"왜 요즘 나오질 않았느냐?"

바람이 홍의 몸을 한 바퀴 감싸 돌았다. 아니, 홍의 몸이 돌아간 것이었다. 어깨에 닿은 손이 그녀를 뒤로 돌렸다. 그리고 마치 환각처럼 곤이 눈앞에 서 있었다.

"매일 기다렸는데."

"곤."

왈칵.

곤의 얼굴을 보는 순간 홍의 눈에서 눈물이 터져 나왔다. 그녀는 폭포수가 쏟아지는 것처럼 울음을 터뜨리며 곤에게 달려들었다. 갑작스레 허리를 끌어안고 품에 안기는 홍에 곤이 양팔을 어쩔 줄 모르고 살짝 벌리고 섰다. 그녀를 감싸 안아야 하는 걸까, 고민하고 있던 찰나였다.

"홍이야!"

뒤에서 높다란 외침이 들렸다. 곤을 껴안은 홍이 움찔하며 놀랐다. 사색이 되는 홍의 얼굴에 고개를 돌린 곤은, 황궁에서는 쉬 볼 수 없는 화려하고 튀는 복식에 어느 황족보다 높다랗게 가체를 틀어 올린 여인이 허겁지겁 그들을 향해 달려오는 것을 보았다. 그녀의 얼굴은 마치 홍의 것처럼 하얗게 질려 있었다. 아무도 말하지 않았지만, 곤은 바로 알아차릴 수 있었다. 저 여인이 바로 황기녀였다.

　금당의 방 안 공기가 전에 없이 무겁게 가라앉아 있었다. 금당은 차를 마시고 있었다. 그녀의 앞에 월향이 파리한 얼굴로 앉아 있었다.

　"대체 무슨 일이기에 한참 동안 입을 열지도 못하고 있어?"

　차를 한 모금 들이켜고 금당이 재촉했지만, 월향은 불안하게 떨리는 눈동자로 그녀를 바라보기만 했다. 월향의 입술이 몇 번이나 열렸다 닫혔다. 결국 금당은 더 이상 재촉하지 않고 묵묵히 월향을 기다렸다.

　찻잔을 한 번 비우고, 다시 채운 찻잔이 반쯤 비어갈 때였다.

　"홍이가…… 만나고 있었어."

　"만나다니?"

　"황족을, 곧 황자 저하를."

　월향이 전하는 말에 금당의 얼굴이 하얗게 질렸다. 그녀는 떨리는 손을 주체하지 못하고 손가락에 힘을 꼭 준 채 바들거리다가 찻잔을 들려고 했지만 이내 놓치고 말았다. 덜걱거리는 찻잔을 겨우 서안에 올려두고 괜한 손끝을 물어뜯던 금당이 생기 없는 나직한 목소리로 말했다.

　"내보내야 해."

　그녀의 눈이 시커멓게 빛났다. 어둑한 그림자가 드리웠다.

　"당장, 홍이를 당장 내보내야 해."

　"내보내?"

"진즉 내보내야 했어. 황궁에서 애를 어찌 키우겠단 거야. 경솔했어. 내 잘못이야. 애초에 홍이를 낳아서는……."

"무슨 소리야!"

금당의 말에 월향이 소리를 빽 질렀다. 그녀의 얼굴은 새하얗게 질려 색을 잃은 금당과 대조적으로 붉으락푸르락 온갖 색으로 달아올랐다.

"언니가 잘못한 게 뭐 있어. 그래, 홍이를 낳아 키운 건 분명 황법에 어긋나는 짓이었지만, 그렇다고 생긴 애를 죽여?"

"……그래, 실언했어."

월향의 질책에 금당의 어조가 가라앉았다. 그렇게 침몰하듯 가라앉은 분위기에 금당이 다시 조용히 입을 열었다.

"홍이를 내보내야겠어. 도와줘."

그날 후로 홍은 방에 갇히고 말았다. 며칠의 잠적 후에 잠깐 얼굴을 보았을 뿐인데 다시 또 기약 없는 이별이라, 홍의 마음이 타들어갔다. 끼니때마다 금당이나 월향이 간단한 반상을 챙겨주었다.

"월향 어머니, 제발 딱 한 번만요. 금방 다녀올게요."

연회를 나가야 했기에 이른 저녁상을 봐주던 월향에게 홍이 매달렸다. 월향은 소스라치게 놀라며 홍의 앞에 숙이고 앉아 아이의 양팔을 부여잡았다.

"금당 언니 말 못 들었어?"

"알아요, 왜 절 가둬두신 건지 다 알아요. 하지만 인사도 못했잖아요. 곤은 매일 절 기다렸다고 했어요. 지금도 매일 기다리고 있을 거여요."

"그분이 뉜 줄이나 알고 생떼 부리는 게야? 황자 저하서. 그냥 황자도 아니고, 황후 폐하의 소생이신 곤 황자 저하란 말이야."

"하지만."

"하지만은 무슨 하지만!"

월향의 손이 아프게 홍의 팔뚝을 조였다. 전에 없이 성난 목소리로 월향이 언성을 높였다. 아이는 제가 무슨 철없는 소리를 하고 있는 것인지 아직도 깨닫지 못하는 모양이었다.

"지금 이게 얼마나 심각한 상황인지 몰라? 그 누구의 눈에도 띄면 안 된다고 했지. 우리가 아닌 다른 사람들에게 네 존재를 들키면 안 된다고 했지! 환관이든 궁녀든 다른 궁인들이 절대 너를 보지 못하게 숨어 있으라고, 숨죽여 지내라고! 그렇게 말했는데!"

월향의 손이 거칠게 홍을 흔들었다. 홍의 얼굴이 일그러지고, 월향의 얼굴도 일그러졌다. 그녀는 이제 거의 악을 쓰고 있었다. 그러다가 지친 듯 고개가 툭 아래로 떨어졌다. 월향의 어깨가 미세하게 흔들렸다.

"천한 황기녀는 절대로 황족의 씨를 받아서는 안 돼. 그것은 황법이고 금기야. ……죽을 수도 있어. 그 모든 것을 방관한 우리도, 금기를 어긴 금당 언니도. ……금기 자체인, 홍이 너도……."

그녀가 천천히 고개를 들었다. 촉촉하게 젖은 눈이 홍을 바라보았다. 월향의 우는 얼굴에 홍의 눈가도 젖어들었다.

"숨 막히는 황궁에서 넌 우리에게 찾아온 선물이었어. 어떻게든 몰래 키워보려 했지만, 이젠 알겠어. 더는 널 숨길 수가 없구나. 널 밖으로 내보내 줄게, 어떻게든."

그 얼굴을 마주 보며 홍은 더 이상 곤에 대해서 우길 수 없었다. 그렇게 한순간의 짧은 유희로 끝나 버릴 것이라 생각했다. 이제 황궁의 날들을 잊고 월향의 연줄로 몰래 황궁을 빠져나가 더는 숨지 않는 평범한 삶을 살리라 여겼다. 하지만 그것은 안이하고 헛된 희망에 불과했다.

그날, 곤과 홍의 만남을 알아챈 이는 월향만이 아니었다. 언덕 뒤의 나무 사이에 몸을 숨긴 환관 하나가 그 둘의 밀회를 훔쳐보고 있었다.

"계집애?"

환관이 전하는 말에 황태자가 비소를 지으며 놀라 되물었다. 근자에 들어 곤이 어딘가 다른 곳에 정신이 팔려 있기에 무언가 꼬투리를 잡을 요량으로 황태자는 그에게 환관을 붙여두었던 것이었다. 항상 모든 점에서 자신보다 잘난 곤이 눈엣가시였기에 무엇이든 오점을 찾아내려 했는데, 생각보다 큰 수확이었다.

황기루가 발칵 뒤집어졌다. 화초머리를 올리지 않은 어린 여자아이가 있다는 밀고 때문이었다. 불시에 급습한 금군들이 황기루를 뒤졌다. 곧 어느 처소에서 아이의 옷가지가 발견됐다. 갓난아이의 옷부터 꽤 나이를 먹었음 직한 어린아이의 옷까지. 그 처소의 주인인 황기녀는 빠르게 포박되었다.

"어머니……!"

끌려가는 금당을 보며 홍이 발버둥을 쳤지만 그 목소리마저 월향의 손에 막혀 버렸다. 칼과 창을 든 금군들이 금당을 연행했다. 죽는다, 들키면 죽는다는 말이 머릿속에서 울렸다. 눈물이 자꾸만 시야를 흐려 금당의 모습을 좇으려 해도 보이지 않았다. 월향은 자꾸만 홍을 잡아끌었다.

"가. 얌전히, 조용히, 아재가 되었다 할 때까지는 숨소리도 내지 마."

월향이 작은 천 쪼가리를 홍의 손에 꼭 쥐어주며 속삭였다. 황궁으로 납품하는 장사치의 항아리 안에 들어가 있는 홍의 위로 짚더미가 덮였다. 그 위로 몇 개의 항아리가 쌓였다. 자꾸만 금당의 비명 소리가 들리는 것만 같아 홍이 귀를 틀어막고 몸을 움츠렸다. 그녀의 몸이 파르르 떨렸다.

"죽은 듯이 살아. 어느 누구의 눈에도 띄지 않도록, 마치 없는 듯이 살아."

홍이 기억하는 어머니의 마지막 목소리였다.

소문을 들었다. 소문이 스스로 곤의 귀에 들어왔다. 어느 황기녀가 죽었다고 했다. 감히 황제의 씨를 품은 죄였다. 그러나 그 씨는 자라나지 못하고 황기녀의 뱃속에서 죽은 지 오래라고 했다. 하지만 차마 유산을 받아들이지 못한 황기녀가 수년 동안 정신병을 앓아 아이를 낳아 키웠다고 착각하고 있더랬다. 아이는 없었지만, 10여 년 전에 황제의 씨를 잉태했다는 이유로 황기녀는 참수당했다. 곤은 그녀가 정신병을 앓은 것도, 아이가 태어나지조차 못했다는 것도, 모두 거짓임을 알고 있었다.

홍은 며칠째 구역질을 해대느라 아무것도 먹지 못했다. 월향이
일러줬던 곳을 찾아가니 화류가의 향이라는 기방이었다. 월향의
이름을 대고, 그녀가 급하게 쥐어줬던 천 쪼가리를 건네니, 그 안
에 쓰인 글을 읽은 기방의 행수가 별다른 물음도 없이 홍을 받아주
었다. 그녀는 홍에게 아무것도 묻지 않았다. 어디서 왔는지, 어미
가 누구인지, 심지어 이름이 무엇인지조차 묻지 않았다.

"아바마마."
"황제 폐하."
황제가 웃으며 황태자의 어깨를 가볍게 두드렸다. 그러나 곤에
게 다가오는 손길은 없었다. 머리가 크면서부터 곤은 황제에게
'아바마마'라 불러본 적이 없었다. 그에게 황제는 언제나 '황제 폐
하'일 뿐이었다. 황제의 시선 역시 곤을 따스하게 스친 적이 없었
다. 그의 다정한 눈길은 언제나 황태자에게 머물러 있을 뿐이었다.
황태자를 향해 웃는 황제의 입꼬리가 둥글게 말려 올라갔다. 저
말린 입꼬리, 익숙한 입꼬리. 그제야 곤은 깨달았다. 황제를 쏙 빼
닮은 황태자에게도 있던 입꼬리였다. 동그랗게 말린 입꼬리, 자신
은 닮지 못한 황제의 입꼬리.
그녀의 말이 맞았다. 황자라 신분을 밝힌 곤에게 대적하며 너스
레를 떨며 던졌던 그녀의 말이 맞았다. 그녀는 아무도 몰랐던 황제
의 딸, 숨겨진 황녀였다.

'홍.'

꽤 오랜 시간이 지났지만 잊지 못하는 그 이름, 곤의 첫정이었다.

저 먼, 실제의 거리보다 더욱 멀고 먼 황궁의 어느 깊숙한 곳에서 곤이 홍의 이름을 읊조릴 때, 화류가의 어느 칙칙한 뒷방에 그녀가 앉아 있었다. 제 머리보다 두 배는 더 커 보이는 가체를 짊어지고 과한 장식과 수가 잔뜩 달린 싸구려 옷감으로 지은 치마저고리를 입고서, 얼굴에 새하얀 분과 붉은 연지를 칠한 홍이 눈을 반쯤 내리깔고 발 앞에 놓인 흰 화선지를 바라보고 있었다.

그는 붉은 이름이 자신과 잘 어울린다고 말했다. 홍아, 하고 부르는 그의 목소리가 아직도 귓가에 울리는 것만 같았다. 그 목소리를 떠올리며 홍이 웃었다. 그녀의 입꼬리가 동그랗게 말려 올라갔다. 그리고 화선지 옆에 놓인 붓을 집어 든 홍이 망설임 없이 빠르게 한 획씩 그어 나갔다.

—赤花.

적화, 붉은 꽃이라는 이름이 화선지 위를 수놓았다.

얼마 지나지 않아 황태자가 황제의 자리에 올랐고, 그 후로 몇 년이 지나 동궁의 태자궁에 태제궁이라는 현판이 걸렸다.

도성의 서쪽에 있는 화류가의 향기방에 적화라는 기명의 기녀가 기적에 올랐다. 예쁘장한 얼굴과 재담으로 인기를 끌었으나, 그녀는 재예는 등한시한 채 창기로만 지내며 유명세를 타는 것을 꺼려했다.

14. 비그이

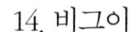

사랑채와 안채에 더불어 몇 채의 건물이 더 붙어 있는 꽤 커다란 기와집이었다. 기와를 얹은 담이 넓게 빙 둘러 경계를 이루고 있었다. 담 안쪽으로 훤칠한 느티나무 몇 그루가 넓게 그림자를 드리우고 있었다. 꽤 위세 있는 양반 댁이었다.

크고 두터운 솟을대문을 넘으면 문간을 지키고 있는 행랑채, 그 앞의 널따란 행랑마당, 중문과 야트막한 담장으로 둘러싸인 사랑채와 안채, 그리고 그 중앙의 안마당 왼편으로 조금 동떨어진 곳에 작은 별채가 있었다.

다른 건물 채는 모두 마당을 두고 중문이며 담으로 둘러싸여 있건만, 별채로 향하는 길에는 양쪽으로 늘어선 몇 그루의 나무와 마른 흙길에 드문드문 박힌 박석이 전부였다.

별채는 그 앞을 두르고 얼기설기 자란 나무에 가려져 유심히 살펴보지 않으면 바깥쪽에서는 보이지 않았다.

"마치 갇혀 계신 것 같습니다."

막이가 투덜댔다.

"작은마님께선 어떻게 온종일 꼼짝 않고 별채에만 계실 수 있으십니까?"

툇마루에 앉으면 기단에 발조차 닿지 않는 조그만 아이가 발을 흔들거리며 물었다.

막이는 여종이었다. 별채의 작은마님의 몸종.

그 작은마님은 노비 아이와 나란히 앉아서는 막이를 바라보며 생긋 웃을 정도로 격이 없었다.

"가만 앉아 풍치만 즐기기에도 하루가 짧지 않니."

"만날천날 똑같은 풍치."

막이는 입술까지 삐죽거리며 한숨을 내쉬었다. 다른 사람들이 들었다면 버릇없다며 꾸중을 들었을 말투였다. 그럼에도 옆에 앉은 작은마님은 그저 웃기만 할 뿐이었다.

그녀는 마님보다는 아씨 호칭이 어울려 보였다. 비단, 이십 줄을 넘은 지 몇 해 되지 않은 나이 탓만은 아니었다. 그녀에게서 풍기는 어리고 수수한 분위기 탓이었다. 눈에 띄게 빼어난 미색은 아니었으나 잔잔한 아름다움이 엿보이는 나긋한 얼굴이었다. 약간 살집이 있어 얼굴선도 몸 선도 둥글었고, 앉아 있어도 보통의 여인들보다 훨씬 큰 키가 부각되었다.

장신의 작은마님은 눈을 내리깔고 조용히 웃었다. 그녀는 한 번도 큰 소리를 낸 적이 없었다. 언제나 조용히, 행여나 누구의 귀에 들릴까 소리 없이 웃곤 했다.

막이는 그 웃음이 좋았다. 좋으면서도 슬펐다. 그 조용한 웃음처럼 막이의 작은마님도 조용히 조용히 사그라져 버릴 것만 같았다. 막이가 처음 작은마님에게, 이 별채에 배정되었을 때, 그녀의 첫인상은 좀 더 발랄했다.

모든 것이 낯설고 신기하던 친절한 주인. 작은마님은 여전히 상냥했지만 어딘가 모르게 기가 죽은 듯, 그 통통 튀던 성격이 가라앉아 버렸다. 막이는 아직 어렸지만, 작은마님이 그렇게 변해 버린 이유를 어렴풋이 알 것 같았다. 작첩을 했음에도 그다지 작은마님에게 살갑지 않은 주인어른 때문이 분명했다.

처음 얼마간은 간혹 깊은 밤이면 찾아들던 주인어른은 이제는 더 이상 별채를 찾지 않았다. 간혹 뒤꼍을 거닐기도 하던 작은마님이 완전히 바깥으로의 출입을 끊어버린 것도 그즈음이었다.

"막아."

"네?"

"곧 비가 오려나 봐."

작은마님은 하늘을 보지도 않고 그리 말했다. 그 말에 막이가 고개를 휙 들어 하늘을 노려보았다. 파란 하늘이 보이지 않고 구름이 껴 있기는 했지만, 비가 내릴 듯 까만 구름은 아니었다. 잿빛, 아니, 그보다도 옅은 흰 구름이었다.

"먹구름도 아닌데 비는 웬 비요?"

의아하여 되묻는데, 기단 아래 흙바닥에 무언가 뚝 떨어지며 손톱만 한 까만 점이 생겼다.

"빗방울?"

옅은 구름 사이로 햇빛도 비치는데 빗방울이 떨어지니, 막이가 놀란 눈으로 작은마님을 돌아봤다.

작은마님은 빙긋 미소를 지으며 손을 들었다. 그녀의 손끝은 별채의 작은 마당을 지나 듬성듬성 심어져 있는 나무들 근처를 향해 있었다.

별채로 들어오는 길 양 옆의 나무들, 그 아래에 박새 한 마리가 땅을 쪼고 있었다. 고개를 반짝 들고 두리번거리던 박새는 푸드덕 날아 올랐다. 아니, 평소라면 높이 날아올랐을 작은 새는 낮게 활강하며 근처 배롱나무의 아래쪽 가지에 앉았다가 다시 땅을 스치듯 날아 내렸다.

"새가 낮게 나는 건 비가 내릴 탓이란다."

"참, 전에도 그리 말씀하셨죠. 전 새 같은 건 눈에 들오지도 않던데 작은마님께선 참 잘 보시어요."

"동무가 있었거든."

"동무요?"

작은마님의 눈이 가늘게 휘었다. 한 번 부드러운 미소를 짓고, 그녀의 눈은 어딘가 먼 곳을 향했다.

"이런 작은 생물들을 잘 살피던, 작은 꽃 하나도 깊게, 오래도록 살펴보던 동무가 있었거든. 그 아이를 생각하다 보니 그 버릇이 옮았나 보아."

늦봄의 꽃이 져가던 어느 계곡 바위틈에 외따로 피어 있던 작은 찔레꽃에 시선을 두던 오랜 동무. 사실 그녀와의 사이에는 주종 관계와 비슷한 격차가 있었지만 그녀는 자신을 동무로 대해주었다. 철없던 시절부터 멀리서 바라보며 함께 컸던, 곱고 심지가 굳은 아이.

작은마님의 생각이 깊어졌다. 종종 그녀가 다른 시절로 돌아간다는 것을 알고 있는 막이는 작은마님에게서 시선을 돌리고 툇마루에서 폴짝 내려와 기단 아래에 섰다.

한두 방울 떨어져 흙마당에 점을 찍던 빗방울의 개수가 점차 늘어났다. 손톱만 하던 빗방울은 엽전 크기로 커졌다.

막이는 얼른 마당으로 가선 마당 가에 세워둔 엉성한 빨랫줄에서 빨래를 걷었다. 초여름의 햇빛에 빳빳하게 마르던 빨래가 드문드문 젖어들었다.

빨래를 모두 걷어 팔 안에 가득 끌어안고 돌아온 막이가 툇마루에 빨래 더미를 내려놓을 때까지도 작은마님은 생각에 잠겨 있었다. 한두 방울 뚝뚝 떨어지던 빗줄기가 점차 거세고 잦게 내렸다. 툇마루에 빨래를 내려놓고 다시 앉으니, 어느새 작은마님이 회상을 거두고 툇마루에 놓인 빨래 하나를 집어 들었다.

"다 마른 빨래가 젖을 뻔했네."

"갑자기 쏟아붓지 않아 다행이어요."

"마르기 전에 내리지 않아 또 다행이고."

그녀는 자연스럽게 빨래를 개켰다. 처음에는 난감해하며 작은마님을 말리던 막이도 해가 넘도록 계속되니 그저 그녀가 하고픈 대로 놔두었다. 어린 막이도 듣는 귀가 있었다. 작은마님은 몸종 출신이라고 했다.

작은마님이 갇혀 있는 것 같다고 생각한 것은 높다란 나무들 뒤에 숨어 있는 별채의 위치 때문이기도 했지만, 그녀의 처지 때문이기도 했다. 작첩은 되었으나 주인어른은 그녀를 찾지 않았다. 게다가 본부인인 주인마님은 처음부터 작은마님을 못마땅해했다. 주인마님은 작은마님이 시야에 드는 것을 못 견뎌했다. 심지어는 작은마님의 의식주를 별채로만 제한하여 아예 동선을 분리해 버렸다. 그 탓에 빨래도 별채에서 알아서 해결해야 했다. 별채에 조그맣게나마 아궁이라도 있는 것이 천만다행이라, 식사도 해결할 수 있었다.

딱히 주인마님의 제재 때문은 아닐지 몰라도, 또 작은마님은 별채를 벗어나지 않았다. 언제나 별채를 둘러싼 나무들 안쪽에서만 지낼 뿐이었다. 마치 성긴 작은 숲이 옥살이요, 별채가 거대한 옥이라도 된 것 같았다. 아니, 감옥까지는 아닐지라도 적어도 유배지는 되었다.

작은마님은 발이라도 묶인 듯 이 유배지를 벗어나지 못했다. 그녀에게 주어진 조그만 세계에서, 작은마님은 막이를 도와 소소한 잡일을 하거나 나무와 새들을 지켜보며 시간을 보내거나, 혹은 가끔, 아주 가끔 금을 연주하곤 했다.

그러나 나름의 여가일 금을 연주할 때조차 작은마님은 슬퍼 보였다. 막이는 착하고 상냥한 작은마님이 마치 죄라도 지은 것처럼 별채에 갇혀 슬픈 나날을 보내는 것이 싫었다. 작은마님이 웃었으면 좋겠다고, 막이는 생각했다.

"작은마님."

"응?"

"이리 앉아서만 구경하지 마시고, 저 나무들까지라도 나가 보셔요."

빨래를 모두 개놓고 다시 멍하니 앉아 별채를 둘러싼 나무들을 바라보고만 있는 작은마님에게 막이가 말했다. 수없이 권했던 이야기고, 수없이 거절당한 청이었지만 다시 일러보는 막이였다.

역시나 작은마님은 고개를 내저었다.

"그러다 뉘 눈에라도 띄면 어쩌니."

"눈에 띄면 무어가 어때서요?"

"주인마님께선 날 보는 것도, 내 얘기를 듣는 것도 싫어하시잖니. 그저 난 조용히 지내련다. 이리 지낼 수 있는 것만도 내겐 감지덕지한 일이니까."

"치, 그게 뭐여요."

"그러게 말이다."

작은마님의 입가에 미소가 떠올랐지만, 저 미소는 분명 떫은 탱자 맛일 터였다. 막이는 입술을 삐죽 내밀고 발을 마구 흔들었다. 저 나무 사이라도 거닐 수 있다면, 작은마님의 거취가 조금이라도 넓어진다면 막이는 더 바랄 것도 없었다.

행랑채에 다녀온 막이가 잔뜩 심통 난 얼굴로 돌아와선 들고 있던 채반을 아무렇게나 내려놓으며 툇마루에 털썩 주저앉았다.

툇마루에 나와 소일을 하고 있던 작은마님이 막이와 눈을 맞추고 물었다.

"무슨 일 있었니?"

"안 알려주잖아요."

"무얼?"

"쪽문 근처에서 아재들끼리 무슨 얘길 잘도 재미나게 하고 있지 않겠어요. 무어가 그리 재밌나 싶어 주워듣다가, 무슨 얘기인지 궁금해서 물었더니 어리다면서 알 것 없다고 알려주지도 않고 저리 가라잖아요!"

입안에서 중얼거리듯 이야기를 꺼내던 막이는 얘기를 할수록 심통이 터지는지 끝에 가서는 빽 소리를 질렀다. 치마를 팡팡 치며 볼 가득 바람을 불어 넣고 잔뜩 인상을 쓰고 있으니, 작은마님이 막이를 달래려 그 조고만 어깨를 다정히 쓰다듬었다.

"무슨 이야기인데?"

"검무가 뭔지 아셔요?"

"검무?"

검무란 말에 작은마님의 얼굴이 굳어버렸다.

"검무는…… 칼춤을 이르는 거란다."

"칼춤이요?"

작은마님의 기분이 변한 것을 눈치채지 못한 막이는 궁금한 것을 알고 있는 듯한 마님의 말에 눈을 빛내며 몸을 돌렸다.

"칼을 들고 추는 춤이야."

"칼을 들고 춤을 춰요?"

막이는 쉬 상상이 가지 않는 모양이었다. 날카롭고 위험한 흉기

인 칼과 부드럽고 아름다운 재예인 춤의 조합이란 게 선뜻 이해가
가지 않을 만했다.

막이가 손을 내밀고 이리저리 휘두르며 칼을 쥔 흉내를 냈다. 아
이는 고개를 연신 갸웃거렸다.

"검무란 말이 어쩌다 나왔다니? 이런 양반가에서 떠들 만한 이
야기는 아닌데……."

작은마님이 슬쩍 운을 떼자, 막이가 신이 나서 조잘댔다.

"기녀, 아세요? 저자에 나갔을 때 기녀들이 지나가는 걸 본 적이
있는데, 참 아름답더라고요. 아, 아무튼. 뭐랬더라? 명기가 나타났
다고 했어요. 예전에도 유명했던 모양인데, 사라졌다가 다시 나타
나서는 검무를 춘대요. 그 검무가 일색이라며, 기방 앞에 줄을 서
도 못 볼 정도로 사람들이 많이 몰린다나 봐요."

"명기? 사라졌다니?"

"저도 잘 모르겠어요. 이름은 못 들었거든요. 검무가 뭐냐고 물
었더니 막 혼내면서 쫓아내셔서."

"누가, 누가 그러던?"

작은마님이 다급하게 소리쳤다. 그녀의 흥분한 모습은 처음이었
다. 작은마님은 막이의 양어깨를 꽉 움켜쥐고 놀란 것인지 파리해
진 얼굴로 닦달했다. 막이가 청지기의 이름을 대자, 잠시 고민하던
작은마님이 불러 와줄 수 있겠냐고 물었다. 작은마님이 막이가 아
닌 다른 사람과 마주하는 것은 처음이었다.

청지기와 긴 대화를 나누지는 않았다. 그는 작은마님의 출신을
알고 있었다. 그랬기에 작은마님의 궁금한 부분을 빠르게 알아채

고 그녀가 원하는 답을 내주었다. 청지기가 돌아가고, 작은마님의 표정이 묘했다. 막이가 그녀의 기색을 살피려다가 그 오묘한 분위기에 차마 더 기웃거리지 못하고 자리를 떴다.

"돌아왔다고?"

속이 시끄러웠다. 청지기에게서 전해 들은 소식에, 그녀는 온전히 기뻐할 수도, 그렇다고 슬퍼할 수도 없었다. 상반된 감정이 동시에 몰아치니 그녀는 자리에 몸을 뉘이며 눈을 감아버렸다.

'오랜 지기가 돌아왔음에도, 어째서 난 순수하게 기쁠 수 없을까.'

돌아왔다는 소식에도 들뜨던 마음은 순식간에 차갑게 가라앉아 버렸다. 그녀는 불안하게 밖을 살피다가 막이를 불렀다.

"찾으셨어요?"

"석염 나리, 아니, 영감…… 주인어른께서는 잘 들어오시던?"

"예?"

"바깥출입이 잦으신지…… 말이다. 근래에 들어 유난히 외출이 잦으시다든가…… 귀가가 늦으신다든가…….'"

말마디를 계속 흐리며 머뭇거리는 물음이었다. 작은마님은 그런 물음을 던지는 것조차 민망한 모양인지 막이와 눈을 마주치지도 못했다. 이 생뚱맞은 물음에 담긴 뜻을 헤아릴 수가 없으니, 막이는 의아하여 고개만 갸웃대며 제 아는 만큼 성의껏 답할 따름이었다.

"글쎄요. 전 작은마님 수발을 드느라 주로 별채에 있으니 잘은 모르겠지만, 평소와 비슷하지 않겠어요? 집 안 분위기도 별다르지 않고, 별말씀들도 없으시니……."

"그래?"

막이의 대답이 만족스럽지 않은 눈치였다. 여전히 안절부절못하는 작은마님의 모습에 순간 막이의 눈이 빛났다. 언제나 별채에만 갇혀 지내는 작은마님이 걱정이던 막이는, 이유는 모르겠지만 그녀가 갑자기 주인어른의 안부를 물으니 옳다구나, 하며 그녀에게 다가갔다.

"저는 잘 모르겠지만, 궁금하시면 작은마님께서 살펴보시는 게 어떠세요?"

"내가 살피라니?"

역시나 작은마님은 막이의 말을 듣자마자 고개를 휘휘 저었다.

"별채를 나서서 괜한 분란을 일으키기 싫어. 주인마님께서 날 보면 역정을 내시잖니."

"멀리 나서실 것까지도 없어요."

막이가 발딱 일어나 장지문을 열었다. 작은 대청에 올라선 막이가 손가락을 쭉 펴고는 밖을 가리켰다. 정확하게는 별채를 둘러싼 나무들을 가리키고 있었다.

"저기까지만 나가셔도, 저 앞의 느티나무까지만요. 나무에 가려서 주인마님은 작은마님을 찾지 못하실 거여요. 워낙에 골을 내시니 별채 근처는 돌아보지도 않으시잖아요."

행여나 작은마님이 반박이라도 할까, 막이가 숨도 쉬지 않고 빠르게 말을 내뱉었다.

"별채가 여 안마당 옆에 있잖아요. 저 나무들까지만 나가 계셔도 안채도 보이고 사랑채도 웬만큼 보이고. 주인마님 눈에 띄지도 않으면서 주인어른 오시는 것도 볼 수 있을걸요."

"그럴까?"

전에는 아무리 일러도 듣는 척도 하지 않더니, 무슨 바람이 분 것인지 작은마님이 막이의 청에 살짝 귀를 기울었다. 어린 막이는 아직 헤아릴 수 없는 묘한 감정의 움직임이었다. 하여 막이는 그저 작은마님이 바깥으로 나온다는 것에 신이 날 뿐이었다.

그저 말만 그런 것이면 어쩔까 하는 막이의 걱정이 우습게도 작은마님은 그 후로 꼬박꼬박 나무 근처에 숨어 밖을 내다보았다.

어엿한 집안의 식구임에도 나무 그림자에 몸을 숨기고 서 있는 모습이 안쓰럽기는 했지만, 전처럼 별채에 가만히 틀어박혀 있는 것보단야 훨씬 나았다.

오후 무렵이 되면 작은마님은 나무들이 우거진 쪽으로 향하였다. 별채를 둘러싼 어느 나무의 뒤에 몸을 숨기고, 안마당을 넘어 사랑채 쪽의 낮은 담장을 훔쳐보는 것이었다. 퇴궐하는 주인어른의 모습은 먼발치에서 살피고, 사랑채의 불이 꺼질 때까지 망부석처럼 우두커니 자리를 지켰다. 지아비의 모습을 이리 숨어 살피는 모습은 안타깝기 그지없었다.

"어르신."

어느 날, 현석염이 막 출타하려는데 청지기가 그를 불렀다.

"오늘부터 번이 바뀌시지요?"

"그러하네만, 박 서방이 어인 일로 그런 걸 묻는가?"

현석염은 황궁에 출입하는 호위무관이었다. 나흘의 주기를 두고 주야로 번(番)을 바꿔 서는데, 오늘부터 야간 당직을 맡을 차례였다. 몇 해간 지속되던 일을 새삼스레 물어오는 청지기에게 현석염이 아예 돌아서서 그를 마주 보며 물었다.

"아실지 모르겠지만 말입니다요……."

청지기가 주저하며 입을 열었다. 그의 말을 듣고 나서, 현석염은 빠르게 몸을 돌려 행랑마당을 가로질렀다. 입궐을 하던 중에 나가던 걸음을 돌릴 정도로 그를 놀라게 한 것은 그의 후실— 별채의 작은마님에 대한 이야기였다.

안마당으로 들어선 현석염은 오래도록 찾지 않았던 별채를 향해 돌아섰다. 별채는 그 주인을 닮은 모양으로 우거진 나무들에 가려져 있었다. 저 어디쯤에서 그의 후실이 차마 모습을 드러내지 못하고 먼발치에서 그의 거동을 살피고 있다고 했다.

현석염이 빤히 별채 쪽을 바라보고 있으니, 바깥쪽의 느티나무 그림자 안에서 무언가 시커먼 형체가 움찔거리는 것이 보였다. 그 형체가 도망갈까, 현석염이 빠르게 다가섰다.

느티나무에 몸을 숨기고 있던 그녀는, 분명 출타를 하러 나갔던 현석염이 갑자기 돌아와서는 별채를 향해 서 있자 혹여나 들킬까 쩔쩔매고 있었다. 그러다가 현석염이 제 있는 쪽을 향해 성큼성큼 다가오니 서둘러 몸을 피하려 했다.

"연지야."

연지. 시간에 묻혔던 작은마님의 이름이었다. 작은마님, 아니, 연지는 현석염이 자신을 부르는 목소리에 상반되는 감정을 동시에 느꼈다. 그의 입에서 제 이름이 나오는 것이 설레었다. 하지만 그 호칭이 단지 이름인 것에 씁쓸함을 감출 수 없었다.

아무리 첩이래도 현석염은 연지의 지아비였다. 그럼에도 이전과 다를 바 없는 호칭에 어쩐지 아쉬움이 번져 나는 것이었다. 그러나 그 호명이 마치 족쇄처럼 발을 옭아맸는지 걸음이 떨어지지 않았다.

"연지야."

두 번째 부름은 조금 더 가까이에서 들렸다. 연지는 근처의 수많은 나무들 중 하나가 된 양 꼼짝 않고 서서는 가슴 앞에 양손을 모아 쥐고 파르르 떨고 있었다. 왜 몸이 떨려오는지도 몰랐다. 오랜만에 듣는 지아비의 목소리에 눈물마저 차올랐다.

"이곳에 몸을 숨기고 나를 지켜보고 있었던 게야?"

물음과 함께 어깨에 손이 닿았다. 연지가 소스라치게 놀라자 현석염이 그녀를 돌려세웠다. 안쓰러울 정도로 떠는 연지의 등을 더는 보고만 있을 수 없었다.

"……주인어른."

"주인어른이라니."

씁쓸한 한숨이 이어졌다. 지아비를 차마 정다이 부르지 못하고 마치 아랫것인 양 주인어른이라 부르다니. 돌려세워 그녀와 눈을 맞추고도 현석염은 말을 잇지 못했다. 그간 보지 못했던 시간이 벽이 된 듯 어색하기만 했다.

그 어색한 공기 사이로 찬 물방울이 똑 떨어졌다. 누가 먼저랄 것 없이 두 사람이 동시에 하늘을 쳐다보았다. 우거진 나뭇잎들 사이로 빈 구멍 같은 하늘이 보였다. 나뭇잎이 겹겹이 에워싸 빗방울을 막아주고 있기는 했지만, 비가 내리고 있었다.

고개를 돌려 안마당을 돌아본 현석염은 꽤 굵은 빗줄기를 확인하고는 저도 모르게 혀를 찼다.

"저런."

"지나가는 소낙비여요. 곧 그칠 것입니다."

"참 잘 알아."

짧은 한탄에 현석염의 걱정을 알아챘는지 연지가 얼른 말을 붙였다. 방금까지만 해도 울상이더니, 괜찮다며 달래는 말에 웃음이 번졌다.

"예전부터 연지는 자연에 관심이 많았으이."

"빙휘가 숨은 꽃들을 잘 찾아내니 설명해 주고파 알아둔 덕이지요."

현석염이 조금 놀란 얼굴이 되어 연지를 바라보았다. 먼저 빙휘의 이야기를 꺼낼 줄은 몰랐기 때문이다.

"아니, 그는 아니지. 빙휘는 자연을 좋아라 하진 않았어. 그녀는 단지 제 재예에 푹 빠져 있었을 따름. 연지가 먼저 그 꽃을 보고 있었기에 빙휘가 꽃을 본다고 여긴 게지."

"그런가요? 저보다 빙휘를 잘 알고 계신 모양입니다. 아니면…… 다시 만나고 계시기에 아는 걸까요."

어딘가 뼈가 묻어 있는 말이었다. 그러나 뒤이은 말이 의아하여 앞선 말의 변명조차 하지 못하고 되묻고 말았다.

"다시 만나다니?"

"빙휘가 돌아왔다는 이야기, 들었어요."

"……역시 소문이란 가지 못하는 곳이 없는 모양이야."

혹여나 했는데 역시나, 현석염은 빙휘의 복귀를 알고 있었다.

연지의 얼굴에 낭패가 어렸다. 그 표정에 그가 아차 싶어 말을 더 이으려 했으나 입을 여는 순간 안마당 너머에서 외침이 들려왔다.

"어르신!"

출타 시각이 늦었다. 현석염을 부르는 청지기의 목소리가 다급했다. 조금 더 지체하다가는 입궐이 늦어져 버릴지도 몰랐다. 어쩔 수 없이 몸을 돌리며 현석염이 연지의 어깨를 힘주어 잡았다.

"내 오늘은 야간번이라 내일 동이 터서야 돌아올 터이니, 기다리지 말고 들어가 있게. 오늘만이 아니라 앞으로 며칠간은 야간번이라 아침에야 들어올 게야. 하니 당분간은 이리 지키고 서 있지 말게나. 다음 번갈이 때…… 자네를 찾아오겠네."

그가 빠르게 말을 내뱉고는 어깨를 잡은 손에 한 번 더 힘을 주었다. 현석염의 손이 뜨거웠다. 찬 비가 내려 추워진 탓이라고 되뇌었지만, 그의 손길이 닿았던 곳이 유난히 달아오르는 것은 어쩔 수 없었다. 연지는 현석염이 안마당을 지나 중문으로 사라지는 모습을 물끄러미 지켜보고 섰다.

연지의 말마따나, 소나기는 곧 그쳤다.

며칠이 지났다. 매일 나무에 기대어 현석염의 귀가를 기다리던 연지는 그의 말에 따라 그동안 하던 것을 관두었다. 연지의 외출 아닌 외출을 반기던 막이는 그런 일이 있었던 줄은 모르고, 연지가 며칠간 별채에 틀어박혀만 있으니 다시 두문불출하는 작은마님에 아쉬움의 한숨을 내쉬었다.

기대하지 말아야지 하면서도, 하루하루 날이 지날수록 심장이 뛰었다. 연지는 전에 없이 자주 경대를 들여다보았다. 갖고 있는 장신구도 몇 없건만 이 비녀를 대보았다가, 저 비녀를 대보았다가 수선이었다. 한참을 그러다가도 이내 곧 고개를 내저으며 경대를 탁 닫아버리기도 했다. 아니어라, 아니어라, 되뇌는데도 자꾸만 설레었다.

"작은마님!"

그러던 어느 저녁이었다. 막 잠자리에 들려는데 막이가 흥분하여 외쳤다. 저 소란이 바깥까지 새어 나가면 어쩌려 저러는지, 고개를 휘휘 저으며 무슨 일인가 나가보려는데 이어지는 막이의 목소리에 장지문을 밀려던 손이 허공에서 멈추었다.

"주인어른께서 오셨어요!"

듣고도 믿을 수 없었다. 바로 한 치 앞이 장지문이었지만 차마 닿을 수 없었다. 허공에서 손가락이 흔들리는데 다라락 하고 경쾌한 소리를 내며 문이 열렸다.

문 앞에 현석염이 서 있었다. 그는 상투관만 튼 채 가벼운 평상복 차림으로 서서 머쓱하게 웃고 있었다. 그의 뒤로 막이가 자그마한 주안상을 하나 들고 얼굴 한가득 웃음을 머금고 있었다.

"들여보내 주지 않을 텐가?"

"……들어오시어요."

연지가 비켜서서 손을 가지런히 모으고 고개를 살폿 숙였다. 현석염이 방 안에 들어와서 이부자리 앞에 앉았다. 막이가 얼른 주안상을 내려놓고는 총총걸음으로 방을 나서서 장지문을 얌전히 닫았다. 방 안에 단둘이 있는 것이 얼마 만인지 몰랐다. 연지는 주춤거리며 다가가서는 주안상의 맞은편에 모로 앉았다.

"오시지 않을 줄 알았어요."

"내 약조하지 않았으이?"

"제게 한 약조를 지킬 정도로…… 제가 주인어른께 중하지 않다 생각했거든요."

"거 주인어른 소리."

연지의 말에 심장이 시큰한 현석염은 괜한 트집을 잡았다.

"전에는 석염 나리, 하고 곧잘 부르더니. 어찌 주인어른이야?"

"그 석염 나리 소리, 제가 아니라 빙휘에게서 듣고 싶어 하던……."

"연지야."

낮은 목소리가 연지의 말을 끊었다. 억양 없이 외운 말처럼 입술을 오물거리던 연지가 입을 딱 닫았다. 현석염의 얼굴이 전에 없이 딱딱하게 굳어 있었다. 조금 어색하던 분위기는 삽시간에 얼어붙어 숨소리를 내는 것조차 껄끄러워지고 말았다. 한참 낮게 숨을 고르던 중이었다.

"왜 자꾸 빙휘의 이야기를 꺼내는 겐가? 그녀는 이미 오래 지난 인연이지 않아?"

"저를 작첩하신 연유이기도 하지요."

오해라고 말할 수는 없었다. 절대 그렇지 않다고 말할 수도 없었다. 어느 정도는 맞는 말이었기 때문이다. 연지의 표정은 울상이었다. 그러면서 동시에 딱딱하게 굳어 현석염을 외면하고 있었다. 예전의, 현석염이 처음 그녀를 알았을 때의 연지는 전혀 짓지 않았던 표정이다. 그녀는 빙휘의 그림자로 스스로를 옭아매고 있었다. 아니, 처음 그녀를 빙휘의 그림자에 가둔 것은 현석염이었다.

맞았다. 연지가 그런 자기 연민에 빠진 연유는 모두 현석염 때문이었다. 현석염이 연지를 그렇게 만든 것이었다. 그러나 확실히 말할 수 있는 것은, 그것만은 아니라는 것이었다. 그러나 어떻게 표현해야 할지 몰랐다.

몇 번이고 열었던 입을 닫고 현석염은 연지와의 사이를 가로막고 있는 주안상을 옆으로 치워 버렸다. 그러곤 그녀에게 바투 다가가, 연지를 억세게 끌어안았다. 연지는 여인치고 몸피가 컸으나, 그럼에도 현석염의 품에 쏙 들어올 정도로 그의 체격이 좋았다. 그녀는 거부하지 않았다. 그에 용기를 얻어 현석염이 연지의 목덜미에 얼굴을 묻었다. 그녀가 목을 움츠렸다. 현석염이 조심스럽게 입술 끝으로 목에서부터 천천히 훑어 올렸다. 귓불을 스치고 귀를 한 바퀴 돌아온 입술이 뺨을 지나 연지의 붉은 입술에 닿았다. 그의 입술이 스친 자리마다 붉은 열꽃이 피었다.

그가 그녀의 입술을 한입 베어 물었다. 그녀의 입술에는 잔뜩 힘이 들어가 딱딱하게 굳어 있었다. 몇 차례 입술만 훑던 현석염이 깊게 숨을 들이쉬며 고개를 숙였다. 여전히 연지를 품에 안고 있는 현석염에, 그녀가 그의 어깨에 이마를 댔다.

"그런 연유만은 아니야."

겨우 입을 떼고 현석염이 연지를 이불 위로 넘어뜨렸다. 양어깨 옆에 손을 짚은 채 현석염이 연지를 내려다보았다. 연지는 아무런 반응 없이 이불 위에 쓰러지듯 누워서 현석염을 올려다보았다. 그런 자세로 한참을 눈씨름만 하다가 연지의 입술이 천천히 벌어졌다.

"동정인가요?"

"그저 동정만으로 연지 너를 안을 정도로 못난 위인으로 보이더냐?"

"아니라 믿고 싶습니다."

똑바로 내리꽂는 날 선 말에 현석염이 당황한 듯 움찔하다가 웃음을 터뜨렸다. 그는 연지의 옆으로 몸을 비켜 앉았다. 몸에서 후끈 오른 열기가 그제야 느껴졌다.

"참으로 솔직해. 지금도 그렇고 예전에도 너는 참 솔직했어."

어느 밤이었던가, 연지는 현석염에게 똑바로 물어왔었다.

"나리에게 안길 수 없는 걸까요?"

새빨개진 얼굴로 한참을 오도카니 서 있다가 도망가 버리던 연지의 뒷모습을 아직도 또렷이 기억하고 있었다.

"화려하게 꾸민 기녀들이 가득 들어찬 기방에서, 날 밀어내는 빙휘의 뒤로 보이는 이는 다른 기녀들이 아니었어. 무명옷을 입고

그 흔한 분칠도 장신구도 하나 없이 가만히 미소 지으며 나를 바라
보며 묵묵히 제 주인의 뒤를 따르던 연지, 자네였으이.”

과거를 되짚는 느릿한 말에 연지가 갑자기 울음을 터뜨렸다. 가
쁘게 터지는 숨소리에 눈물이 섞여 툭툭 떨어졌다. 현석염이 당황
하여 어찌할 바를 모르며 손만 주억거렸다. 그녀를 향해 돌아앉았
으나, 저 눈물을 닦아주어야 할지 품에 안아주어야 할지 혼란스러
울 뿐이었다.

“미안하이, 미안해. 미안하네.”

할 수 있는 거라고는 미안하다는 말뿐이었다. 현석염이 몇 번이
고 손을 내밀고 거두길 반복하다가 겨우 손끝으로 연지의 눈물을
닦아냈다.

“밉습니다. 계속 기다렸는데. 어째서 나리는 항상 빙휘만 찾으
시고. 아파요. 어차피 첩년이라지만, 나리의 곁에 있는 것만으로도
족해야 하는데.”

자꾸만 욕심이 늘었다. 그래서 불안해지고, 그래서 한숨이 늘
고, 그래서 그늘이 생겼다. 그 발랄하던 몸종 연지는 커다란 기와
집의 작은 별채에 숨어서 하루하루 먼 그림자만 바라보다가 마음
에 병이 생기고 말았다. 그럼에도 여전히 그의 목소리만 들어도
심장이 두근거릴 정도로 낭군이 좋았다. 그런 탓에 현석염의 말
에 설움이 복받쳐 울음이 터지고, 그 시절을 떠올리며 횡설수설
하고 말았다. 내내 참고 있던 말이었다.

처음으로 내던지는 속내에 현석염은 자신이 그녀에게 얼마나
큰 상처를 주었는지 깨달았다.

"연지야……."

현석염은 겨우 그녀의 눈물이나 닦아줄 수밖에 없었다. 그녀를 달래주고 싶었다. 어찌 달래야 좋을지 몰라, 그저 크게 한 번 안아주고 싶었다. 그러나 안을 수 없었다. 이미 안았던 여인이었다. 그럼에도 다시 안기가 힘들었다. 이전에 그녀에게 주었던 상처를 너무나도 잘 알고 있기 때문이었다. 지금 다시 안으면, 그런 의미가 아닐지언정 그녀에게 똑같은 상처를 안겨줄까 두려웠다.

그 밤을, 현석염은 가만히 앉은 채로 울다 잠든 연지를 바라보며 지새웠다.

그날 이후로 현석염은 종종 별채를 찾았다. 그러나 연지와 대화를 나눈다거나 함께 시간을 보내지는 않았다. 그저 별채에 찾아와 오래도록 툇마루에 앉았다가 갈 뿐이었다.

처음에는 현석염의 걸음에 들떠서 이것저것 준비해 내놓던 막이도 그 기이한 방문이 이어지니 못마땅한 얼굴로 어깨를 으쓱이며 그저 자리를 비켜주기만 했다. 막이가 별채를 나서면 그 작은 공간에 현석염과 연지 단둘 뿐이었다.

그가 툇마루에 자리를 잡으면 연지는 방으로 들어갔다. 그 밤의 일이 창피한 이유도 있었고, 어찌 그를 마주 봐야 할지 감을 잡지 못한 탓도 있었다. 방에 틀어박혀 있어도 툇마루를 향해 난 긴 창 너머로 현석염의 그림자가 보였다. 처음에는 반대편 벽에 붙어 앉아 그 그림자가 일어나 사라지길 노려보고 있던 연지는 조금씩 그 곁으로 다가갔다.

현석염은 툇마루에 앉아 벽에 등을 기대고 앉았고, 연지는 방에 서 벽에 등을 기대고 앉았다. 겨우 한 뼘이나 될 벽을 사이에 두고 두 사람은 아무 말도 없이 등만 맞대고 앉아 있었다. 그 말 없는 날 들이 계속되어 여름 해는 점점 달아오르고 열기를 머금은 대기는 습해져 갔다.

"너의 가야금 연주는 좋았다."

어느 날 현석염이 자리에서 일어나며 그렇게 말했다. 그리고 그 다음에는 앉아 있다가 문득 말을 건넸다.

"너는 참 다정해."

그리고 일어나며 한마디를 잊지 않았다.

"너를 안고 있을 때면 참으로 따뜻해져."

모든 말 한마디 한마디가 진심을 담아 고르고 고른 말이었다. 이 말을 건네기까지 현석염은 수없이 많은 말을 되뇌고 연습했다. 그 어떤 직무보다, 대련보다 연지에게 건네는 한마디의 말이 더욱 어 렵고 힘들었다.

대답 없는 방을 향하여 짧은 고백들을 던지던 때였다. 한창 여름 이 들어서더니 곧 장마가 오려는지 근래에 들어 비가 잦았다. 별채 를 찾을 때는 하늘이 맑았는데 툇마루에 앉아서 시간을 보내다 보 니 빗방울이 한 방울씩 떨어졌다.

곧이어 비가 주룩주룩 내렸다. 마치 하늘에서 체로 걸러내어 흩 뿌리듯 큰 빗방울이 방울져 뚝뚝 떨어졌다. 장대비도 아니고 이슬 비도 아닌, 그 중간 즈음의 빗줄기가 참 맞기 좋게 생겼다. 가만 그 비를 바라보던 현석염이 처마에서 떨어지는 물방울을 세다가 자리에서 일어서던 참이었다.

"영감."

"으응?"

"비긋다 가시어요."

방 안에서 가느다란 목소리가 들렸다. 누군가에게 불리는 일이 이리도 설렐 줄은 몰랐던 현석염의 얼굴이 발갛게 익었다. 이어 장지문이 천천히 열리는 소리가 들렸다. 그러나 현석염은 부러 못 들은 척 고개를 빳빳이 세우고 정면만 보고 있었다. 하지만 그 모습이 지나치게 경직되어 있어 도리어 어색한 탓에, 그의 신경이 연지에게 온통 쏠려 있는 것이 다 보였다.

대청을 지나 툇마루에 나와 선 연지가 그 딱딱하게 굳은 현석염의 옆모습을 보고 쿡 하고 웃음을 터뜨렸다. 처음, 현석염에게 마음이 끌렸을 때의 순진하기 그지없던 모습과 겹쳤다. 연지가 조심스러운 걸음으로 현석염의 옆에 다가섰다. 바로 옆에 갈 때까지 고개를 돌리지 않는 모습이 여간 귀여운 것이 아니었다.

"처마 밑은 비긋기 참 좋은 장소지요."

연지가 현석염의 옆에 서서 손을 내밀었다. 처마에서 똑똑 떨어지던 빗방울이 연지의 손가락을 간지럽혔다. 빗방울은 처마 끝에서 떨어져 연지의 손끝을 스치고는 땅바닥으로 떨어져 기단의 옆면에 튀어 올랐다. 가만히 떨어지는 비를 바라보던 현석염이 일어나 연지의 옆에 섰다. 곁에 선 연지와 현석염의 사이가 실바람조차 들지 못할 정도로 가깝게 좁혀졌다.

비가 그치기를 기다리면서 튄 빗방울에, 습한 공기에 옷이 눅눅해졌다. 그래, 이런 마음도 있는 법이었다. 뜨겁게 불타오르고 오래도록 곁을 지키는 연정이 있는가 하면, 이처럼 잠시 마주치자 스며들듯— 보슬비에 젖는 것보다도 느리게, 비그이를 하다 젖는 정도로 느리게 젖어가는 연정도 있는 법이었다.

대대로 무관의 가문이라 엄엄하여 무거운 집안이었다. 그런 집안에 어느 날 부터인가 환한 웃음소리가 퍼지더니, 둥둥한 기와집을 무겁게 감싸고 있는 장막을 점차 걷어내어 밝고 화사한 분위기가 집 안 가득 퍼져 나갔다. 모두 구석의 작은 별채에서 시작된 일이었다.

마치 귀양이라도 온 듯 별채에 틀어박혀 꼼짝 않던 작은마님이 별채 밖으로 나오기 시작한 날부터 집 안의 분위기가 서서히 바뀌었다. 작은마님은 넉살 좋게도 주인마님에게 먼저 찾아가선 싹싹하게 굴었다. 처음에는 그녀를 무시하던 주인마님도 언젠가부터 작은마님과의 담소를 즐기기 시작했다. 물론 겉으로는 여전히 쌀쌀맞았으나, 주인마님의 은근한 눈짓이며 몸종을 시켜 준비하는 다과에서 그녀의 속내를 짐작할 수 있었다.

작은마님과 더욱 사이가 좋아 보이던 주인어른은, 작은마님과 함께하며 소원하던 주인마님과의 사이도 점차 풀어져 갔다. 주인 내외보다 처첩 간의 사이가 더욱 좋은 것이 묘한 관계였으나, 후실이 나서서 지아비와 정실의 사이를 돈독하게 해주려 하니 어디서도 볼 수 없었던 진기한 광경이었다.

"보시어요."

연지가 손가락을 치켜들었다. 그녀의 말에 현석염과 유씨 부인이 고개를 들어 하늘을 바라보았다. 함께 다과를 하며 담소를 나누다 보니 내리던 비가 어느새 그쳐 있었다. 맑게 갠 하늘에는 선명한 일곱 빛깔의 무지개가 커다랗게 걸려 둥근 미소를 지었다.

"무지개구나."

유씨 부인이 그 무어 대수냐는 식으로 툭 던져 말하고는 찻잔을 들었다. 그녀는 눈을 살짝 내리깔고 찻잔을 바라보는 체하면서 곁눈질로 하늘께를 살폈다. 하늘 높이 걸린 무지개가 잘 보이지 않아 그녀가 목을 점차 높이 쭉 뺐다.

아닌 척 구경하는 그녀의 모습에 현석염과 연지가 눈을 마주치고 소리 없이 웃었다. 연지의 얼굴에 그 어느 때보다 환한 미소가 걸렸다.

〈終〉

작가 후기

제목인 '몽매빙휘(蒙昧氷徽)'는 어두울 몽, 어두울 매, 얼음 빙, 아름다울 휘를 써서, '몽매한 빙휘' 정도로 해석되겠습니다. '어리석고 사리에 어둡다'는 뜻의 '몽매하다'에 빙휘의 이름을 붙인 것입니다.

개인적으로는 굉장히 길게 원고를 붙잡고 있었다고 생각했지만, 어찌 생각해 보면 참 짧은 기간에 풀어낸 것 같기도 합니다.

『몽매빙휘』는 글을 쓰는 일이 굉장히 행복하다는 것을 깨닫게 해주었습니다. 글을 쓰며 처음으로 날을 샜습니다. 아침 새소리를 듣고 여명이 밝아오고 해가 높이 떠올라 환하게 비추었을 때, 이보다 상쾌하고 행복할 수가 없었습니다. 그때, '나는 평생 글을 쓰며 살아야겠구나.' 하고 느꼈습니다.

『몽매빙휘』의 주제어는 '귀한 사람'입니다. '귀하다'라는 것은 타인이나 사회의 인정이 있어야 하는 것일까, 스스로의 마음가짐에 따르는 것일까? 라는 질문에서 이야기는 시작합니다. 사회의 굴레와 개인의 자존감, 타인의 욕망과 자신의 신념 사이에서의 방황 끝에 이루어내는 자아실현과 개인의 존엄을 보여주며, 가장 미천한 신분에서 태어난 여인이 모든 것을 스스로 선택하여 살아가는 모습, 초월적인 존재와의 사랑에도 언제나 주체적인 모습을 통하여 자주적인 개인의 표상을 보이고자 했습니다.

더불어, 결국 사회에 남게 되는 것은 위정자들에 의하여 포장되고 재해석된 일생이라는 점을 꼬집어봅니다. 긴 역사에 비해 짧은 생을 살아갈 수밖에 없는 개인의 허무에 대해서 말하고 싶었습니다. 그럼에도 중요한 것은 개인이 살아온 자취, 품었던 진정과 지녔던 신념이며 누군가는 제대로 그에 대하여 기억하고 있다는 사실이란 점에 초점을 맞췄습니다.

'오래도록 기록되어 남는 역사' 의 이면에 숨어 있는 '길이 남지 못하고 언젠가는 결국 잊힐지 모르는 사실' 의 중요성에 주목하며, 기록보다 중요한 기억, 결과보다 중요한 과정에 대하여 담고 싶었습니다.

이는 '스스로 귀한 자' 에 대한 '기억' 입니다.

지면에서 인사드리는 첫 글입니다. 보여 드리고 싶었던 부분, 이야기하고 싶었던 부분이 잘 표현되었는지 걱정이 많습니다. 마지막 장을 덮고, 생각을 하게 만드는 글이었으면 좋겠습니다.

모든 분들께, 감사합니다.